FOLIO SCIENCE-FICTION

Adam Roberts

LA CHOSE EN SOI

Traduit de l'anglais
par Sébastien Guillot

Denoël

Cet ouvrage a été précédemment publié
dans la collection Lunes d'encre aux Éditions Denoël.

Titre original :
THE THING ITSELF

Adam Roberts est né en 1965. Il est professeur de littérature anglaise à l'Université de Londres, critique littéraire et romancier. Auteur d'une douzaine de romans de science-fiction, dont *Gradisil* et *Jack Glass*, qui a reçu le prix de la British Science Fiction Association 2012 et le prix John W. Campbell Memorial 2013, il a également publié de nombreux pastiches de sagas cultes.

Ce récit d'un monde sens dessus dessous
est dédié à Rachel.

« Le syncrétisme se réfère à cette caractéristique de la pensée de l'enfant qui tend à juxtaposer des éléments d'information sans rapport logique lorsqu'on lui demande des explications causales. Un exemple simple serait : "Pourquoi le soleil ne tombe-t-il pas ?" "Parce qu'il est chaud. Du coup il flotte." "Comment ?" "Parce qu'il est jaune." »

G. H. BANTOCK

1

Chose, et patraque

Unité

C'est avec la lettre que ça a commencé.

Roy, lui, situerait sans doute le début de cette histoire au moment où il a résolu le paradoxe de Fermi, lorsqu'il a atteint (dixit) la *lucidité*. Un bien grand mot, si vous voulez mon avis : je lui préfère *maladie*. Maladie mentale. Sans doute lui-même en conviendrait-il, désormais. Vu le nombre de psychiatres qui se sont penchés sur son cas. Toujours est-il que Roy le reconnaît lui-même dans les nombreuses missives qu'il m'a adressées depuis son asile. Il envoie également divers manifestes et communications aux journaux, si j'ai bien compris. Dans chacune de ses lettres, il prétend avoir enfin résolu le paradoxe de Fermi. Si tel est le cas, je ne m'attends pas à voir mes cauchemars s'atténuer de sitôt.

Parce que je fais des cauchemars, ça, oui. Des cauchemars viscéraux. Je me réveille en sueur, et en pleurs. Si Roy se fourvoie, peut-être s'atténueront-ils avec le temps.

Mais vraiment : tout a commencé avec la lettre.

Je me trouvais en Antarctique avec Roy Curtius, à des centaines de kilomètres de toute civilisation. C'était en 1986, lors d'une soirée polaire longue de plusieurs semaines précédant une nuit polaire longue de plusieurs mois. Notre travail consistait à traiter les données astronomiques brutes provenant de Proxima et d'Alpha du Centaure. Ce qui revient à dire qu'on cherchait des preuves d'une vie extraterrestre. Certaines bizarreries avaient été détectées dans les émissions radioastronomiques provenant de cette partie du ciel, et nous avions pour mission d'examiner ça d'un peu plus près. On nous avait confié d'autres études scientifiques, histoire de rentabiliser notre présence sur place, mais c'était la recherche de vie extraterrestre qui occupait l'essentiel de notre temps. On entretenait l'équipement, on faisait un premier tri dans les données – dont on transmettait la majorité au Royaume-Uni, pour qu'elles y soient analysées plus en détail. Vu que je vais dire un certain nombre de choses désobligeantes sur Roy dans les pages qui suivent, je vais commencer par lui concéder ceci : ce type était un genre de génie de la programmation – alors même, ne l'oubliez pas, que « l'informatique » en était encore à ses balbutiements à la fin des années 1980.

La base était située aussi loin que possible de toute pollution, tant lumineuse que radio. Il n'existait pas d'endroit plus isolé sur cette planète.

On faisait de notre mieux, avec la puissance de calcul de l'époque et une antenne parabolique en kit acheminée par avion sur place, et assemblée tant bien que mal par deux hommes contraints par le froid de garder leurs gants.

« La solution la plus simple au paradoxe de Fermi, ai-je lancé un jour, serait de capter des conversations extraterrestres sur une de nos machines. Où sont les extraterrestres ? Les *voilà*.

— Tu peux toujours attendre », a ironisé Roy.

On passait chaque jour quelques heures sur le projet. Le reste du temps on mangeait, buvait, flemmardait – on tuait ledit temps. On avait un magnétoscope et des vidéocassettes du *Flic de Beverly Hills*, de *S.O.S. Fantômes*, de *L'Histoire sans fin* et de *Karaté Kid*. On jouait aux cartes. On lisait des livres. Moi j'étais en plein dans la trilogie *Dune* de Frank Herbert. Roy, pour sa part, lisait Emmanuel Kant. Ce simple fait, indépendamment de tout autre, vous en dit déjà beaucoup sur nous deux. « Je me suis dit que huit mois d'isolement, expliquait-il, c'était le moment idéal pour s'attaquer à la *Kritik der reinen Vernunft*. Bien sûr, ajoutait-il avec un petit ricanement d'autodérision, je ne la lis pas dans sa langue originale. Mon allemand est bon, mais pas à ce point. » Il laissait volontiers traîner le bouquin, bien visible avec sa couverture rouge : *Critique de la raison pure*, traduction de Meiklejohn. Espèce de connard prétentieux.

« On fait trop confiance à la technologie moderne, m'a-t-il dit un jour. La solution au paradoxe de Fermi ? Tout est là-dedans. » Et il s'est mis à caresser la couverture de la *Critique*, tel un Ernst Stavro Blofeld flattant son chat blanc.

« Si tu le dis, mec », ai-je rétorqué.

Une fois par semaine, un avion venait nous ravitailler. Le pilote, Diamondo, posait parfois son appareil sur la piste de glace – il lui arrivait même de sortir se dégourdir les jambes, et on en profitait pour discuter un peu. Je ne sais pas pourquoi on l'appelait « Diamondo », ni quel était son vrai nom. C'était un Péruvien, je crois. Le plus souvent, s'il faisait mauvais temps ou si D. était pressé, il descendait en piqué et larguait notre ravitaillement, nous laissant le soin de traîner le colis à l'intérieur en pleine tempête de neige. S'y trouvaient les produits de première nécessité, l'équipement scientifique, les revues en lien avec notre travail – il s'agissait de copies papier à l'époque, bien sûr – et ainsi de suite. Les colis contenaient également de la correspondance. À savoir, pour moi : des lettres de ma famille, de mes amis, et surtout de ma petite amie Lezlie.

Deux semaines avant le début de toute cette histoire, je lui avais écrit pour lui demander de m'envoyer *Les Enfants de Dune* en livre de poche. En expliquant, d'une manière que j'espérais spirituelle, que j'avais été déçu par la minceur du *Messie de Dune*. J'avais besoin de gros bouquins pour faire passer le temps – le temps long et douloureux (je crois bien avoir écrit cette phrase) qui me privait des cuisses et des nichons de Lezlie. Si je parle de ça, c'est parce que, dans les semaines qui ont suivi, je me suis retrouvé à reparcourir la lettre que je lui avais adressée – mentalement, je veux dire ; je n'en ai pas gardé de copie – pour essayer de déterminer si j'avais pu l'offenser par des mots éventuellement mal choisis. Si elle avait pu, pour une raison quelconque, décider de ne pas m'écrire cette semaine-là afin de me faire payer ma vulgarité ou mon sexisme. Ou exprimer sa désapprobation en ne payant pas les frais de port requis pour envoyer au bout du monde l'énorme édition de poche de *Dune III*. À moins qu'elle ne m'ait bel et bien écrit.

Vous allez comprendre dans un instant où je veux en venir.

Roy ne recevait jamais de lettres. Moi plein : jusqu'à cinq ou six certaines semaines. « Tu n'as pas de copine ? lui ai-je demandé un jour. Aucun ami ?

— Si, la philosophie, a-t-il rétorqué en me lançant un regard suffisant par-dessus son exemplaire de la *Critique de la raison pure*. Et j'en ai un autre, dont j'ai encore à faire la connaissance : la résolution du paradoxe de Fermi. À eux deux, j'ai toute la compagnie dont j'ai envie.

— Si tu le dis, mon pote », ai-je répliqué, tout en le traitant intérieurement de taré, de tocard et de sociopathe – entre autres choses. Sans rien dire de tout ça à voix haute, bien entendu.

Et chaque semaine recommençait le même manège : on déballait notre colis, et du barda sans nom j'extrayais une liasse de lettres retenues par un élastique, qui m'étaient toutes destinées – Roy n'en recevait jamais aucune. Il me gratifiait alors de son sourire froid et obséquieux, ou bien jetait un rapide coup d'œil au paquet, dans l'espoir, peut-être, que cette semaine serait différente. À une ou deux reprises, je l'ai vu *écrire* une lettre, avec son authentique stylo-plume Waverley, en dissimulant sa feuille du bras quand il me soupçonnait de vouloir fouiner dans ses affaires privées – comme si j'avais pu avoir le moindre intérêt pour un courrier de fan envoyé au professeur Dupond-Dupont de l'université kantienne de Pétaouchnok.

Ce sacré Roy avait coutume de faire pas mal de

choses un peu tarées : comme dessiner des touches de piano sur son bras gauche, en passant une véritable éternité à ombrer les noires, puis répéter dessus – ou, pour autant que je le sache, faire semblant de répéter – la partie main droite des sonates de Beethoven. « J'avais demandé un vrai piano, m'a-t-il expliqué. Ils me l'ont refusé. » Il faisait des exercices vocaux sous la douche, très bruyants. Il conservait des échantillons de sa morve, pour vérifier (dixit) si les conditions polaires affectaient son mucus nasal. Un jour il s'est inséré une pointe de relais radio (imaginez-vous une espèce d'aiguille à tricoter) dans le coin de l'œil, après quoi il a fait pression sur le globe oculaire pour voir l'effet produit sur sa vision « parce que Newton a essayé ». Il apprenait chaque soir un nouveau vers de *L'Énéide* – en latin, comme de bien entendu – en le récitant jusqu'à plus soif. Je trouvais ce hobby-là incroyablement ennuyeux, tant son inutilité était manifeste. C'était peut-être pour ça qu'il s'y adonnait, je suppose.

Moi je m'en tenais plutôt aux classiques : des romans de S-F, des magazines, voire des journaux vieux de quatre jours (si le colis en contenait) pour regarder les résultats de foot et faire les mots croisés. Et chaque semaine je sortais ma poignée de missives et m'installais sur le canapé de la salle commune pour les lire et rédiger mes réponses – tandis que Roy, front plissé, étudiait laborieusement un autre paragraphe de son Kant.

Une semaine il m'a lancé : « J'aimerais avoir une lettre.

— Déniche-toi un correspondant », lui ai-je suggéré.

On venait d'aller dehors, où les flocons étaient aussi épais que des copeaux de bois et où le vent traversait mes trois couches de vêtements. Lui comme moi étions en train de retirer nos gants et nos écharpes congelés tout en virant la neige de nos bottes. Le paquet se trouvait par terre entre nous, dégoulinant de glace fondue. On ne l'avait pas encore ouvert.

« Je peux avoir une des tiennes ? m'a-t-il demandé.

— Je vais te dire... » J'étais de bonne humeur, sans trop savoir pourquoi. « Je vais t'en vendre une. Une de mes lettres.

— Combien ?

— Dix livres. » Ce qui faisait (je déteste parler comme un vieux croûton, mais c'est la vérité) beaucoup d'argent à l'époque.

« D'accord. » Roy n'a même pas hésité : il a délacé ses bottes, en a bondi tel un lutin sous acide, puis a filé au pas de course. À son retour, il y avait un billet de dix livres dans sa main. « C'est moi qui choisis laquelle, par contre. » Et il s'est littéralement jeté sur le paquet.

« Mais vas-y, mec. » J'ai éclaté de rire. « Si ça te fait plaisir. »

Sitôt après m'avoir donné le fric, il s'est fait fort de traîner le colis – qui dégoulinait à présent de neige fondue – jusqu'à la salle commune. Il l'a ouvert, s'est mis à y chercher les lettres ; il y en avait quatre, entourées d'un ruban en caoutchouc.

« Tu es sûr qu'il n'y en a aucune à ton nom ? lui ai-je lancé en m'installant sur le canapé tout en examinant fièrement mon billet de banque. Tu n'as peut-être pas besoin d'acheter une des miennes – il y en a une rien que pour toi, si ça se trouve. »

Il a secoué la tête, puis parcouru du regard les quatre enveloppes ; après en avoir sélectionné une, il m'a remis le reste du paquet. « Non.

— C'est un plaisir de faire affaire avec toi. »

Et il a filé dans sa chambre pour lire celle qu'il s'était payée.

L'histoire m'est sortie de la tête. Les trois autres lettres m'avaient été envoyées par : ma mère, un type de Leicester avec qui je faisais une fastidieuse partie d'échecs par correspondance, et le directeur de mon agence bancaire de Reading – j'étais à la Lloyd's –, qui m'écrivait pour m'informer que mon compte était créditeur. Comme l'Antarctique ne m'offrait guère d'occasions de dépenser de l'argent, et que mon allocation de recherche continuait à m'être versée mensuellement, ce n'était pas là une démarche particulièrement nécessaire. Il faisait ça à des fins publicitaires, j'imagine. Je n'avais rien d'une célébrité, bien sûr – même à l'échelle de Reading. Mais il y avait sans doute quelque slogan à en tirer : *On s'occupe de nos clients, même lorsqu'ils sont au bout du monde !* Je me suis fait un café. Puis j'ai passé une heure sur un terminal informatique, à vérifier des données. Roy arborait un petit air suffisant à son retour, mais je ne lui en ai pas tenu rigueur. Je m'étais fait dix livres, après tout – et dix livres, c'est dix livres.

On a bossé le reste de la journée, après quoi je suis allé dans la petite cuisine préparer des pâtes et de la sauce bolognaise. « Alors, lui ai-je demandé au repas, de qui était la lettre ?

— Je te demande pardon ? » Voix suspicieuse.

« La lettre que tu m'as achetée. Elle était de qui ? De Lezlie ? »

Un rictus d'autosatisfaction. « Sans commentaire.

— Pardon ?

— C'est ma lettre. Je te l'ai achetée. Et j'ai droit à mon intimité.

— À ta guise. C'était juste une question. » Il avait raison, j'imagine ; il l'avait achetée, elle lui appartenait. Mais son attitude me prenait à rebrousse-poil. On a mangé en silence un moment, mais je n'arrivais pas à passer à autre chose. « Je voulais juste connaître le nom de l'expéditeur. C'était Lezlie ? Promis, je ne fourrerai pas mon nez dans ce qu'elle a écrit. » Mais tout en disant cela, je songeais : *Fourrer mon nez ? Comment pourrais-je fourrer mon nez – c'est à moi que ces mots s'adressent !* « Tu sais, ai-je ajouté histoire de lui mettre un peu plus de pression, je pourrais tout simplement lui écrire, pour lui poser la question. Ça serait un moyen facile de le découvrir.

— Sans commentaire », a-t-il répété, en faisant le dos rond.

Je suis allé laver mon bol dans l'évier, pas qu'un peu agacé – mais conscient qu'il n'y avait rien d'autre à ajouter. J'ai quand même mis *À la poursuite du diamant vert* à la télé, la VHS que Roy détestait le plus. Il a souri, puis s'est retiré dans sa chambre avec son livre de philo.

Le lendemain matin, j'ai découvert à mon grand dam que l'histoire de la lettre continuait à me chiffonner. *Passe à autre chose*, me suis-je exhorté. *C'est de l'histoire ancienne, à présent.* Mais quelque chose en moi refusait de lâcher prise. Au petit déjeuner, alors que Roy s'était replongé dans son Kant, j'ai vu que la lettre lui servait de marque-page. À un moment donné il a posé le bouquin et s'est levé pour aller aux toilettes ; mais une expression de ruse s'est alors insinuée sur son visage d'ordinaire ingénu, et il l'a pris avec lui.

Il y avait eu quelques jours de blizzard, et la parabole avait besoin d'être inspectée. Roy a essayé d'échapper à cette corvée : « C'est toi le plus manuel de nous deux, m'a-t-il lancé d'un ton enjoué. Moi je suis plus conceptuel – les idées, et la phil-*ôse*-ophie.

— Épargne-moi ce genre de conneries. On est tous les deux des hommes de terrain. Les vraies grosses têtes, ce sont nos collègues d'Adélaïde, et ceux qui sont restés en Grande-Bretagne. » J'étais en colère. « Philosophie, mon cul. »

Toujours est-il qu'il s'est habillé, a enroulé son écharpe autour de son menton, enfilé ses lunettes et refermé son manteau. On a sorti des balais, puis marché dans la neige jusqu'à la parabole. Il nous a fallu une demi-heure pour dégager la structure, vérifier que les moteurs n'avaient pas gelé et nous assurer qu'il n'y avait pas de glace au niveau du système de rotation. Nos ombres tremblotaient tels des fanions dans le vent.

Le soleil flânait tout près de l'horizon. Une balle de cricket figée en plein vol.

J'ai procédé à un petit test des terminaux cet après-midi-là. Pour obtenir essentiellement du bruit, le soleil ne s'étant pas encore décidé à disparaître. J'ai quand même capté un petit quelque chose, qui s'est finalement avéré être la conversation radio d'une expédition espagnole en route pour le mont Vinson. J'ai surpris mon esprit à se demander qui était l'auteur de la lettre.

Le lendemain, j'ai soulagé mon irritation en écrivant à Lezlie.

Hé, tu connais Roy ? C'est un putain de rabat-joie, du genre à pouvoir jouer dans le film Les Tronches. *Toujours est-il qu'il m'a demandé de lui vendre une de mes lettres, et que j'ai accepté. Et maintenant il refuse de me dire qui en était l'auteur. Est-ce que tu m'as écrit la semaine dernière ? Qu'est-ce que tu me racontais ? Pas la peine d'entrer dans les détails, ma belle.*

Mais sitôt après avoir fini, j'ai chiffonné ma feuille et je l'ai jetée à la poubelle. Lez ne réagirait sûrement pas bien à un message pareil. Car de facto je lui disais : « Hé, tu sais, cette lettre d'amour dans laquelle tu as mis tout ton cœur et toute ton âme ? Eh bien, je l'ai vendue à un binoclard sans même l'avoir lue ! *Voilà* à quel point j'attache de l'importance à tes émotions ! »

J'ai mâchonné un moment le morceau de plastique bleu inséré à l'extrémité de mon Bic.

Nouvel essai : *Salut ma belle ! Tu m'as écrit la semaine dernière ? Il y a eu un souci avec le colis, et certains trucs se sont perdus.*

J'ai relu mon mensonge ; il ne sonnait vraiment pas bien. Poubelle, là aussi. Le cul posé sur ma chaise, je me suis efforcé – en vain – de trouver un autre moyen de présenter les choses. Les deux boules de papier commençaient à se défroisser dans la corbeille.

Chère Lez. Tu m'as écrit la semaine dernière ? J'ai bien peur d'avoir perdu une lettre, empoté que je suis !

Ça se rapprochait un peu plus de la vérité. Et puis je me suis dit : *Et si elle m'avait écrit un mot de rupture ? Ou une demande en mariage ? Et si elle m'annonçait la mort d'un membre de sa famille proche ?* Comme ce serait embarrassant, de l'obliger à se répéter ! Et si ce n'était pas elle qui m'avait écrit, mais quelqu'un d'autre ?

Une pensée qui m'a tracassé un bon moment. Si ça se trouvait, la lettre contenait des informations importantes, que m'aurait pourquoi pas envoyées mon responsable académique de Reading, le professeur Addlestone. La vie privée, c'était une chose, mais Roy n'avait certainement pas le droit de me cacher ce genre de renseignements.

J'ai dévalé le couloir, frappé à la porte de Roy. Il m'a fait attendre assez longtemps avant de m'ouvrir – juste assez pour me dévoiler son visage grêlé. « Quoi ? m'a-t-il lancé, avec un petit rictus suffisant.

— J'ai changé d'avis. Je veux récupérer ma lettre.

— Pas question. J'ai payé pour l'avoir. Elle est à moi, maintenant.

— Écoute, je vais te la *racheter*, d'accord ? Je vais te rendre tes dix livres. Je les ai justement sur moi. »

Lorsqu'il souriait, on voyait à quel point sa dentition supérieure ne s'ajustait pas correctement à l'inférieure. « Elle n'est pas à vendre.

— Ne joue pas les casse-pieds, Roy. Je te le demande gentiment.

— Et moi, je refuse gentiment.

— Quoi ? Un billet de dix ne te suffit pas ? Tu peux te gratter pour avoir plus, mon pote.

— Elle n'est pas à vendre », a-t-il répété.

Je me sentais partir en vrille. « Tu essaies de

m'arnaquer, j'ai bon ? C'est quoi l'idée ? D'attendre que je te propose – quoi, vingt livres ? C'est ça ?

— Non. Ça n'a rien à voir. Elle m'appartient. Et je choisis de ne pas la vendre.

— Dis-moi juste ce qu'il y a *dedans*, l'ai-je imploré. Je te rends ton argent et en plus tu peux la garder, je veux simplement savoir qui me l'a écrite, et me faire une idée du contenu. » Au moment même où je lui faisais cette offre, il m'est venu à l'esprit que Roy, avec son sens de l'humour tordu, risquait fort de simplement me mentir. Aussi ai-je ajouté : « Montre-la-moi. Montre-moi cette putain de lettre. Je ne te demande même pas de me la rendre, garde-la si ça te chante, mais…

— Pas question. » Après quoi son visage de binoclard s'est fendu d'une parodie de préoccupation. « Tu te ridiculises, Charles. » Et il a refermé sa porte.

Hors de moi, je suis retourné dans la salle commune, où j'ai joué un instant avec l'idée de simplement *récupérer* ma lettre : j'étais plus costaud que Roy, qui s'était certainement retrouvé impliqué dans bien moins de bagarres que moi. Doux euphémisme. Pour finalement me contenter d'une bière sur le canapé, histoire de me ressaisir. Il fallait qu'on cohabite, lui et moi, dans un environnement exceptionnellement confiné, et ce pour une très longue période de temps. Le soleil allait disparaître dans moins d'une semaine, ce qui nous permettrait d'entreprendre le véritable travail d'observation. Supposons qu'on tombe par hasard sur une communication extraterrestre (me disais-je) – ce serait un sacré truc, non ? Qui risquait fort de nous valoir un Nobel, ou un prix tout aussi prestigieux… Je ne pouvais pas compromettre tout ça pour le simple plaisir de coller un direct à ce connard.

Peut-être, me disais-je, Roy allait-il revenir à la raison dans un jour ou deux. On attrape davantage de mouches avec du miel qu'avec du vinaigre, après tout. Je pouvais peut-être *l'amadouer* pour qu'il me rende ma lettre.

La semaine s'est écoulée. Je suis passé par une phase d'intense irritation face à l'attitude de Roy, tant elle me semblait immensément mesquine et immature. Puis j'ai traversé une nouvelle phase, durant laquelle j'ai pris le parti de m'en foutre. J'ai envisagé de lui rendre son billet de dix, histoire de garder la tête haute. Mais *dix livres, c'est dix livres*, ai-je alors songé.

La semaine s'est achevée, et Diamondo nous a largué le colis hebdomadaire sans atterrir. Ce qui m'a agacé, vu que j'étais finalement parvenu à pondre une lettre expliquant la situation à Lezlie sans pour autant donner l'impression de dédaigner ses missives au point d'en avoir vendu une à Roy le taré. Mais il m'était impossible de « poster » ma prose à moins que l'avion ne se décide à atterrir. Et rien ne me garantissait que Lez était bien l'auteur du courrier que Roy m'avait acheté.

Le 5 juillet, le soleil s'est couché pour la dernière fois avant le mois d'août. Le truc que les gens ne pigent pas à propos de la nuit polaire, c'est qu'elle n'est pas tout du long d'un noir d'encre. Durant les deux premières semaines, le ciel s'éclaire deux fois par jour, suffisamment pour permettre à quelqu'un de se promener sans torche – la même aube pâle qui précède un lever de soleil et le même crépuscule éteint qui suit son coucher, mais sans aube ni crépuscule véritable. Et pourtant on sent le soleil juste là, derrière l'horizon, et ce n'est pas si mal. Ces instants tendent à se faire plus brefs et plus sombres au fil des semaines, et puis s'écoule environ un mois durant lequel le ciel est peu ou prou couleur charbon, comme une pénombre éternelle.

Diamondo a atterri, balancé le colis de fournitures, mais ne s'est pas attardé ; le temps que je passe le minimum de vêtements d'extérieur, attrape une torche et franchisse la porte, il était déjà en train de décoller – m'empêchant une fois encore d'envoyer ma lettre à Lez.

C'était la dernière fois que je voyais cet appareil.

Il y avait deux courriers dans la fournée hebdomadaire : un de mon ancien directeur de lycée, dans lequel il m'annonçait que l'établissement avait organisé un colloque sur mon travail « aussi passionnant qu'important » ; et l'autre de mon prof référent, à l'université de Reading. Ce n'était rien d'autre qu'une note, dont voici l'intégralité :

Cher A. Les mots de Sartre me reviennent souvent en tête. L'imagination n'est pas un pouvoir empirique et surajouté de la conscience, c'est la conscience tout entière en tant qu'elle réalise sa liberté. Où trouver davantage de liberté qu'au bout du monde ? Nil desperandum ! *Bien à vous, A.*

Bien que légèrement gnomique, ce genre de tirade n'avait rien d'inhabituel de la part du professeur Addlestone, qui avait travaillé si longtemps sur le programme SETI que son cerveau en avait un peu… pâti. Pas de lettre de Lez, par contre, ce qui m'a un peu inquiété. Mais bon, elle ne m'écrivait pas non plus toutes les semaines. J'ai relu plusieurs fois la note du professeur. Fallait-il y voir un post-scriptum, un ajout griffonné après coup ? Fallait-il en conclure que l'auteur du courrier que Roy m'avait acheté était Addlestone ? Peut-être. Peut-être pas.

On s'est remis à notre travail, et je me suis efforcé d'oublier toute cette histoire de lettre. Roy n'a rien fait pour me faciliter la tâche, il faut bien l'avouer. Il se comportait de plus en plus bizarrement ; il n'arrêtait pas de minauder, et quand je lui demandais pour quelle raison il faisait ça (« Quoi ? Qu'est-ce qu'il y a ? ») il prenait ses jambes à son cou – ou bien me gratifiait d'une grimace et me disait : « Rien, rien, c'est juste que… » sans jamais développer.

Étape suivante : il a installé dans sa chambre un des terminaux informatiques. C'était une machine des années 1980, pas un de ces ordinateurs modernes qui font la taille et le poids d'un numéro de *Marie Claire* – ça n'avait donc rien d'une mince affaire de mener à bien un tel déménagement. Il a même taillé une espèce de trou de souris au bas de sa porte, pour permettre au câble principal de sortir dans le couloir et de rejoindre la salle des moniteurs.

« Qu'est-ce que tu fabriques là-dedans ? l'ai-je provoqué. Ce n'est pas dans la politique standard, de faire une chose pareille. Tu as vu ça avec Adélaïde ?

— Je bosse sur quelque chose, m'a-t-il rétorqué, sans croiser mon regard. Je suis à ça de faire une découverte capitale. SETI, mon ami. Résoudre le paradoxe de Fermi ! Tu devrais t'estimer heureux d'être ici. Tu vas avoir ta note de bas de page dans les manuels d'histoire. Rien qu'une petite note, je sais, mais la plupart des gens ne peuvent même pas en dire autant. »

Une remarque que je me suis fait fort d'ignorer. « Ça n'explique pas ton besoin de te terrer dans ta chambre.

— Il me faut de l'intimité. C'est très important pour moi. »

Un jour, il s'est rendu à l'extérieur pour (dixit) contrôler les points de données météorologiques. Ça m'a paru étrange – jamais il ne leur avait prêté le moindre intérêt –, mais j'étais quand même ravi qu'il sorte de la base, ne fût-ce que pour une demi-heure. Dès que j'ai vu le faisceau ovale de sa torche s'agiter sur la glace, je me suis précipité dans sa chambre. Je ne faisais rien de mal, ne cessais-je de me répéter. Je vérifiais juste l'identité de l'auteur de la lettre. Peut-être allais-je en profiter pour jeter un petit coup d'œil à son contenu. L'idée n'était nullement de la lui reprendre (quand bien même c'eût été une *possibilité*. C'était *ma* lettre, après tout. Roy se comportait vraiment comme un idiot dans cette histoire). Mais une fois que ma curiosité aurait été satisfaite, alors tout redeviendrait plus simple entre nous. Je pourrais attendre avec équanimité la fin de mon séjour ici sans même avoir à lui avouer que j'avais fouillé dans ses affaires.

Raté : Roy avait mis un cadenas sur sa porte. Je l'ai trituré inutilement ; j'aurais certes pu le fracasser, mais – doux euphémisme – ça lui aurait mis la puce à l'oreille… J'ai battu en retraite dans la salle commune, bien plus en colère que ne le justifiait la situation. Qu'est-ce qu'il fabriquait là-dedans, avec ce terminal informatique – et ma lettre ?

Je me connaissais suffisamment bien pour réussir à prendre du recul, du moins une partie du temps. C'était pour m'agacer qu'il faisait ça. Il n'y avait pas d'autre raison. La lettre n'avait aucune importance – aucune de mes lettres, quand j'y repense, ne contenait quoi que ce soit de substantiel. Ça se résumait à de plaisants bavardages, écrits par des connaissances soucieuses de garder le contact. Sans doute celle que Roy m'avait achetée était-elle de la même teneur. Il en avait fait l'acquisition non pas pour la *posséder*, mais pour me taper sur les nerfs. Et en m'énervant je lui donnais la victoire qu'il semblait si désireux de remporter. La bonne façon de jouer le coup, c'était de feindre une parfaite indifférence.

Mais j'avais beau essayer de passer à autre chose, cette histoire continuait à m'obséder.

Il fallait que je sache !

J'ai refait un essai dans la semaine : « Écoute, Roy, lui ai-je lancé, tout sourire. Ce n'est pas un drame cette histoire de lettre, tu sais ? Aucun de mes courriers ne contient de trucs vraiment importants. »

Une phrase à laquelle Roy n'a rien répliqué, mais il m'a regardé avec une expression du genre « que *tu* crois ». Sa manière à lui de me faire marcher, ai-je subodoré.

« Je vais te dire ce que je pense, ai-je repris. Tu peux hocher ou pas la tête selon que j'ai raison ou non. Je pense que c'était une lettre de ma copine – celle que tu m'as achetée. J'ai bon ?

— Sans commentaire, a-t-il rétorqué d'un ton pincé. Dans un sens ou dans l'autre.

— Si oui, elle devait regorger de jacassements

ineptes, pas vrai ? Fort bien – garde-la ! Avec ma bénédiction ! »

Son index droit s'est dressé vers le ciel. « À dire vrai, je n'ai pas besoin de ta bénédiction. Le transfert fiduciaire a parachevé la transaction. Le droit contractuel est très clair sur ce point. »

Je me suis un peu emporté : « Tu te rends compte à quel point c'est pathétique de garder la lettre qu'une femme a envoyée à un autre homme pour tes petits jeux sexuels ? C'est... *triste*. Voilà ce que c'est. Et tu n'as même pas l'air de t'en rendre compte.

— Oh, Charles, Charles ! » Il secouait la tête, en me gratifiant de son petit sourire insupportable. « Si seulement tu savais ! »

J'ai juré. « À ta guise. »

C'est alors que les lumières de la piste d'atterrissage se sont éteintes. J'ai supposé qu'il s'agissait d'une panne, quand bien même c'était un peu étrange qu'elles nous plantent toutes en même temps. L'accent épais de Diamondo s'est alors rappelé à notre bon souvenir : « Les gars ! a hurlé la radio. Je ne peux pas atterrir s'il n'y a pas de lumières !

— J'ignore ce qui est arrivé, lui ai-je répondu. Un genre de dysfonctionnement.

— Sans déc' ! Vous pouvez arranger ça ? Terminé. »

Roy s'est équipé en hâte, il est sorti dans la foulée, pour revenir quelques minutes plus tard. « Je ne peux rien faire dans la précipitation avec une simple torche. Réponds-lui que non. Dis-lui de larguer le colis, et qu'on fera les réparations pour la prochaine fois. »

Quand je lui ai relayé ce message, Diamondo s'est

exclamé : « Objets fragiles ! Il y a des objets fragiles dedans ! Je ne peux pas le larguer ! Terminé. » Puis, en contradiction avec son ultime parole : « Je peux retirer les objets fragiles et larguer le reste. Une seconde, une sec… » Le vrombissement de l'avion me parvenait aux oreilles. Puis, à la radio : « … dans les airs.

— Attends ! lui ai-je lancé. Où est-ce que tu le largues ? S'il n'y a pas de lumières – parce que bon, ça ne va pas m'amuser de sortir dans le noir fouiller un vaste secteur avec… » Un fracas gigantesque pile-poil au-dessus de nos crânes : quelque chose venait de s'écraser sur notre bâtiment. « Espèce d'imbécile ! me suis-je emporté. Notre toit a failli y passer ! »

Des parasites. Et puis, par-delà les murs, un bruit de moteurs qui s'éloignaient. Roy m'a dévisagé ; je lui ai rendu son regard.

« Je crois que le colis a roulé du toit, m'a-t-il dit. Sors le chercher.

— Tu es déjà en tenue !

— La dernière fois, c'est moi qui suis sorti. À ton tour, sur ce coup-là. Ce n'est que justice. »

Parce que tu trouves ça juste, *de voler ma lettre ?* ai-je failli riposter. Mais ça n'aurait servi à rien ; et puis, j'espérais trouver un nouveau courrier de Lezlie dans la sacoche. Aussi ai-je passé des survêtements, pris une torche et ouvert la porte donnant sur l'extérieur.

Il y faisait un froid extraordinaire – un froid à vous congeler les sinus. Pas le moindre souffle de vent. Le bourdonnement de l'avion, déjà très faible, a diminué encore et encore, jusqu'à disparaître complètement. Le seul son qui me parvenait désormais était le doux ronronnement du générateur, apaisant dans son apparente immuabilité. J'ai fouillé une bonne dizaine de minutes l'obscurité enveloppant le bâtiment principal, et j'en ai passé cinq supplémentaires à scruter l'espace – à moitié rempli de neige – séparant le préfabriqué principal de l'annexe. En vain.

La porte principale était verrouillée à mon retour. C'était sans précédent. Je l'ai martelée un moment en hurlant, peu à peu submergé par de sombres pensées – Roy me faisait-il une sorte de blague, ou pire encore ?

Je m'apprêtais à lâcher l'affaire, à faire le tour jusqu'à l'entrée latérale, quand son visage de gargouille a envahi le hublot de la porte, avec le motif en papier millimétré tissé dans le verre. Il m'a ouvert.

« Mais à quoi tu jouais, bon sang ? ai-je explosé. Pourquoi tu avais verrouillé ?

— L'idée m'a traversé l'esprit qu'il avait pu y avoir un sabotage des lumières. » Il évitait soigneusement de croiser mon regard. « Je me suis dit : prudence est mère de sûreté. Évidemment que j'allais t'ouvrir – une fois que j'aurais eu la certitude que c'était bien toi.

— Tu as pété une durite ? ai-je gueulé. Ou alors tu es défoncé ? Comment pourrait-il y avoir quelqu'un d'autre dehors ? On est à cinq cents bornes de l'implantation humaine la plus proche. Tu as cru que c'était un fantôme ?

— Calme-toi. » Il minaudait toujours autant, et refusait toujours autant de croiser mon regard. « Tu as récupéré le colis ? »

Je me suis laissé choir sur mon siège. « Non, lui

ai-je répondu en retirant mes surbottes. Il est peut-être encore sur le toit. Mais franchement, mec ! Verrouiller la porte ?

— Il faut qu'on le récupère – il y a mes médicaments dedans. Je suis presque à court. »

C'était la première fois que j'entendais parler d'un quelconque traitement. « Sans déconner ? Ils t'ont affecté ici alors que tu avais des problèmes médicaux ?

— Juste un peu d'insomnie. Et des allergies – rien de grave. Mais j'ai besoin de mes somnifères et de mes antihistaminiques.

— Tu plaisantes. À quoi on peut bien être allergique, dans le coin ? »

Il m'a fusillé du regard. « Viens prendre un verre, m'a-t-il pourtant proposé. J'ai du whisky. »

Bon, il n'y avait pas de whisky dans nos réserves, je le savais. La bière, c'est tout ce qu'on nous autorisait ici. J'aurais peut-être dû me méfier de sa soudaine hospitalité, d'autant plus qu'il ne buvait presque jamais. Mais j'avais froid, et j'étais contrarié – boire un whisky me semblait donc être une sacrée bonne idée. « Où est-ce que tu en as déniché ?

— Je suis venu avec. C'est mon ancien prof de Cambridge qui me l'a donné. “Lâchez-vous un peu quand vous aurez résolu le problème de la vie extraterrestre”, qu'il m'a dit. Il n'a jamais douté de moi, lui, tu comprends. Et je l'ai résolu, ce problème. Moi. »

Une seconde pensée m'a alors traversé la tête, un peu comme un éclair : *soûler Roy*. Ça le rendrait sans doute plus enclin à me parler du contenu de la lettre qu'il m'avait chourée. Je ne me rappelais pas l'avoir jamais vu ivre ; m'était avis qu'il ne tiendrait pas l'alcool, et que ça allait le rendre prolixe. *OK*, ai-je songé, *cirons-lui un peu les pompes, et imbibons-le d'éthanol.*

« Je vais en prendre une goutte, lui ai-je dit, avant d'ajouter : C'est gentil à toi de m'en proposer. Merci. Je ne voulais pas… tu sais. Te crier dessus. »

Une offre de paix qu'il a ignorée : « Tu n'es pas allé à Cambridge, je crois ? m'a-t-il demandé alors qu'on traversait la salle commune. Reading, c'est ça ?

— Un pur produit de Reading, ouais », ai-je répliqué d'une voix absente.

Je me suis à moitié avachi sur un des radiateurs pour me réchauffer la moelle pendant que Roy partait chercher le whisky dans sa chambre. Il a mis un bon moment à revenir, avec une bouteille de Loch Lomond dans une main et une bouteille de bière dans l'autre. Il m'a tendu la première.

Je suis allé récupérer deux verres dans le placard.

« Moi je n'en prendrai pas, m'a alors lancé Roy. C'est gentil de ta part, mais je n'aime pas le goût du whisky. »

Typique du taré qu'il était, ai-je songé – apporter une bouteille de scotch au bout du monde, pour ne même pas en boire. D'un autre côté le cachet était brisé, et il manquait deux bons centimètres d'alcool, donc peut-être Roy en avait-il bu juste assez pour découvrir son aversion. En toute honnêteté, je m'en fichais. Je m'en suis versé une bonne rasade, avant de m'installer dans l'un des fauteuils.

« Santé ! me suis-je exclamé en levant mon verre.

— À la tienne. » Il a posé ses fesses sur le bras du canapé.

J'ai fait claquer mes lèvres. « Et donc, que dois-je conclure du fait qu'on boive ce whisky ? Que tu as résolu le paradoxe de Fermi ?

— *On* n'est pas en train de boire, m'a-t-il corrigé avec un petit ricanement d'autosatisfaction.

— Quel ergoteur tu fais, Roy.

— Je prends ça comme un compliment. » Le sourire aux lèvres, il s'est mis à faire de petits reniflements bizarres avec ses narines.

« Alors ? Le fait que *je* boive ce verre signifie-t-il que tu l'as résolu ?

— La réponse à ta question est oui.

— Vraiment ?

— Absolument. »

J'ai ingurgité une nouvelle gorgée. « Félicitations !

— Merci.

— Et donc ? »

Il m'a regardé d'un air ahuri. « Et donc quoi ?

— Et donc : c'est quoi, ta solution ?

— Oh. Le paradoxe de Fermi. » Il donnait presque l'impression de s'ennuyer. « Ma foi, je peux te la révéler si ça te fait plaisir. » Il a paru y réfléchir. Puis : « Oui, a-t-il ajouté. Pourquoi pas ? C'est Kant. »

J'ai éclaté de rire. « Bien sûr. T'es complètement cinglé. »

Il a pris un air vexé. « Comment ça ?

— Eh bien… presque une année de notre vie, des millions de livres engloutis dans cette base, sans doute des milliards dépensés de par le monde sur le programme SETI, et tout ce qu'on avait à faire, c'était d'ouvrir un livre de philosophie du XVIIe siècle !

— Du XVIIIe siècle, m'a-t-il corrigé. Et l'équipement d'ici a sans nul doute son utilité.

— Ravi de l'entendre ! Mais… Kant ? Vraiment ? »

Roy a avalé une minuscule gorgée de sa bière, puis s'est frotté le menton avec son pouce. « C'est difficile à résumer. Mais commençons par ça : comment savoir qu'il y a quoi que ce soit là-dehors ?

— Où ça… dans l'espace ?

— Non : en dehors de notre propre cerveau. Les données sensorielles, tu comprends ? Yeux, oreilles, terminaisons nerveuses… On voit des choses, on pense voir des choses là, dehors. On en entend également. Et cetera. Mais tout ça n'est peut-être qu'un mensonge. Peut-être qu'on hallucine. Qu'on rêve. Comment être sûr qu'il y a *vraiment* quelque chose là-dehors ?

— Ce n'est pas le "je pense donc je suis", ça ?

— Le cogito, oui, m'a répondu Roy avec cette irritante inflexion guindée qu'il employait lorsqu'il voulait exprimer sa propre supériorité intellectuelle. Quand bien même Kant n'a pas consacré beaucoup de temps à Descartes, en réalité. À ses yeux, le "je pense donc je suis" est une coquille vide. On ne se contente jamais de penser, après tout. On pense toujours à *quelque chose*.

— Tu es en train de me perdre, Roy. » J'ai éclusé mon whisky, puis tendu le bras vers la bouteille. Son regard m'a… convaincu d'interrompre mon geste. « Ça te dérange si j'en prends un autre ?

— Non, pas du tout. » Il a commencé à se

balancer d'avant en arrière, d'une manière qui m'évoquait un peu un oiseau. « Vas-y, je t'en prie.

— Bon, à t'entendre rien ne nous prouve que le cosmos n'est pas une sorte d'hallucination. Peut-être suis-je juste un cerveau dans une cuve. Et alors ? Je n'ai pas d'autre choix que de faire comme si l'univers était réel, sans quoi… (je lui ai lancé un rapide coup d'œil) on m'enfermerait à l'asile. Et donc ? Cette hallucination inclut-elle également E.T., ou pas ?

— C'est parfaitement exact. Bon, Kant affirme qu'il existe bel et bien un monde réel – qu'il appelle le *Ding an sich*, la chose telle qu'elle est vraiment. Mais notre seul accès à ce monde réel passe par nos perceptions, nos sens – et donc par la façon dont nos pensées sont structurées. À l'en croire, certaines des choses qu'on considère comme intrinsèques au monde extérieur feraient en fait partie de la structure de notre conscience.

— Tu as des exemples ?

— Des choses tout à fait basiques. Le temps et l'espace. La causalité.

— Kant pense que le temps, l'espace et la causalité n'existent pas "vraiment" hors de nous ? Qu'ils font juste partie de notre esprit ? »

Roy a hoché la tête. « C'est comme si on portait constamment des lentilles de contact roses. Comme si on les portait depuis toujours – depuis notre venue au monde. Imagine : tout ce qu'on voit a une teinte rose. On pourrait fort bien en conclure que le monde est simplement… tu sais, rose. Pourtant ce ne serait pas lui qui serait rose, mais notre perception du monde.

— Rose », ai-je répété, avant de boire une

nouvelle gorgée. Un début de somnolence commençait à m'envahir.

« On est tous comme ça, en permanence, sauf qu'au lieu de porter des lentilles roses sur les yeux on se coltine des lentilles d'*espace-temps* sur notre esprit. Des lentilles de *causalité*.

— L'espace et le temps, c'est l'essence même de l'univers. Point barre.

— Ce n'est pas ce que dit Kant. D'après lui, on ne connaît pas vraiment *l'essence* de l'univers. Ce à quoi on a accès se résume à la manière dont nos perceptions et pensées structurent notre compréhension.

— Attends. Pour Kant, causes et effets seraient juste un produit de notre cerveau ?

— Exactement.

— Absurde. Si l'espace, le temps et la causalité sont juste un produit de mon cerveau, alors dans quoi se trouve mon cerveau ? Ça prend de l'espace, la matière grise. Et il faut du temps pour concevoir ces pensées.

— Il y a *quelque chose* là, dehors, a convenu Roy. Mais nous en ignorons la nature. Tiens, voici une petite expérience de pensée, conçue par Kant lui-même. Tu peux imaginer un objet dans l'espace, pas vrai ? »

J'ai grogné.

« Très bien, a-t-il repris. Et tu peux imaginer qu'on le retire. Oui ? Bon, tu as de l'espace vide, à présent. Mais tu ne peux pas imaginer que soient retirés *l'espace et le temps*. Tu ne peux pas imaginer une absence d'espace et de temps. »

Nouveau grognement.

« Ça démontre que l'espace, le temps, la causalité, et d'autres choses encore… font partie de la façon dont l'esprit perçoit. Il n'y a aucun moyen de les contourner. Le *Ding an sich* est-il lui-même structuré selon cette logique ? Un œil ne peut pas se voir. Il nous est donc impossible de le savoir. Peut-être, peut-être pas.

— *Ding*…, ai-je répété, tout en sentant mes paupières descendre sur mes globes oculaires. Comme un four à micro-ondes ?

— On recherche des extraterrestres avec des télescopes visuels et des radiotélescopes. » Il a posé sa bouteille de bière, puis s'est levé. « Mais quels que soient les outils qu'on utilise, on recherche des E.T. dans l'espace et le temps, des E.T. qui comprennent la causalité et la numéralité. Mais ces choses ne sont peut-être pas extraterrestres. Ces choses correspondent à la façon dont *nos* esprits sont organisés. Et ça veut dire qu'on cherche au mauvais endroit. On ne devrait pas chercher dans l'espace, ou le temps. C'est dans le *Ding an sich* que devrait avoir lieu la traque.

— Patraque. » C'est ce que j'avais compris. J'avais les yeux fermés, à présent. Et j'avais l'impression de ne plus être capable de les ouvrir. Une telle opération musculaire me semblait échapper à ma volonté.

« Je me sens un peu patraque, en parlant de ça.

— *Ding*, l'ai-je entendu dire, à l'extrémité d'un très long couloir. Tu es cuit. Ça te va si on ouvre la porte du micro-ondes ? »

Je devais être endormi, j'imagine. J'ai essayé de changer de position, mais mes bras étaient engourdis. Ça arrive parfois, quand on est couché – on s'allonge sur un bras, et il devient un poids mort. Mais là, il s'agissait de mes deux bras. Qui se trouvaient au-dessus de ma tête. Un bruit grinçant, au loin. J'ai essayé de baisser mes mains, mais elles étaient déjà baissées. Tout cela me dépassait. *C'est notre chance*, disait – ou murmurait ? – quelqu'un. Peut-être étais-je en train d'imaginer toute cette conversation. *Nous n'avons jamais eu une occasion pareille auparavant. Car si la conscience humaine est structurée par les catégories d'aperception kantiennes, rien n'oblige la perception* informatique *à souffrir des mêmes limitations. Tout est une question de programmation ! Un programme pour analyser les données en provenance du Centaure, afin de dépasser les limites de la conscience.*

J'étais en mouvement. Tout était sombre, sombre, sombre, sombre. Mes bras semblaient comme traîner derrière moi ; quelque chose me tirait par les jambes ; et je glissais par terre sur le dos. Était-ce bien le cas ? Était-ce possible ?

On scrute le ciel depuis notre planète, on voit un univers d'espace et de temps, de substance et de causalité, de pluralité et de totalité, de possibilité et de probabilité – et on oublie que ce qu'on voit en réalité, ce sont les manières *dont notre esprit structure le* Ding an sich *selon les catégories d'espace et de temps, de substance et de causalité, de pluralité et de totalité, de possibilité et de probabilité. On observe l'espace, et on est surpris de ne pas y découvrir d'extraterrestres. Or la vraie surprise serait d'en voir dans ce panorama, car cela signifierait que les extraterrestres se trouvent à l'intérieur de nos structures de pensée. Les extraterrestres* existent, *c'est une certitude. Bien sûr qu'ils existent! Mais ils ne vivent pas dans nos esprits. Ils vivent dans le* Ding an sich.

Le mouvement a cessé, mais j'étais encore trop apathique pour bouger, ou parler, ou même ouvrir les yeux. Soudain quelqu'un m'a embrassé sur la bouche. *Adieu* – le mot semblait comme flotter tout autour. Et puis plus rien.

Ô noir noir noir. Tous s'en vont dans le[1]...

Ou bien...

Ou une chose. Qui s'approchait de moi lentement. Subrepticement. Je ne parvenais toujours pas à comprendre de quoi il s'agissait. *Laisse-moi réfléchir aux possibilités nécessaires et contingentes,* me suis-je dit. *Ça aurait pu être un courrier de ma mère, auquel cas ça se résume à des histoires de famille et Roy se fout sérieusement de ma gueule. Ce qui n'a rien d'impossible.* La chose, quelle qu'elle soit, était plus près désormais, à moins qu'elle n'ait grandi, ou gagné en présence si vous voyez ce que je veux dire – mais je n'arrivais toujours pas à mettre un nom dessus. *Ça aurait pu être la lettre d'un ami, ou de Lenny de Leicester, mais dans ce cas elle se serait résumée à un Db4+! ou à un Cf6, et Roy n'y aurait rien compris. Peut-être était-ce le professeur Addlestone de l'université de Reading qui m'avait écrit pour blablater sur un sujet sans importance? Ou alors...* la chose était partout autour de moi à présent, ou bien en moi, ou alors elle exerçait une pression des plus menaçantes sur ma conscience. *Mais c'était sans doute plutôt une missive de Lezlie. Pour me raconter quoi? Ses*

1. Extrait du poème « East Coker » de T. S. Eliot. *(Toutes les notes sont du traducteur.)*

platitudes habituelles ? Auquel cas le délire de Roy serait flippant, mais sans importance dans le schéma global de l'univers. Mais ce n'est pas de ça que j'ai peur, pas vrai ? Je me sentais patraque, et j'étais patraque : du vomi gelé me recouvrait le menton. *J'ai peur que sa lettre dise : « Je te quitte, j'ai rencontré quelqu'un d'autre. » Mais si tel est le cas, je finirai bien par le découvrir un jour ou l'autre – non ? Il faut juste que je me montre patient. Je le saurai en temps voulu. À supposer que j'aie du temps…*

Le froid.

C'était la chose.

C'était cela qui s'était subrepticement saisi de moi. C'est ce qu'il y a derrière le voile. Un froid infini, implacable, meurtrier. Même l'examen le plus superficiel du cosmos vient confirmer ce fait.

Je me suis redressé.

Je me trouvais à l'extérieur, dans le noir, vêtu de mes habits d'intérieur. Brûlé par le froid. L'intégralité de mon corps était parcourue d'un tremblement de parkinsonien. J'ai incliné la tête en arrière, et toutes les constellations se trouvaient là, devant mes yeux : le Poisson austral, le Centaure et la Colombe ; la Croix du Sud elle-même ; Orion et l'Hydre à l'horizon ; le Scorpion et le Sagittaire au beau milieu du ciel. Pégase. J'inspirais du feu qui me brûlait la gorge et les poumons. Il faisait un froid à rompre du métal. À geler de l'essence.

Je me suis levé. Tant bien que mal. Mes mains me donnaient l'impression d'avoir été trempées dans de l'acide ; et puis cette sensation a cessé, ce que j'ai trouvé plus effrayant encore. Il n'y avait désormais plus rien au bout de mes bras. J'ai voulu me frotter les paumes, mais l'absence lépreuse de sensation, l'obscurité et ma mollesse générale ont eu raison de ma coordination : mes mains se sont bornées à s'emmêler. L'idée (terrifiante) de perdre un ou plusieurs doigts simplement en les frottant les uns contre les autres s'est alors imposée à mon esprit. Ça fait bizarre d'écrire ça a posteriori, mais là-bas, dans le noir et le froid, cette éventualité m'a littéralement pétrifié l'âme.

Il fallait que je me mette à l'abri, au moins pour me réchauffer. Il fallait que je retourne à la base. Je frissonnais tellement que je craignais de perdre l'équilibre et de tomber – auquel cas je risquais fort de ne pas me relever. D'affreuses ténèbres tout autour de moi. Un froid pour lequel aucun mot n'existe.

Je virevoltais sur moi-même, encore et encore. La lumière des étoiles est la moins puissante de toutes. Si je voyais mon souffle s'échapper de ma bouche, c'était uniquement à cause de la vaste tache en forme d'autruche qui avait investi mon champ visuel. Il me fallait choisir une direction, et m'y tenir. Mais je ne voyais aucune lumière sur laquelle m'orienter. Et si je partais dans le mauvais sens ? Je risquais fort de rater la base – et de mourir en quelques minutes dans ce désert de glace.

Reprends-toi, me suis-je exhorté. *On t'a traîné ici. Roy t'a traîné ici. Pathétique : il ne m'a sans doute pas emmené très loin de la base. Il a dû penser que je ne me réveillerais pas. Que j'allais me borner à mourir dans le noir.*

« D'accord », ai-je murmuré, avant de reprendre mon souffle – ce qui m'a donné l'impression d'avaler des couteaux. Il fallait que je bouge. Je me suis mis en route, pour trébucher aussitôt dans l'obscurité. Comme je commençais à tomber en avant – à cause de mes cuisses contractées –, j'ai accéléré le pas histoire d'éviter de me retrouver face contre terre. J'ai couru toujours plus vite, pour bientôt piquer un sprint, car mon oreille interne continuait à croire que je tombais. Les fluides qu'elle contenait avaient peut-être gelé, je ne saurais le dire. J'avais l'impression de tomber, mais mes pieds – qui m'étaient invisibles – continuaient à arpenter la glace. Je me sentais dans la peau d'un nageur chutant du plongeoir le plus élevé.

Et puis j'ai vu la mer…

… je me trouvais sur la côte. Sauf que non, à l'évidence – la côte la plus proche étant située à des centaines de kilomètres de la base. Sauf qu'elle s'étendait là, sous mes pieds, parfaitement visible. Je distinguais une petite agglomération sur le rivage, à un kilomètre et demi de moi ; des lumières jaunes allaient se refléter dans l'eau, sous forme d'ovales scintillants. Il y avait un bateau, éclairé comme pour fêter Noël, en équilibre sur son propre double aqueux. Je devais me trouver à 10° de latitude, ou encore plus loin du pôle – assez loin en tout cas pour que la lune s'élève au-dessus de l'horizon. La texture de la mer m'évoquait un million de marques de burin blanches sur un million de vaguelettes ; on aurait dit de l'étain. Je n'avais aucun doute sur ce que mes yeux me montraient. Tout mon corps tremblait de douleur, de froid. *Je suis en train de mourir*, me suis-je dit, *et j'hallucine parce que je suis en train de mourir*. Je devais être parti dans la mauvaise direction. J'avais l'impression d'avoir couru toute ma vie, toutes les vies de mes ancêtres réunies.

Une espèce de spasme bizarre, de convulsion, m'a alors parcouru le corps – comme si quelque chose se repliait sur autre chose. J'étais conscient de penser : *J'ai pris la mauvaise direction. J'ai raté la base.*

Et puis non : je suis finalement retombé dessus. Maintenant qu'elle était là, sous mes yeux, je pouvais voir que Roy avait recouvert la fenêtre de la salle commune – de tissu ou de carton, impossible à dire – pour m'empêcher de repérer la lumière et de me guider comme avec un phare. D'aussi près m'était désormais visible une faible ligne jaunâtre sur les bords. Je ne sentais plus mes mains, ni mes pieds, et mon visage était couvert d'une espèce de masque rêche – de la morve, du vomi, des larmes, du gel, peu importe : en tout cas le froid insupportable avait transformé ça en une croûte étonnamment dure.

Je me suis effondré contre le mur, sur lequel ma chemise est restée collée. Le tissu était si raide qu'il s'est littéralement cassé quand je me suis relevé.

La porte. Il fallait que j'atteigne la porte – et c'est alors que j'ai vu… J'allais dire que je les ai vus, mais le pluriel ne décrit pas vraiment le spectacle que j'avais sous les yeux. Et pas davantage le singulier, d'ailleurs. C'est très difficile de mettre des mots dessus. Il y avait la porte, devant moi, et les étoiles éclairaient juste assez la scène pour faire briller légèrement la poignée métallique. Incapable d'utiliser mes mains, j'ai appuyé mon coude dessus – mais elle n'a pas cédé, bien entendu. Verrouillée, évidemment. Et Roy ne risquait guère de m'ouvrir cette fois.

Et puis j'ai vu… ce que j'ai vu. Des signaux visuels d'un genre radicalement nouveau. De la chair à vif, des ténèbres visibles, un genre de brouillard (non : « brouillard » n'est pas le bon mot). Une colonne de feu dans la nuit, sauf que ledit « feu » ne brûlait pas, ne brillait pas, ne luisait pas, n'éclairait pas. Il n'y avait pas de mot juste pour le qualifier. « Ça » m'évoquait une chute d'éboulis sur une pente sans fin. Ou des décombres accumulés au pied d'une montagne qui en remontent le versant. En avant, en arrière.

Je n'avais jamais rien vu d'aussi terrifiant.

Des flammes autour de moi, des charbons noirs de la taille de montagnes.

Et puis comme des espèces de… de griffes, ou de mâchoires, de mandibules. Une gueule. Pas de tentacule, rien d'aussi défini. Ça ne se résumait pas non plus à de l'obscurité. Ça émettait un genre d'intense sonnerie grave, comme une cloche étouffée par une couche de terre, ding-ding, ding-ding. Il ne s'agissait cependant pas d'une onde sonore, ni d'une sphère atmosphérique en expansion. Plutôt d'un pouls mental. D'un frisson de l'âme.

Des flammes tout autour de moi, et la noirceur de la nuit qui se transforme en charbons géants. Je me trouvais dans une espèce de cheminée titanesque, et le feu me consumait. Des sylphes de lumière pareils aux aurores australes auréolaient ma tête. Sauf que ce n'était pas ma tête. Ma tête avait complètement disparu. Le sommet du monde, m'man. Le sommet du monde.

Le serpent-monde ondulait monstrueusement hors de son antre, et je savais qu'il allait me dévorer.

Impossible de retourner dans la base – j'allais

mourir. Je sentais le froid horrible pénétrer jusqu'au plus profond de mes entrailles. Puis « ça », ou « ils », ou ce putain de snark (pour ce que j'en savais), s'est mis à grossir. À moins qu'il n'ait interrompu un quelconque processus de congélation – je n'en sais rien.

L'endroit où je me trouvais a subi une seconde contraction « convulsive », presque musculaire. Tout s'est replié, renversé. « Ils » ne se trouvaient plus là. En fait ils ne l'étaient plus depuis des lustres, ou n'étaient pas encore arrivés.

J'avais rejoint l'intérieur de la salle commune.

Ne me demandez pas comment j'ai fait pour franchir la porte verrouillée. Je ne pourrais pas vous répondre.

La chaleur de l'air me brûlait la gorge. Incapable de rester debout plus longtemps, je me suis à moitié affalé sur le côté ; mon bras a heurté un des radiateurs – on aurait dit du métal en fusion. Je me suis écroulé par terre en hurlant, hors d'haleine.

Peut-être ai-je perdu connaissance. Je ne saurais dire comment je suis revenu à moi. Sans doute ne suis-je resté évanoui que quelques instants, parce que j'ai aussitôt éprouvé une douleur terrible dans les mains. Une douleur atroce ! Comme si quelqu'un les avait insérées toutes les deux dans le Gom Jabbar, ou dans un bain d'eau bouillante. Aujourd'hui, je sais de quoi il s'agissait : du retour des sensations dans ma chair gelée. Mais pareille douleur… c'était nouveau pour moi. J'ai crié et hurlé comme si l'Inquisition espagnole s'était acharnée sur moi. Je me tortillais et pleurais comme un bébé.

Je me suis remis tant bien que mal en position assise, mon dos contre le mur et les jambes étendues par terre. Roy, posté devant la porte de la salle commune, tenait dans sa main droite ce qui me semblait être un pistolet – j'allais bientôt découvrir qu'il s'agissait en fait d'un lance-fusées.

« Salopard de meurtrier, lui ai-je jeté. Tu es venu finir ta sale besogne ? Tu comptes me descendre comme un chien ? » Enfin, c'est ce que *j'essayais* de dire. Parce que c'est « yrch yrch yrch orch orch orch » qui est sorti de ma bouche. Mon Dieu, ma gorge était *déchiquetée.*

« La chose-en-soi », s'est-il borné à dire, avec une inflexion bizarre dans sa voix. J'ai débarrassé mes cils de morceaux de glace à moitié fondus, et j'ai vu qu'il *pleurait.* « La chose en tant que telle. La chose en soi. J'en ai fait l'expérience sans intermédiaire. »

Son visage était humide. Des larmes dégoulinaient de ses bajoues comme de la morve. Jamais je ne l'avais vu dans cet état.

« Qu'est-ce que tu as mis dans mon whisky ? » ai-je croassé. Oh, mon Dieu, la douleur dans mes *mains* ! Et voilà que mes pieds commençaient eux aussi à me brûler. Oh, c'était horrible.

Roy a cessé de sangloter, s'est essuyé le visage dans le creux de son bras gauche.

« Je suis désolé. »

Même à ce stade, il n'était pas capable de me regarder dans les yeux. Il a lentement levé la main droite, celle qui tenait le pistolet lance-fusées, pour la coller tout contre sa poitrine, comme James Bond sur les affiches de cinéma.

Je pleurais. Pas parce que j'avais peur de mourir ; simplement parce que mes mains et mes pieds me faisaient souffrir le martyre.

Roy a pris une inspiration, braqué le pistolet lance-fusées vers son crâne et appuyé sur la détente. Une détonation assourdissante – et il s'est écroulé par terre. La salle commune était remplie d'une lumière rouge-orange fluorescente, et d'un sifflement extraordinairement fort. L'espace d'un instant, on s'est tous les deux retrouvés sur une scène infernale baignée d'un éclairage criard.

Voici ce qui s'était passé : la pointe de la fusée éclairante s'était logée dans le crâne de Roy, et la cartouche chimique était allée se planter dans le plafond avec son petit parachute d'amiante, où elle avait brûlé jusqu'à extinction complète contre les plaques de polystyrène.

Je me trouvais au beau milieu d'un véritable spectacle pyrotechnique. Des morceaux de polystyrène en fusion s'écoulaient sur le tapis ; mes mains, mes pieds et mon visage n'étaient plus que douleur… Puis le dispositif a fini de se consumer, et s'est éteint de lui-même une fois tombé à terre.

Roy n'était pas mort. Moi non plus, à mon grand étonnement. Ça n'a rien eu d'une promenade de santé – et tout du long je suppliais le cosmos d'emporter la douleur –, mais j'ai réussi à atteindre la radio pour appeler à l'aide. On nous a envoyé un avion-ambulance, qui a lancé des fusées éclairantes sur la piste lors de son premier passage, ce qui lui a permis d'atterrir au second. Ça leur a pris quatre heures, mais les sauveteurs ont fini par rejoindre la base – et nous ne sommes pas morts dans l'intervalle.

J'ai rampé jusqu'à Roy, qui gisait inconscient sur le sol, pour extraire de son crâne la pointe de la fusée.

Il n'y avait pas de sang, mais l'entaille profonde de trois bons centimètres était parfaitement visible – doublée comme elle l'était d'une rangée de peau et de cheveux. Je ne pouvais pas faire grand-chose à part le mettre en position de sécurité.

Puis je me suis hissé tant bien que mal sur le canapé – mes mains et mes pieds me faisaient un peu moins mal. Pour m'endormir presque aussitôt, je ne sais pas trop comment. Roy avait dissous un somnifère dans le whisky pour me mettre K-O ; et la douleur s'est sans doute calmée juste assez pour me rendre incapable de lutter contre la chimie. C'est un fracas répété qui m'a sorti de mon sommeil ; après quoi j'ai vu un des ambulanciers franchir la porte principale une hache à la main.

Un avion nous a transportés sur la côte, à Halley – l'agglomération de ma vision, pour peu que ça en ait été une. On nous a hospitalisés, interrogés ; on a soigné mes mains. J'ai perdu deux doigts à la gauche et un à la droite ; mon nez a fait l'objet d'une greffe de peau qui lui donne aujourd'hui encore des airs de poupée patchwork. J'ai aussi perdu des orteils, mais ça me dérange moins. Roy s'en est bien tiré : on lui a ouvert le crâne, ôté quelques fragments d'os, et on l'a recousu. Il était comme neuf.

Je doute qu'ils aient gobé sa version des événements, quand bien même je la crois personnellement sincère – au vu des circonstances. Le rapport officiel a conclu qu'il avait fait une crise de nerfs, qu'il m'avait drogué, puis abandonné dehors, et qu'il s'était tiré dessus. Lui-même n'a rien dit de tel. J'ai lu la transcription de son témoignage. J'ai même assisté à une partie de son interrogatoire : « J'ai vu les choses telles qu'elles sont vraiment, les choses *per se*, j'ai eu un moment – ce n'est pas le bon mot, ça ne se mesure pas en moments, ça a toujours été avec moi, et ça le sera toujours –, un moment de lucidité absolue.

— Et cette lucidité, lui a demandé l'enquêteur d'une voix sévère, elle vous a… incité à tuer votre collègue ? »

Roy voulait tout le mérite pour lui seul, je pense. Il se voyait comme l'individu destiné à établir le premier contact avec une vie extraterrestre. Il voulait m'écarter de son chemin. Il n'a jamais dit ça, bien sûr, mais c'est ce que *moi* je crois. Voici en quoi consistait son explication : mes perceptions, mes processus mentaux et mon imagination allaient faire s'effondrer le fragile système de désintermédiation qu'il était en train de mettre en place pour atteindre la Chose-en-Tant-que-Telle. J'avoue ne pas comprendre comment ça pourrait marcher. Il maintient néanmoins que c'était là le mobile de sa tentative de meurtre sur ma personne ; et d'insister sur le fait que ma réapparition a prouvé la justesse de sa décision, la nécessité de ma mort – parce qu'en revenant à ce moment-là j'ai brisé la vision du *Ding an sich*, ou réaffirmé la prison de la perception catégorique, ou quelque comme ça, ce qui fait que les extraterrestres ont pris la fuite – enfin, pas vraiment pris la fuite, leur essence, contrairement à la nôtre, ne pouvant se résumer à une succession de coordonnées spatiales. Mais : je n'en sais rien… Ils se seraient évaporés ? Ils auraient disparu dans le néant ? Remis le voile qui les dissimulait à nos yeux ? Roy m'a écrit plusieurs longues lettres pas franchement cohérentes de

Broadmoor à ce sujet. Moi je continue à privilégier l'explication originelle : Curtius était un binoclard pas très bien dans sa tête, et un peu jaloux de moi.

Donc bon. J'ai découvert qu'il m'avait bel et bien acheté la lettre de rupture que Lezlie m'avait écrite. Elle n'arrivait pas à gérer une relation à longue distance, les décalages horaires, elle avait rencontré quelqu'un d'autre... le blabla habituel. Après m'avoir drogué et abandonné à mon sort dehors, Roy avait laissé le courrier bien en évidence sur le bureau de ma chambre. Histoire d'expliquer « mon » geste : incapable de supporter de me faire plaquer ainsi, j'avais préféré sortir me perdre dans la nuit polaire...

Dans la dernière missive que Roy m'a adressée depuis Broadmoor, il me suppliait de « rendre public » tout ce que j'avais vu. Or, en lisant le récit que vous avez sous les yeux, vous allez comprendre que j'ignore totalement ce que j'ai vu. Il s'agissait, j'imagine, d'une série d'hallucinations bizarres, provoquées par le froid extrême et un cerveau privé de sang par intermittence. Ou bien de quelque chose, je ne saurais le dire. Je rêve encore d'eux. De ça. Peu importe. Et vous voulez savoir le plus étrange, là-dedans ? Même si je sais que je les ai croisés pour la première fois en Antarctique, en 1986, c'est comme si – et je le ressens au plus profond de mes entrailles – je les avais toujours connus. Comme s'ils me rendaient visite depuis ma prime enfance. Ce qui n'est pas le cas, bien entendu.

Ma vie est partie à vau-l'eau après tout ça. Elle est devenue merdique. Elle a littéralement fini à la décharge.

Quand je me regarde dans le miroir, certains jours, quand je scrute mon visage défiguré, j'ai parfois l'impression que c'est quelqu'un d'autre qui me fait face – une personne plus jeune, au visage tout aussi marqué. Ce n'est pas moi. J'ignore son identité. Mais il y a quelque chose en lui que je trouve désagréablement familier.

The Thing, le film de John Carpenter, est passé à la télé il y a quelque temps. Ce n'était pas l'une de ces cassettes VHS qu'on nous avait données, pour passer le temps en Antarctique je veux dire. Pour des raisons évidentes. Ce long-métrage n'a rien à voir avec ce que moi j'ai vécu. Il n'en capture absolument pas l'essence. Quoi que j'aie vu, ce n'était pas si… tangible.

Ils sont inhumains. Mais uniquement dans les rêves que je fais d'eux, je pense. Sauf que je ne rêve pas d'êtres humains. Pas même de choses. Ou alors de choses vraiment malsaines. Ou pas. Je n'en sais rien.

Il n'arrête pas de m'écrire. Si seulement il pouvait cesser de m'écrire.

2

Le Fermi du Baedeker

Pluralité

1900. La première année d'un nouveau siècle, et le douzième jour d'avril. Un soleil radieux – de bon augure, comment pourrait-il en être autrement ? Un ciel d'un bleu si parfait qu'il semblait comme émaillé, poli d'un horizon à l'autre par le Joaillier céleste en Personne. Nous voyagions de Cologne à Mayence à bord du *Deutscher Kaiser*, un bateau à vapeur de luxe. La remontée du fleuve nous prit douze heures, alors que le guide nous assurait que la descente vers l'aval ne prenait que sept heures et demie. Nul ne peut douter de l'implacabilité musculaire du courant rhénan dans cette région, si près de la mer du Nord. Toute la matinée, nous restâmes sur le pont, Albert et moi, à fumer des cigares en regardant le magnifique paysage vert émeraude glisser lentement, la couleur de l'océan idéal des contes de fées. Albert appréciait particulièrement (à l'en croire) la vue des collines lointaines, derrière lesquelles se devinait le blanc spectral des montagnes. Je préférais personnellement les vignobles tout proches. Nous débarquâmes à Mayence vers 19 heures.

Nous prîmes des chambres attenantes – avec, bien entendu, une porte communicante – au Hof Von Holland, situé dans la Rheinstrasse. Toutes deux offraient une vue splendide sur le fleuve. Il était facile d'obtenir les services d'un valet de chambre pour 5 marks par jour – ce qui n'avait rien de bon marché, un mark allemand ayant la valeur monétaire d'un bon shilling anglais. Mais il accepta, pour cette somme, de nous servir Albert et moi, et comme nous en étions au début de notre odyssée rhénane, nous préférâmes éviter de jouer les grippe-pennies – ou *pfennigs*, en l'occurrence.

Après avoir dîné – fort bien – ce soir-là, nous partîmes flâner le long de la Rheinpromenade, dont les lampadaires au gaz nous conduisirent au Schloss. Albert me rejoignit plus tard dans ma chambre pour consulter le Baedeker en ma compagnie. Mayence, ou Mainz en allemand, est une ville fortifiée de 72 300 hab. (23 000 prot., 4 000 juifs), accueillant une garnison de 8 000 soldats. Elle se trouve agréablement située sur la rive gauche du Rhin, face à son affluent le Main.

« Il y est écrit, fis-je observer, que le Musée central romain-germanique contient la collection d'antiquités antéchrétiennes la plus variée et la plus intéressante de toute l'Allemagne.

— *Pré*chrétiennes, tu veux dire ? » Albie lâcha un petit rire. « Il faut bien se rendre à l'évidence, ces guides ne sont pas écrits par des gens dont l'anglais est la langue maternelle.

— Les deuxième et troisième étages de l'aile ouest

sont occupés par la bibliothèque et la collection de monnaies, auxquelles s'ajoute un remarquable assortiment de curiosités typographiques, manuscrits et incunables. Le clou de la collection se compose d'un jeu complet de monnaies datant de la cour de Charlemagne.

— Je m'intéresse davantage aux deux précieuses pièces qui composent *cette* collection », rétorqua Albie en glissant sa main dans ma culotte.

Se produisit alors l'événement que la modestie – sans même parler des sanctions légales – m'interdit bien entendu de détailler. Nous ne tardâmes pas à nous endormir ensuite. Je lui avais proposé de partager mon lit, qui était certainement assez grand pour deux ; mais Albert, dans toute sa sagesse, redoutait qu'une femme de chambre, ou un hôtelier, ou même le jeune Hans (notre valet), puisse nous découvrir ensemble. Il était donc retourné dans sa chambre.

Nous nous levâmes tard, et partîmes prendre notre petit déjeuner au Weiner Café, sur la Gymnasiumstrasse. C'était le 13 avril – un vendredi. Des nuages taillés à la serpe, de parfaites bouffées de blanc, peuplaient le ciel. Une forte brise printanière animait les grands arbres bordant la rue, qui dodelinaient avec une lenteur proprement sous-marine. Mais alors que je buvais mon vin coupé d'eau, et picorais les ultimes flocons de pâte qui parsemaient mon assiette, je songeai que les pierres roses et blanches des bâtiments de Mayence étaient d'une grande beauté, et que les indigènes étaient aussi avenants que courtois – même les Juifs, fort nombreux dans leurs vêtements noir funérailles. Je me rappelai alors à quel point j'étais chanceux de pouvoir profiter de toute la beauté du monde en compagnie d'Albert. J'étais heureux. Et je me le répétais encore et encore, espérant ainsi apaiser le sentiment d'appréhension qui me nouait l'estomac.

Après le petit déjeuner, nous allâmes visiter la cathédrale : un massif édifice de pierre rose, doté d'une magnifique flèche en ardoise à son extrémité nord. L'entrée se faisait via deux gigantesques portes de bronze qui s'ouvraient sur la nef nord ; muets d'admiration, nous arpentâmes le bâtiment – 111 mètres de long, à en croire le Baedeker, et soutenu par 56 lourds piliers. Albert me traduisit une partie des inscriptions funéraires, et moi je dessinai quelques statues dans mon carnet. Sur le monument du XVIIIe siècle dédié à un certain chanoine von Breidenbach-Bürresheim, l'on trouve une tête de Saturne particulièrement bien exécutée. Les cloîtres sont tranquilles, de style gothique ; Albert et moi y passâmes une heure à fumer côte à côte, en regardant les ombres tourner lentement autour du grand axe du monde. Le Baedeker recommandait de visiter la crypte, mais le bedeau n'était nulle part visible pour nous déverrouiller la porte – sans doute était-il parti déjeuner.

Profitant du beau soleil, nous partîmes alors en direction du nord, marchant jusqu'à la Gutenbergplatz, où une splendide statue rend hommage au fils le plus célèbre de Mayence, Johannes Gutenberg, l'inventeur de la presse à imprimer. Ce fut à cet instant que nous atteignirent les prémices du tumulte. Albert vit en premier les changements qui affectaient le ciel. Une foule considérable était en mouvement à l'autre bout de la Ludwigsstrasse, et les cris et hurlements de ces gens nous parvenaient avec netteté dans l'air pur du printemps. Un tramway s'arrêta brusquement. Je vis son chauffeur sortir en hâte de la cabine et abandonner le véhicule.

« Des nuages ! » s'écria soudain Albert. Un comportement des plus atypiques, de la part de cet individu aux manières absolument impeccables ! « Des nuages ! »

Il avait un doigt pointé vers le ciel. L'espace d'un instant je vis des nuages, des masses visibles de gouttelettes d'eau en suspension dans l'air conformément à la logique de leur densité relative. Mais s'imposa alors à moi l'affreuse réalité, tel un Saül des temps modernes sur la route d'une horrible Tarse – car l'eau était toujours plus lourde que l'air, et aucune structure d'une taille pareille et d'une solidité si évidente n'aurait dû pouvoir demeurer ainsi dans le ciel. Ce que nous avions pris pour des nuages, cela n'en était pas. C'était autre chose. C'étaient de gigantesques *êtres* amiboïdes, des créatures d'une altérité monstrueuse. Une coquille de praire faite de brume argentée, animée par quelque volonté ou mécanisme incompréhensible, rasait les créneaux et les toits en flèche de Mayence. C'était un appareil, un dispositif construit selon des principes bien différents de ceux qui présidaient au fonctionnement des machines à vapeur ou des condensateurs électriques ; un chariot servant à fendre le ciel, un trône constitué de tiges et de lumières. Des armes ? Et sise en son centre, comme fondue dans le dispositif même qu'elle pilotait, se trouvait une créature qui m'était totalement inconnue – elle m'évoquait la chair visqueuse qu'on trouve à l'intérieur d'une coque de mollusque, mais de la taille d'un bœuf orange et frémissant de vie. Je regardai autour de moi, mon cœur battant la chamade, tout mon corps saturé de l'imminence de ma perdition. Chaque nuage était un char, et sur chacun trônait un monstre bien spécifique – ici de la taille d'un bovin, là aussi gros qu'une baleine. Ils envahissaient le ciel.

« Oh, comme c'est étrange ! hurlai-je. Étrange étrange étrange ! »

La créature que j'avais vue en premier avait fait descendre son char de brume presque au niveau du sol. Elle se rapprochait à présent de moi sur les pavés de la place. Je voyais s'agiter son corps de fibres musculaires enchevêtrées ; pousser sur son torse de fantastiques tentacules noirs, qui m'évoquaient des queues de têtards. Des épines faites de chair. Je n'ai nulle honte à avouer que je me jetai alors par terre, pressai mon visage contre les pierres et me mis à gémir, mes deux bras autour de la tête.

Nous dînâmes ce soir-là au Hanaczik, un restaurant situé tout au bout de la Jacobsbergergasse. Le plat principal était de qualité moyenne, mais le dessert – tarte aux pommes et crème fouettée – s'avéra délicieux, sans même parler du bordeaux, de tout premier choix. Nous flânâmes ensuite côte à côte jusqu'à la Gutenbergplatz, où se trouve le théâtre, envisageant vaguement d'aller voir une pièce. Mais nous n'avions rien prévu, et le temps qu'on arrive le spectacle avait déjà commencé. Il s'agissait du reste d'une traduction en allemand d'une pièce de Dion Boucicault, et Albert était d'avis qu'on pouvait voir du Boucicault n'importe quel jour de la semaine chez nous. « On est en Rhénanie ! me lança-t-il. Nous devrions nous immerger dans la culture *germanique* !

— Oh, déclarai-je, imagine qu'on puisse arpenter ces rues bras dessus, bras dessous ! »

Il me fit aussitôt taire. « Tu n'apprécierais pas d'être arrêté, Harold.

— Par ces gens ? » rétorquai-je, en les désignant d'un geste. La Platz était bondée. « Les Allemands ordinaires s'occupent de leurs affaires – ils ne nous prêtent aucune attention. C'est comme s'ils ne nous voyaient pas. Nous sommes simplement deux étrangers, dégoisant dans une langue barbare !

— Ils ne tarderaient pas à nous remarquer si l'on commençait à se comporter comme de jeunes amants éperdus, objecta Albert d'une voix aussi calme qu'énergique. Et toi aussi tu les verrais, si tu prenais la peine de bien regarder… »

Ce que je fis – pour découvrir une foule dotée d'une homogénéité remarquable. Des gens vêtus de noir, qui traversaient la place sans la moindre timidité, et pourtant avec une hâte discrète. Des Juifs. Car le vendredi soir débute leur sabbat, et j'imagine qu'ils retournaient chez eux après un passage par leur temple. « Ces gentlemen hébraïques seront encore moins enclins à nous prêter attention, ajoutai-je. Ils sont du genre à rester entre eux. »

Nous rentrâmes à l'hôtel, au bar duquel nous nous installâmes pour lire et fumer. Sourcils froncés au point de presque toucher son nez, Albert se frayait un chemin semé d'embûches dans une œuvre de la philosophie allemande – ce même Freddie Nietzsche dont le Tout-Londres faisait des gorges chaudes. Moi je m'attaquai pour la deuxième fois à mon exemplaire de *La Guerre des mondes* de Herbert Wells.

Le lendemain, nous prîmes le train pour Francfort.

Au cours du voyage, je terminai ma relecture du récit wellsien. Il possédait quelque chose qui stimulait puissamment mon imagination, sans que je parvienne à distinguer de *quoi* il s'agissait. D'un point de vue narratif, ce texte n'avait aucune prétention artistique mal placée ; Wells lui-même, un homme que j'avais eu l'occasion de croiser – c'était la connaissance d'une connaissance –, n'était ni Goethe, ni Shakespeare, ni Homère. C'était en réalité le fils d'un serviteur, élevé dans l'honnête humilité de la campagne du Kent. Quiconque le rencontrait en chair et en os était frappé par son intelligence et son sérieux de tous les instants, deux caractéristiques attestant aussi clairement qu'on puisse l'espérer sa basse extraction. Le vrai savoir-vivre ne peut être contrefait. Ce même individu se faisait à présent un nom dans le monde littéraire grâce à son penchant pour les romans à quatre sous et quelques poignées de paillettes journalistiques jetées sur la page. Et pourtant c'était bien son livre qui refusait de lâcher mon esprit ! L'ayant lu à deux reprises, j'avais désormais la certitude que je le dévorerais une troisième fois. *Qu'est*-ce qui me fascinait tant dans cet ouvrage ? Je demandai l'avis d'Albert sur la question, mais il se montra passablement méprisant : « Cette horreur ? Appeler ça un roman à quatre sous, c'est encore lui faire trop d'honneur. Un roman écrit à quatre pattes, voilà qui lui conviendrait mieux. Des lumières sur

Mars ? D'étranges créatures descendant du ciel pour dévaster… »

Et il s'interrompit. Nous restâmes un moment à nous dévisager. L'indigestion me lacérait les intestins.

« La saucisse est censée être… » Je lançai un coup d'œil par la fenêtre. « Ce que je veux dire, c'est que le peuple allemand est *censé* maîtriser l'art de la fabrication des saucisses ! Et pourtant mon pauvre ventre ne se remet pas de ce petit déjeuner.

— Le mien non plus. » Et il retourna à son traité de philosophie. « Nos intestins n'ont pas la tâche facile, avec cette boustifaille. C'est incompréhensible, je dois l'avouer.

— C'est généralement toi qui as le système digestif le plus efficace, fis-je observer.

— Effectivement ! »

La sensation de gêne quitta presque aussitôt mon abdomen, à mon grand soulagement. J'essayai quelque temps de lire un journal local, dans le but d'améliorer mon allemand. Mais Albert finit par s'emporter contre mes interruptions continuelles – je ne cessais en effet de lui demander le sens de tel ou tel mot. Renonçant à mon projet, je me bornai dès lors à regarder le paysage par la fenêtre de notre compartiment. La ligne de chemin de fer traversait plusieurs kilomètres de forêt, pour ensuite s'échapper des arbres et longer le Rhin. J'observai un moment la voie navigable, qui reproduisait une version argent terni de l'infini du ciel. Les arbres sur la rive lointaine étaient aussi petits que des brins d'herbe. Le mouvement du train, cette paisible abondance, le flot inépuisable de la rivière… tout cela m'apaisait. Mais alors, oh, mais d'une façon *fugace*, je vis quelque chose se refléter dans le plan d'eau – un serpent d'un kilomètre et demi de long dans le ciel, à la queue garnie de protubérances bleues en forme de plumes, et au corps criblé de feux étincelants comme autant de hublots. Je hurlai, levai les yeux – et des larmes m'étaient venues : je pleurais comme si, à ma grande terreur, j'avais reconnu quelque chose ; une émotion étrange, oppressante, qui combinait horreur et plaisir. Pourquoi plaisir ?

La gare centrale de Francfort est la plus grande et la plus belle structure de ce genre qu'il m'ait été donné de voir au cours de mes voyages en Allemagne (j'ai entendu dire que celle de Berlin est plus imposante encore, mais je ne me suis pas encore rendu dans cette ville). La gare surplombe sa propre Bahnhofsplatz, d'où rayonnent de larges rues bordées d'arbres – Kronprinzestrasse, Kaiserstrasse, Taunusstrasse. Cependant, le bâtiment est situé à l'ouest du centre-ville, et les hôtels de Francfort n'y envoient pas d'omnibus, ce qui n'est guère pratique. Nous n'eûmes donc d'autre choix que de prendre un taxi privé, dont le peu de célérité à charger nos bagages fut l'occasion pour Albert de se mettre en colère. Ce n'est pas dans ses habitudes de s'emporter ainsi, mais *quelque chose* avait mis à mal son équilibre mental ; au point qu'il vitupéra en allemand contre le conducteur dépité pendant cinq bonnes minutes. Nous finîmes par monter à bord pour nous rendre à l'hôtel Schwan, sur la Goetheplatz. À en croire mon Baedeker, c'était dans ce luxueux établissement qu'avait été conclue la paix du 10 mai 1871 – entre une France martiale jadis puissante et une

Allemagne revancharde l'ayant contrainte à capituler. Et quelle opulence je découvris à l'intérieur ! Un long couloir de réception doré, des tapis rouge sang doux comme de la soie recouvrant les deux escaliers jumeaux en arc de cercle. Le Schwan dispose également d'un ascenseur mécanique, dans lequel, avec un peu d'appréhension – sa grille coulissante et son espace confiné ne nous inspiraient guère confiance –, nous montâmes tous deux pour rejoindre notre chambre.

Je ne m'en enorgueillis guère, mais nous commençâmes à nous quereller comme des enfants sitôt que le portier nous eut laissés seuls. Je réprimandai Albert pour les paroles irascibles qu'il avait infligées au chauffeur du cabriolet ; il riposta vivement, m'accusant de *fourrer mon nez là-dedans* alors que je « n'arrivais même pas à articuler le moindre mot d'allemand ». Nous nous séparâmes en mauvais termes, et je m'efforçai d'apaiser ma fureur en errant dans les rues de cette étrange cité avec pour seul guide mon Baedeker. J'allai me poster sous le monument de Goethe par Schwanthaler, érigé en 1844, douze ans après la mort du poète. Les reliefs ornant la face avant du piédestal sont de nature allégorique, ceux qu'on trouve sur les côtés des personnages tirés des poèmes de Goethe. Je me rendis au Römer, la mairie de l'ancienne ville libre d'Empire – sans doute l'édifice le plus intéressant de Francfort d'un point de vue historique. La façade présentait trois hauts pignons donnant sur le Römerberg, ou place du marché, situé en face. Je passai devant la cathédrale sans pénétrer à l'intérieur, préférant perdre une heure au Städel Art Institute, un beau bâtiment de grès gris accueillant des collections de peintures, de gravures et de dessins des grands maîtres européens, ainsi que de nombreux bustes et moulages. La galerie principale est tout particulièrement riche en spécimens des premières écoles flamandes et allemandes des XVe et XVIe siècles, ainsi qu'en jolis intérieurs hollandais – plus quelques trésors d'origine italienne – du XVIIe. Le nom des artistes apparaît sur les cadres.

Je passai un déjeuner en solitaire, à ruminer de sombres pensées tout en observant les passants. Francfort compte environ 179 800 habitants, parmi lesquels on trouve 18 000 Juifs et une garnison militaire de 1 800 soldats. La ville est située dans une vaste plaine entourée de montagnes, sur la rive droite du Main navigable. Pourquoi ressentais-je un tel effroi jusque dans mes entrailles ? De quoi avais-je peur ? Qu'Albert ne m'aimât point ? Non, car je savais qu'il m'aimait – ce que je me répétai à plusieurs reprises, à voix basse et en anglais. Prononcer ces paroles, telle une incantation, eut pour effet de réduire un peu mes douleurs intestinales. Mais une nouvelle frayeur surgit alors dans mon cœur – doutait-il de l'amour qu'il inspirait à *ma* personne ? Pareille supposition ne pouvait rester sans réponse. Je laissai un billet sur ma table et, sans même finir mon pichet de vin du Rhin, courus telle une furie jusqu'au Schwan, puis gravis quatre à quatre l'escalier – car je ne pouvais supporter l'idée de m'enfermer dans cette cage d'ascenseur – menant à notre chambre. Albert se trouvait sur le balcon, occupé à lire et à fumer, les pieds sur la rambarde. Le peu d'émotions que je parvins à lire sur son visage – ce beau visage viril, réservé –

suffirent à me rassurer : il savait. Nous n'avions pas besoin de paroles d'excuse ; je préférai fermer les volets, caler la porte au moyen d'une chaise longue pour empêcher l'entrée impromptue de domestiques ou de servantes, et le conduire jusqu'au grand lit, sur lequel nous nous allongeâmes tels Achille et Patrocle, jadis, il y a des millénaires.

Dans les terres troyennes, avec une monture plus imposante qu'un palais. Comment les habitants d'Ilium avaient-ils fait pour ne pas se rendre compte du danger que représentait cette vaste structure équine ? Ils pensaient l'avoir emporté, et voyaient tout – même leur propre destruction – en ces termes. Les termes qui façonnent nos modes de pensée sont si intimement liés aux choses auxquelles nous pensons qu'aucun autre résultat n'était envisageable, car penser *par-delà* nos pensées est bien entendu structurellement impossible. Et ce fut ainsi que le cheval les berna.

Dans l'agréable torpeur qui s'ensuivit – les lamelles des volets projetaient des ombres parallèles sur ses flancs nus –, nous discutâmes longuement. Je lui confessai que j'avais l'estomac souvent agité, sans trop savoir pour quelle raison. Albert me confia qu'un sentiment d'angoisse l'habitait également depuis Mayence. Il ne se l'expliquait pas plus que moi. Bien qu'il ait fait de nombreux voyages en Allemagne, jamais auparavant il ne s'était senti aussi anxieux – mais pourquoi ? Il n'aurait su le dire. « C'est peut-être lié au maudit livre que je suis en train de lire, grogna-t-il. Ce Nietzsche est un démon – de son propre aveu. Son travail, tel qu'il le conçoit, est de faire douter ses lecteurs de tout ce qu'ils ont tenu pour acquis jusqu'à présent ! Cela rend sa lecture fort éprouvante, je te l'assure, fort éprouvante.

— Mais quid de la vérité, dans ce cas ?

— Oh, la *vérité* est sujette à mutation, affirme le sage. La vérité, c'est le pouvoir, pas la science ; enfin, c'est de la *science*, mais la science dépend également du pouvoir. Les puissants réglementent ce qui est vrai, et on finit par oublier l'origine de ces prescriptions. Nos habitudes de pensée nous enferment plus puissamment que des camisoles de force. On vit avec des lunettes couleur d'habitude devant les yeux, et on perçoit les choses comme on a l'habitude de les voir. »

Un frisson le parcourut ; je l'enlaçai pour le réchauffer, ce qui nous conduisit à une étreinte plus virile.

Nous dînâmes à l'hôtel ; le vin nous aida à soulager notre sentiment mutuel d'insatisfaction existentielle – ou bien notre sentiment d'être saturés de satisfactions, comme un homme ayant mangé trop riche et qui se plaint de son estomac.

Nous passâmes le lendemain matin au Jardin zoologique – entrée 1 mark –, construit sur le terrain d'un ancien domaine, au cœur des ruines duquel on trouve un remarquable aquarium d'eau salée. Nous arpentâmes ensuite le Vieux Pont – la vue sur le Main était imprenable en son centre. L'ouvrage d'art, fabriqué en grès rouge, date de 1342. En son centre se dresse une statue de Charlemagne, par Wendelstadt et Zwerger, non loin d'une antique croix de fer avec un christ catholique lui-même en fer. Un petit coq surmonte le tout, en souvenir d'une vieille histoire selon laquelle l'architecte aurait achevé son pont grâce à un pacte avec le diable : il acceptait de sacrifier à l'Antéchrist la première personne qui traverserait. Mais le bâtisseur roublard avait retenu les foules pour envoyer d'abord une poule sur la travée.

En passant par la Schöne Aussicht Obermainstrasse, je remarquai un balayeur de rue appuyé sur un large balai. Curieux de voir à quoi il s'attaquait si peu énergiquement, je m'approchai de lui. Mes yeux se mirent à me piquer ; mon estomac à brûler d'un feu intérieur. Une peur panique, déraisonnable, s'était emparée de moi. Mais une peur de quoi ? De quoi ? Le balayeur déplaçait des tas de – j'ignore de quoi il pouvait s'agir. Mais il y en avait des dizaines. Une multitude de créatures couleur de myrrhe évoquant des têtards, chacune de la taille d'une boule de bowling, avec une double queue striée d'argent et de bleu. Une gelée semi-transparente recouvrait leurs têtes. Et même si certains de ces monstres étranges étaient indéniablement morts, beaucoup se tortillaient paresseusement, s'efforçant de se mouvoir malgré la lourde gravité terrestre qui ne leur était nullement familière. D'un simple coup d'œil je compris qu'ils possédaient des pouvoirs de pensée, de volonté, voire de détermination au moins aussi puissants que les nôtres. Et pourtant ils gisaient là, abandonnés, en larges amoncellements de chair tremblante venue d'ailleurs.

Le balayeur avait interrompu sa tâche ; il fixait sur moi des yeux emplis d'inquiétude.

« Qu'est-ce que tu fais ? me lança Albert. Pourquoi restes-tu bouche bée devant cet homme ? Tu lui fais peur, mon cher ami. »

Il ajouta quelques mots rapides en allemand ; le balayeur l'examina en hochant lentement la tête.

« Qu'est-ce… qu'est-ce qu'il *fait ?* m'enquis-je.

— Il balaie les rues, espèce de dinde.

— Il balaie *quoi* ? »

Albert se posta à mes côtés et glissa son bras sous le mien.

« Des déchets, bien entendu. Quoi d'autre ? Allez, viens. » Et il pressa le pas.

Après le déjeuner, Albert retourna à l'hôtel faire une sieste. N'ayant pour ma part pas sommeil, j'en profitai pour vagabonder dans les rues, l'esprit agréablement oisif. Je passai bientôt devant l'ancienne Leinwandhaus, qu'on pourrait traduire par halle des marchands de tissu – une structure datant de la première moitié du XIVe siècle, nantie d'un magnifique ensemble de tourelles et de pinacles récemment restauré. Il n'y avait là rien qu'il faille craindre. Je me trouvais dans une ville civilisée, avec une bourse remplie d'or et une tête pleine de nouvelles connaissances. J'avais mon guide en main. Dieu régnait au ciel, et le monde allait aussi bien qu'on pût l'espérer.

Je m'installai à la terrasse ensoleillée d'un café de Hotzgaben, commandai un verre de bière allemande, sortis le roman de Wells et le posai devant moi sur la table. Un je-ne-sais-quoi dans sa reliure couleur avoine m'emplit d'un genre de dégoût, et pourtant m'envahit la compulsion de le lire une troisième fois. Je tins bon, conscient que rien de sain n'en sortirait. Je préférai consulter le Baedeker et lire des articles sur Darmstadt, afin de déterminer si cet endroit justifiait un détour par le sud de la rivière.

Mon verre ne contenait plus que de la mousse et

de l'air. Le serveur le récupéra, puis m'en apporta un autre.

« Vous croyez en l'efficacité du Baedeker, à ce que je vois », me lança alors un inconnu depuis une table voisine.

Je reconnus que tel était le cas, puis me présentai. L'étranger me donna son nom, puis se leva pour me serrer la main. Il retourna ensuite s'asseoir sur son siège.

« C'est toujours un plaisir de croiser un compatriote à l'étranger », me dit-il alors, avant de déplacer sa chaise afin de mieux me faire face et de me saluer de son verre.

C'était un vieil homme au visage agréable, avec une barbe poivre et sel taillée pour ne couvrir que son menton, et un large front rose qui remontait jusqu'au sommet de son crâne, sous quelques mèches de cheveux bruns.

« Vous-même, m'enquis-je, vous ne vous référez jamais à un guide ?

— À mes yeux, répliqua mon nouvel ami, visiter une ville guide en main, c'est se condamner à ne voir que ce que le guide vous autorise à voir.

— Il n'est point de loi qui nous contraigne à accepter pareille tyrannie, ripostai-je. On peut se promener là où on le souhaite ! Mais si on choisit de négliger le guide, on ignorera où l'on se trouve, ou ce que l'on voit.

— Je crains de m'être mal exprimé. » Il me gratifia d'un étrange petit sourire. « Loin de moi l'idée que le Baedeker nous force à arpenter telle ou telle rue. Ce que je veux dire, c'est qu'on ne voit pas Francfort – on voit le Francfort du Baedeker. On coche les choses à voir qui s'y trouvent énumérées, et c'est comme si s'imposait à nous la description qui y en est faite. Et une fois que notre séjour appartient au passé, on se retrouve à se remémorer non pas la ville, mais les pages d'un livre. »

J'éclatai de rire. « Il y a peut-être du vrai dans vos paroles. Mais le choix est-il vraiment si difficile, entre esclavage mental et ignorance ?

— Et l'autre livre, s'agit-il bien de *La Guerre des mondes* ?

— Vous le connaissez ?

— Effectivement. Et je le tiens en haute estime, pour tout vous dire.

— Il m'emplit d'une étrange terreur », laissai-je échapper – des paroles qui, sitôt sorties, me frappèrent par leur profonde vérité. La terreur s'accrochait telle une odeur à cet ouvrage. Je m'empressai de l'éloigner de moi.

« Vous ne craignez quand même pas que les prédictions de M. Wells se réalisent – que des Martiens dévastent bel et bien Woking ? Je connais Woking, monsieur, et je verrais pour ma part dans cette guerre une bien belle opportunité d'en améliorer l'architecture générale.

— Vous êtes de là-bas ?

— D'Ascot. Et vous ?

— De Chelsea. Mais non, non, vous avez raison de vous gausser.

— Veuillez m'excuser si j'ai fait quoi que ce soit d'aussi impoli !

— Pas le moins du monde. Vous avez fort gentiment relevé une petite absurdité, voilà tout. » Je hochai la tête. « Mais ce n'est pas le côté…

prophétique de ce livre qui me contrarie. Je trouve au récit, comment dire – une certaine étrangeté. Oh, pas même l'histoire : le simple fait que ce livre existe. Je…, ajoutai-je, obscurément ému de me confesser ainsi à cet étranger, … visite les villes du Rhin avec un… de mes amis. Il y a bien des choses à apprécier, et beaucoup de belles choses à voir. Et pourtant je sens que voir m'emplit de toujours plus d'… » Je m'interrompis.

« … d'effroi ? me souffla-t-il.

— Au point que j'en suis presque à souhaiter – la Providence me pardonne – devenir aveugle, de manière à ne plus jamais avoir à me soucier de *ce qui peut être vu.* »

L'homme resta un moment sans mot dire, vida son verre de vin blanc coupé à l'eau gazeuse. Le serveur, qui rôdait dans les environs, s'empressa de s'approcher ; l'individu lui commanda une nouvelle boisson – en français. « Je ne parle pas un mot d'allemand, m'avoua-t-il.

— Mon propre *Deutsch* est rudimentaire, j'en ai peur. Même si, Dieu merci, il me suffit pour commander un verre.

— Heureusement pour moi, tout le monde parle français par ici. Je comprends, poursuivit-il en me regardant droit dans les yeux, la nature de vos craintes. »

La sensation de bouillonnement acide reprit d'assaut mes intestins. Mon cœur se mit à battre plus vite. « Vraiment ?

— J'ai vu ce que vous voyez. Des livres tels que *celui-ci* (il inclina le menton vers *La Guerre des mondes*) font partie de mes préférés. Les romances scientifiques.

— Vous n'avez pas vu ce que j'ai vu, rétorquai-je d'une voix tremblante, parce que je n'ai rien vu du tout.

— Et moi non plus. Et pas davantage la centaine de milliers d'habitants de cette ville. Et pourtant cela continue à nous hanter. Ils… », ajouta-t-il, les yeux braqués vers le ciel. À ma grande honte, je préférai fermer les miens plutôt que de suivre son regard. « Ils ne sont pas hostiles, je crois.

— J'ose espérer que vous avez raison, murmurai-je. Mais il me faut redouter le contraire.

— À l'évidence, convint l'étranger, M. Wells les a vus plus clairement que la plupart de nos contemporains. Et selon lui ils viennent nous faire la guerre. Mais je me demande si… s'ils ne sont pas simplement venus nous saluer. Nous dire bonjour. Et, fidèles à leur incompréhensible implacabilité, ils persistent à s'efforcer de nous saluer, telle une mouche s'acharnant à percuter une vitre de sa tête poilue. À moins qu'ils ne comprennent à quel point il nous est difficile de les percevoir ? Serait-ce là la raison de leur persévérance ? La gentillesse ? »

Le serveur fit son retour avec un nouveau verre de vin blanc coupé à l'eau gazeuse, nous gratifia d'une petite révérence empesée, puis battit en retraite à l'intérieur.

« La difficulté à se voir est peut-être réciproque », hasardai-je.

Mon nouveau compagnon hocha la tête à deux reprises, lentement, comme s'il s'agissait là d'une pensée inédite, qu'il lui fallait analyser. « Et si

M. Wells était la tête de proue d'une nouvelle forme de narration ? »

Sa question déclencha en moi une vague d'indignation, qui se traduisit par un discours d'une véhémence proche de l'impolitesse. « Ce moins-que-rien ? Jamais ! Jamais ! Pardonnez-moi, monsieur, mais je me considère comme un *littéraire*, et M. Wells n'a pas de réputation posthume à laquelle il puisse se référer. Lisez les romans de Henry James, ou de George Meredith, ou de Gissing, puis lisez ce roman, et dites-moi lequel est plus vrai que nature ! »

Sentant croître mon animation, je pris une gorgée de bière pour m'apaiser. L'étranger ne cessait de me dévisager.

« Plus vrai que nature, fit-il d'une voix lointaine, c'est bien toute la question. Aussi vrai qu'une ligne droite est considérée comme rectiligne. Aussi vrai qu'un portrait est dit fidèle. À moins que le cosmos lui-même ne soit constitué de telle sorte que le portrait précède le modèle ? Schopenhauer voyait dans la volonté le principe structurant de l'univers ; et *qu'est*-ce que la volonté sinon l'idiome de l'esprit ? Il ne s'est reconnu aucun maître, ce Schopenhauer, sinon Kant ; et Kant en a dit autant à son propos. Cela ne doit donc pas nécessairement nous surprendre, si le modèle assis sur son tabouret, dans l'atelier de l'artiste, découvre un nez qui a changé de longueur, ou des yeux plus écartés, ou des cheveux plus sombres – ainsi que l'impose le portrait. » Sans doute ne parvins-je pas à dissimuler l'horreur que m'inspirait pareille suggestion, car l'individu éclata de rire. « Mais c'est absurde, bien sûr ! »

Cela me soulagea grandement. Bien *sûr* que c'était

absurde ! Mon voyage s'effectuait dans les conditions les plus luxueuses qui soient. L'homme que j'aimais dormait à l'hôtel, et bientôt j'irais le rejoindre. Je n'avais rien vu de fâcheux.

« Au risque de me répéter, cependant, reprit mon compagnon d'une voix songeuse, imaginez que M. Wells soit le chef de file d'une nouvelle forme de narration ? Si tel est le cas, m'est avis qu'il y aura sous peu bien plus de gens capables de… voir ; que les journaux vont se *remplir* de témoignages étranges, rapportant des lumières dans le ciel, des tentacules et je ne sais quoi encore. Mais vous avez sans doute raison, monsieur. Le XXe siècle appartient certainement à M. James. »

Nous nous séparâmes en bons termes. Sur le chemin du retour à l'hôtel, je passai par l'Opernhaus et achetai deux billets pour la représentation de la soirée.

3

L'Institut

Totalité

: 1 :

Laissez-moi reprendre le fil de cette histoire, réorganiser les lettres pour leur donner un sens nouveau. Et l'anagramme qu'on obtient, la voici : *la vie ne met pas cinq minutes à devenir merdique*. C'est en tout cas ce qui est arrivé à la mienne, croyez-moi. Pendant longtemps j'ai mis ça sur le compte de l'alcool, de mon visage difforme, de ma solitude prolongée – voire d'une divinité maligne qui me détestait et n'existait même pas, la salope, ce qui n'arrangeait pas les choses. Mais pas sur ce qui s'était passé en Antarctique – parce que je n'avais vraiment aucune envie de me remémorer la *rencontre* (appelons ça comme ça) que j'y avais faite. J'avais vécu des choses que je ne pouvais pas dé-vivre. Point barre. Et pourtant, cahin-caha, ma vie s'est poursuivie. Grâce à l'alcool, entre autres. J'agissais comme si ça ne s'était jamais produit, alors même que cela structurait l'intégralité de ma misérable existence – « comme si » étant, bien entendu, plus que suffisant pour vivre une existence anglaise. C'est peu ou prou une définition concise de l'anglitude.

Cette phrase d'Oscar Wilde, sur le fait de vivre dans le caniveau mais en regardant les étoiles, m'a toujours irrité. Quelle préciosité ! Quelle affectation. Moi j'étais quelqu'un dont le quotidien consistait, littéralement, à regarder les étoiles ; jusqu'à ce que je me retrouve jeté – tout aussi littéralement – dans le caniveau. Je sais donc de quoi je parle. J'étais, à vingt-cinq ans, un doctorant en astrophysique de l'université de Reading, occupé à travailler sur des émissions radio non aléatoires en provenance d'objets stellaires appartenant à notre galaxie. Et puis ma vie a pris un tour merdique. Le jour de mon cinquantième anniversaire, j'étais éboueur à Bracknell et à Wokingham. Les lettres s'accumulent au bas de la pente, déversées par la benne du camion poubelle. Chacune est un petit fantôme personnel.

Ce qui m'était arrivé en Antarctique n'était qu'une hallucination, voilà ce que je me disais. Mais une hallucination horriblement précise, qui ne cessait de me tourmenter – au point qu'il me fallait ingurgiter de grandes quantités d'alcool pour rester un être social un tant soit peu fonctionnel. Voilà la première leçon, et la plus importante, que j'ai tirée de mon expérience en Antarctique : le cerveau est une machine complexe ; une fois que vous l'avez pété, il a tendance à peupler vos pensées de formes et de cauchemars plus étranges les uns que les autres – et ce pendant des années. Des décennies.

Des cauchemars.

Des fantômes.

Une vue d'ensemble : ou tout le reste n'est que désolation.

Il y a bien des façons de hanter ses congénères. Des exemples ? En voici un : on pourrait croire qu'à force d'ignorer quelqu'un avec application la personne en question finirait par lâcher l'affaire. Eh bien, non. Ça ne marche pas avec tout le monde. Prenez Roy, bien au chaud dans son asile de fous. Après quelques réponses laconiques à ses nombreuses lettres, du genre « s'il te plaît arrête de m'écrire », j'ai tout simplement cessé de lui répondre. Je n'avais aucune animosité personnelle contre lui, me disais-je. Il n'était pas sain d'esprit au moment de ses actes. C'était… regrettable, mais passons à autre chose. Je voulais qu'il cesse de m'écrire. Il n'en faisait rien. Revenant sur ma résolution de l'ignorer, je lui ai répondu d'une plume furieuse, implorante, pour le sommer – le… supplier ? – d'arrêter. Il a continué à m'écrire. Au bout du compte, sur les conseils d'un ami, j'ai chargé un avocat de prendre contact avec le directeur de l'asile, pour lui demander d'empêcher le patient nommé Roy Curtius de *harceler mon client par des lettres aussi éprouvantes que non sollicitées*, etc. Le courrier qu'on a reçu en retour exprimait regrets et surprise, et comprenait une photocopie d'une missive signée de ma main – je n'avais jamais rien signé de tel, bien sûr –, rédigée sur du papier à en-tête du Koestler Trust, dans laquelle je lui demandais poliment de continuer à m'envoyer ses « idées ». Ladite missive parlait d'un « projet créatif collaboratif ». Ce qui n'a pas manqué de me déconcerter. J'ai confié à l'avocat le soin de répondre, me distanciant ainsi de ce faux manifeste. J'ai également contacté la police ; les agents qui ont pris ma déposition auraient aussi bien pu lever les yeux au ciel en poussant de gros soupirs, histoire de bien me montrer à quel point ils se sentaient concernés par mes conneries. Ça n'est pas allé plus loin, mais les lettres de Roy ont bel et bien cessé de me parvenir ; soit il ne m'écrivait plus, soit l'asile n'envoyait plus ses courriers.

Chacun de ces courriers d'avocat m'a coûté quatre-vingt-dix livres. Soit cent quatre-vingts livres pour deux lettres. Ce qui faisait beaucoup d'argent à l'époque. Et même aujourd'hui, ça n'a *rien* d'une petite somme.

Mon existence a poursuivi son cours. J'étais un homme affublé de sept doigts, d'une surface de peau bizarre sur le nez – nettement plus rouge que le reste – et d'un réseau de cicatrices de lépreux sur le côté gauche de la gueule. Mon visage, pas particulièrement affreux jusque-là, arborait à présent un patchwork de teints qui faisait de moi un mélange improbable entre l'épouvantail du *Magicien d'Oz* et un clown effrayant. Je possède également moins d'orteils que la normale. Les gelures avaient tué une bonne partie de mes nerfs faciaux, ce qui donnait à mes interactions sociales une dimension pour le moins figée. Ajoutez à ça un certain embonpoint au niveau du ventre : pas exactement de la *graisse*, au sens mou et flasque du terme. C'est juste la forme de mon torse, voilà tout. J'ai un bon cul bien massif, une taille convexe plutôt que concave. Pendant à peu près dix-huit mois (à l'époque où je travaillais comme post-doctorant à l'université de Dundee), j'ai fréquenté une salle de sport, sculptant et tonifiant assidûment mon corps. J'ai pris de la masse musculaire – assez pour soulever des poids conséquents et me transformer en pince de crabe géante capable de faire une centaine d'abdos d'affilée. Mais comme cela ne changeait en rien ma forme de base, j'ai fini par me décourager et laisser tomber.

La décennie 1990 et la suivante ont été marquées par de longues périodes de célibat involontaire. Il me semble bien que la plupart des gens vivent de cette façon. Il me semble aussi que l'art, la littérature et la culture n'ont guère rempli leurs devoirs vis-à-vis de cette vérité essentielle. Le sexe n'avait jadis pas droit de cité dans nos récits ; il restait implicite : Elizabeth Bennet et Darcy dansant une sarabande, au lieu de jouer à la bête à deux dos dans un lit. Néanmoins, il s'agissait toujours de l'histoire d'une femme *charmante* dansant ladite sarabande avec un homme à la plastique *parfaite*. Et puis il y a eu le procès Chatterley, et soudain nos romans se sont remplis de scènes de sexe dans les années 1960 et 1970. Toujours un genre particulier de sexe, bien sûr. Ayant grandi à la fin de la décennie 1970 et au début des années 1980, avant la sursaturation de la culture par le porno en ligne, j'ai consacré beaucoup de temps à déterrer les passages cochons des romans de l'époque, que j'empruntais à la bibliothèque. C'était tout ce qu'on avait, en ce temps-là. J'étudiais de près les scènes des blockbusters de Harold Robbins, celles de Henry Miller, ou les novellisations d'*Un amour sans fin*. C'est proprement incroyable, stupéfiant, transcendant, le cul qu'on peut trouver dans ces bouquins. Des jeunes gens au physique impeccable, sûrs de leurs charmes, qui se déshabillent et s'époustouflent les uns les autres. Et puis le porno a envahi les écrans d'ordinateur, rendant tout cela accessible au monde entier. En un rien de temps, on est passé de pas de sexe dans nos romans et nos films à… eh bien, à ça. Mais ce faisant, on saute par-dessus l'étape intermédiaire, celle-là même où nous vivons tous. Tous autant que nous sommes, à part quelques top models et autres athlètes du sexe tantrique. À l'extrémité supérieure de cet arrière-pays vivent des personnes à moitié chauves affublées d'une mauvaise peau, qui ont des rapports sexuels avec d'autres personnes horriblement complexées par leur surpoids. Des gens incapables de se construire une assurance physique sur les sables mouvants de corps franchement peu attirants, qui pourtant ne semblent pas pouvoir trouver un terrain d'entente mutuel à partir de leurs insuffisances respectives. Des gens qui pataugent, adoucissant leur triste existence insatisfaite avec des petits orgasmes acidulés occasionnels – quand bien même l'« occasionnel » n'est jamais assez fréquent, le partenaire n'est jamais assez attirant, le bien-être procuré par l'orgasme est toujours un peu trop fugace. Des gens fatigués, aigris, consumés par la conscience qu'ils ont d'être dans un cul-de-sac inextricable. Des gens qui font des compromis sur leurs fantasmes sexuels afin de les adapter à la réalité.

Et ceux-là sont les chanceux. Les chanceux ! La réalité est bien plus sombre à l'autre bout de ce même arrière-pays. Ses habitants y passent des mois, voire des années, à n'avoir de rapports sexuels qu'avec eux-mêmes, endurant (ah ah !) la disjonction toxique entre les fantasmes qu'on leur vend et la réalité de leur vie sexuelle « grâce » au même porno qui se moque de leurs carences en la matière. Ce n'est pas là une bonne recette pour la santé psychologique.

Mais tout n'a pas été à jeter au cours de ces deux décennies, ne me faites pas dire ce que je n'ai pas dit. Je suis sorti avec des femmes. Bon, soyons précis : j'ai eu des histoires avec quatre femmes, des histoires qui ont duré entre un mois et deux ans. Mais ça ne collait vraiment avec aucune, et je trouvais le temps long et solitaire entre deux petites amies. J'ai testé les agences de rencontres et les petites annonces ; j'ai forcé des amis à me brancher avec leurs copines célibataires. J'ai dragué – laborieusement – dans les bars. Sans guère de succès, doux euphémisme. Mon visage ne cessait de me précéder, tel un drapeau rouge empêchant ma vie de passer à la vitesse supérieure.

Je ne cherche pas à vous apitoyer en vous racontant cela. La plupart des gens vivent ainsi, après tout, à un degré ou à un autre. Pour l'essentiel, je me suis borné à reprendre mon existence en main. Je travaillais dur, je voyais mes amis, je lisais, regardais la télé, partais en vacances. Je buvais de plus en plus, dans le but avoué d'oublier ce que j'avais vécu en Antarctique. J'ai foiré un entretien d'embauche pour un boulot à Lancaster ; ce qui ne m'a pas empêché de décrocher le job. Le travail à accomplir était suffisamment important pour me convaincre de déménager. Hubble a été lancé en 1990, et j'ai intégré une équipe conjointe des universités du Michigan et de Lancaster chargée d'analyser les données du photomètre à haute vitesse (PHV) du télescope. Et puis on a découvert que le miroir de Hubble n'avait pas tout à fait la bonne courbure ; il a donc fallu installer du matériel de correction optique astucieusement conçu pour rectifier les images du télescope. Comme le PHV faisait partie des instruments sacrifiés pour faire de la place à ce kit correctif, mon équipe s'est retrouvée dans une impasse.

Quatre femmes. Je pourrais jouer les blasés, prétendre que j'ai oublié la plupart des détails – mais qui serait prêt à gober ça ? C'est mon histoire avec Molly qui m'a le plus marqué. Elle était secrétaire au bureau d'inscription de l'université de Lancaster ; des amis nous avaient organisé un rendez-vous. Elle était douce, intelligente, et nous avions beaucoup en commun. Le courant est bien passé. On est sortis ensemble, c'est devenu sérieux ; on a pris un appartement, comme un vrai couple. Et puis on a fini par se séparer, dans une atmosphère de tristesse plutôt que de colère. Peu lui importait que j'aie deux mains légèrement mutilées, et que l'état de mes orteils me dissuade d'ôter mes chaussettes pendant qu'on faisait l'amour. Peu lui importait que mon nez ait l'air si bizarre, ou que je souffre de cauchemars récurrents depuis mon retour de l'Antarctique, quand *ils* se figeaient – d'une manière palpable, visuelle – dans ma chambre et prenaient la forme d'un jeune garçon ; les vieilles apparitions, mes hurlements quand je me réveillais en sueur au petit matin. Je me mettais à pleurer, lui demandais pardon, et elle me disait : « Ce n'est pas grave. » *Ça ne la dérangeait pas.* Là se situe le cœur de notre relation. Elle *supportait* tout ça. Et en retour je ne *faisais pas attention* à son acné. Je ne parle pas de quelques boutons d'adolescence sur le visage, hein : mais d'une véritable malédiction de bosses rouge-violet sur l'intégralité du corps, dont environ un tiers se transformait en croûtes couleur crème. Elle en avait sur le visage, sur la poitrine, à l'intérieur des cuisses – on aurait dit un Jackson Pollock. Et les dix jours qui précédaient ses règles étaient tellement douloureux qu'elle n'arrivait même pas à rester couchée sur le dos. Sans ce problème, elle aurait été tout simplement magnifique : une peau chocolat blanc, des cheveux roux couleur Spritz, des yeux d'un vert évoquant les vieux billets d'une livre, un corps élancé. Mais ces saloperies emportaient tout sur leur passage. Elle m'a raconté qu'un de ses premiers petits amis lui avait suggéré, au moment de rompre avec elle, de ne sortir qu'avec des aveugles à l'avenir – la chose la plus blessante qu'on lui ait jamais dite, à l'en croire. Moi j'ai hoché la tête, joué les hommes compatissants ; oui, l'ai-je consolée, le monde est vraiment plein de connards. Mais j'étais un salaud comme les autres en mon for intérieur, où je me disais : *Hélas, ça ne marchera pas, l'acné de Molly est une défiguration tactile autant que visuelle.* Quand mes mains caressaient son corps en pleine nuit, toutes lumières éteintes, je pouvais sentir chaque bosse et chaque creux, chaque croûte – on aurait dit une écriture en braille.

Bon, je sais, c'est un peu l'hôpital qui se fout de la charité – mais depuis quand le cosmos se montre-t-il juste ? L'acné de Molly, un sale tour que lui avait joué quelque divinité malveillante, affectait l'intégralité de sa peau, jusque dans son intimité. À de rares occasions, entre deux cycles menstruels, on arrivait à avoir un rapport mutuellement satisfaisant. Pendant ses règles, par contre, elle avait tellement mal que la simple idée d'avoir des relations sexuelles lui était inenvisageable. On se servait de nos mains et de nos bouches, on faisait tout ce que nous suggérait notre ingéniosité, mais en secret je restais tout le temps obnubilé, et je crois qu'elle aussi, par ce que nous ne faisions *pas*. Si seulement on pouvait essayer *ça*, me disais-je en mon for intérieur. Si seulement on pouvait avoir une vie sexuelle normale, une vie de baises régulières et vigoureuses. Et c'est ce qui a fini par avoir raison de notre couple – non pas la recherche sans fin d'une amélioration médicale de son « problème », les longs trajets en voiture pour se rendre dans des cliniques spécialisées, les heures interminables à patienter dans des salles d'attente glacées, sa main qu'il fallait vaille que vaille tenir, les nouvelles pilules qui la rendaient malade (écarter ses cheveux couleur de lave de son visage quand elle s'agenouillait devant les toilettes de notre appartement), les nouvelles pilules qui la mettaient dans un tel état de dépression qu'elle n'arrivait plus à sortir du lit, et que sa libido disparaissait complètement. Les onguents que j'appliquais, alors même qu'elle pleurait de douleur. Les régimes bizarres qu'elle dénichait en ligne, et qui avaient tout mon soutien – symbolique, mais hors de propos, me dis-je avec le recul. Tout ça, c'était supportable. Contrairement au fantasme secret d'une vie sexuelle normale. Et nos fantasmes finissent toujours par nous trahir. L'occasion s'est présentée, et j'ai passé la nuit avec une grosse nana fougueuse prénommée Barbara. Et Barbara donnait tout ce qu'elle avait, et moi je la pilonnais comme un jeune forgeron occupé à façonner une épée magique avec son lourd marteau, et une partie de moi pensait : *Je ne peux vraiment plus me contenter de la pseudo-vie sexuelle que je partage avec Molly*. Du coup je lui ai annoncé que c'était fini entre nous, et elle n'a même pas pleuré ; j'ai accepté de continuer à payer la moitié du loyer jusqu'à la fin du bail, mais j'ai dormi pendant un mois sur le canapé de Leo, un de mes amis. Ça n'a pas marché avec Barbara, bien sûr, en partie parce qu'elle était un peu dérangée, et encline à me frapper avec des objets – des objets parfois plutôt lourds. Mais surtout parce qu'elle s'est entichée d'un chauffeur poids lourd, et que je ne me voyais pas la partager. Question d'amour-propre. En réalité le ver était dès le début dans le fruit, à cause de mon incapacité à oublier Molly. Tout au long du mois que j'ai passé avec Barbara, alors qu'on s'employait tous deux à baiser comme des castors dans des chambres, sur des marches d'escalier ou à l'avant de ma voiture – tout au long de ces quelques semaines, mon esprit ne cessait de revenir à Molly. Je rêvais de tendresse. J'ai vite compris que mes séances *ô-combien-répétitives* de baise avec Barbara ne suffiraient jamais à me satisfaire. Tous mes fantasmes m'orientaient vers des femmes minces et délicates, avec de petits doigts de fée. Je suis retourné voir Molly, j'ai pleuré, je l'ai suppliée ; mais d'une voix aussi calme que ferme elle m'a confirmé que notre relation était terminée. C'était moi qui avais rompu, m'a-t-elle rappelé. Ce que j'aurais eu bien du mal à réfuter. Après ça, je suis redevenu célibataire pendant de nombreuses années ; plus je faisais d'efforts pour draguer, et moins j'avais de succès. J'ai traversé les quatre phases du deuil sexuel : attente, rage, désespoir (« Je ne ferai plus jamais l'amour à un autre être humain ») et finalement acceptation réticente.

Les rêves étaient pénibles. Je dormais mal depuis si longtemps que j'avais fini par m'habituer à mal dormir. J'étais sujet à d'étranges petits trous noirs, si bien qu'il m'arrivait de me réveiller sur la pelouse qui s'étendait devant mon appartement, dans le noir, dans le froid, en pyjama, dans un état de désorientation passablement effrayant. Pensant avoir fait une crise de somnambulisme, je me bornais alors à retourner me coucher. La police m'a retrouvé à plusieurs reprises en ville, ce qui m'a régulièrement permis de profiter de l'hospitalité de ses cellules. Je buvais beaucoup, c'est vrai. Un tel tableau me garantirait l'aide d'une ribambelle de services de conseil et de soutien, de nos jours – j'étais la victime d'un crime, après tout. D'une tentative de meurtre, rien de moins ! Pas à l'époque.

En réalité, cette tentative de meurtre ne m'obsédait pas outre mesure. Tous les efforts – infructueux – qu'avait consentis Roy pour mettre fin à ma vie. Ça fait un peu blasé, pas vrai ? C'est pourtant la stricte vérité. Curtius était cinglé. L'agression que j'avais subie n'avait rien de personnel, je le savais. C'étaient plutôt les hallucinations qui me dérangeaient. Les choses que j'avais vues en Antarctique. La chose que j'y avais vue. Non pas que j'aie *eu* des hallucinations, au sens conventionnel du terme ; parce que (ainsi qu'un ami me l'a fait remarquer) j'avais été drogué, on m'avait fait boire de l'alcool, je m'étais retrouvé en état de privation sensorielle en pleine nuit, au beau milieu de l'Antarctique. Il n'était guère surprenant que mon esprit ait commencé à me jouer des tours.

Question de persistance.

Avec le recul, je vois la vie comme une espèce de très longue onde sinusoïdale. À une année de détresse succédait une seconde, puis une troisième bien meilleure, durant laquelle les cauchemars s'estompaient – mais jamais complètement. Ma vigilance s'améliorait, tout comme mon ressort. Je dormais mieux, je buvais moins, j'avais moins de mal à me concentrer sur mon travail. Et puis je le voyais – un garçon filiforme, vêtu de façon sommaire. Un fantôme. Pendant longtemps, j'ai cru qu'il s'agissait de moi, du fantôme de ma propre personne dans sa version enfantine. Et si je me disais cela, c'était en partie parce que le garçon-fantôme arborait un visage balafré (de cicatrices pourtant différentes des miennes, sans compter que je n'en avais *pas* dans ma jeunesse). Je me demandais même si j'étais mort. Peut-être avais-je péri au pôle Sud, peut-être qu'à présent je vivais dans quelque horrible purgatoire post mortem. Le fantôme du garçon était peut-être venu hanter ma mort avec ma propre existence. Celle de mes treize ans, quand je lisais *Shoot!* et *2000 AD* le samedi matin en mangeant des Blackjack et des Haribo, que j'allais faire le malin dans le parc avec mon vélo Chopper. Le fantôme ne se laissait pas repérer facilement – donc treize ans, ça reste de l'ordre de la supposition. De l'approximation. Mais ça ne marche pas comme ça avec les fantômes, pas vrai ? Il se postait d'ordinaire dans le coin de ma chambre. Ça m'arrivait cependant de le deviner à la lisière du tipi de lumière formé par quelque lampadaire. Ou bien dans la foule, mais je *sentais* alors sa présence davantage que je ne le voyais. Parfois j'en avais un aperçu un peu meilleur. Il ne me ressemblait absolument pas.

L'apparition du garçon-fantôme coïncidait avec le moment où l'onde sinusoïdale débutait son inexorable dégringolade. Une année durant, mes cauchemars gagnaient en réalisme et en régularité. Retour dans le noir et le froid, les lumières australes qui projettent par intermittence sur moi une lueur cadavérique… et les terreurs, les terreurs, les terreurs, qui se rassemblent tout autour de moi. Pendant la deuxième année, les terreurs nocturnes s'aggravaient inexorablement. La troisième, j'étais à peine capable de fonctionner. Je gardais une bouteille de gin sur ma table de nuit. J'étais passé au gin (je n'en reviens pas d'écrire cela, mais c'est pourtant la vérité) parce qu'à mes yeux de poivrot la baie de genévrier comptait pour un fruit, ce qui était bon pour ma santé – un avantage dont ne pouvait s'enorgueillir mon alcool préféré précédent, la vodka. Je buvais également pas mal de vin rouge. Mes dents ont bleui. Mes mains ont commencé à trembler. Voici en quoi consistait ma routine matinale : je me réveillais, la peau du visage raide des larmes versées pendant la nuit, accablé d'un sentiment d'horreur presque physique. Puis je prenais une gorgée de gin ; grimace, quinte de toux, et j'en prenais une autre. Sentir la gnôle couler péniblement le long ma gorge desséchée faisait partie de mon quotidien, tout comme la lente dissolution de mes peurs. Mais c'était surtout une question d'habitude. Une fois ma troisième goulée avalée – toujours trois gorgées le matin – j'avais le sentiment d'avoir accompli une ablution douloureuse mais nécessaire. Ensuite : la douche. Brossage des dents. Un bol de céréales. Nouveau brossage des dents. Enfilage de vêtements, et un troisième brossage des dents. Comme je voulais garder mon emploi, je me disais qu'il fallait au moins ça pour dissimuler à mon employeur le fait que j'avais commencé la journée avec de l'alcool. La vérité était tout autre : j'avais fini par me marier à cette routine obsessionnelle compulsive.

Mon travail à l'université, médiocre depuis des années, est finalement passé sous le niveau en deçà duquel les autorités ne peuvent plus se permettre de fermer collectivement les yeux. Après un premier avertissement officiel, il m'a fallu suivre des séances de formation destinées à m'aider – auxquelles j'ai assisté en état d'ébriété, ou bien que j'ai séchées. Deuxième avertissement officiel. Mon chef de département m'a pris à part, après une réunion de service, pour m'exhorter à m'inscrire aux Alcooliques anonymes. Je me suis alors laissé distraire par l'apparition dans le couloir, derrière mon interlocuteur, du garçon-fantôme au visage balafré. Si nous n'étions pas la *même* personne, pourquoi donc avait-il ce visage balafré ?

Le troisième avertissement équivalait à un licenciement.

Incapable de décrocher un autre emploi universitaire, je me suis recyclé comme prof de sciences au collège. Je voyais ça comme un bouche-trou, l'idée étant que je continue à postuler pour un boulot universitaire ; mais au bout de trois ans j'ai commencé à comprendre que je n'allais jamais retrouver le chemin de l'enseignement supérieur. Un constat déprimant – et ça ne s'est pas arrangé quand j'ai perdu mon poste. Comme ce n'est pas pour faire le compte rendu de cette période que j'écris ce récit, je ne m'attarderai pas là-dessus, sinon pour dire que j'ai été suspendu plutôt que licencié. J'ai reçu trois mois de salaire, puis plus rien – alors même que ma suspension continuait – à cause de problèmes d'ivresse en classe. J'étais parvenu à m'assagir suffisamment pour ne pas partir travailler ivre le matin. Mais à l'heure du déjeuner, j'étais en général dans un état tel (essayez de maintenir la discipline dans une classe d'ados pas particulièrement intéressés par la physique, pendant qu'un garçon-fantôme erre entre les rangées de bureaux) qu'il me fallait quelques verres de vin pour survivre. L'après-midi, je retournais souvent à moitié soûl en classe. C'est devenu de plus en plus visible. Les enfants se foutaient de ma gueule, en parlaient à leurs parents. Qui, eux, n'étaient pas d'humeur enjouée lorsqu'ils sont allés s'en plaindre à ma direction. Qui n'a eu d'autre choix que de me suspendre.

Ces trois mois de suspension me laissent au mieux un souvenir brumeux. J'ai épluché les petites annonces ; j'ai posé ma candidature à plusieurs postes d'enseignant, sans jamais avoir un seul entretien – alors même, à en croire les infos, qu'il y avait une pénurie de profs, surtout de sciences, au niveau national. Un double coup porté à mon ego. Je me suis inscrit au chômage (c'était encore de l'ordre du possible, à l'époque), et six mois supplémentaires se sont écoulés ainsi. Les fonctionnaires chargés de mon dossier ont alors conditionné l'obtention de mon allocation à l'acceptation de toute une série de petits boulots : nettoyer des bureaux, travailler dans une station-service… ce dont je me suis acquitté. J'ai postulé pour un emploi de conducteur d'autobus, j'ai même poussé le vice jusqu'à m'inscrire au permis poids lourd – mais l'instructeur n'a guère goûté mon haleine alcoolisée. Après m'avoir promis de mettre mon nom sur liste noire, il m'a conseillé de ne plus jamais solliciter un emploi de chauffeur professionnel. J'ai accepté son mépris avec autant de résignation que possible. Au bout du compte, j'ai dégoté un boulot à la municipalité : deux semaines de bennes à ordures, deux semaines à la station de recyclage de Bracknell, où le public venait en voiture décharger de vieux cartons, d'antiques toilettes et des sacs de déchets de jardin dans d'énormes conteneurs en béton. Le principal inconvénient (outre l'odeur et le salaire minable) était de devoir se lever à 4 heures du matin tous les jours ouvrables. Ce qui me dérangeait moins que d'autres, le sommeil étant pour moi une activité aussi intermittente qu'agitée. Et l'avantage majeur : mon chef se montrait tolérant à l'égard de ses subordonnés susceptibles de prendre à l'occasion un verre sur leur lieu de travail. Mais là encore, en ma qualité de seul représentant de la classe moyenne ayant fait des études universitaires parmi ces ouvriers s'enorgueillissant d'avoir quitté l'école à seize ans, je mentirais en prétendant m'être vraiment bien intégré.

Je me rendais bien avant l'aube au dépôt, au volant de mon antique Vauxhall Astra, à la lumière carotte des lampadaires. Il était rare que je croise un autre véhicule. J'étais souvent sous l'emprise de l'alcool. Un matin, j'ai loupé un virage, embouti une camionnette et traversé une haie donnant sur l'arrière d'un KFC, causant – dixit la cour qui a instruit mon cas – des dommages d'un montant de 7 477 livres. Interdiction de conduire pendant trois ans. Voiture à la casse. Comme je conduisais en état d'ébriété, les assureurs ont refusé de débourser quoi que ce soit pour un nouveau véhicule. Je me suis retrouvé avec un plan de prélèvement mensuel sur le dos pour payer l'amende, les dommages-intérêts et les frais de cour.

J'ai fini par maîtriser mon problème avec l'alcool. Ça arrive en vieillissant. Ou alors on ne vieillit pas. Boire beaucoup quand on a la vingtaine, ça fait de vous un type normal, voire cool. Continuez sur le même rythme la décennie suivante, et vous commencez à perdre du plaisir, votre santé… et pas mal de gens. Si vous persistez pendant la quarantaine, c'est probablement parce que vous souffrez de tensions et de problèmes non résolus que vous tentez maladroitement d'apaiser par une automédication plus destructrice qu'autre chose. Boire comme un trou jusqu'à la cinquantaine compromet lourdement vos chances d'atteindre la soixantaine. Je me suis réveillé une semaine après mon cinquantième anniversaire, incapable de me souvenir des trois jours précédents – ce qui m'a décidé à arrêter. « Rien de plus facile », pourrais-je dire, sauf qu'en réalité ça n'a rien eu de simple. Un facteur décisif a quand même pesé dans la balance : si je buvais, c'était essentiellement pour apaiser mes terreurs nocturnes. Mais malgré tout ce que je m'enfilais, les cauchemars refusaient de partir. J'ai essayé de les affronter sans alcool pendant quelques semaines ; ce n'était pas mieux, mais certainement pas pire. Du coup j'ai arrêté de boire.

Sans alcool pour me vriller les nerfs, et libéré du besoin de me lever toutes les nuits à 2 heures du matin pour pisser, j'ai bel et bien commencé à mieux dormir. Ça ne m'empêchait pas de faire des cauchemars à peu près chaque nuit, mais il m'arrivait de temps à autre d'avoir un sommeil vraiment réparateur. Le truc le plus étrange par rapport à ça, c'est que je n'émergeais pas reposé d'une nuit sans mauvais rêves, mais comme vide. La routine nous habitue à tout, y compris à la détresse et à la douleur. Peut-être surtout à ça. Ma sobriété toute neuve a eu une autre conséquence inattendue : ma libido s'est réveillée. Vu mes difficultés à trouver un partenaire sexuel, ça s'est avéré plutôt un fardeau qu'un bienfait. Mais ça explique en partie l'effet qu'a eu sur moi l'arrivée dans ma vie d'Irma.

: 2 :

J'avais une rage de dents. Une phrase toute simple. Qui échoue à saisir l'intensité de la détresse qui s'empare de nous en pareil cas. Quand je suis allé chez mon dentiste, pour la première fois depuis des décennies, j'ai découvert que mon cabinet m'avait reclassifié comme patient privé, sans (bien sûr) ma permission. Je me suis plaint – mollement – auprès de la réceptionniste, qui m'a rétorqué que le cabinet ne pratiquait plus du tout la couverture NHS[1]. Pour aussitôt me suggérer d'essayer un autre dentiste. Souffrant le martyre, épuisé, exaspéré, j'ai accepté que le chirurgien me voie à *mes* frais. Elle m'a envoyé en salle d'attente, où je me suis tapi sur le canapé – une main agrippée à mon visage. Les patients ayant rendez-vous sont passés, un par un, pour au final me laisser seul dans la pièce avec le fantôme du jeune garçon.

Il disparaissait si je le fixais directement. Mais regarder juste à côté de lui me donnait une bonne idée de son apparence. Quand finalement on m'a conduit dans la Salle Lumineuse, il m'a accompagné au petit trot jusqu'au Grand Fauteuil. Et il est resté juste à côté du dentiste le temps que je m'installe sur le siège rembourré, puis ouvre ma bouche endolorie.

Le traitement a pris des heures : radiographie, retour dans la salle d'attente. Puis nouveau passage par le Grand Fauteuil pour l'injection de l'anesthésique, et retour dans la salle d'attente le temps qu'il fasse effet. Mon patron m'a alors appelé pour me réprimander. J'ai essayé de lui expliquer que j'étais chez le dentiste, que c'était une urgence médicale, mais même moi j'avais l'impression d'avoir des guimauves plein la bouche. Lui ne saisissait pas un mot de ce que je disais, à l'en croire, et il m'a fait comprendre que je jouais avec le feu dans un contexte économique de merde où un emploi ne se trouvait pas sous le putain de sabot d'un putain de cheval – parmi d'autres déclarations à base d'autant de « putain ». Enfin : la fraise. Ce gémissement de

1. National Health Service, système de santé anglais.

violon, la puanteur d'une dent bousillée et les tessons d'inconfort qui passaient à travers la gaine protectrice de mon anesthésie. Le garçon-fantôme ne loupait pas une miette de la procédure ; il se tenait tout près de moi, comme fasciné au plus haut point. La douleur m'avait plus ou moins valu une nuit blanche, aussi étais-je passablement déconnecté, mais je l'ai senti très distinctement quand il s'est mis à me caresser d'une main le côté du visage.

Le dentiste a rédigé une ordonnance. Je me rappelle confusément m'être disputé une seconde fois avec la réceptionniste à propos de la facture – une somme énorme, des centaines et des centaines de livres dont je ne pouvais tout simplement pas m'acquitter. Elle m'a proposé un plan de paiement ; je lui ai répondu que j'allais devoir y réfléchir. Je suis retourné m'asseoir dans la salle d'attente, pour m'y endormir par intermittence. Et me faire secouer sans crier gare par le dentiste en personne, sous la surveillance de la réceptionniste. À moitié réveillé, je leur ai donné toutes mes coordonnées bancaires, j'ai signé un formulaire – qui *sait* ce qui y était spécifié ? – j'ai pris un rendez-vous de suivi et quitté le cabinet.

Puis je suis rentré chez moi, vous-savez-qui – tel un fidèle chien de chasse – sur mes talons. Est-ce que je l'hallucinais ? Pouvait-il s'agir d'un vestige des choses que j'avais vues en Antarctique ? Peut-être que j'étais mort, qu'il était moi et que moi j'étais lui ; fatigué au point d'être à peine capable de marcher, je me suis pris un lampadaire. J'ai eu juste assez de ressources mentales pour passer prendre mes médicaments chez Boots. C'était l'heure du déjeuner, et la faim me tenaillait, mais je n'arrivais même pas à envisager de me servir de ma mâchoire engourdie pour manger. J'ai monté mes escaliers, pénétré dans mon appartement, bu du lait, avalé la première de mes pilules – et je me suis écroulé sur mon lit.

Le soleil était en train de se coucher à mon réveil : une soirée de début mars, fraîche, plutôt jolie. Tout mon visage me picotait, comme une version parodique de la magie de Noël. Posté à la fenêtre, je regardais le ciel occidental surplombant Bracknell se purger de son rouge pour laisser place au noir-violet interstellaire. Devant moi se déployait une vaste étendue de béton, d'acier et de bardage – des entrepôts cubiques qui abritaient ici un garde-meubles, là un magasin de bricolage, là-bas un dépôt de pièces détachées pour automobiles, etc. Derrière s'élevait la rangée d'arbres qui suivait la ligne de chemin de fer conduisant à Reading, à l'ouest. Au loin se distinguait l'ourlet hirsute de la forêt de Bracknell, ancienne et belle, parfaitement indifférente à la zone industrielle et à l'infrastructure de transport que l'homme avait fait pénétrer dans son domaine. Mais le ciel ! Les couleurs du ciel passaient par toute une série d'intensités dignes d'une toile de Monet, du rouge-violet au bleu-vert, du violet-vert au noir. Homère a un mot grec spécifique pour la couleur de l'eau dans les grands fonds marins. Ce mot-là, quel qu'il soit. Ensuite : la lumière artificielle des parkings vides à l'horizon, surmontés du glorieux noir de poix du ciel nocturne. Il y avait quelques nuages, pas assez cependant pour m'empêcher de voir des étoiles ; la partie légèrement droguée de mon cerveau faisait un lien direct entre le picotement qui titillait mon visage et ces piqûres d'épingle. L'espace d'un instant, il n'y a vraiment eu aucune barrière entre la courbe des cieux et celle de ma mâchoire enflée. Les deux se confondaient, *en un sens*. Une expression qui... tourne autour du pot, j'en ai pleinement conscience. Faites-m'en le reproche si vous voulez. Rappelez-moi que j'ai une formation de scientifique, qui devrait me disposer à la précision, au goût de la preuve, des thèses réfutables. Ça n'avait rien de rationnel ; mais ce n'était pas vague non plus. J'étais empli de lucidité, de la même façon que mon cerveau emplit mon crâne. La lucidité s'emboîtait parfaitement dans mon for intérieur, comme s'il s'y trouvait une cavité spécifiquement conçue pour l'accueillir. On pourrait la résumer ainsi : la distinction entre le monde extérieur et mon existence intérieure m'était brusquement révélée comme un *faux pas*. Ou mieux encore : je prenais conscience d'avoir passé ma vie à mal interpréter cette distinction. Ce n'était pas une séparation. Mais une inflexion, un raffinement. Une connexion. Le monde et moi formions non pas deux choses séparées, mais une totalité.

Un immense sentiment de joie m'a envahi. C'était sans précédent. Je n'avais jamais rien ressenti de tel. Vous devez penser que j'étais étourdi de faim, encore sous le coup de l'anesthésie et d'une souffrance prolongée. Si ça peut vous faire plaisir...

Quand Roy et moi partagions notre base, au bout du monde, j'étais celui qui lisait de la science-fiction, et lui le latiniste prétentieux amateur de haute culture. À mon retour au Royaume-Uni, j'ai découvert qu'une partie de sa prétention et de ses goûts s'était d'une certaine façon infiltrée en moi. Je ne serais pas surpris d'apprendre que Roy a passé les années 1980 et 1990 à lire des romans adaptés de *Doctor Who* et à s'enthousiasmer pour les films tirés du *Seigneur des anneaux*. Ça a… ça a son importance. Mais j'y reviendrai plus tard. Pour l'instant, je veux parler d'Irma, de cette soirée, et des innombrables étoiles qui peuplaient le ciel.

Mon estomac geignait de faim. Ma bonne humeur tendait à s'atténuer, sans pour autant se dissiper complètement. Le garçon-fantôme, accroupi dans le coin, gardait un œil sur moi ; mais il a disparu dès que j'ai allumé. Il n'apprécie guère la lumière. Peut-être n'aime-t-il pas sa qualité acide, jaune citron. Je me suis fait du pain grillé tartiné de Marmite ; il ne restait rien d'autre à manger chez moi. Encore un peu de lait, pour accompagner ma deuxième pilule. En lisant – un peu tard – les petits caractères inscrits sur le côté de l'emballage, j'ai découvert qu'il ne fallait pas boire d'alcool ou de lait avec cette marque particulière d'antibiotiques. J'ai éclaté de rire.

Ma sonnette a retenti. Il faut que vous compreniez : je n'avais jamais la moindre visite. J'étais un homme d'une cinquantaine d'années, vivant seul dans un ancien appartement municipal dans la banlieue de Bracknell. Mes collègues de travail étaient tous des éboueurs, et si j'allais parfois au pub avec eux ils ne passaient jamais me voir. Je n'attendais personne. Malgré ça, alors même que je verrouillais la porte de mon appartement et descendais les escaliers (l'interphone étant cassé, je ne pouvais pas ouvrir aux gens de chez moi), la sensation magique qui me parcourait le corps s'est réintensifiée. J'étais sur le point de vivre quelque chose de merveilleux.

Ma vie tout entière me semblait pleine de possibilités.

J'ai ouvert la porte.

Pour me retrouver face à la plus belle femme du monde. Je suis instantanément tombé amoureux d'elle. C'est aussi simple que ça.

« Bonjour, m'a-t-elle dit. Je viens vous conduire à l'Institut.

— D'accord. Vous voulez entrer ? » Et puis, me rappelant à quel point mon appartement était minable, je me suis mis à trembler. Là j'ai pensé à *mon* apparence – les mêmes vêtements que je portais la veille, ma bouche puant la Marmite, mon visage défiguré, mes sept doigts. Mon estomac s'est rebellé, et la magie du moment s'est aussitôt évaporée. « Attendez ! Quoi ?

— Je vais attendre ici. Prenez votre manteau, par contre. Ainsi qu'une brosse à dents. Vous allez rester quelques nuits là-bas.

— Avec vous ? »

Elle avait de longs cheveux foncés, des traits réguliers mais pas exceptionnels – un nez droit plutôt long, une large bouche et des lèvres pulpeuses. L'ampoule qui surmontait la porte aurait dû donner à son visage un teint peu flatteur – c'était le cas pour la plupart des gens –, mais sa peau, bien que ridée, était d'une magnifiquc clarté. Elle portait une veste noire. Elle avait la quarantainc, a priori.

« Désolé : vous m'avez donné votre nom, ou pas ?

— Je m'appelle Irma. On a un peu de route à faire, donc il ne faudrait pas trop tarder. » Un bel accent du Sud-Est – classe moyenne.

« Où est-ce qu'on va ? Je peux prendre une douche

rapide d'abord ? Je suis… Écoutez, c'est pour le moins inattendu. Vous êtes sûre de vous adresser à la bonne personne ?

— Vous êtes Charles Gardner. »

Ce n'était pas une question. Cela faisait si longtemps que j'étais *Chaz* au travail que j'ai failli ne pas percuter.

« Ça nous a pris du temps de vous retrouver. Nous avons des contacts dans le monde universitaire, mais cela fait un moment que vous l'avez quitté. Quant à vos dossiers, ils ne nous ont été d'aucune aide. Aucun de vos collègues actuellement en poste n'a été en mesure de nous guider correctement. Presque personne ne se souvenait de vous, à vrai dire. »

Une vérité plutôt désolante à entendre, quand on y réfléchit. Mais sortie de la bouche d'une si belle femme… j'ai trouvé ça plus charmant que décourageant. J'ai pensé à mes collègues – à l'adorable Molly, que j'avais si mal traitée, à la froideur avec laquelle elle avait accueilli ma trahison. À ma propre stupidité, au calme de sa réaction. Elle ne travaillait donc plus à Lancaster ? Je me suis demandé où elle vivait.

C'était une froide nuit de mars ; l'air a eu pour effet de me ramener – un peu – à la réalité. « Pour qui travaillez-vous ? » Trop hargneux, ai-je songé – pour me demander aussitôt : *Mais qu'est-ce qui se passe, ici ?* « Et, comment dire, pourquoi moi ? Qu'est-ce que vous *attendez* de moi ?

— Vous êtes employé par la municipalité, dans l'élimination et le recyclage des déchets. Mais vous étiez astrophysicien, auparavant. Ce qui nous donne une évolution de carrière pour le moins inhabituelle.

Bon : à votre avis, lequel de ces deux domaines de compétences a des chances d'intéresser mon institut ?

— L'institut de quoi ?

— L'Institut, c'est tout. Venez, Charles. Jouez le jeu. Venez au moins rencontrer Peter. » C'est comme ça que le nom a sonné à mon oreille. « La directrice va vous organiser une discussion. Vous déciderez ensuite. Mais ce que Peter a à vous dire... vous n'allez pas regretter de l'avoir entendu.

— Je bosse demain matin, ai-je objecté.

— On a contacté votre supérieur hiérarchique, qui a accepté de vous donner une semaine de congé. Payée. Ce n'était guère difficile – nous sommes plutôt persuasifs, et nous avons des amis haut placés. Venez ! On a besoin de vous. *J'ai* besoin de vous. »

C'est la phrase qui a emporté le morceau. M'a envahi une envie presque irrésistible de l'enlacer sur-le-champ. « Tout cela est surréaliste. Je crois que je n'ai jamais croisé de femme plus belle que vous.

— Vous n'avez pas dû en croiser beaucoup, a-t-elle sèchement rétorqué.

— Je viens. »

: 3 :

Sa voiture était propre, récente. Sans doute un véhicule d'entreprise plutôt que son auto personnelle. Et donc nous sommes partis. Elle n'a pas mis la radio ; j'ai pris ça pour une invitation à parler.

« Irma comment ?

— Irma Casbrook.

— Si j'ai bien compris, votre institut s'occupe de travaux d'astrophysique ? D'astronomie ?

— On peut dire ça.

— Université ?

— C'est un Institut.

— Je veux dire, vous êtes affiliés à une université ?

— Nous avons de nombreuses relations dans le monde universitaire. Mais l'Institut est une entreprise privée. »

Tout cela avait comme un parfum d'irréel.

« Peut-être que je suis en train de rêver, ai-je lancé à voix haute. Enlevé par une belle femme à la tombée de la nuit… Vous savez où je travaille. Vous savez où je bossais *avant*. Et vous savez que je suis célibataire, j'imagine ? »

Elle n'a pas réagi. On a pris la voie d'accès pour rejoindre la M4 en direction de l'ouest.

« À croire que j'attendais la femme de mes rêves. Et vous ? Vous… attendez peut-être l'homme de vos rêves ? Ou la femme, après tout ? Je ne juge pas, hein. Du moins j'essaie. Mais peut-être êtes-vous mariée. Je n'en sais rien. Je n'arrête pas de blablater. J'ai passé toute la matinée chez le dentiste, vous savez. Il m'a donné des pilules que je n'étais pas censé prendre avec du lait, et puis je les ai prises avec du lait. Mais je ne me sens pas mal. En fait, je me sens même foutrement bien. » Il m'est alors venu à l'esprit que j'avais laissé mes antibiotiques dans l'appartement. Peu m'importait. La signalisation indiquait l'autoroute M4 Ouest. « Où m'emmenez-vous ? Quand même pas jusqu'au pays de Galles ?

— Pas aussi loin, non.

— Bristol ? Swindon ? Désolé de blablater ainsi. Vous êtes vraiment très belle. »

Celui-là, elle l'a laissé passer.

Une fois le véhicule engagé sur l'autoroute, j'ai calé mon crâne entre l'appui-tête et le cadre de la portière. Des vibrations se répercutaient jusqu'à mon cerveau d'une manière plus ou moins apaisante. Avec ma tête dans cette position étrange, les rangées de lampadaires que nous longions semblaient comme se soulever du sol, pivoter et se briser, à la manière d'une procession sans fin d'essuie-glaces fonctionnant à sens unique.

« Vous êtes un scientifique, m'a-t-elle dit sans crier gare. Alors expliquez-moi ceci : d'où l'esprit vient-il ?

— L'esprit humain ? »

Un sourire carnassier a percé l'obscurité ; elle n'a pas pour autant quitté la route des yeux.

« Oui.

— Il a… évolué, j'imagine. Tous les animaux ont un esprit, après tout – plus ou moins.

— Plus ou moins quoi ?

— Plus ou moins, euh, sophistiqué. Plus ou moins intelligent.

— Plus ou moins conscient de sa propre existence.

— Si vous voulez. » Pour être honnête, je n'avais guère l'habitude de ce genre de conversation. Mais je ne voulais pas passer pour un idiot devant elle. Je me suis redressé. « La capacité de traiter des données, de prendre des décisions fondées dessus, confère un avantage évolutif à une créature déterminée. Je mange ceci, ou pas ? Dois-je me battre ou m'enfuir ? Ce genre de choses. Le cerveau humain n'est donc qu'une forme bien plus complexe de ce phénomène.

Cela fait des millions d'années qu'il est façonné, modelé par une succession ininterrompue de… » Je n'arrivais pas à trouver la bonne expression. « … programmes. De boucles de rétroaction. D'algorithmes. Peu importe. Tout cela est imbriqué à l'intérieur d'un être humain. Mais ces "logiciels" n'accomplissent pour l'essentiel que des choses basiques. La conscience est, j'imagine, le résultat bizarre du fonctionnement de toutes ces choses, en parallèle ou en séquence. Ça nous donne *l'impression* de quelque chose de plus complexe qu'un ensemble de boucles de traitement de données, d'actions-réactions. De quelque chose de plus solide. Comme une bande de moucherons… » – l'image m'était soudain venue à l'esprit – « … qui vous bourdonnent autour quand vous sortez d'un bois. Et vous regardez alors le coucher du soleil derrière vous, et c'est comme si, euh, le nuage d'insectes prenait un instant la forme d'un être humain, un être humain plus ou moins dissimulé dans la pénombre qui environne les bois. Et quand il se remet à tourbillonner, on se rend alors compte qu'il s'agit simplement d'un nuage de moucherons.

— De moucherons », a-t-elle répété.

J'ai senti mon visage s'empourprer d'embarras. Bon sang, comme je voulais l'impressionner…

« Bien sûr. Dire qu'il s'agit d'une illusion ne revient pas à nier sa réalité. » *Si ça se trouve*, ai-je alors songé, *elle croit en l'existence de l'âme, de Dieu et de toutes ces conneries.* J'ai donc procédé à un petit rétropédalage diplomatique. « Mais bon, personne ne le sait vraiment, pas vrai ? La Question Centrale, ce genre de choses. Il est, euh, notoirement difficile d'obtenir des données expérimentales objectives, quoi que ce soit de vérifiable, sur… vous savez, la mort et tout ce qui tourne autour. Se servir de son esprit pour étudier l'objet esprit, c'est… eh bien, ça contamine le processus dès le début, pas vrai ? Ça insère dans la procédure la fin de l'expérience.

— L'œil voit tout sauf lui-même.

— Exactement. Comme c'est bien exprimé ! » J'en faisais trop. « Qui a dit ça ?

— Wittgenstein. »

J'avais entendu parler de lui (bien sûr), mais en réalité je ne connaissais absolument rien de sa pensée, et je préférais éviter d'étaler mon ignorance devant cette femme attirante.

« Exact.

— Pendant la Première Guerre mondiale, il s'est retrouvé dans un camp de prisonniers de guerre italien – il s'était fait capturer alors qu'il combattait du côté autrichien. Il n'y avait qu'un seul livre dans ce camp, et Wittgenstein a passé son temps à le relire. Vous savez lequel c'était ? » Elle n'a même pas attendu que j'essaie de deviner. « La *Critique de la faculté de juger*, de Kant. C'est l'œuvre de philosophie qui a eu sur lui l'impact le plus profond – plus que toute autre.

— Exact.

— Il a passé sa vie à la relire.

— Exact », ai-je répété.

La mention de Kant me ramenait bien entendu à Curtius, à la période qu'on avait passée ensemble en Antarctique. Ça n'avait rien d'un souvenir agréable. L'épisode était vieux de plusieurs décennies, et pourtant il agissait toujours comme un détonateur sur moi. J'ai frotté mes doigts balafrés contre le tissu de mon siège. Il faisait froid, à l'époque. Ah ! Le froid…

« Et donc… », ai-je repris, les yeux perdus dans le vague, « vous croyez en – quoi, une âme immortelle, c'est bien ça ?

— Tss tss. »

Sans doute payais-je là mon impertinence. Elle avait prononcé ça étonnamment fort, avec une régularité d'horlogerie. Ce n'est qu'en la regardant à nouveau que j'ai fait la liaison entre le bruit et la lumière orange qui s'allumait par intermittence derrière la fenêtre passager.

Et puis on a quitté l'autoroute. Une montée, qui nous a conduits à un rond-point. On a ralenti.

« Il y a encore quelques mois, a-t-elle repris sans crier gare, j'avais exactement la même vision du monde que vous. Et puis tout a changé.

— Quoi, vous avez… prouvé Dieu ?

— Pardon ?

— *Trouvé* Dieu, je veux dire ? C'est ça ? »

Elle a relâché l'accélérateur ; au sortir du rond-point, on s'est engagés sur une deux-voies bien éclairée. Une légère bruine s'est mise à envahir le pare-brise ; l'espace d'un instant, avant qu'Irma n'allume les essuie-glaces, toute la surface noire s'est retrouvée variolée de petits points opaques.

« Dieu, a-t-elle répété. Tout comme vous, je pensais autrefois qu'il existe une réalité extérieure, là, dehors, dans laquelle nous autres humains sommes… arrivés. Ou du moins nos ancêtres. Qu'au fil du temps nous avons développé notre esprit comme un moyen d'évoluer dans cette réalité extérieure. En d'autres termes, je pensais que nos esprits s'adaptaient au monde réel. »

Elle s'est tue ; il m'a fallu la relancer : « Ce n'est plus ce que vous croyez, à présent ?

— Ils ne s'adaptent pas au monde. C'est le monde qui s'adapte à eux.

— Exact. »

On s'est arrêtés à un feu. « Je peux vous poser une question ? ai-je tenté.

— Euh… oui ?

— Vous fréquentez quelqu'un ? Vous êtes, disons… mariée ? Vous avez des petits amis ? *Un* petit a… » J'ai toussé.

Le moteur s'est remis à vrombir. Les forces d'accélération ont exercé sur moi leur effet égal et opposé, m'incrustant dans le rembourrage confortable du véhicule. Oh, comme mon rythme cardiaque accélérait avec les chiffres qui s'inscrivaient sur le compteur ! La voiture suivait la douce courbe de la route de pierre.

Irma a enfin repris la parole : « Ma meilleure amie d'université était catholique. Je la fréquente encore beaucoup. Nous sommes très proches – on se voit parfois pour déjeuner. Il arrivait souvent qu'on se dispute à propos de la religion. Moi je défendais peu ou prou ce que *vous* venez de dire : ce qu'énonce la science sur l'origine probable de la conscience humaine. Et elle de répliquer : Non, non, non, c'est Dieu qui a créé nos âmes. Et mon âme est ce qui me rend différente de toi. Et moi de rétorquer : parce que, vraiment, un scientifique a une bonne centaine de raisons à sa disposition pour y voir une hypothèse vraiment faible ; si tel est le cas, c'est quand même une coïncidence hautement improbable que l'âme s'adapte si parfaitement au monde ! Ce qui fait pencher la balance, pour moi, c'est l'alzheimer. Si l'esprit est un produit du cerveau, alors il faut s'attendre à le voir décliner à mesure que la maladie détériore ledit cerveau. Et c'est exactement ce qui se passe.

— Bien sûr que vous êtes mariée. Vous êtes belle, sûre de vous, intelligente. Comment pourriez-vous ne pas être mariée ? »

Ça ne l'a même pas fait réagir : « Kant croyait avoir accompli une révolution copernicienne de la pensée humaine. Pareille perspective doit faire frissonner n'importe quel astronome – pas vrai ? » Un rapide coup d'œil en direction du siège passager. « Jusqu'à présent, tout le monde partait du principe que notre cognition devait se conformer aux objets du monde extérieur. De nombreuses tentatives ont été faites pour découvrir quelque chose sur notre cognition à partir de principes fondamentaux, mais aucune n'a abouti à quoi que ce soit. Précisément à cause de ce présupposé. Aussi propose-t-il d'essayer dans l'autre sens. Voyons si on ne peut pas dépasser ces problèmes de métaphysique en présupposant ceci : c'est aux *objets* de se conformer à notre cognition. Un peu comme Copernic, lorsqu'il a affirmé : "Je sais comment ça se passe : les étoiles tournent autour de la Terre. Mais imaginons un instant l'inverse, et voyons si ça n'explique pas mieux les choses." »

Elle a gardé un moment le silence, puis : « Copernic n'est pas une bonne analogie. On pensait que le cosmos tournait autour de nous, et puis

Copernic est venu démontrer que tel n'était pas le cas. Kant est plutôt un anti-Copernic. Nous avions coutume de nous voir comme une simple partie d'un cosmos préexistant, jusqu'à ce que Kant se pointe et démontre que tel n'est pas le cas, car en réalité nous fabriquons l'univers en le percevant. Il faudrait peut-être plutôt le comparer à Einstein. Si Kant avait vécu assez longtemps, il se serait vanté d'avoir provoqué une révolution einsteinienne de la pensée. Le Big Bang… ce n'est pas un petit paquet de dynamite suspendu au beau milieu d'une énorme caverne, et qui explose pour l'inonder d'étoiles. La caverne, l'espace, le temps… ça a été créé *par* le Big Bang. Chaque fois qu'un esprit prend conscience du monde et de lui-même, c'est un Big Bang conceptuel : l'espace-temps restructure alors la réalité même des choses.

— Pas convaincu, ai-je fait.

— Et pourquoi ça ?

— Question de bon sens.

— C'est un peu court, jeune homme.

— Ça sonne juste… faux.

— C'est de la logique. On ne peut pas voir derrière l'espace, ou au-delà du temps. Tout ce qu'on pense, ressent, perçoit, s'accomplit selon ces termes. On a étudié tout cela de près, Charles. Pour découvrir qu'il existe *quelque chose* dans la vraie réalité, en dehors de notre esprit, quelque chose que celui-ci perçoit en termes d'espace et de temps. La chose en soi, quelle que soit sa nature, ne se résume pas à des mètres et des kilomètres, à des secondes et des heures. Loin de là. C'est un mode de… d'amplitude d'un genre différent. On regarde l'univers et on voit qu'il est vaste, on voit que l'immensité de l'espace reflète une dimension fondamentale de la chose en soi. Ce qui n'en fait pas pour autant une cartographie littérale de notre notion de l'espace. »

Trouvant tout cela un peu difficile à suivre, j'ai laissé mon regard errer à l'extérieur du véhicule. Après avoir franchi un portail bien éclairé, il s'est engagé sur une route de gravier qui, dans l'obscurité, semblait se poursuivre à l'infini.

« Et donc… » Soudain conscient que notre voyage touchait à sa fin, j'ai estimé qu'il me fallait dire quelque chose – n'importe quoi ? – pour qu'elle se souvienne de moi. « … et donc vous croyez en Dieu, maintenant ? »

En guise de réponse elle m'a jeté un coup d'œil – sans prononcer un mot.

Ce qui m'a fait un peu paniquer. « Qu'est-ce que vous faites ? » ai-je tenté. Une bien meilleure façon de commencer une conversation que d'y mettre fin – je me serais foutu des baffes. « À l'Institut, je veux dire. Sur quoi travaillez-vous ? Vous ne leur servez pas seulement… » – j'ai lâché trois petits rires tout sauf naturels – « de chauffeur, j'imagine ?

— Effectivement pas.

— Vous m'avez bien dit que l'Institut était spécialisé en recherche et développement ? Qu'est-ce que vous… développez, personnellement ? Ou recherchez ? Ou… ? »

Elle a gardé le silence un moment. Puis : « Communication instantanée. Je suis détachée auprès de l'équipe d'astrophysique. On espère mettre au point un instrument d'optique capable de distinguer la surface des planètes Kepler-438b, Kepler-442b et Kepler-440b.

— Ah ouais. Quand même. »

: 4 :

J'ai eu un premier aperçu assez vague de l'Institut : un immeuble de trois étages plongé dans l'obscurité, avec quelques rares fenêtres éclairées, une allée de gravier sinueuse sur laquelle les pneus crissaient à qui mieux mieux. Impossible d'évaluer l'étendue des lieux dans l'obscurité. Des lampes naines plantées dans la pelouse marquaient le tracé de l'allée. Des absences noires en forme de flamme qui dévoraient le ciel étoilé à la lisière de ma vision : des cyprès. C'était une belle nuit claire de fin de printemps, et rien de ce qui m'arrivait ne me semblait réel.

Moteur au ralenti, les narines emplies d'une odeur de plastique et de cuir neufs, on a attendu la levée des portes du garage. J'ai entrevu sur notre droite d'autres ailes plongées dans la pénombre, juste avant que l'éclairage intérieur ne vienne m'aveugler à moitié.

Il y avait de la place pour une demi-douzaine de voitures dans le garage, présentement occupé par le seul véhicule d'Irma. Quelques marches à monter, la porte du bâtiment principal à franchir. Un long couloir, un deuxième – perpendiculaire. Irma m'a conduit dans une chambre – la mienne, m'a-t-elle assuré – et m'a donné une demi-heure pour m'installer.

« Je ne comprends pas, lui ai-je lancé. Qu'est-ce qu'il y a à installer ?

— Vous allez rester là au minimum quelques jours. » Elle évitait de croiser mon regard.

Une bouffée de colère m'a envahi. « Si je veux, ai-je rétorqué. C'est un kidnapping ou quoi ? »

Elle n'a pas haussé les épaules, mais l'expression de son visage en était un substitut tout à fait convaincant. « Repartez à pied, si ça vous chante. On est à une bonne dizaine de kilomètres de la gare. J'ignore à quelle heure passe le premier train, mais avec un peu de chance vous pourrez l'attraper.

— Et donc vous me faites venir ici… » La colère qui s'emparait de moi était un étrange mélange de ressentiment et de désir, parce qu'elle se tenait à ma porte et que je voulais la supplier d'entrer, de me rejoindre sur le lit. « Mais vous n'allez pas me ramener, alors ? C'est ça ? J'ai bien compris ? »

Elle a détourné le regard. « Je vais vous reconduire. Mais Kos veut d'abord vous dire un mot. »

Et elle a filé, sans même prêter attention à mon « Qui est Cause ? ».

« Pour peu que Cause soit quelqu'un…, ai-je ajouté alors même qu'elle disparaissait dans le couloir perpendiculaire. Je n'étais pas censé voir Peter ?

— Kos d'abord, m'a-t-elle lancé sans même se retourner. Peter plus tard. »

M'avouant vaincu, j'ai fermé la porte et je me suis allongé sur le lit – une chambre individuelle, mais confortable et relativement spacieuse. On se serait cru à l'hôtel. Puis je suis allé prendre une douche, me désolant ensuite d'avoir à remettre les mêmes vêtements. J'ai allumé la télé, regardé un documentaire sur les blaireaux. Irma a alors fait son retour, frappant à ma porte tel un pivert forcené.

« Venez. Kos vous attend. »

Une demi-heure m'avait suffi à oublier à quel point elle était belle. Le désir ardent qu'elle m'inspirait s'était fait court-circuiter par ces dérivations éminemment masculines qui transforment l'amour en amertume.

« Vous étudiez les planètes extrasolaires, mais on se sert de vous comme d'une espèce d'assistante ? De secrétaire, de chauffeur ? Parce que si tel est le cas, j'aimerais bien un café : vous pouvez m'en apporter un ?

— Vous, dites donc, vous êtes un vrai charmeur. »

On a emprunté un long couloir aux murs constellés de toute une série de portes fermées et d'art abstrait parfaitement oubliable.

« Je ne pourrais pas me contenter de parler à Peter ?

— Personne ne se contente de parler à Peter, a-t-elle rétorqué. Discutez d'abord avec Kos, et on verra ensuite.

— Il m'a l'air pour le moins précieux, votre Peter.

— Ah. C'est *ah*. Pas *eurr*. » Quant à comprendre la signification de ce baragouinage…

Un escalier à gravir après une pente inclinée pour fauteuils roulants. Une porte foncée. Un nouveau roulement de tambour, avec les doigts fins d'Irma en guise de baguettes ; une syllabe inintelligible prononcée à l'intérieur. Derrière la porte se déployait un grand bureau : des étagères, un mur dédié à des objets high-tech de toutes sortes, une table de travail. Les rideaux n'étant pas tirés, les fenêtres ont fait office de miroir quand je suis entré dans la pièce. J'avais l'air d'un vieillard débraillé – mais bon : c'est exactement ce que je suis, après tout.

« Bonjour, Charles. » Une voix comme gonflée à l'hélium. Il y avait là deux fauteuils club, dont l'un accueillait une femme. Qui s'est levée. La porte a claqué derrière moi, me laissant seul avec elle.

Elle m'a tendu la main. « Paulina Kostritsky. Mes amis m'appellent Kos. »

J'ai toujours pensé que les gens utilisent mal le cliché de la *voix cassante* ; essayez juste pour voir de briser un verre rien qu'en hurlant dessus, et vous comprendrez mon point de vue. Mais Mme Kostritsky – la professeur Kostritsky, comme je l'ai découvert par la suite – alliait avec un certain talent la froideur de la classe moyenne supérieure anglaise et une voix aussi aiguë que nasillarde. Un petit larynx, j'imagine. C'était… désagréable.

« Je n'ai pas l'habitude de serrer des mains, lui ai-je dit. À cause de mes doigts niqués. »

Kostritsky était un peu plus petite que moi ; mais un je-ne-sais-quoi dans son port, son long cou, ou peut-être la combinaison d'une grosse tête ronde et de traits minuscules regroupés au milieu de la figure… tout cela me donnait le sentiment qu'elle me toisait. J'ai rougi, d'un seul côté de mon visage.

« Pardon. Je ne voulais pas… Désolé pour mon vocabulaire. Je suis un peu grincheux.

— Comme un bambin qui n'a pas fait sa sieste. »

C'était peut-être la chose la plus condescendante qu'on m'ait jamais dite. Et cette femme, avec sa voix de moustique et sa grosse tête moche, venait à peine de faire ma connaissance. Mon irritabilité s'est sublimée en colère, qu'en ma qualité d'Anglais – et conformément à la logique de ma tribu – j'ai exprimée par une politesse exagérée.

« Vous allez devoir m'excuser, j'en ai bien peur… » J'ai poussé mon sourire un peu plus loin dans le territoire de la grimace. « On m'arrache de mon appartement au beau milieu de la nuit. Et je ne comprends absolument rien à ce qui se passe ici.

— Vous avez déjà deviné l'essentiel, je n'en doute nullement. Vous étiez jadis un astrophysicien de haut vol. Doctorat, chargé de cours… Et puis tout a commencé à partir un peu en vrille, pas vrai ?

— On taille le bout de gras, alors ? Genre, maintenant ? Parce qu'on m'a dit que je devais parler à Peter. »

Elle a incliné un peu la tête. « Qu'est-ce qui vous a poussé dans ce puits sans fond, Charlie ? » Oh, elle m'agaçait, à présent. « Qu'est-ce qui s'est passé, en Antarctique ? Qu'est-ce qui vous a traumatisé au point que vous jetiez toute votre existence à la poubelle ?

— Je n'ai rien *vu* », ai-je rétorqué, en me raidissant intérieurement. L'envie d'un verre s'est imposée à moi – le manque ne vous quitte jamais complètement. Ma mâchoire s'est mise à palpiter. « J'ai halluciné. J'ai survécu à une tentative de meurtre. Vous *pourriez* faire montre d'un minimum de compassion. Ou pas, bien sûr. À vous de voir.

— Je vous présente mes excuses. » Ce qui semblait lui coûter énormément. « Asseyez-vous, a-t-elle ajouté, m'encourageant à l'imiter en se réinstallant dans son fauteuil. Je vous en prie. »

J'ai failli lui répondre : *Je préfère rester debout*, pour finalement estimer que ça sonnerait moins digne que bégueule. Et je me suis exécuté. Il y avait, me suis-je alors avisé, une cafetière en argent sur la table basse, avec deux tasses en porcelaine. Du sucre, du lait.

« N'hésitez pas à vous servir. Et pour répondre à votre question : non, ce n'est pas moi qui dirige cet établissement. On pourrait dire que ce rôle revient à Peta, j'imagine. »

J'ai une fois encore entendu *Peter*, et elle ne m'a pas corrigé.

« Peter, hein ? Alors c'est lui, le gros bonnet ? Et c'est un établissement gouvernemental, l'institut de Peter ?

— Absolument pas. Nous avons des membres du conseil d'administration qui siègent aussi bien au Parlement britannique qu'au Parlement européen. Et la nature de nos recherches – ou, plus précisément, la façon dont elles ont évolué au cours des dernières années – a nécessité l'autorisation du cabinet du Premier ministre.

— On dirait que vous m'amadouez avant de me refourguer une pyramide de Ponzi. Sachez ceci, madame Kostritsky : je suis pauvre comme Job. »

Elle a souri.

« Ce n'est pas votre argent qui nous intéresse, monsieur Gardner. L'argent n'est pas un problème pour nous. Nous avons beaucoup d'investisseurs aux poches très profondes. Et en toute sincérité, si nos recherches s'avèrent payantes, l'argent sera vraiment le cadet de nos soucis.

— Et si on allait droit au but ? » J'ai failli ajouter :

et dites-moi si Irma est célibataire et si, à votre avis, elle accepterait de sortir avec moi, mais il me restait – tout juste – assez d'amour-propre pour y renoncer.

Cela dit, ça s'est vraiment joué à pas grand-chose…

« Un tableau d'ensemble, sans faux-semblant. » Et elle s'est mise à bâiller.

« Vous avez l'air fatiguée », lui ai-je lancé.

Elle a hoché la tête.

« Il vous fait travailler dur, hein ? Peter ? »

Ce qui l'a fait rire – un étrange cri d'oiseau de mer étranglé.

« Pardonnez-moi. Vous n'attendez pas de moi que je vous donne des infos au compte-gouttes. Vous voulez une vue d'ensemble, tout d'un coup. La voici : l'Institut a été fondé il y a un peu plus d'une décennie pour développer des modèles informatiques hyperrapides. L'ordinateur le plus rapide du monde est depuis sept ans le Tianhe-2 chinois : cette année, il a réussi à atteindre 8,57 petaflops par seconde. Nous étions en train de grimper tranquillement mais sûrement dans le top 500 – tout en accouchant en cours de route de divers sous-produits commercialisables, pour le plus grand bonheur de nos investisseurs – quand nos recherches ont pris une direction radicalement différente.

— L'astrophysique ? ai-je suggéré.

— C'est une histoire étrange. Un de nos chercheurs a fait une dépression nerveuse. Il était hanté par le fantôme d'un garçon. »

Une désagréable petite poussée d'adrénaline m'a aussitôt fait sursauter.

« Pardon ?

— Nous avons dû nous en séparer, au bout du compte. Mais avant de partir, il est tombé sur le récit d'un programmeur des premiers temps de l'informatique – un vrai dinosaure, vraiment. Quelqu'un qui travaillait dans ce domaine au début des années 1980. »

J'ai deviné de quoi elle parlait avant même que les mots ne sortent de sa bouche.

« Roy Curtius, a-t-elle conclu. Vous le connaissez.

— C'est à cause de Roy que je me trouve ici ? »

Kostritsky s'est frotté les yeux. « Vous voulez toute l'histoire, Charles. » Elle avait l'air tellement épuisée… ça ne m'aurait pas surpris outre mesure qu'elle s'endorme là, d'un coup, devant moi. « Un portrait complet, sans la moindre omission. Vous êtes extrêmement important pour ce projet – ce qui vous rend extrêmement important pour l'avenir de l'humanité.

— À qui, depuis mon trône d'importance, je puis déclarer : je suis de la merde de cochon.

— C'est la stricte vérité. Vous et M. Curtius – tous les deux. Ensemble. » Pouah ! L'idée qu'on fasse équipe, lui et moi, qu'on ne fasse plus qu'un… quelle horreur. « Vous deux, a insisté Kos. Il est devenu évident – Peta a été très clair là-dessus, pour tout vous dire – que nous avons besoin de vous deux.

— Vous avez besoin de Roy, et vous me voyez comme le moyen de l'atteindre. Sans quoi vous vous seriez adressé à lui directement. Il se trouve à Broadmoor, vous savez. C'est un homme dangereux.

— Nous savons où il se trouve. Nous sommes en

contact avec lui. Peta aimerait qu'il quitte son lieu d'incarcération actuel pour être transféré ici. Notre équipe de sécurité devrait être en mesure de s'occuper de lui. Mais même nos amis haut placés ne peuvent ordonner la libération d'une personne détenue en vertu de l'article 3 de la loi sur la santé mentale. Surtout au vu des… crimes qu'il a commis.

— Contre moi, vous voulez dire ?

— Et depuis », a-t-elle lâché d'une voix lugubre.

J'ai préféré ne pas déranger ce nid de vipères métaphorique.

« Donc vous vous intéressez à *mon* expertise d'éboueur dans la seule mesure où je vous donne accès à Roy le Taré ? » J'ai été pris d'une soudaine intuition : « C'est lui qui en a fait une condition, c'est ça ? Jésus-Christ sur un quasar…

— Vous voulez une image complète de la situation, et je suis prête à vous la donner. L'objectif n'est pas d'accroître notre valeur boursière. Mais de nous faire franchir le seuil de l'avancée la plus importante de toute l'histoire de l'humanité. Plus révolutionnaire que la roue, l'imprimerie ou Internet. Le plus grand bond en avant imaginable.

— Je ne vous crois pas.

— Rien ne vous oblige à y croire. Il vous suffit de convaincre Roy Curtius que, nous, nous y croyons. Il refuse de nous parler – mais vous, c'est une autre histoire… »

Me sont alors revenues toutes les grandes espérances qui m'avaient traversé l'esprit sur le chemin de l'Institut – une nouvelle carrière, le nouvel amour de ma vie au volant de la voiture ; j'ai senti la conscience débilitante de ma propre stupidité envahir mon âme. « Vous voulez faire de moi votre coursier.

— Monsieur Gardner, vous et M. Curtius êtes les deux seules personnes au monde à avoir partagé cette… expérience en Antarctique, quelle qu'en soit la nature. La chose qui… la chose en soi.

— Une hallucination, voilà ce que c'était.

— Nous avons travaillé avec Kant, m'a dit Kostritsky. Si vous voulez bien excuser ce sophisme apparent.

— La folie de Roy vous a infectés. » J'ai reposé ma tasse. Le café me faisait mal aux dents. « Écoutez, je vous souhaite de bien profiter de votre maladie mentale, vraiment. Curtius a essayé de me tuer. Pire encore : de *m'assassiner*. Kant lui a embrouillé le cerveau. Alors pardonnez-moi de ne pas vouloir rester dans le coin pour découvrir l'effet que ça aura sur les vôtres.

— Kant, a-t-elle murmuré. C'est juste de la philosophie.

— C'est de la merde. » Et je me suis levé, visant ainsi à l'effet dramatique maximal. « Ramenez-moi chez moi, s'il vous plaît. C'est vous qui m'avez fait venir, vous pouvez donc donner l'ordre l'inverse. À moins qu'il ne me faille aller réveiller Peter en personne pour qu'il vous en… convainque ?

— Charles. » Kostritsky avait collé ses deux paumes contre son visage, comme si elle pleurait. Je crois surtout qu'elle s'était remise à bâiller – difficile à dire. « Il est trop tard pour vous raccompagner dans le Berkshire ce soir. S'il vous plaît. Je vais vous ramener à votre chambre, et vous pourrez dormir ici. Un chauffeur vous reconduira demain matin, je vous en donne ma parole. »

J'ai songé à taper du poing sur la table, à faire une scène. Mais la vérité, c'est que j'étais fatigué. Je ne sortais pas beaucoup, et cette petite aventure m'avait épuisé. Ma mâchoire me faisait encore souffrir. Je suppose qu'il restait un résidu d'anesthésique dans mon organisme – un résidu qui faisait un drôle de mélange avec la caféine. Dans ma jeunesse, quand j'allais à des conférences universitaires, je séjournais parfois à l'hôtel ; je trouvais alors plaisante l'idée de dormir dans un lit qui n'était pas le mien, avec des draps propres aussi rigides que du parchemin, et une douche puissante en lieu et place du goutte-à-goutte de mon appartement. Nostalgie.

« Vraiment ? Vous me donnez votre parole ?

— Vous l'avez.

— Parce que j'en ai un peu marre de me faire avoir. » J'ai alors senti comme un flottement intérieur. Cette femme physiquement peu attirante, sa petite voix aiguë, son épuisement manifeste, l'heure tardive, mon propre ego meurtri... tout s'est ligué pour me pousser à présenter des excuses maladroites. « Écoutez, je suis désolé. Ne fondez pas trop d'espoir sur Roy. Il n'est... comment dire, pas fiable. Je suis désolé, je ne peux pas vous aider. »

Kostritsky a ôté ses mains de son visage. Elle avait les yeux rouges. Elle s'est levée, puis sans mot dire m'a fait redescendre les escaliers et m'a conduit jusqu'à la porte de ma chambre.

: 5 :

Ça ressemblait à une chambre d'hôtel, mais comme ce n'était pas un hôtel il n'y avait pas de minibar – une bonne chose, au vu des circonstances qui n'auraient pas manqué de mettre à rude épreuve ma sobriété toute neuve. S'y trouvait quand même un terminal avec accès à Internet, dont j'ai tiré profit une petite demi-heure. Le problème, c'était que ni Irma ni Kostritsky ne m'avaient donné le nom de l'Institut – ce qui rendait mes recherches pour le moins compliquées. J'ai suivi quelques liens sur l'intelligence artificielle et les supercalculateurs, je me suis risqué à taper « Roy Curtius ». Sans trouver grand-chose. Puis je suis passé à Kant, pour me découvrir confusément fasciné par le côté tarabiscoté de son système de pensée. Aussi ai-je coupé la machine, avant d'aller me coucher sans ôter mes vêtements – je n'avais pas apporté de pyjama.

J'ai éteint la lumière, et presque aussitôt quelqu'un a frappé à ma porte – un bref roulement de tambour. Avec le recul, je me demande si elle n'avait pas attendu dans l'obscurité du couloir – Dieu sait combien de temps – que disparaisse la ligne jaune horizontale sous ma porte. J'ai rallumé ma lampe de chevet, je me suis levé, je suis allé ouvrir... pour découvrir Irma devant moi, dans la semi-pénombre.

Elle est entrée, a refermé derrière elle. Puis : « Les questions que vous posiez dans la voiture...

— Les questions que je posais, ai-je répété comme

un idiot, mon cœur s'étant soudain mis à paniquer dans ma cage thoracique.

— À propos de moi – les… personnelles. Elles ont une réponse.

— Oui. »

Elle a pris ma main dans la sienne. « Il faut que tu comprennes, qu'il n'y ait pas de malentendus entre nous. Je n'aime pas embrasser – rien sur la bouche. Pas de pénétration non plus. D'accord ? »

C'était tellement déconcertant que j'ai failli couiner comme un cheval. « Je n'ai pas apporté de capotes, de toute façon. À moins que vous n'en ayez ? »

Elle a secoué la tête. « Capotes ou pas, pas de pénétration. Ce n'est pas mon truc. Et tu devras te laver les mains et te frotter les ongles avant de me toucher. Je vais devoir te regarder faire, pour m'assurer du résultat. »

Aucune réplique intelligente ne m'est venue à l'esprit. En fait je n'arrivais pas à penser du tout. Ma bite avait la fermeté de l'acier. Elle m'a conduit dans la salle de bains adjacente, où je me suis lavé à trois reprises les mains sous le mélangeur. Une fois de retour dans la chambre, elle s'est déshabillée, puis d'un hochement de tête muet m'a exhorté à en faire de même. On s'est retrouvés tous les deux sous les couvertures, et j'ai passé mes mains propres sur sa peau propre, et je l'ai couverte de baisers – en évitant le visage. Elle a joui, je crois. Après quoi elle a craché dans sa main, une fois, deux fois, trois fois, avec ce qui m'a paru être un mépris à la fois perturbant et excitant, puis a enroulé sa paume autour de mon sexe et a amorcé le mouvement nécessaire. Elle se servait de sa main gauche, ce qui avait peut-être – ou pas – de l'importance à ses yeux ; ça m'a en tout cas fait penser à la façon dont elle conduisait et manipulait le levier de vitesse – un faux souvenir, la voiture qui m'avait amené ici étant une automatique. Ça n'a pas pris longtemps. Je suis resté allongé là, haletant, pendant qu'elle s'échappait des draps et disparaissait dans la salle de bains. La lumière s'est allumée ; depuis ma position, je l'ai vue mettre de l'eau sur son abdomen et l'essuyer avec une serviette. Après quoi elle est revenue dans la chambre – la lumière dans son dos découpait splendidement ses formes. Un petit bruit sec, et la porte s'est refermée. Elle était partie.

Je me suis endormi.

Pour me réveiller au matin ; par les fenêtres me parvenait la lumière du jour, et la salle de bains était toujours allumée. J'ai bu de l'eau froide au robinet, pissé le café de la veille dans la cuvette des toilettes, pris une douche. Ma dent palpitait. Je me suis fait des visages à la Francis Bacon dans le miroir. Ça avait l'air d'aller.

N'ayant à disposition que mes vêtements crados de la veille, je me suis résolu à les remettre. Hésitant à quitter ma chambre, et faute de mieux à faire, j'ai allumé l'ordinateur et recommencé à surfer sur le Net en écoutant les nouvelles sur Radio 4 via iPlayer. La mise en route du système les a peut-être alertés de mon réveil, parce que presque aussitôt j'ai entendu quelqu'un frapper à ma porte – un unique coup bien ferme.

C'était Kostritsky. « Vous me ramenez en personne ? lui ai-je demandé.

— Vous ne voulez pas prendre un petit déjeuner avant ? Vous préférez partir directement ? » Mais son expression disait : *Tu n'iras nulle part, et on le sait tous les deux.*

Mon cœur a commencé à battre la chamade, et j'ai dû faire un effort conscient pour me retenir de faire preuve d'un enthousiasme trop évident.

« D'accord, ai-je fait, d'une voix que je voulais *cool.* Petit-déjeunons. »

Un couloir différent, des escaliers qui cette fois descendaient, une étrange série d'espaces labyrinthiques menant à une grande cantine. Une douzaine de longues tables, et une rangée de buffets de service à l'autre extrémité de la pièce. L'endroit était complètement désert, et pourtant les buffets accueillaient des plats rectangulaires en acier inoxydable contenant du bacon, des haricots chauds, des œufs brouillés, des petits champignons baignant dans leur jus, etc. Kostritsky a pris un plateau ; j'en ai fait autant. Une machine automatique a rempli de café ma tasse. Alors même que je regardais le cercle noir s'élever comme une tête de piston à l'intérieur de sa chambre, une pensée tournait en boucle dans mon cerveau : *Si je lui donne l'impression de ne pas avoir envie de parler, elle va devoir me renvoyer Irma ce soir.*

Une porte ouverte donnait sur la cuisine : lumières allumées, fours et autres appareils de cuisson. Pas de brigade en vue. Peut-être faisaient-ils une pause clope. Pendant que je suivais Kostritsky jusqu'à une table, mon cerveau ne cessait de se répéter : *Je peux sans doute m'en sortir encore cette fois comme ça – mais après ? Comment conditionner mon aide à la poursuite des visites d'Irma ? Dois-je en parler d'emblée, ou serait-ce trop… grossier ? Est-ce que je peux considérer ça comme tacitement accepté par les deux parties ?* Je trouvais détestable pareille insensibilité reptilienne. Ce n'est pas une exagération : je me trouvais vraiment ignoble. Mais j'étais sous l'emprise d'une chose qu'un simple dégoût de soi ne pouvait déloger : la possibilité que mon isolement solitaire laisse place à l'unité, à la totalité qu'on appelle relation sexuelle.

Je me suis installé. *C'est une négociation*, songeais-je. Sauf que non : c'était le début d'un discours de conversion. En lien direct avec ma croyance en Dieu et ma capacité à arpenter en chaussettes les glaces des pôles.

Sans déconner.

« Croyez-moi, Charles, m'a-t-elle lancé sans préambule. Moi aussi j'étais sceptique – autant que vous présentement. Mais ça, c'était avant.

— Sceptique à quel sujet ?

— La pensée de Kant. J'ai suivi une formation de pure scientifique ; je n'avais pas de temps à perdre avec des galimatias métaphysiques.

— Euh, des *galim*…

— J'avais coutume d'y voir une spéculation hermétique d'un penseur allemand étroit d'esprit. Mais je sais que c'est vrai, à présent. Et ça change tout.

— Et qu'est-ce qui est vrai ?

— Les catégories transcendantales. L'espace et le temps comme intuitions de la perception, et pas comme des structures intrinsèques à la réalité. La nécessaire subjectivité de toute investigation scientifique.

— C'est du chinois pour moi », ai-je répliqué juste avant d'avaler une bouchée d'œufs brouillés.

La même pensée ne cessait de tourner dans ma tête : *Je ne ferais pas mieux de cracher le morceau ? De conditionner ma collaboration à la poursuite des visites nocturnes d'Irma ?* Et au fin fond de mon esprit essayait de se faire entendre une petite voix tranquille : c'est de la prostitution, Charles. Ce n'est pas éthique, Charles. C'est vraiment à *ces* conditions que tu veux qu'Irma couche avec toi, Charlie ? Ça ne serait pas mieux si elle le voulait ? Ah, la petite voix tranquille. Parce qu'elle avait une falaise à gravir, cette voix. Car à mes yeux le choix était entre « elle le fait parce que c'est dans son intérêt » et « elle arrête de le faire ». « Elle le fait parce qu'elle en a envie » ne me semblait même pas être une option.

« Pendant que vous mangez, a repris Kostritsky, j'aimerais vous expliquer ces quatre catégories. Parce que, ainsi que je vous l'ai promis hier soir… » – y avait-il eu une légère insistance lubrique sur ces deux mots ? – « vous méritez de connaître toute l'histoire. D'avoir une vision globale des choses. Et cette vision globale comporte quatre parties. » Elle a posé ses couverts, puis sorti une phablette. « Et une fois que je vous aurai tout expliqué, je pense que vous vous montrerez plus enclin à rester. »

Je me suis efforcé de prendre un air mystérieux.

« Ma foi… puisqu'on parle de ça…

— Regardez. »

Et elle a mis l'écran à côté de mon assiette.

1. Catégories de quantité
· Unité
· Pluralité
· Totalité

2. Catégories de qualité
· Réalité
· Négation
· Limitation

3. Catégories de relation
· Inhérence et Subsistance (substance et accident)
· Causalité et Dépendance (cause et effet)
· Communauté (action réciproque entre l'agent et le patient)

4. Catégories de modalité
· Possibilité / Impossibilité
· Existence / non-Existence
· Nécessité / Contingence

« Dacodac », ai-je fait – avant d'aller me chercher du bacon.

Elle a patiemment attendu mon retour. « Kant affirme qu'on perçoit le monde réel, mais qu'on n'a rien d'autre que ces perceptions à notre disposition. On ne peut pas aller au-delà. Quelque chose – la chose en soi, ainsi qu'il l'appelle – nous affecte, modifie la façon dont nous traitons les données entrantes. Mais cette façon nous est *propre*. L'espace, le temps, même ces catégories – tout se trouve à l'intérieur de notre esprit perceptif, pas dans la chose en soi.

— Donc tout se passe dans notre esprit, c'est ça ?

On vit dans la Matrice, et il nous est impossible d'en sortir. Il n'y a rien de réel, tout est relatif.

— Non. Pas du tout. Bien sûr qu'un monde réel existe. Kant est très clair à ce sujet. Vous *êtes* là, assis devant moi, occupé à percevoir le monde réel. Tout comme moi. Et il y a un monde réel à percevoir. S'il n'existait pas de monde réel, nous n'aurions *rien* à percevoir. Mais… » Et là elle a levé un unique doigt, comme une institutrice. « Le point crucial, c'est que l'inverse est également vrai. Si vous n'étiez pas là pour observer, il n'y aurait pas de monde réel à *percevoir*. Du moins, pas de la façon dont vous le percevez présentement – espace, temps, causalité, modalité, etc.

— Une symétrie d'idées fallacieuse, ai-je contré. Je ne suis pas idiot : j'ai passé mon temps à étudier votre petit malin de Kant dans ma chambre d'hôtel. » Bon, en réalité j'avais surfé sur le Net et lu l'article qui lui était consacré dans l'*Encyclopédie de philosophie de Stanford*, en pensant que ça suffirait certainement pour un travail gouvernemental. « D'après lui, il existerait douze catégories qui structureraient notre expérience de l'univers réel. Quatre jolis petits groupes de trois. Je serais peut-être disposé à le croire si ce n'était pas aussi… *carré*. Si bien ordonné, classé. »

Elle a incliné un peu la tête. « Vous avez un problème avec l'ordre ?

— Pas vous ?

— Votre boulot ne consiste-t-il pas à nettoyer et à ranger ? » Et, sans me laisser le temps de répondre : « Les maths se résument à une question de logique.

D'ordre. Et la physique à des mathématiques appliquées.

— C'est une théorie du tout, propre comme un sou neuf. Qui m'évoque les constellations dans un ciel nocturne : les étoiles y sont disséminées plus ou moins au hasard. Quand on les regroupe en taureaux ou en ours, on ne dit rien sur les étoiles mais tout sur l'obsession humaine pour l'ordre. C'est pareil avec les catégories kantiennes. Ranger tout ce qui existe dans quatre jolies petites boîtes appelées, euh… » – j'ai consulté l'écran – « quantité, qualité, relation et modalité. Les subdiviser chacune en trois autres sous-sections bien ordonnées, c'est… un trouble obsessionnel compulsif, voilà ce que c'est. J'ai fait quelques recherches sur Kant ; ça correspond trait pour trait au genre d'homme qu'il était. Il se levait tous les jours à la même heure, traversait la place de la ville pour se rendre au travail avec une telle ponctualité que les gens avaient coutume d'en profiter pour régler leur montre. Comprenez-moi bien : je ne porte aucun jugement. Il faut de tout pour faire un monde. Mais ce type était quand même un drôle de petit bonhomme, obsédé par l'ordre et la perfection ; et qui – surprise ! – a élaboré un système philosophique consacrant l'ordre et la perfection comme la vérité du cosmos tout entier.

— Je suis d'accord avec vous.

— Vraiment ? Eh bien, vous m'en voyez ravi. Je peux rentrer chez moi, maintenant ?

— Sauf que votre petit discours plaide en faveur de la pensée de Kant.

— Ah bon ? » J'ai reniflé. « C'est comme… », ai-je ajouté sèchement, me souvenant de quelque chose, mais pas d'où je m'en souvenais, « l'histoire de ce scientifique qui dessinait ce qu'il voyait dans son microscope, et qui s'est rendu compte qu'il n'utilisait pas correctement l'instrument : il avait fini par dessiner le reflet de son œil. »

Ce qui l'a fait sourire – et ne l'a pas rendue plus belle, loin de là.

« Exactement. Selon vous la philosophie de Kant nous en dit moins sur le monde que sur la façon dont son esprit fonctionnait. Je suis d'accord. C'est d'ailleurs précisément la question. La philosophie kantienne affirme que la seule chose qu'on puisse savoir sur le monde, c'est la façon dont nos esprits fonctionnent. Nous n'avons pas d'accès magique à la réalité ; nous n'avons à notre disposition que nos perceptions et nos pensées – ce que nos sens nous disent, et ce que notre esprit rationnel peut en déduire.

— Mais ça ne colle pas avec la réalité. Nous connaissons des *tonnes* de choses sur le monde extérieur, indépendamment de mon biais observationnel.

— Vous avez un accès magique aux choses, un accès qui n'implique pas de les observer – c'est ça ?

— Nullement. Mais on peut *combiner* toute une série d'observations différentes, aplanir les anomalies subjectives des données, réduire les niveaux de tolérance de manière à s'approcher au plus près de la réalité.

— Vous continuez à vous accrocher à l'ancien paradigme. Le fait est que vous percevez l'espace, parce que votre esprit est structuré pour "percevoir l'espace". Idem avec le temps. C'est en réalité la chose en soi que l'on perçoit, et notre esprit convertit ces données entrantes en espace, en temps, en causalité, et ainsi de suite. On ne peut pas s'empêcher de le faire. C'est comme ça qu'on fonctionne.

— Il n'y a donc pas d'espace, ni de temps, ni de causalité – rien de tout cela – dans le monde réel ? »

Kostritsky a pris une fourchette d'œufs brouillés. « Kant dirait qu'il nous est impossible de le savoir. » Elle l'a enfournée dans sa bouche. « On ne peut connaître que ce qu'on perçoit. Il nous est impossible d'outrepasser nos structures de raisonnement pour atteindre la réalité de base.

— Donc je monte dans ma voiture, je fais cent cinquante bornes – mais sans vraiment être parti nulle part. C'est quoi ce truc, le holodeck ?

— Le quoi ?

— Mais si : le holodeck dans *Star Wars*. À vous entendre, le cosmos serait là pour nous duper. Ce serait un système d'illusion géant.

— Dans *Star Trek : La Nouvelle Génération*, vous voulez dire. » Une petite moue. « C'est là une piètre analogie, je crois. Le holodeck était une pièce – un espace tridimensionnel – qui créait l'illusion d'être un espace beaucoup plus grand. Il ne s'agit pas de ça, dans le cas qui nous intéresse. Vous avez raison : j'ai bel et bien *l'impression* de me déplacer dans l'espace. J'ordonne à mon corps de bouger, mes jambes font leur mouvement de va-et-vient, et j'ai l'air de voyager d'un point A à un point B. Si vous me poussez, j'imagine qu'il se passe quelque chose dans le *Ding an sich*, qui en informe mes “sens”. Je ne saurais dire quoi. Peut-être un mode de résistance, plutôt que de distance. Peut-être autre chose.

— Donc on a l'impression de bouger, mais en réalité on se borne à faire du surplace ?

— Même pas. En fait nos jambes ne bougent pas, pas plus que nous, car le mouvement de nos membres supposerait une extension spatiale. Mais il y a une composante de la chose en soi qui nous fait interpréter cela comme un mouvement de balancier des jambes, comme une marche. Qui nous contraint à saisir des forces comme égales et opposées ; qui concrétise les sensations que nous percevons sous une forme spatio-temporelle. »

J'ai réfléchi un moment. « Mais comment *savez-vous* que tel n'est pas le cas ? Vous venez de me dire qu'en réalité vous ne saviez *rien* sur la chose en soi. Peut-être l'espace et le temps la structurent-ils, après tout ? »

Elle a secoué la tête. « Et voilà, la boucle est bouclée. À présent c'est *vous* qui défendez l'idée hautement improbable que notre perception de la vraie réalité coïncide exactement avec ladite réalité. Comme on porte des lunettes orange, tout a l'air d'être orange ; mais à vous entendre, tout serait *de toute façon* orange si jamais on pouvait les enlever. Eh bien, nous avons de bonnes raisons de croire qu'il n'en est rien. »

C'est alors que j'ai joué ma dernière carte – je le comprends à présent, avec le recul. Je n'ai pas vu les choses comme ça, à l'époque ; ça m'est venu à l'esprit comme tout ce qui me semblait à ce moment-là réfuter la philosophie de Kant. Mais il s'agissait en réalité de l'ultime fil qui me reliait encore à mon ancienne façon de penser.

« Vous savez ce qui rend tout ça si… aride ? Le fait

que ça ne fasse aucune différence. Tout simplement aucune. Moi je dis : j'ai marché un kilomètre, mesuré par mon podomètre. Ce que vous êtes en train de me dire, c'est qu'en réalité je *pense* avoir marché un kilomètre, et que mon podomètre se trompe. Il m'a seulement semblé parcourir cette distance. Mais qu'est-ce que ça change ? Même si vous avez raison, je n'en reste pas moins obligé de marcher un kilomètre pour acheter le lait que je verserai sur mes cornflakes. C'est peut-être un vrai kilomètre, ou juste un artefact de mes perceptions : ça revient au même. » Emporté par mon élan, j'ai ajouté : « Pareil avec la science. On mesure le diamètre de Jupiter, on obtient un million de kilomètres. Si je vous suis, elle a seulement l'air de faire ce diamètre, parce que l'espace est une fonction de notre esprit, pas de la vraie réalité. Ce qui ressemble à une planète de un million de kilomètres de diamètre se résume en fait à une bizarrerie dans le *Ding an sich*. Je pourrais aller dans votre sens, et ça ne ferait aucune différence. Je pourrais ne pas être d'accord, et ça ne changerait rien. Absolument rien. On peut accomplir bien des choses avec nos mesures spatiales du système solaire, comme envoyer des sondes sur des comètes ou mettre en orbite des satellites nous permettant de regarder la télé dans le monde entier. Votre *Ding an sich* est donc peut-être une vraie réalité, ou pas, mais ça ne change en rien la façon dont on vit effectivement nos existences. » Je me suis réadossé à mon siège, pas peu fier (je dois l'avouer) de mes arguments. « Mais allez-y, essayez de me convaincre du contraire. Je suis tout ouïe.

— Ce que vous oubliez, a-t-elle rétorqué, c'est

qu'on possède quelque chose dont Kant ne disposait pas.

— Un putain de sens de l'humour, c'est ça ?

— L'IA. »

C'est ce qui a vraiment fait trembler les dominos dans ma tête – et Dieu sait qu'ils étaient déjà prêts à chuter.

« Lia quoi ?

— Kant, ainsi que vous l'avez si éloquemment fait remarquer, parlait de ses propres structures de conscience. Les siennes, les vôtres, les miennes. On ne peut pas passer outre, selon lui. Il nous est impossible de contourner l'espace et le temps, pas plus qu'un homme aux cornées teintes en orange ne peut s'empêcher de voir le monde en orange. L'espace-temps est la façon dont les humains *voient* la réalité, et jusqu'à tout récemment nous n'avions que l'expérience humaine sur laquelle nous fonder. Sauf que maintenant, il est possible de construire une toute nouvelle façon de penser.

— On ne peut pas s'extirper de notre perception de l'univers. Mais les ordinateurs si.

— Exactement.

— Ça me semble pour le moins prématuré. Nos ordis sont rapides, bien sûr, mais on en est encore aux opérations séquentielles de calcul et d'itération. Il leur faut toujours effectuer des opérations physiques, par l'intermédiaire de circuits imprimés en trois dimensions – de plus en plus petits, certes, mais qui… persistent à prendre de la place.

— À la bonne heure, s'est amusée Kostritsky. C'est agréable de voir qu'on a eu raison de miser sur vous. Qu'il y a encore des restes du scientifique professionnel à l'intérieur de l'éboueur.

— L'éboueur vous emmerde ! ai-je lancé, piqué au vif, et incapable de trouver dans l'instant une réplique un peu plus spirituelle.

— Vous avez raison, bien sûr. Jusqu'à tout récemment, c'était on ne peut plus exact. Jusqu'à tout récemment, la pensée informatique était soumise aux mêmes limitations que nous en ce qui concerne l'accès au *Ding an sich*. Ce n'est guère surprenant, quand on y réfléchit. Après tout, les ordinateurs étaient faits à notre image. Mais nous en avons développé de nouveaux types dernièrement, sur des bases radicalement différentes. Et on a découvert qu'une fois qu'on abandonne l'idée d'essayer de *copier* la conscience humaine il est vraiment très facile d'obtenir une intelligence artificielle. »

Une information qu'il m'a fallu digérer. C'était… eh bien, énorme.

« Vous y êtes parvenus ?

— En effet, oui.

— Vous avez développé une IA opérationnelle ? Ici, dans cet institut ?

— Absolument.

— Une conscience rationnelle, sentiente, intelligente, libérée des contraintes de l'espace et du temps ? Capable de voir dans le *Ding an sich* ?

— Fondamentalement, oui. Plus ou moins.

— Plus ou moins ? ai-je répété, sidéré.

— Il reste du travail à faire, a-t-elle concédé d'une voix joyeuse. Mais nous avons suffisamment avancé pour confirmer que Kant avait vu juste. »

J'ai pris une longue inspiration. « Et je suis censé vous boire sur parole, c'est bien ça ?

— Me boire sur parole ? »

J'ai relâché mon souffle. « Vous *croire* sur parole, je veux dire.

— Non, Charles, m'a-t-elle répondu, avec une parfaite candeur. Vous êtes censé vous en rendre compte par vous-même. C'est pour ça qu'on vous a invité ici.

— Vous avez réalisé un véritable exploit, mais sans en faire l'annonce au monde entier. C'est comme si vous ne vouliez pas du prix Nobel.

— Il n'y a pas de prix Nobel d'informatique, m'a-t-elle doucement fait remarquer.

— Ou quel que soit l'équivalent… Allez, un peu de sérieux. Si vous avez vraiment accompli ça, si vous disposez effectivement d'une IA fonctionnelle… le monde va devenir fou. Taré ! Des défilés de journalistes, des talk-shows, votre propre marque de parfum. Pourquoi n'avez-vous rien annoncé ?

— La principale raison… » Elle s'est interrompue ; a lâché un énorme bâillement. « Désolée. Je suis fatiguée. La principale raison pour laquelle on n'a rien révélé, c'est que l'IA n'est pas une fin en soi. C'est un moyen d'arriver à une fin.

— Laquelle ?

— Une manipulation directe du *Ding an sich*, bien sûr. Voyons, Charles, réfléchissez ! Ne voyez-vous donc pas toutes les possibilités que ça nous ouvrirait ?

— Les possibilités.

— Prenez l'espace. La distance pourrait être éliminée – et pas seulement à l'échelle humaine. Au niveau interstellaire. On pourrait atteindre les étoiles, les galaxies. Et le temps ? Eh bien, le voyage dans le temps dépasse peut-être ce que la réalité peut supporter, mais nous œuvrons à *ralentir* le temps… à nous donner autant de temps que nécessaire pour régler n'importe quel problème, pour prolonger la conscience aussi longtemps que nous le souhaitons. Honnêtement, même un simple d'esprit verrait à quel point ce serait révolutionnaire de briser la prison de l'espace et du temps. »

J'avais la tête qui tournait.

« Vous êtes le gourou d'une secte, qui s'emploie à me faire un lavage de cerveau. Toute cette histoire est… » Et je me suis retrouvé incapable de terminer ma phrase.

« Incroyable – oui, je sais. Mais bon, nous n'en sommes pas encore là. Il reste certains, euh, obstacles à franchir. » Nouveau bâillement d'anthologie, après quoi elle a planté sa fourchette dans ses œufs brouillés froids à présent. « Nous avons une stratégie d'envergure en trois points. D'abord, obtenir une vision suffisamment claire de la chose en soi, de manière à pouvoir confirmer, ou infirmer, les théories de Kant. Bon, ça, on en est venus à bout.

— Jésus Marie Joseph.

— Deuxièmement, récupérer des données spécifiques sur la chose en soi, par le biais d'une IA libérée des entraves du temps et de l'espace. Et troisièmement, utiliser ces outils pour commencer à *manipuler* la chose en soi. C'est ce sur quoi nous travaillons encore. Et c'est la raison pour laquelle nous avons besoin de vous.

— De moi. »

J'ai secoué la tête.

« De vous et de votre ami.

— Roy. Ce n'est pas mon ami. Loin de là.

— Vous l'avez dit vous-même : dans les années 1980, l'informatique était trop primitive pour permettre le développement d'une quelconque intelligence artificielle. Ces vieilles machines étaient lentes, avec des processeurs et une mémoire faméliques. Et elles étaient enfermées dans les structures de l'espace et du temps, en termes de paramètres de fonctionnement. Il n'aurait pas dû être possible d'accéder au *Ding an sich* avec une telle machine. Et pourtant c'est ce que Curtius a fait. Nous ignorons comment, mais il a accompli l'impossible. Ce qui tient du génie, à notre avis.

— Pour peu qu'on épelle "génie" t, a, r, é.

— Déficient mental, oui, certainement. Difficile – comme le sont souvent les génies. Mais il pourrait bien être l'homme qui nous fournira la clé. La clé pour accéder à la *vraie* réalité. Et une fois qu'on y sera parvenus… eh bien, ça change tout. Pour l'ensemble de l'humanité.

— Accéder à la chose en soi. » Un serpent de nausée se déroulait dans mon ventre. « Si c'est réellement ce qui nous est arrivé en Antarctique, alors je ne saurais trop vous conseiller de ne pas y toucher, bordel ! »

Il y avait des scintillements de lumière dans le coin de mon œil. Mes mains tremblaient.

« Votre expérience n'a rien eu… d'agréable, nous en sommes conscients.

— Je vais être malade. » Et une sensation de nausée m'envahissait effectivement l'estomac. « Toute cette métaphysique abstraite… je n'ai pas fait le lien avec le pôle Sud. Merde, professeur : imaginez que vous vous connectiez avec le *Ding an sich*, pour découvrir qu'il s'agit en fait d'une… tiens, d'une dimension infernale ?

— Pareil danger a été écarté. »

Je voyais des démons danser sous mon crâne. Lubriques. Moqueurs. Ce qui s'était passé entre Irma et moi la veille au soir : son consentement avait-il fait l'objet d'un, disons… d'un compromis ? Merde, merde, merde. Un aperçu de la vraie réalité, des ténèbres visibles.

« Vous ne les avez pas vus, vous ! » lui ai-je lancé, juste avant que mon ventre ne commence à faire des siennes.

Ma dent obturée s'est mise à palpiter.

Je me suis levé brusquement. À proximité se trouvait une poubelle en plastique blanc, de la taille d'un pied d'éléphant, dans laquelle il n'y avait rien à part un emballage de Twix. Je l'ai collée contre ma poitrine… mais mon envie de vomir a fini par passer. Tout ce temps – ça a dû durer trois ou quatre minutes –, la professeur Kostritsky s'est bornée à m'observer depuis son siège. Me tenir là, devant elle… ça a commencé à être un peu gênant. Je suis donc retourné m'asseoir, la poubelle sur mes genoux.

« Vous ne les avez pas vus, ai-je répété.

— Vous n'avez *aucune idée* de ce que vous avez vu. Il vous est arrivé quelque chose de bouleversant, qui vous a complètement désorienté – nous n'en doutons pas un instant. Mais ça ne veut pas pour autant dire qu'il s'agissait d'un aperçu poussé de la nature essentielle de la réalité. Ce n'est peut-être pas ce que vous avez vu qui a eu sur vous un effet aussi… débilitant, mais la façon de le voir. »

Soudain j'ai pris conscience que, pour la première fois depuis des décennies, je me trouvais dans une pièce en compagnie d'une personne qui croyait vraiment en la réalité de ce qui m'était arrivé en Antarctique. J'en ai été repris de vertiges.

« Doux euphémisme.

— Nous avons des modèles. Des scénarios à forte probabilité qui, combinés aux données les plus récentes que nous avons accumulées, constituent à mon avis des hypothèses très *solides*. Hypothèses suggérant qu'une… réduction progressive des modalités d'espace et de temps désorienterait n'importe quelle conscience non préparée. Que celle-ci expérimenterait des changements aussi rapides qu'alarmants de l'échelle spatio-temporelle, des plissements, des frémissements fractals. Je n'ai pas traversé les mêmes épreuves que vous, bien sûr. Mais le récit que vous en avez fait était tout à fait conforme à ce que prévoient nos modèles. Et ces modèles excluent les démons médiévaux. Catégoriquement, croyez-moi.

— Sur parole ?

— Au risque de me répéter : oui. Impliquez-vous directement. C'est une invitation qu'on vous fait là. Une invitation à participer à unc avancée scientifique majeure – le tout assorti d'un emploi, d'un salaire. D'un poste ici, à l'Institut.

— C'est trop beau pour être vrai. » Le simple fait d'envisager que ça puisse être possible me retournait un peu plus l'estomac.

« Vous, a repris Kostritsky. À savoir vous *et* Curtius, vous êtes les deux seules personnes au monde à avoir partagé cette expérience, quelle qu'en ait été la nature. Regardez-vous : extrêmement intelligent, bon orateur, créatif. Et pourtant vous êtes éboueur. Vous trouvez ça compatible avec votre potentiel intellectuel ? Nous vous offrons du concret, ici. Ça va vous pousser dans vos derniers retranchements, mais ça paiera nettement mieux que le salaire que vous verse votre conseil municipal. Et, surtout, ça vous donnera l'opportunité de participer à la plus grande révolution scientifique de toute l'histoire de l'humanité. » Elle a ouvert les mains. « Tout ce qu'on vous demande en retour, c'est de vous servir de vos liens, euh, d'amitié pour faire levier sur M. Curtius. On a besoin de lui. Son implication peut faire la différence entre le succès et l'échec. »

: 6 :

Et donc je suis resté. Sans même m'abaisser à me servir d'Irma comme d'un outil de négociation. Je suis juste resté. J'ai dormi dans ma chambre, mangé à la cantine, eu d'autres conversations avec Kos, croisé quelques personnes. J'ai arpenté le domaine de l'Institut, qui se transformait sous mes yeux à mesure que la terre s'embellissait de vie estivale. J'ai fait la connaissance d'autres employés de l'Institut – tous des gens agréables, accueillants, équilibrés. J'ai fait des cauchemars ; il arrivait que les démons gambadent à la lisière de mon champ visuel, mais le mois de mai avait fini par laisser place au soleil resplendissant de juin. Il y avait de la lumière partout. De la lumière tombait du ciel, de la lumière s'échappait de mon corps.

N'y allons pas par quatre chemins : ces gens m'ont converti. J'ai eu d'autres discussions avec Kos à propos des objectifs de l'Institut. Ils n'avaient rien de modeste : pas seulement une avancée majeure susceptible de révolutionner la vie humaine, mais *toute une série* d'avancées majeures capables de chambouler la vie humaine. L'objectif était d'accéder à la chose en soi, à la réalité tapie *derrière* la perception humaine, via des IA soigneusement programmées. De la manipuler.

Voilà comment Kos m'a expliqué les choses : « Les quatre modalités. C'est ce qu'on espère transcender – pour peu qu'on arrive à faire fonctionner le système. Ces modalités sont les quatre murs de notre prison, pourrait-on dire, et nous élaborons des moyens de les briser.

— D'accord, ai-je fait. Vous voulez bien me les répéter encore une fois ?

— La première est la quantité. À savoir le nombre. À savoir l'espace et le temps, qui sont tous deux nombrables. Un espace fait toujours tant de mètres de long, tant de large, tant de haut. Le temps se mesure en tant de secondes, écoulées ou à venir. Et ce sont ces mètres, ces infinies distances, qui nous empêchent de mettre le pied sur une planète paradisiaque en orbite autour d'une autre étoile – qui empêchent l'humanité de se répandre dans l'intégralité du cosmos.

— Je ne vois pas pourquoi la quantité se subdivise

en trois. On retrouve là l'obsession de Kant pour le rapport trois/quatre… Encore une question d'ordre.

— Et pourtant ça tient la route. D'après lui, la quantité se ramifie en trois sous-catégories : unité, pluralité et totalité.

— Mais chacune multipliée par l'espace et le temps. Ça devrait donc faire six, non ?

— Ce serait le cas si l'espace et le temps étaient deux choses complètement séparées. Mais Einstein a prouvé que non : l'espace et le temps sont la même chose. L'espace-temps. Mais il s'agit là d'un détail.

— Ah bon ?

— L'important, c'est la manière dont on peut exploiter ça à notre avantage. Si on arrive à maîtriser la quantité – les *dimensions* de l'espace et du temps qui structurent notre univers… je vous laisse imaginer la suite ! La quantité est le cercle d'or situé au centre de notre cible. Ici, à l'Institut, je veux dire. C'est notre jackpot. Si on parvient à ajuster nos approches de manière à pouvoir passer outre à tout ou partie des obstacles que constituent les catégories, alors il nous sera possible de réapparaître là où et quand on le voudra… en théorie. Et ainsi l'univers entier nous appartiendra. On pourrait, par exemple, se borner à contourner les innombrables années-lumière qui séparent la Terre des étoiles.

— La quantité se trouve donc en tête de notre liste d'envies. » Je n'avais vraiment pas mis longtemps à parler en termes de *nous* et de *notre*. Ironique, vraiment, avec le recul. Je faisais partie de la totalité. C'est ce que je croyais, en tout cas. « Et quid de la qualité ?

— C'est moins évident. La qualité, d'après Kant,

correspond au *degré* de réalité d'une chose. Certaines ne sont que très faiblement réelles, n'ont qu'un effet très faible sur nous. Comme une plume chatouillant votre coude. D'autres ont une… nature bien plus palpable, vivante. Poussée à l'extrême, la qualité correspond à notre perception de la douleur – d'une douleur potentiellement insupportable. Elle s'avère donc nécessaire, bien sûr, pour le bon fonctionnement du corps humain. Mais lorsqu'il s'agit, comme nous le faisons ici, de la manipuler, de la modifier… eh bien, on préfère ne pas appuyer sur le bouton de la douleur si on peut l'éviter.

— Et donc, pour Kant, c'est quoi les trois inflexions de la qualité ? Un peu, beaucoup, passionnément ?

— Non. Les modifications que Kant suggère sont la réalité, la négation et la limitation. Les philosophes professionnels ont longuement débattu de ce qu'il voulait dire par là. C'est comme ça que je comprends son affirmation : la qualité est le remplissage du temps par une sensation. Quand le temps est complètement rempli, on a des sensations très vives, très fortes. Et vice versa. Voilà donc ce qu'*est* la réalité, pour nous : l'expérience de la sensation à l'intérieur du temps. La négation, c'est le contraire : l'absence de sensation à l'intérieur du temps. Et la limitation est l'échelle qui relie les deux, la gamme des possibles.

— C'est plus ou moins ce que j'ai dit. Mais ça, si j'ai bien compris, on ne veut pas y toucher.

— Nos modèles nous laissent accroire qu'il ne vaudrait mieux pas, en effet. Il y a des chances qu'une telle sensation soit agréable, bien sûr ; que sa modulation emplisse notre réalité d'une dimension, disons… orgasmique.

— J'imagine sans peine les applications commerciales.

— Oui. Certes. Mais jusqu'à ce qu'on ait établi les niveaux de tolérance, la précision avec laquelle nous sommes capables de manipuler le *Ding an sich*, il va vraiment falloir faire preuve de prudence. La félicité peut laisser place à la douleur de façon imprévisible.

— OK, et la troisième ?

— La troisième est la relation. À savoir l'ordre dans lequel les choses sont disposées, ou se produisent dans le temps. C'est la façon kantienne de parler de choses comme la cause et l'effet, les qualités nécessaires et contingentes des choses, la réciprocité.

— Pourquoi cela diffère-t-il de la première catégorie ?

— Eh bien, parce que les choses dont vous parlez – l'unité, la multiplicité, la totalité – ne sont pas des caractéristiques de la chose en soi. Elles nous renseignent simplement sur la façon dont nous la percevons, dont on la connaît intuitivement. Idem avec la relation. On ne perçoit pas seulement l'espace et le temps, on perçoit l'espace *ordonné d'une certaine manière*, le temps *structuré d'une certaine manière*.

— Et donc, qu'est-ce qu'on obtient si on contourne cette catégorie ?

— Difficile à dire. Le chaos, peut-être. Les choses possèdent une certaine spécificité, des traits distinctifs. Et heureusement. L'idée n'est pas de mettre un terme à cet état de fait. Si l'on manipule directement le *Ding an sich* d'une manière susceptible d'affecter cela, l'inhérence de ces mêmes choses risque de disparaître. Dans le pire des cas : fusion atomique, provoquant une explosion nucléaire. Mais rien n'est moins sûr. Je dirais que la vraie question est de savoir si la relation est plus *facile* à manipuler – à l'intérieur de la chose en soi, je veux dire – que la quantité. Peut-être ne peut-on pas contourner les milliers d'années-lumière qui nous séparent de notre planète de rêve. Mais il nous est peut-être possible de manipuler la façon dont ces milliers d'années-lumière se relient les unes aux autres. De les forcer à s'empiler plutôt qu'à s'enchaîner. De les replier en spirales fractales. Je n'en sais rien. Notre cible *principale* est donc la quantité, mais on garde la relation comme plan B si jamais le premier échoue.

— Je ne saisis toujours pas exactement ce que *sont* les sous-ensembles de Kant.

— Le premier est l'inhérence-subsistance, à savoir l'ontologie des choses. Les deux autres sont la causalité et la communauté. Le troisième correspond à la façon dont Kant intègre à son modèle l'action et la passivité. Certaines choses ont du pouvoir, d'autres sont passives, et il existe une relation réciproque entre les deux. La boule de billard blanche est en mouvement, c'est elle qui va frapper la rouge. La blanche est l'agent, la rouge le patient ; et, comme le dit Newton, l'une exerce sur l'autre une force égale et opposée. Voilà. Il appelle cela la communauté.

— Un mot étrange, pour décrire ce dont vous venez de parler.

— Ce n'est qu'une question de terminologie. Choisissez-en un autre si ça vous chante. La balle est sphérique, elle possède une masse, on est dans l'inhérence – dans la substance. Elle est blanche, en ivoire, et ainsi de suite : là on parlera de subsistance, d'accident. Peu importe qu'elle soit bleue et en plastique, dès lors qu'elle a la même forme et la même masse. Que la boule soit blanche ou bleue n'a pas d'incidence sur la façon dont elle frappe la rouge. D'un point de vue systémique, la balle blanche est la cause du déplacement de la rouge. Il y a une communauté de forces égales et opposées.

— Ne reste donc plus que la quatrième des catégories kantiennes.

— Et c'est la plus difficile à appréhender, si j'en crois mon expérience. La modalité.

— La modalité.

— Qui se décompose en trois variétés : la possibilité, l'existence et la nécessité. Le problème, c'est que ces mots ne capturent que la moitié de l'image. La possibilité est l'autre moitié de l'impossibilité, ou l'impossibilité est l'autre moitié des possibilités. Un triangle dont la somme des angles serait de 200° est une impossibilité dans un plan euclidien plat, pas dans un espace non euclidien comme la surface courbe de la Terre. Les deux ont une relation mutuellement réciproque. Certaines choses existent, d'autres pas. L'on peut concevoir l'un ou l'autre genre. Certaines choses doivent être telles qu'elles sont ; d'autres choses ne le sont que parce qu'elles dépendent d'autres choses. À moins que ce ne soit encore un coup du chat de Schrödinger. Ne vous en faites pas pour ça pour l'instant. Ça ne rime à rien de jouer avec la modalité. Des quatre catégories, c'est la dernière sur notre liste de choses à faire. L'idée n'est pas de bricoler le *Ding an sich* pour découvrir ensuite que, sans le vouloir, on a foutu en l'air la différence entre possible et impossible en ce bas monde. C'est vraiment difficile d'imaginer comment tout cela pourrait finir positivement. »

Une vision globale, me suis-je dit. *Sans laquelle tout le reste n'est que désolation.* Les visages des démons ne cessaient de virevolter, comme des flammes serpentines dans une cheminée. J'ai étudié le terrain, et des séances individuelles de mise à niveau ont été organisées avec les membres de l'équipe.

: 7 :

Je me suis installé dans mon nouveau mode de vie, allant même jusqu'à le trouver agréable. J'ai signé un contrat de confidentialité, qui mentionnait des sanctions effrayantes si d'aventure j'osais révéler quoi que ce soit sur l'Institut. Mais rien n'aurait pu être pire que ce qui m'était déjà arrivé.

La première semaine, je n'ai pas vu Irma. En fait j'ai passé pas mal de temps avec Sue Bao, l'une des chevilles ouvrières du projet, qui s'efforçait de construire (avec un enthousiasme manifeste) un transporteur de matière. Sue m'a ensuite présenté à une certaine Jennifer, qui travaillait à la sécurité. Elle m'a serré la main avec solennité. « Vous êtes à la dix-sept, m'a-t-elle lancé. La dix-sept. La dix-sept. » Comme si le répéter l'aidait à mémoriser ce chiffre.

« Je trouve ça surprenant qu'il y ait autant de chambres, ai-je fait remarquer.

— On vit pour la plupart à l'extérieur du site, m'a

expliqué Sue. Il n'y a plus grand monde sur le campus actuellement. Mais encore récemment – quelques années, disons –, on faisait venir ici des gens du monde entier. Vous n'imaginez pas le nombre d'excellents programmeurs qu'on trouve en Russie, par exemple.

— Et donc, qui d'autre reste sur place ?

— Oh, juste vous, a répondu Jennifer. Et la sécurité, bien sûr. »

Elle portait un uniforme bleu, et une ceinture à la Batman – avec matraque télescopique, spray au poivre, menottes… – ceignait sa taille robuste ; j'ai cru y voir également accroché ce qui m'avait tout l'air d'être un pistolet. S'agissait-il d'une véritable arme à feu ? Ou bien était-ce un pistolet à air comprimé, ou encore une espèce de taser ? Jennifer a alors remarqué que je l'étudiais de près ; face au regard d'une sérénité toute professionnelle dont elle m'a gratifié, j'ai renoncé à lui demander des détails sur son arme.

Elle n'allait pas lui servir à grand-chose, au bout du compte.

« Je ne devrais pas avoir la chambre numéro un ? »

Elle a lentement hoché la tête.

« La une. La une. Bac de douche fêlé. La maintenance n'a pas encore eu le temps de passer le changer.

— Ah. Et j'imagine qu'un problème comparable touche les chambres 2 à 16 ? »

Un de ses sourcils s'est baissé, comme pour retenir un monocle invisible.

« Bien sûr que non.

— Bien sûr que non, ai-je répété.

— Vous avez besoin de *vêtements.* » Vu la façon dont elle m'examinait, j'étais prêt à prendre ça comme un commentaire méprisant sur ma tenue miteuse – quand elle a ajouté : « Ordre de la professeur Kostritsky. Taille ?

— Elle fait un petit 44, à vue de nez.

— La *vôtre.*

— Medium. 42 de tour de taille, 81 centimètres pour la longueur des jambes. Rien de trop raffiné pour moi.

— Ne vous *inquiétez* pas pour ça.

— Vous êtes entre de bonnes mains, à ce que je vois. » Sue m'a adressé un sourire tout sauf sincère. « Je ferais bien de me remettre au travail.

— Ravi de vous avoir croisée », ai-je lancé à son dos. Je me suis tourné vers Jennifer. « C'est bizarre d'avoir une préposée aux courses. Ça ne serait pas plus logique que j'aille moi-même m'acheter mes vêtements ? » Le monocle invisible avait fait son retour sur le visage de Jennifer ; ça ne m'a pas dissuadé de poursuivre : « Je ne dirais pas non à un petit tour en ville, bien sûr. Et j'ai besoin d'argent. Je n'ai rien apporté. Mais…

— Vous filer une liasse de billets et vous reconduire jusqu'à la gare ? » Elle m'a dévisagé avec sévérité. « On ne vous reverrait plus *jamais.* Vous croyez qu'on est nés de la dernière pluie ?

— Pardon ? » J'étais abasourdi.

Sue s'est alors comme rematérialisée à mes côtés – elle n'était donc pas retournée à son travail, finalement.

« Ce que Jenny veut dire, m'a-t-elle précisé en me tenant le coude, c'est que votre temps va être trop *précieux* pour que vous le perdiez à faire les magasins. » Elle m'a attrapé le bras. Sa main était petite, mais plutôt puissante à en croire sa poigne. « Jenny va s'occuper de vos vêtements. Laissez-moi vous faire visiter la salle où se fait l'essentiel de nos causeries. »

C'était si transparent que c'en devenait presque mignon. J'ai décidé de ne pas faire d'histoires. J'étais sorti me promener sans surveillance plus tôt dans la matinée ; le mur d'enceinte, bien que plus haut que moi, me semblait parfaitement escaladable – pour peu que je me décide à me faire la belle. On m'a, quoi qu'il en soit, fourni des vêtements, de fort bonne facture ma foi. On m'a assuré que des huiles du comté de Berkshire avaient convaincu mon patron de me donner un congé sabbatique illimité. À ce moment-là, j'étais bien trop happé par mon immense bonne fortune pour donner à mon ancienne vie une seconde chance.

J'ai fait la connaissance de diverses autres personnes. Surfer sur le Net en quête d'infos sur « l'Institut » n'a rien donné ; et chercher sur Google les noms de mes nouveaux « amis » m'a conduit à toute une galerie de sites techniques consacrés à la théorie informatique, où je n'ai trouvé aucune référence à un quelconque centre de recherche d'importance situé en banlieue de Swindon. Cela m'a un peu intrigué. Ça aurait dû beaucoup m'intriguer. J'ai interrogé Kos à ce sujet ; sans entrer dans les détails, elle m'a parlé d'intervenants privés et gouvernementaux tenant à un secret absolu – pour des raisons aussi multiples qu'intriquées – jusqu'à ce que les recherches soient terminées et puissent être annoncées au monde entier. Tout cela aurait dû éveiller ma méfiance. J'avais des soupçons, j'imagine ; mais je prenais trop de bon temps pour m'en soucier.

Et, pour couronner le tout : une semaine après mon arrivée, Irma est venue me rendre visite dans mon lit ; on a recommencé notre petit manège, et m'a brièvement envahi un sentiment de satisfaction sans précédent dans toute mon existence.

J'ai passé le petit déjeuner du lendemain à me demander s'il s'agissait d'un accord tacite, à présent – Irma passant me voir un soir par semaine. Cette promesse d'intimité me poussait de facto à rester à l'Institut. Kos est venue s'asseoir avec moi, comme elle le faisait parfois. J'avais fini par m'habituer à sa physionomie étrange (comme si j'étais en position de faire le difficile !) et à sa voix stridente, même si sa brusquerie se transformait souvent en pure grossièreté. Peut-être était-elle atteinte d'une forme bénigne du syndrome d'Asperger. Peut-être était-ce juste la fatigue – elle avait toujours l'air épuisée.

« Bonjour, m'a-t-elle lancé.

— Est-ce que je vais enfin pouvoir parler à Peter ? À supposer qu'il existe vraiment ? Est-ce qu'il *existe*, votre big boss ?

Il existe.

— Et vous, vous êtes juste son adjointe ? Écoutez, de toute évidence il n'est pas ici – sans quoi je l'aurais déjà croisé. Conclusion : il vit ailleurs, et je ne l'imagine pas vraiment apprécier Skype. Je suis donc censé attendre qu'il passe par le campus, c'est bien ça ? Sauf qu'il est très occupé, allez-vous me dire : il n'a pas le temps de venir.

— Non, non. » J'avais – plus ou moins – capté

son attention. « Vous allez parler à Peta. Très bientôt. Mais il faut d'abord que vous fassiez quelque chose.

— Quelque chose ? » Je savais précisément de quoi elle voulait parler. *Voilà pourquoi,* me suis-je dit, *Kos s'est jointe à moi pour le petit déjeuner le lendemain de la visite d'Irma.* C'en était presque drôle, tellement je trouvais ça maladroitement orchestré. « Vous voulez dire : Roy ?

— Vous allez devoir vous rendre à Bracknell, a-t-elle convenu. Nous vous fournirons une voiture. Les autorités de Broadmoor ont été prévenues, elles vous attendent demain. Après ça, vous pourrez faire la connaissance de Peta.

— D'accord. Très bien, faisons comme ça. »

4

La mère de Pénélope

Réalité

Oui dis-je oui et Pedro chanta à mes oreilles et mes yeux dirent d'accord et toute la montagne commença à se dilater et à changer et il y avait des étoiles partout au-dessus de nos têtes ça devrait être possible dit Albie de sa voix si anglaise et solennelle et aussi *rey*finée que celle d'un roi possible de savoir si ces lumières dans la nuit sont des mondes et des mondes habités par des intelligences similaires aux nôtres et je collai ma bouche lunaire ô sur sa bouche solaire ô et l'embrassai et la nuit bruissait de cigales disant toutes oui et moi aussi je disais oui et lui aussi disait oui et faisait de mon nom un corps céleste Lunita Lunita et le sol sablonneux était encore chaud de la journée et le monde entier s'étendait à nos pieds mais il laissa là son télescope lorsque nous dévalâmes la route et lui de dire Sennora Laredo va être aussi mécontente qu'un Anglais dans un roman et moi d'éclater de rire et je sentais gonfler la roche sous nos pieds et il lui fallut repartir le lendemain car Tweedy qui n'était alors que capitaine déchaînait sur lui sa fureur de Dublinois à propos de l'équipement régimentaire à ne pas abandonner monsieur et s'il n'était pas retourné au sommet du rocher aurait-il effectué de nouvelles mesures et découvert ce qui était arrivé

peut-être n'en aurions-nous rien su et j'allai même jusqu'à retourner voir Mme Caraway la cartomancienne et la suppliai de regarder ce que le monde des esprits avait à dire et elle me fixa de son œil ridiculement grossi par ses lunettes comme un poisson nageant dans un bocal et trois jours durant Albie ne parla que du bouton de son col qui avait disparu et qui donnait un air bizarre à son uniforme et tout ce temps Pedro me soufflait la vérité à l'oreille

cela eut lieu après la rencontre entre Albie et mes parents et lui d'être raide comme un piquet en faisant un baisemain à maman et elle de faire étalage de son niveau d'anglais et de lui demander ce qu'il faisait et lui de dire Sennora comme si le tilde s'était perdu dans sa moustache dans la journée j'étudie le rocher de Gibraltar pour améliorer les cartes de nos garnisons et je ne pus m'empêcher de glousser et la nuit ajouta-t-il j'observe le ciel oh un astronome dit papa et Albie s'inclina légèrement et le capitaine Tweedy à moins qu'il ne fût déjà commandant mais je ne m'en souviens plus est votre officier supérieur et ma mère d'allonger les voyelles sur le mot supérieur alors que peu m'importait qu'elle me vante ainsi les qualités de cet Irlandais si imbu de lui-même et j'allai ensuite me coucher et Mamatina vint me donner un *beso* je lui dis notre nouvel invité n'est-il pas un gentleman aussi raffiné que le Señor Tweedy et elle me fit taire mais ce fut de lui dont je rêvai occupé à observer les étoiles et la Lune et Sirius à travers sa grande tige de cuivre et Pedro murmurait à mon esprit que le cosmos tout entier était vivant et qu'il risquait de s'en libérer d'un bond et je l'imaginai sautant tel Icare du sommet du rocher et chutant vers le haut à une vitesse telle qu'il déchirerait le ciel et ouvrirait un nouveau passage et impossibilité n'est pas dans son vocabulaire et pendant la séance ce fut Pedro qui commença à parler et je crus que Mme Caraway imitait sa voix comme le magicien de scène que nous avions vu lors de notre séjour à Londres mais sa voix était grave et ô combien masculine et il parlait avec la même aisance espagnol et anglais et ladino et Mme Caraway ne pouvait faire mieux que débarrasser son visage de ses verrues et je dis oui et pendant quelques instants je redoutai que Pedro ne soit quelque créature diabolique et les flammes des sept bougies posées sur la table se tortillèrent de peur et je fermai les yeux mais finis par les rouvrir et je sus alors que quelque chose de puissant avait changé en moi oui et je sentis oui sentis le passé et le futur s'offrir à moi comme si je me tenais au sommet du Rocher et pouvais voir deux mers et l'Espagne et l'Afrique et tout ce qui m'entourait et c'est alors que je te vis mon adorable Molly quand bien même tu étais encore à venir et je me vis épouser le commandant et nos ancêtres jusqu'à Abraham et nos descendants jusqu'à l'époque où le temps lui-même va fléchir et à mon esprit s'imposèrent ces mot *à ma couronne va être ajoutée toute une splendeur d'étoiles* et délestée de toute timidité je dis oui et Mme Caraway commença à retourner une autre de ses cartes d'une main prodigieusement lente mais s'arrêta à mi-geste et me regarda comme si elle pouvait voir des changements au plus profond de moi mais échouait à distinguer lesquels et je me bornai à sourire et Albie vint le lendemain comme pour répondre à mon appel et il était si beau sur notre terrasse peut-être pensait-il me servir de partenaire de jeu mais bien que *mamá* lui ait sûrement dit que j'étais promise à son officier supérieur il ne parvenait pas à me quitter des yeux oui et il me montra ses instruments d'arpentage et son théodolite et je lui répétai ce mot et nous éclatâmes tous deux de rire et il déroula ses cartes sur la table à manger et Conchita qui traînait dans le coin nous lança à tous deux le regard assassin ayant fait la réputation des femmes andalouses car oui j'étais fiancée et certes Tweedy est un bel homme bien que grisonnant un peu au-dessus des oreilles mais Albie oui c'était celui que je voulais et oui j'espérais l'avoir et oui la fille timide s'était retrouvée bannie par ce qui s'était passé durant cette séance et l'arrivée de Pedro et maintenant que le futur se déroulait devant mes yeux comme un des graphiques d'Albie je voyais naître ma chère Molly et je me voyais lui donner le sein et je voyais sa beauté grandir et son mariage et son déménagement à Dublin et toute cette vision m'emplit de sérénité car la peur est ce dont se sert l'avenir aveugle pour nous tourmenter et quand les œillères tombent la peur disparaît également et nous envoyâmes Conchita acheter des oranges et je lui pris la main pour l'emmener jusqu'à ma chambre et nous nous donnâmes l'un à l'autre sur des draps doux comme des pissenlits et son télescope se déploya telle une hampe et douleur et douceur se mêlèrent et je dis oui et aussi impatient qu'il fût j'eus le temps d'effleurer son esprit de mes doigts mentaux et peut-être qu'il le sentit ou peut-être pas mais cela signifiait que son plaisir nourrissait le mien et nous criâmes ensemble et puis nous entendîmes la porte du bas s'ouvrir au retour de Conchita et nous nous empressâmes de nous rhabiller

oui dit Mamatina quelque chose a changé en toi *bonita* quand cette *mujer inglés* affublée d'une verrue sur le visage t'a fait cette lecture de tarot quelque chose a changé oui je sais lui confirmai-je oui c'est comme si les hésitations en moi s'étaient évaporées dans le ciel nocturne et que mon âme pouvait se répandre et se déverser et

l'année de la guerre entre la Prusse et le Danemark et toutes les horreurs qui se déroulaient encore en Amérique et lui qui franchissait l'océan dangereux qu'on voyait du sommet du Rocher des eaux bleu coléoptère ou scintillantes comme des fourmis coruscantes et son navire s'approchant toujours davantage cramponné à la brise par ses voiles et tout cela vivait en moi oui et tout cela était frais et lumineux oui et cette nouveauté m'emplissait de force et maman me chantait une chanson pour *una ninya tan fermoza* dans la fraîcheur du crépuscule elle chantait *los mis males son muy grandes* sur un air qui n'est que prunes et pommes tant il est doux et *non te lo kontengas tu fijika* jusqu'à ce qu'il arrive d'un pas décidé et je sentis alors en mon for intérieur ses membres et leur puissance et le bleu apaisant de ses yeux et son esprit et son cœur incandescent et sa virilité et sa manière de s'incliner devant moi et oui plus tard dans la journée au sommet du Rocher je le regardai effectuer ses mesures à l'abri de mon parasol et notre mule mâchait tranquillement ses chardons et renversait notre chariot en s'efforçant d'atteindre les plus juteux et oui une fois la nuit tombée il me montra la Lune à travers son télescope et répéta en boucle mon nom Lunita Lunita et frotta son nez contre mon oreille et glissa sa main sous ma jupe et alors que je criais d'extase des lumières envahirent le firmament et il se mit à danser comme un singe des rochers et à parler d'une voix forte des météores qui striaient le ciel noir de bleu et de vert scintillants oui et le Pedro me chuchotait que les lumières étaient mon âme

parce que l'avenir se déployait devant mes yeux je vis Albie marié à une femme prénommée Isabel et vivant à Lewes en Angleterre et oui je vis ses complications cardiaques et l'embonpoint qui allait arrondir son ventre et la couleur que son visage allait prendre quand son cœur finirait par l'emporter mais rien de tout cela ne parvenait à entamer ma joie non et je savais qu'il ne trouverait pas ailleurs la joie que ma présence lui procurait les doux soupirs d'amour la guitare légère la poésie dans l'air la mer bleue et la lune qui brille si joliment à notre retour de Tarifa sur le bateau de nuit le phare d'Europa Point et lui arpentant tout excité City Mill Lane et me prenant la main en public et s'écriant que le Rocher avait grandi il l'avait mesuré et remesuré c'était une certitude il ne comprenait pas et mentalement je compassai l'ensemble de la montagne oui c'était vrai c'était mon œuvre et je conduisis Albie à une table de café et nous nous installâmes plus convenablement et comme je n'éprouvais que de l'amour je lui parlai de Pedro et de l'étendue actuelle de mes pensées et du monde si différent et si neuf à mes yeux désormais et puisque je pouvais effleurer son esprit de mes doigts mentaux je savais qu'il était dubitatif aussi m'insinuai-je en lui et pendant un moment oui il vit après quoi il s'éloigna en titubant un peu mais il fit bientôt son retour et nous trouvâmes dans le jardin un endroit où personne ne pouvait nous voir et oui nous passâmes un après-midi enfiévré et ensuite il pleura un peu quand bien même cela ne le rendait pas moins viril à mes yeux

et il dit qu'il m'aimait et que je lui faisais peur et j'éclatai de rire et la chanson me revint vaguement en tête deux yeux qui fixaient un treillage dissimulé je l'entendais aussi clairement que si une femme me le chantait deux yeux sombres aussi brillants que les étoiles de nos amours ces mots ne sont-ils pas magnifiques et Pedro est peut-être une voix féminine autant qu'une voix d'homme car Pedro doit être une créature d'esprit et non de chair et donc nullement un homme ou une femme un peu à la manière des anges

et il s'écoula quelques jours avant que nous parvenions à nous retrouver tous deux au sommet du Rocher et la soirée était calme et le ciel était clair et le flanc occidental du Rocher nous enchantait de ses verts foncés et nous déambulions tels des tourtereaux occupés à se séduire et Albie me dit quelques bêtises sur l'existence sans heurt qu'il avait menée avant de faire ma connaissance et ajouta que j'étais son rocher à présent et puis me dit que Pedro voulait dire pierre en espagnol et que ça équivalait à Peter et je me moquai de lui et des lumières commencèrent à s'allumer dans la ville en contrebas et le stade était aussi rond qu'un penny de cuivre et les ténèbres s'épaissirent et les singes cabriolèrent et les étoiles finirent par nous apparaître et chacune chatouillait mon esprit lorsqu'elle se dévoilait et nous trouvâmes un endroit tranquille loin de la route et nous refîmes l'amour et toute ma joie oui rejoignit la joie du cosmos et il m'embrassa les seins et enserra mes hanches entre ses mains oui si fort alors même qu'il faisait son affaire et je le sentais à l'intérieur de moi comme la Voie lactée à travers mon corps es-tu une sorcière me demanda-t-il ensuite d'une voix craintive et un unique nuage frôla alors tel un cimeterre une pleine lune d'or blanc et non argent et le lendemain il vint me rendre visite en compagnie de Tweedy et d'un autre officier et nous prîmes le thé tous ensemble et nous dûmes faire semblant d'être de simples amis mais il revint le lendemain et bafouilla que le Rocher avait recommencé à croître après notre acte d'amour et qu'il l'avait mesuré la nuit suivante mettant fin à toute possibilité de douceur entre nous et il ne grandissait plus du tout et à combien mon excellent professeur estimait sa croissance et il dit quelques centimètres à peine mais le Rocher fait 4,5 kilomètres du nord au sud et 1 kilomètre de large et 400 mètres de haut imaginez combien de tonnes supplémentaires cela représente c'était une coïncidence dit-il alors et il ajouta d'une voix ô combien ferme qu'il n'y avait aucune preuve géologique de volcanisme concernant le Rocher pourrait-il s'agir de quelque renflement planétaire s'interrogea-t-il à voix haute et Pedro chuchota que la cause c'était moi oui dis-je oui en réalité l'espace du Rocher s'est connecté à mon esprit d'une manière encore plus harmonieuse et plus étroite qu'auparavant et l'on pourrait pareillement dire que le gonflement de mon ventre a été causé par la dilatation du Rocher ou bien que le Rocher répond à la croissance de mon ventre car il était possible que l'âme puisse résonner en harmonie avec la marque pesante et métallique de l'espace et du temps eux-mêmes et que l'univers lui-même palpite au rythme de la pensée et

et mon adorable Albie écrivit à la Royal Society ou à des imposteurs du même genre et oui nous fîmes une fois encore l'amour et les étoiles se pâmaient à travers son corps et se pâmaient à travers le mien et des aurores boréales investissaient le port qu'était le ciel nocturne un spectacle d'après lui inédit si loin au sud et puis il pleura un peu et ma tendresse infinie effleura son esprit et il se calma comme un bébé et ensuite alors que nous redescendions le Rocher il me dit j'ai peur de toi ma belle Lunita et j'ignore comment réconcilier mes appréhensions avec mon amour et je lui rétorquai c'est dans la nature de l'amour d'être infini et dans un tel océan toute peur ou jalousie se retrouve emportée et je savais que ma petite Molly circulait dans mon ventre telle une étincelle accessible à la pensée ou plutôt à l'amour et le lendemain Albie se rendit tout seul au sommet du Rocher pour refaire l'intégralité de ses mesures et découvrir que l'endroit avait pris plusieurs centimètres et ce fut cette semaine-là ou la suivante que j'épousai Tweedy et pas trop tôt pour sauver sa fierté de futur père de sa fille car la fierté d'un homme est la forme que prend son amour c'est un point fort qu'on ne peut entièrement écarter et il s'écoula des semaines sans que je voie Albie et certaines nuits Tweedy se trouvait avec moi et me couvrait de son corps bien plus large et poilu et certaines nuits il me laissait seule et alors je me caressais oui en songeant aux deux hommes que j'aimais oui et à la façon dont mon amour atteignait également tout homme et toute femme et je m'endormais et rêvais de chaque acte d'amour qui faisait grossir le Rocher qui était moi qui était mon corps tout comme je gonflais à présent et bientôt il ferait des kilomètres de haut et son pic percerait l'atmosphère du monde pour frôler l'espace et les hommes construiraient d'étranges funiculaires menant à son sommet depuis lequel des vaisseaux s'envoleraient avec aisance d'un nouveau type de port en direction de la Lune et des autres planètes et la base du Rocher se dilaterait et réduirait l'espace séparant l'Europe de l'Afrique et la Méditerranée deviendrait un lac ovale d'eau pure bleu saphir et c'était mon propre giron à l'intérieur duquel il y avait mes propres eaux et ces eaux grouillaient d'une vie belle et forte et je me réveillai parce que oui Pedro murmurait qu'il me quittait et sa façon de le dire était qu'il avait laissé suffisamment d'empreintes durant ses mois de marche à travers le temps en ma compagnie et je sentis alors mes premières douleurs depuis son arrivée car c'était là une séparation et ça donnait l'impression d'un non mais il me dit qu'il allait enfoncer son talon dans l'endroit qu'il avait créé et bondir et où allez-vous bondir lui demandai-je et il me répondit dans le oui je vais sauter dans le oui et ensuite il me raconta une histoire tirée des œuvres de Platon le Philosophe à propos d'Alcibiade et d'Aristophane et de Socrate qui eux-mêmes parlaient des temps primitifs à l'époque où les gens avaient des corps doubles adossés l'un à l'autre avec des têtes et des membres qui semblaient comme former les rayons d'une roue oui des hommes doubles et des femmes doubles et des hommes et des femmes et ceux-là descendaient de la lune de la lune jusqu'à ce qu'on les guillotine en moitiés séparées après quoi ils passaient leur vie à chercher l'autre moitié tout comme moi dit Pedro et j'ai longtemps cherché mon alter ego la femme allant avec mon homme l'homme allant avec ma femme la moitié de ma lune à recoller à ma moitié de lune et nous avons finalement été réunis et tout à notre joie d'être recombinés nous avons bondi dans le ciel mais attendez leur dis-je mais ils ne pouvaient attendre et je me retrouvai seule

et mes sens s'étriquèrent lentement trois jours durant passant de l'infini au limité et au local et c'était aussi calme et doux que de s'éveiller d'un sommeil tranquille et ma grossesse commençait à se voir et un jour j'arpentais le rivage en compagnie de mon époux et les vagues ronronnaient à mes pieds et nous croisâmes par hasard Albie et Tweedy dit ça tombe bien Bainbridge pouvez-vous s'il vous plaît escorter ma femme jusqu'à notre demeure j'ai des affaires à régler avec le capitaine du port et Albie hocha la tête et nous rebroussâmes chemin sans mot dire ou presque et il me dit que la Royal Society lui avait répondu très froidement que ses instruments avaient sans doute besoin d'être recalibrés et je lui dis que j'étais désolée qu'ils balayent ainsi ses observations d'un revers de la main et puis n'y tenant plus il m'expliqua qu'il avait emmené une putain au sommet du Rocher et l'avait possédée et le Rocher faisait exactement la même taille que la veille et n'avait même pas pris un centimètre et quand bien même il avait parlé si cruellement j'éprouvai pour lui une pitié aussi vive que de l'amour et lui pardonnai ses écarts de langage et il se réfugia alors dans une allée de manière à pouvoir pleurer sans que personne le voie et puis il revint devant moi et me supplia de lui expliquer ma sorcellerie car il était un homme de science qui se refusait à gober un quelconque charabia et je lui rappelai la manière dont il m'avait parlé du système solaire et des innombrables rochers qui tournoyaient autour du soleil et des planètes rocheuses et d'une vie à base de carbone qui se consume ou de silicium qui se pétrifie et il hocha la tête et je lui dis que si l'univers était plein de vie celle-ci risquait de ne pas bénéficier d'un corps ou d'un esprit comme nous autres humains et que c'est peut-être la raison pour laquelle il ne pouvait pas la voir à travers son télescope et il restait suffisamment de liens entre nous

je pense que oui en raison du bébé dans mon ventre mais aussi de l'ancienne attirance qu'il continuait à m'inspirer au point que je parvins à en insuffler l'idée dans son esprit et qu'il se leva d'un bond par Jupiter hurla-t-il et son auto-apitoiement s'évapora imaginons que ces pierres ne soient en réalité que des cadavres et pas les êtres eux-mêmes imaginons que même le Rocher de Gibraltar soit le corps d'un être descendu il y a bien longtemps des cieux pour expirer lentement sur des milliers d'années et tressaillir de ses derniers frissons de vie extraterrestre et oui il regardait désormais derrière moi le Rocher qui nous dominait tous deux et les bannières de nuages au levant qui se déversaient sur son sommet telle de l'eau blanche et Albie ajouta d'une voix haletante pourquoi ne serait-il pas tombé du ciel plutôt que remonté à la surface sous l'action de quelque force géologique et il s'oublia au point de m'enlacer et ensuite il s'en fut et courut jusque chez lui et j'en fis de même de mon côté

et je ne le revis que six mois plus tard alors que j'étais grosse de Molly et placide d'une fin de gestation et il vint me faire ses adieux car il partait le lendemain sur le HMS *Sandwich* et il resta debout bien qu'on l'eût supplié de s'asseoir et maman tricotait et moi j'étais dans le fauteuil plus moelleux et il me souhaita toute la joie maternelle de l'univers et je lui assurai que j'avais déjà fait l'expérience de toute cette joie et oui fit-il oui quand bien même maman nous regardait bizarrement et il dit une dernière chose pour appréhender l'Europe dans son ensemble imaginez-vous assise face au sud sur la côte sud de l'Angleterre et embrassez toute la richesse des lignes serpentines du continent et ses conflits et ses beautés et ses dangers et redescendez jusqu'à l'Espagne en passant par la France et où s'arrêter sinon à Gibraltar et cela me fit rire un peu et il termina par transmettez s'il vous plaît mes sincères félicitations à votre époux et oui répondis-je oui je n'y manquerai pas et Molly roua l'intérieur de mon ventre de coups de pied oui.

5

Broadmoor

Négation

: 1 :

Ils m'ont donné un portable flambant neuf, d'une conception sophistiquée : jamais je n'avais vu un modèle pareil. Je n'avais personne à appeler, mais ça me faisait quand même plaisir d'avoir un nouveau téléphone. Et, mieux encore (du moins le croyais-je), ils m'ont filé une voiture. Paulina Kostritsky est passée me l'annoncer au petit déjeuner. « Vous savez conduire.

— Bien sûr que oui. C'est juste que je ne suis plus autorisé à prendre un volant.

— Nous avons parlé aux autorités compétentes. On a fait en sorte qu'elles vous redonnent tous les points de votre permis.

— Vous pouvez faire ça ?

— On peut faire beaucoup de choses. Pas tout, mais beaucoup. On a des amis haut placés. Pas moi personnellement, vous comprenez, a-t-elle ajouté, l'air un instant embarrassé, comme si elle craignait que je ne la gronde de tirer la couverture à elle. Je parle de l'Institut.

— Il ne m'est jamais venu à l'esprit que vous, personnellement, puissiez avoir des amis », l'ai-je rassurée.

Elle a cligné des yeux. À plusieurs reprises. « Des gens occupant les plus hautes fonctions du pays tiennent à ce que l'Institut atteigne les objectifs qu'il s'est fixés. La visite que vous allez rendre à Curtius est cruciale en la matière.

— En toute honnêteté, je ne vois pas comment. Mais bon – merci de me prêter une voiture, en tout cas. »

Elle a froncé les sourcils. « Il ne s'agit pas d'un prêt. C'est un cadeau. »

Ce qui m'a laissé un peu coi. « Waouh.

— Voyez cela comme une marque de l'importance qu'on vous accorde. À présent vous faites partie de l'équipe, Charles. Peta vous *apprécie*.

— Vraiment ?

— Vous ne l'avez pas encore rencontré, je sais. Un peu de patience. L'essentiel, pour l'heure, c'est la contribution que vous pouvez apporter à notre projet en cours – un projet d'une importance vitale. » Une tirade prononcée d'une voix monotone, fatiguée, comme si Kos se remémorait un discours appris par cœur. « C'est très important pour nous, que Peta vous apprécie. » Elle a secoué la tête, brièvement. Dieu qu'elle avait l'air fatiguée. Elle avait *toujours* l'air fatiguée.

Deux individus – de purs archétypes d'informaticiens ; parfois l'habit fait le moine – ont alors pénétré dans la cantine ; après s'être servis en café et en viennoiseries, ils sont allés s'installer près de la fenêtre. Quel que soit l'objet de leur conversation, cela les faisait beaucoup rire dans leur barbe…

« Et donc je pars pour Broadmoor aujourd'hui ?

— Non, on a loupé le créneau pour aujourd'hui. Mais bientôt. On discute avec eux pour convenir d'une date mutuellement… acceptable.

— J'en conclus que je n'ai pas mon mot à dire sur la question, c'est bien ça ? »

Cette fois, Kos s'est bien gardée de me répondre : elle s'est perdue dans la contemplation des arbres qui se dressaient au-delà des grandes fenêtres. Il m'a fallu un moment pour comprendre qu'en fait c'étaient les deux nouveaux venus qu'elle regardait. Après un instant un peu trop long, ils ont fini par s'en rendre compte ; leurs yeux ont croisé ceux de Kostritsky. Puis, sans un mot, ils se sont levés et ont quitté les lieux.

« Ce truc que vous n'arrêtez pas de dire, ou… » – j'ai caressé ma barbe naissante – « ou d'insinuer, ou… bref. Cette idée que Roy est susceptible d'avoir une quelconque utilité pour vos projets. Il n'y a pas une once de vérité là-dedans, hein ? Ça doit remonter aux années 1980, la dernière fois que Roy a fait de la programmation. »

La réponse de Kos m'a pris de court : « Ça ne vous semble pas étrange que vous ayez fini par vivre dans un appartement à seulement quelques kilomètres de Roy Curtius ? Vous ne trouvez pas cela… *signifiant* ? »

J'ai commencé à m'énerver.

« Ma vie est devenue merdique. Ça ne m'a pas amusé outre mesure, mais elle a bel et bien commencé à sentir la merde. Je suis retourné à Reading – ce n'est pas comme si j'avais eu le choix, hein ? Mais quelqu'un qui gagne ce que je gagne, vous croyez qu'il peut se permettre d'y vivre ? Bracknell est une ville de compromis, une ville-dortoir, ni plus ni moins. Quant à la décision d'installer le principal hôpital psychiatrique sécurisé du Royaume-Uni à la périphérie de Bracknell… on peut difficilement me mettre ça sur le dos. Et puis, de toute façon… », ai-je ajouté tout en sentant ma contrariété s'évaporer sous l'effort même de l'exprimer, « de toute façon… » Quelle importance ? Ça n'en avait aucune. « Ce n'est pas comme si la proximité physique était quelque chose de… euh. C'est quoi le mot, déjà ? Primordial ? C'est le mot juste ? »

Kos m'a considéré comme si j'étais un crétin. « Proximité et distance sont des concepts qu'on s'efforce de dépasser », m'a-t-elle lancé avec raideur.

Ce que j'ai pris pour une espèce d'insulte voilée.

« Qu'est-ce que vous *attendez* de moi, de toute façon ? lui ai-je demandé d'une voix hargneuse. Parce que bon : je vais me rendre là-bas, c'est entendu. Mais est-ce qu'ils vont me laisser le voir, pour commencer ?

— Oh, ils vont vous laisser entrer. Ils attendent votre venue. On peut compter sur eux pour vous laisser entrer. Le problème, c'est de les persuader de laisser Roy *sortir*.

— M'est avis qu'ils ont de bonnes raisons de vouloir le garder… »

Kostritsky m'a regardé sans me voir ; ses yeux louchaient un peu. Tout son corps s'est légèrement affaissé. Elle paraissait sur le point de basculer en avant ; rester droite lui coûtait à l'évidence un effort actif de volonté. Elle avait l'air tellement fatiguée, tout le temps ! Mais *pourquoi* ça ? Elle a repris d'une voix lointaine : « Il est responsable de… de nombreuses morts, c'est exact. »

Toute mon expédition m'a soudain paru beaucoup moins séduisante. « Vous vous foutez de ma gueule. »

Ce qui a eu sur elle l'effet d'un réveille-matin. Kostritsky a fixé mon visage balafré comme si c'était la première fois qu'elle le voyait. « Oh, tout va bien se passer pour vous, a-t-elle insisté, avec une vivacité toute neuve. Et ils sont devenus experts en, ah, *gestion* de sa personne. Croyez-moi, Charles, ce n'est pas *vous* qui devriez vous inquiéter à ce sujet.

— Vous vous gardez ce… privilège, j'imagine ?

— Oui, s'est-elle bornée à me répondre.

— Le cul posé ici, en banlieue de Swindon, derrière votre périmètre de sécurité ? Alors qu'il est détenu dans une cellule capitonnée à Crowthorne ? À d'autres. » Mais le truc curieux, c'est qu'en disant cela j'étais conscient de cette partie de moi-même qui la croyait complètement. Oui, elle courait davantage de risques avec Curtius que moi. À supposer qu'il parvienne un jour à s'évader de son installation sécurisée, ce qui semblait des plus improbables. « Bon, vous pensez que ça va aller ? » Et puis, histoire de rendre tout cela un peu plus concret dans mon esprit, j'ai reformulé ma phrase : « Ça va aller, ne vous inquiétez pas pour moi. Vous ne m'avez pas expliqué ce que je devais lui dire, par contre.

— Saluez-le de notre part. » Elle m'a d'un coup semblé très calme. « Transmettez-lui nos amitiés.

Dites-lui qu'on aimerait toujours beaucoup travailler avec lui. Nous pensons que, venant de vous, la proposition pèsera davantage.

— Il sait ce que vous trafiquez, ici ?

— Oh oui.

— Et que vous le croyez à même de vous aider ? » Un autre détail m'a alors traversé l'esprit. « S'il a vraiment tué des gens, ne devrait-il pas se trouver en prison ?

— Il a fait plusieurs séjours en prison. Mais il n'a rien du délinquant habituel – doux euphémisme. On fait ce qu'on peut pour le tenir à distance des détenus les plus cruels. Il est… fragile, à bien des égards.

— Mais… quoi ? Il a tué *des* gens ? Comme dans “plus d'un” ?

— C'est ce qu'indique le pluriel, en général.

— Waouh. »

Kos s'est légèrement penchée en avant. « Il a été… *blessé*. Par ce qui s'est passé. En Antarctique.

— Moi aussi.

— Je sais. Mais vos blessures étaient d'une nature… différente.

— Ouais, c'est ça. » Et j'ai terminé mon café.

Quelle importance ? En quoi tout cela avait-il la moindre importance ? Ces dernières semaines passées à l'Institut possédaient une dimension onirique, fantasmagorique. Peut-être avais-je eu une attaque sous la douche, chez moi, et vivais-je mes derniers instants prisonnier de quelque hallucination bizarre. Ou pas. Mais après des décennies de détresse, peu m'importait. Je vivais un moment de plénitude existentielle – je ne saurais comment mieux exprimer cela. Il y a une phrase qui dit : *Je ne savais pas combien mon âme était vide, avant qu'elle ne soit remplie.* Ce n'est peut-être pas aussi simple, car j'avais parfaitement conscience du tour merdique qu'avait pris mon existence. Mais la plénitude était une douceur aussi soudaine qu'inattendue. Le problème, avec la négation, c'est qu'elle requiert *quelque chose* à nier. C'est ainsi.

Pour une raison quelconque, il s'est écoulé encore une semaine avant qu'on me laisse enfin partir. J'ai fini par me demander si l'organisation de ma visite à Broadmoor ne rencontrait pas certaines difficultés. À moins que ça ne leur prenne du temps de m'obtenir cette voiture. Ou peut-être s'est-il passé autre chose ; mais ça n'est jamais venu sur le tapis.

À la fin de ladite semaine, l'ultime jour de juin, Irma m'a rendu une troisième visite.

Je me suis endormi sitôt qu'elle s'est éclipsée. Le lendemain matin, une fois lavé et restauré, je suis allé dire au revoir à Kos. Elle m'a tendu les clés de la voiture – de *ma* voiture – et m'a donné le téléphone. Une phablette dernier cri – on aurait dit le monolithe noir de *2001 : l'Odyssée de l'espace* en miniature. Presque magique pour un homme de ma génération, au point qu'il lui a fallu me montrer comment l'utiliser. Ce téléphone, m'a-t-on expliqué, allait me servir de ticket d'entrée. Puis elle m'a donné un portefeuille, qui contenait pas mal de fric. « Il y a de l'argent là-dedans, m'a-t-elle précisé. Du liquide. Comme ça on s'épargne la peine de devoir demander une nouvelle carte de crédit.

— Et ça correspond à quoi ? À un *per diem* ? À un salaire ? »

Elle évitait de croiser mon regard. « On réglera

les détails contractuels lorsque vous reviendrez. N'oubliez pas de conserver vos reçus pour les achats de plus de cinq livres.

— Je peux être de retour ce soir.

— Ça attendra demain. Dormez dans votre lit, ce soir, chez vous. Après… après l'avoir vu. Bien sûr. »

J'ai donc pris place, clé en poche, dans ma nouvelle voiture – que j'ai démarrée en appuyant sur un simple bouton. J'ai descendu l'allée ; le garde de faction m'a ouvert le portail. D'une voix féminine aussi douce que sexy, la navigation par satellite a entrepris de me guider sur les chemins de campagne. En ce mois de juillet, les rayons du soleil se reflétaient sur le polyéthylène blanc qui enveloppait les champs. J'ai mis Radio 2 et, l'âme envahie d'une étrange légèreté un peu instable, je me suis adressé à l'univers en lui chantant « You Make Me Feel like a Natural Woman ». J'ai pris la bretelle de la M4 ; le ciel s'est assombri à l'est – ma direction –, la pluie a commencé à tomber, et les essuie-glaces se sont mis en marche de leur propre chef.

: 2 :

L'approche de Broadmoor ne montre pas au visiteur le côté le plus prétentieux de l'institution. On immobilise son véhicule devant une haute haie de grillage, surmontée sur toute sa longueur d'une impressionnante coupe afro de fils barbelés. Derrière s'élève un mur de briques d'allure imposante, luimême dominé par des bâtiments de briques rouges coiffés de toits en pente grisâtres. Tout juste visible derrière, sur une petite élévation, se trouve le bâtiment principal proprement dit : un édifice victorien bien plus élégant toisant le monde entier comme la majestueuse demeure d'un industriel fortuné.

Il y avait devant moi une VW Passat gris métallisé, dont le conducteur semblait vouloir discuter des siècles avec le garde posté à l'entrée – soit parce qu'il avait du mal à obtenir une habilitation officielle, soit parce que c'étaient de vieux amis occupés à tailler une bavette. Le portail s'est finalement ouvert, pour laisser le véhicule pénétrer à l'intérieur. J'ai avancé, montré au garde le sceau inscrit sur mon téléphone. Après m'avoir pris l'appareil des mains, il a scanné l'image, comparé mon visage à ce que son terminal affichait, m'a rendu le portable et a ouvert le portail, sans un mot.

J'ai fait entrer ma voiture, pour me faire accueillir par un grand panneau HÔPITAL BROADMOOR. AIRES DE STATIONNEMENT À RESPECTER. Le corps de garde (une motte castrale, si je ne m'abuse) était une splendide structure victorienne accueillant en son centre une horloge évoquant l'œil d'un cyclope, qui elle-même surmontait une porte voûtée verte trois fois plus haute qu'un homme. Je me suis garé sur une aire de stationnement, puis j'ai marché d'un pas plus ou moins léger jusqu'à la porte, mon estomac parcouru d'un picotement de pure appréhension.

« Bonjour, ai-je lancé d'une voix aussi ronflante que possible. Charles Gardner, pour voir Roy Curtius ? Je crois savoir qu'on m'attend. »

Il y avait deux gardes de service, tous deux de sexe féminin ; elles ont consulté un registre, vérifié le numéro de série de mon téléphone, et inspecté suspicieusement mon visage balafré. Mais elles m'ont laissé passer. J'ai vidé mes poches et franchi la porte magique du détecteur de métaux. L'une des matonnes s'est tournée vers moi : « Vous n'êtes pas autorisé à garder le téléphone à l'intérieur, j'en ai bien peur. » Un halo de cheveux clairsemés entourait l'intégralité de son cuir chevelu, comme un nuage de nanorobots.

« D'accord. » Et j'ai souri de toutes mes dents.

« Ce type est exceptionnel, a embrayé l'autre. Regarde, une notification orange.

— Orange a répété la première d'une voix indiquant à quel point pareille couleur était rare et remarquable. Qu'est-ce que ça dit ?

— Qu'il peut garder son téléphone.

— C'est bon, ai-je dit. Ça ne me dérange pas de le laisser ici.

— Il est marqué ici que vous pouvez le garder, a-t-elle insisté. Et c'est ce qui va se passer. Orange. »

Sa collègue a vérifié, m'a redévisagé ; a vérifié une seconde fois. « D'accord, a-t-elle grommelé, très bien. Mais n'oubliez pas ceci, monsieur Granger : ne prêtez votre téléphone à aucun des patients.

— Gardner, l'ai-je corrigée.

— Quant à M. Curtius, il est… » Elle a cherché un instant le mot juste. « Insolite. Nous avons l'habitude de l'insolite ici, bien sûr, mais là… Enfin – vous voyez ce que je veux dire, hein ? Je vais vous conduire moi-même, mais je vous confierai à Delaware une fois qu'on sera arrivés au Paddock. La sécurité est tendue comme un string là-haut, laissez-moi vous dire.

— Elle l'est déjà pas mal ici », ai-je fait observer.

J'avais parlé d'une manière plutôt neutre, me semblait-il ; pas assez, vu le regard noir qu'elle m'a lancé. « Bon, suivez-moi. »

J'ai remis mon téléphone à l'intérieur de ma poche, laissant mes clés et mon portefeuille dans un bac en plastique derrière le bureau de la sécurité. La garde a débloqué une porte, puis l'a reverrouillée après notre passage. On a traversé une cour ; le soleil nous a montré fugitivement son cul avant de le redissimuler derrière les nuages. Une nouvelle série de portes bleues, qu'elle a débloquées et reverrouillées ; un couloir, encore des portes à débloquer et à reverrouiller. Une deuxième cour, puis retour à l'intérieur. Le tout dans un silence de mort.

« Vous travaillez ici depuis longtemps ? » ai-je tenté, alors même qu'elle reverrouillait la porte – nous enfermant ainsi à l'intérieur.

Elle m'a lancé un regard lugubre. « Curtius est très dangereux. Écoutez : vous avez un code orange, donc j'ose imaginer que vous avez été formé.

— Bien sûr ! » lui ai-je assuré – ce qu'est venu infirmer un léger tressaillement d'angoisse.

« Du coup vous connaissez le topo. Ne vous approchez pas trop de lui. Ne lui donnez rien, et surtout pas ce téléphone qu'apparemment vous avez le droit de garder à l'intérieur. »

Son petit discours ne faisait rien pour diminuer mon niveau d'anxiété. « J'ai connu Roy avant qu'il ne soit foutu en tôle. Hospitalisé, je veux dire. Ici, ce n'est pas une prison, je sais. »

Elle m'a jeté un regard suspicieux. « Ça fait trèèès longtemps qu'il se trouve ici.

— Notre... relation ne date pas d'hier, ai-je

admis. Le Roy que je connaissais a sans doute un peu changé. Mais ce n'est pas Hannibal Lecter.

— Non, vous avez raison. » Elle était en train de s'engager dans un couloir au sol immaculé. « Il est bien plus dangereux. »

J'ai continué sans mot dire à trottiner derrière elle, déstabilisé – pour le moins – par cette affirmation. Après un tournant, on s'est retrouvés devant une réception digne d'un hôpital ordinaire. Deux aides-soignants adossés au comptoir. Un infirmier installé derrière, une tasse de thé à la main. « C'est un orange, leur a lancé mon chaperon. Venu voir Curtius. »

J'ai vu trois expressions faciales changer à l'unisson. « Oh, a fait l'infirmier.

— Salut à tous ! ai-je tenté. Je m'appelle Charles.

— Charles, a répété le plus petit des deux aides-soignants. C'est lui.

— Lui quoi ? ai-je répliqué.

— Il parle souvent de vous. Curtius. Il vous attend.

— Bien sûr qu'il m'attend », ai-je rétorqué gaiement. L'Institut avait à l'évidence pris contact avec lui pour le prévenir de ma visite. Ou l'inverse. Quoi qu'il en soit, j'aurais apprécié qu'on me tienne au courant. Je me suis redressé. « Ne prenez pas cet air si sombre. Je fréquentais Roy avant son admission ici. C'est un gringalet. Il ne va pas pouvoir me faire beaucoup de mal… »

Les quatre visages se sont tournés vers moi ; tous ébaubis, je ne saurais le décrire autrement. « Vous avez été briefé ? m'a demandé l'infirmier.

— Il dit que oui, a répondu pour moi la garde qui m'avait amené. Orange, a-t-elle ajouté.

— J'ai été briefé, ai-je – à nouveau – menti.

— Écoutez, m'a lancé le plus costaud des deux aides-soignants d'une voix qui m'a évoqué un lourd sac traîné sur du gravier. On dirait bien que la *bagarre* n'a pas de secrets pour vous. » Il a hoché la tête dans ma direction. Ce n'était pas la première personne à mal interpréter mes cicatrices ; alors qu'en vérité je n'ai jamais été impliqué dans une bagarre de toute ma vie. « Vous vous sentez capable de vous débrouiller tout seul. Parfait. Mais permettez-moi de modérer un peu cette assurance. Sa façon de se battre est… » D'un regard il a appelé son collègue à l'aide, et a roulé les yeux quand celui-ci a haussé les épaules.

L'infirmier s'est levé. « Ne le touchez pas, ne lui donnez rien, et ne *pensez* même pas à effleurer ses sangles.

— Des sangles ?

— Vous voulez que l'un de nous vous accompagne ? m'a demandé le plus petit des aides-soignants.

— Il est orange », est intervenu la garde, sans me donner le temps de répondre. Ce qui voulait dire *non*, apparemment.

L'infirmier m'a conduit au bout d'un couloir constellé de lourdes portes verrouillées. Il a martelé la dernière d'une paume charnue.

« C'est ton visiteur, Roy ? »

À travers la porte nous est parvenue une voix à peine audible : « Charles ?

— C'est lui. »

La longue clé a pénétré dans la serrure. L'infirmier

l'a tournée tout en me fixant droit dans les yeux. « Je sais pas pourquoi on s'emmerde avec ces verrous », m'a-t-il lancé d'un air entendu. Sa façon de me souhaiter bonne chance, j'imagine.

J'ai franchi la porte, qui a aussitôt claqué dans mon dos.

« Bonjour, Charles.

— Roy. » Et j'ai hoché la tête.

Il était installé sur son lit, un livre sur ses genoux. L'endroit regorgeait de bouquins, me suis-je avisé : d'énormes tomes de philosophie, certains en allemand. Se trouvait là un bureau à angles arrondis, mais pas d'ordinateur. La pièce était équipée d'une seule fenêtre donnant – derrière des barreaux métalliques blancs – sur une pente de pelouse. Une commode dans le coin. Et Roy lui-même, assis, occupé à me dévisager.

J'ai eu alors deux réactions connexes. La première : de la surprise, tant Roy me semblait avoir changé. Il avait perdu tous ses cheveux, et son visage s'était affaissé en une série de rides et de pattes-d'oie évoquant les hachures croisées d'un dessin au trait. Son crâne chauve laissait voir la grosse cavité qu'il avait héritée de l'Antarctique, et la déclivité n'améliorait en rien son apparence générale. Son corps, qui n'avait jamais été imposant, paraissait s'être comme effondré sur lui-même : il avait des bras et jambes maigres, mais un ventre rond comme un boulet de canon. Cela faisait des décennies, bien sûr, que je ne l'avais pas revu ; à ses yeux, moi aussi je devais avoir l'air bizarre et rabougri. Dès que j'ai pris conscience de l'âge qu'il *semblait* avoir, une seconde réflexion s'est imposée à mon esprit : sa nature profonde n'avait pas changé le moins du monde – c'était visible au premier coup d'œil. Ses yeux sournois me dévoraient.

Il a posé son livre. « Oh, mon cher confrère. Ces cicatrices ! C'est à moi que tu les dois ?

— En toute franchise, oui.

— Tu m'en vois vraiment désolé. Mais assieds-toi, je t'en prie. »

Il n'y avait qu'une seule chaise, aussi l'ai-je tirée loin du lit – loin de lui – avant de m'installer dessus. Mon cœur jouait l'intro de batterie d'« I Fought the Law », version The Clash. Avec ce qui est arrivé à mon visage, j'ai beaucoup de pores bouchés – ce qui me rend davantage enclin à transpirer des bras et du dos qu'auparavant. Une sensation de chatouillement me titillait le corps.

Roy a balancé ses jambes hors du lit. En pivotant ainsi de quatre-vingt-dix degrés, il m'a révélé toute l'étendue de la vallée qui garnissait son crâne. J'ai aussi remarqué, pour la première fois, qu'il était attaché à la tête de lit par une chaîne – sans doute suffisamment longue pour lui permettre d'atteindre la commode et le bureau. Étrangement, ce n'est pas à une menotte qu'elle était accrochée du côté de Roy, mais à une espèce de piercing à son poignet. Me voyant l'observer, il a soulevé son avant-bras. « Pas mal, hein ? Ils m'ont anesthésié avant de faire ça. Je ne suis pas un expert en la matière, mais je crois qu'en général on les implante sans analgésique.

— C'est ce que j'ai cru comprendre, oui. »

Roy a examiné le piercing. « Il passe directement à travers. Par l'espace séparant le radius du cubitus, près de l'articulation radio-ulnaire distale.

— Et ils ont préféré ça à une menotte ordinaire parce que… ? »

Il a cligné des yeux, lentement ; fixé sur moi son regard de serpent ; battu encore des paupières. « J'ai bien peur qu'ils ne se fient pas à leurs menottes pour me retenir. »

Sa voix n'avait pas changé du tout. La réentendre après toutes ces années m'a ramené d'un coup en Antarctique. Aux six mois de nuit australe, aux tics et manies bizarres de Roy. Une brève sensation de malaise m'a alors envahi. Tout ce que j'avais appris à l'Institut, je ne l'avais pas encore vraiment intégré – et encore moins relié avec ce qui s'était passé en Antarctique. Mais me retrouver face à Roy me forçait à m'interroger : *Est-ce qu'il y est* vraiment *arrivé, à l'époque ? Est-ce qu'il s'est approché de la chose en soi ? C'est ça que j'ai vu ?* L'horreur, l'horreur.

« Ils, euh, s'occupent bien de toi, ici ? L'hôtel est sympa ? » Pas la chose la plus maligne à dire, mais j'entendais mon cœur marteler ma poitrine, et ma voix intérieure qui me soufflait : tire-toi, tire-toi, tire-toi.

L'ombre d'un sourire a fleuri sur son visage. « On ne se plaint pas. Ils font bien attention à moi – doux euphémisme. Histoire de parer à toutes les éventualités. Même si, comme a dit le Grand Homme : *Ich habe nicht nötig zu denken, wenn ich nur bezahlen kann.*

— Je n'ai aucune idée de ce que ça veut dire, Roy. »

Il a imité une lame de sa main droite et l'a pointée vers moi. « Charles, Charles. *Ils* ne t'ont pas envoyé ici pour tailler une bavette avec moi, si ? »

a-t-il demandé en faisant semblant de me pourfendre avec son arme imaginaire.

J'ai eu un mouvement de recul, il me faut l'avouer.

« Ils ne sont pas vraiment entrés dans les détails. » J'avais parlé d'une voix plus forte qu'escompté. « Écoute. Tu sais sur quoi ils sont – en quoi consistent leurs recherches, je veux dire. Ils avaient l'air de croire que tu pourrais leur être utile.

— Tout comme moi. Ils m'ont contacté à plusieurs reprises. Quand je dis qu'ils ont vraiment besoin de mon aide, je ne cherche pas à me vanter. Mais j'ai toujours *refusé* de leur parler. Pendant des années, je me suis borné à les ignorer. Et puis je me suis décidé à parler – mais uniquement à toi. Du coup ils t'ont trouvé pour moi ! Ils ont de la suite dans les idées, on ne peut pas leur enlever ça.

— Merde, Roy. » Un tremblement s'est emparé de ma jambe gauche ; j'ai frappé le sol de mon talon pour essayer de m'en débarrasser. « Pourquoi moi ? Pour finir ce que tu as commencé, c'est ça ? »

Un voile de sérieux a aussitôt terni son regard.

« Je trouve ça assez blessant, Charles. » Il a fait une grimace. « Pour te présenter des excuses, bien sûr. Je pensais – à l'époque, là-bas –, je pensais qu'il me fallait être seul pour parvenir à accéder à… eh bien, à la chose en soi. Deux consciences… j'avais peur que ça brouille l'approche. Mais j'en sais beaucoup plus sur le sujet aujourd'hui, et je comprends mon erreur d'alors. Me débarrasser de toi n'avait rien de nécessaire.

— Il s'agissait donc d'un malentendu, ai-je, tant bien que mal, articulé. Voilà qui… est réconfortant.

— Épargne-moi tes sarcasmes ! Toi et moi avons

partagé quelque chose, Charles, une chose que personne d'autre au monde n'a expérimentée ! Ce lien existera toujours entre nous. Quant à l'Institut… » Sa voix s'est éteinte.

« Vas-y, l'ai-je poussé. Qu'est-ce que je dois leur dire ?

— D'accord, a-t-il repris d'un ton lugubre. Un marché est un marché. Ils t'ont localisé ; je vais donc devoir les aider, j'imagine. » Il a fait courir les doigts de sa main libre le long de sa laisse.

« Super. Ils vont être ravis de l'entendre, j'en suis certain. » Je me suis alors surpris à me demander comment sortir d'ici. Me suffisait-il de cogner à la porte, puis d'exiger qu'on la déverrouille ? Allais-je pouvoir faire ça d'une voix qui ne soit pas désespérée ? « Ma foi, c'est… J'allais dire : *ça m'a fait* plaisir *de te revoir*. Mais non. Je ne suis pas sûr. Que ce soit. Le *mot juste*[1]. Disons plutôt que j'ai trouvé cela *intéressant*.

— Ne sois pas si pressé, Charles, m'a lancé Roy avec une suavité toute reptilienne. Tu n'as donc rien pour moi ?

— Mon foie et une bonne bouteille de chianti ? Pas de Noël en avance pour toi, j'en ai bien peur.

— Le téléphone. »

Comme poussée par une force extérieure à ma propre conscience, ma main s'est immiscée dans ma poche pour en sortir le portable. « On m'a expressément interdit de te le donner.

— Vraiment ? » L'information semblait le plonger

1. En français dans le texte.

dans des abîmes de perplexité. « Oh, le personnel d'ici, tu veux dire. Bien sûr qu'eux te l'ont interdit ! »

Sans trop que je comprenne pourquoi, cela a eu pour effet d'apaiser mon anxiété. D'un geste lent, comme déconnecté de ma volonté, j'ai tendu à Roy le téléphone, en le tenant par un coin entre le pouce et l'index. Roy s'est emparé du coin opposé avec les mêmes doigts. L'espace d'un instant on s'est retrouvés en contact par procuration, comme le Dieu et l'Adam peints par Michel-Ange dans la chapelle Sixtine. Mais aucune étincelle n'a parcouru le métal, ou le plastique (qu'en sais-je ?) de l'appareil. Puis j'ai relâché ma prise, et Roy l'a glissé dans la poche de poitrine de son uniforme.

« Très aimable à toi, m'a-t-il lancé, d'une voix qui suintait l'ennui. Je vais devoir me mettre là-bas, à présent. » Un petit mouvement de la tête. « Le dos au mur, littéralement je veux dire – près du lit, de sorte que Reggie puisse me voir quand il regarde par le judas. Toque à la porte, et dis-lui que tu en as fini ici ; il la déverrouillera aussitôt. »

J'ai repris mon siège, comme libéré d'un poids immense. « C'est tout ? On en a fini ?

— Mon cher, cher Charles. » Il avait les yeux fixés droit devant lui, de manière à éviter sciemment mon regard. « Après ce qu'on a partagé, on n'en aura jamais vraiment fini l'un avec l'autre. *Au revoir*, mon ami. *Auf Wiedersehen.* Et on va se re*sehen*, plus tôt que tu ne l'imagines.

— Pas si je te *sehe* d'abord. »

Roy est retourné sur son lit. Moi je me suis levé, pour ensuite aller frapper à la porte. L'infirmier a mis quelques instants – une éternité ? – à me laisser sortir. La garde, qui m'avait attendu, m'a ramené à l'accueil. Ni elle ni moi n'avons prononcé le moindre mot. Sans trop savoir comment, je me suis retrouvé sur le parking, déconcerté, mais aussi – soyons honnête – soulagé. J'étais toujours en vie, en tout cas.

Sitôt remonté en voiture, je me suis empressé de quitter l'établissement. En début d'après-midi, il fallait compter une dizaine de minutes de trajet dans les rues de Bracknell pour atteindre mon appartement. Après m'être garé le long d'un trottoir, je me suis retrouvé envahi d'un sentiment d'effroi sans précédent en m'éloignant de ma voiture toute neuve. Et si quelqu'un la piquait ? Jamais auparavant je n'avais eu de véhicule un tant soit peu luxueux, et l'endroit où je vivais était plutôt mal fréquenté. Imaginons qu'un connard quelconque s'amuse à la rayer, à crever les pneus, à fracasser le pare-brise ? Je ne pouvais pas y faire grand-chose, à part m'en remettre à la chance…

J'ai pénétré dans mon appartement, humé un air tout sauf familier.

Un après-midi de juillet en Angleterre. La lumière passant par les grandes fenêtres pareille à une lumière d'aquarium. J'ai allumé mon ordi portable, attendu qu'il démarre – lentement, lentement. Pendant qu'il s'y employait – j'avais presque l'impression de voir de la poussière en sortir, expulsée par son ventilateur asthmatique –, j'ai songé à jeter un coup d'œil au portefeuille qu'on m'avait donné. Huit cents livres en billets de cinquante et de vingt. Ça m'a tellement surpris que j'ai aussitôt recompté. J'ai cherché Roy sur Google ; il n'y avait rien de très intéressant en ligne, à part de vieux articles relatifs à notre mésaventure en Antarctique, et quelques resucées plus récentes desdites histoires.

J'ai fait une sieste ; la nuit était tombée à mon réveil. Comme il n'y avait rien à manger chez moi, j'ai pris la voiture pour me rendre à Reading. Il n'y avait à l'époque pas le moindre restaurant à Bracknell, qui était en cours de rénovation générale – plus de la moitié du centre-ville se résumait à un terrain vague. Et comme j'avais huit cents livres en liquide dans ma poche, je n'avais guère envie de me contenter d'un McDonald's ou d'une pizza à emporter. J'ai donc opté pour un restaurant chic, où je me suis même offert un verre de vin – la première rasade d'alcool à franchir mes lèvres depuis des années. J'ai erré un moment dans Reading, parmi des couples d'amoureux bras dessus, bras dessous, des groupes de garçons en pleine tournée des pubs, les hurlements des fêtes de bureau. Rien de tout cela ne me concernait. Ma rencontre avec Roy ne cessait de me hanter. Bien que l'ayant quitté le cœur léger, je me rendais compte que notre entretien avait laissé en moi un résidu de terreur tout sauf négligeable.

Je suis remonté dans ma voiture et je suis rentré regarder la télé chez moi. Le sommeil se refusait à moi, en partie à cause de cette attente presque enfantine qui bouillonnait quelque part à l'intérieur de mon torse. Absurde, chez un homme de mon âge. Le lendemain matin, j'ai rangé l'appartement, ostensiblement débranché tous les appareils électriques, j'ai même couvert la table basse d'un drap, en mettant l'ordinateur portable dessous. Si j'avais bien compris, je risquais de ne pas remettre les pieds ici avant un bon moment. Ma base était l'Institut, à présent, et la campagne environnant Bristol, et Irma – si ce n'est tous les soirs, du moins pour autant de visites nocturnes qu'elle accepterait de me concéder.

Mon véhicule était entier, et intact, dans la belle lumière matinale. Seule ombre au tableau : le mauvais fonctionnement du GPS. Je lui ai donné pour instruction de rentrer au bercail, et il m'a répondu que cette destination n'était pas enregistrée. J'ai donc tapé « Institut », sans obtenir de meilleur résultat. À l'aller, j'avais traversé un petit village juste après avoir quitté ledit Institut. J'ai entré son nom : rien. Et je ne me souvenais de rien d'autre. J'ai songé à chercher sur Google le code postal du village voisin, sauf qu'évidemment j'avais laissé mon téléphone à Roy. J'ai même failli retourner chez moi pour me servir de mon portable, mais ça m'a paru quand même un peu stupide. Le trajet remontait à la veille ; m'en souvenir ne me semblait pas de l'ordre de l'insurmontable.

Envahi d'une sensation de joie ensoleillée (cela faisait des *siècles* que je n'avais pas éprouvé ça), j'ai démarré et roulé jusqu'à l'autoroute. Il n'y avait presque pas de circulation, ce qui me permettait de me lâcher un peu. M'emplissait un sentiment de plénitude – qui n'allait pas tarder à se faire mater.

Une fois sorti de la M4 là où je l'avais rejointe le jour précédent, j'ai roulé pendant plusieurs kilomètres sur des routes qui me disaient quelque chose. Et puis, à mon grand désespoir, je me suis perdu. Vingt minutes durant j'ai tourné dans tous les sens, pour finalement faire demi-tour. Au bout du compte, agacé par la mémoire sélective de mon système de navigation par satellite supposément ultramoderne, je me suis arrêté dans un garage pour acheter une carte de la région. Grâce à laquelle – sans compter l'aide du pompiste, qui m'a montré la localisation de la station-service dessus – j'ai enfin atteint le village voisin de l'Institut. J'ai reconnu l'église, et le pub (Le Repos du Poète), mais fait chou blanc en essayant les chemins de campagne environnants. Je suis passé devant plusieurs fermes – j'ai même vu un château d'eau en béton en forme de bite géante de robot. Malgré tous mes efforts, cependant, l'Institut me semblait simplement inaccessible. Il n'était pas marqué sur la carte – ce qui ne me surprenait guère, l'objet ayant un copyright datant des années 1990 –, mais les terrains qu'il occupait étaient si vastes que j'aurais dû finir par tomber sur l'enceinte périphérique, ne fût-ce que pour respecter la loi des probabilités. Eh bien, non.

Me retrouvant au village pour la troisième fois, je me suis arrêté pour demander mon chemin à un vieil homme occupé à promener son chien. Mais à l'en croire, il n'avait jamais entendu parler de l'Institut. « Vous vivez ici ? » lui ai-je demandé. Depuis toujours, m'a-t-il répondu ; soixante-dix ans. Un père GI, sa mère originaire du coin. Il n'avait plus jamais revu son père après ses dix-huit ans. Pas même une seule fois. L'homme était retourné dans son Missouri natal. « L'Institut, l'ai-je interrompu. Ça doit forcément vous dire quelque chose ? C'est un complexe de très grande taille. » Eh bien, non, il n'y avait jamais rien eu de tel dans le coin.

N'importe quoi. J'ai fait quelques kilomètres supplémentaires, pour ensuite replonger dans la campagne profonde. Cette incursion m'a fait penser à une nouvelle de H. G. Wells que j'avais lue longtemps auparavant. Intitulée « La Porte dans le mur », elle parle d'un homme du XIXe siècle, que j'imagine affublé d'une redingote et d'un chapeau austère (je ne crois pas qu'il en soit fait mention dans l'histoire), qui découvre dans un certain mur une certaine porte qui le conduit en un lieu merveilleux. Mais il commet l'erreur de revenir dans le monde réel, et peu importe combien de temps il vit ensuite, ou avec quelle assiduité il la recherche, la porte lui demeure à présent inaccessible. La résignation mélancolique avec laquelle le narrateur (désormais âgé) raconte sa propre histoire constitue à mon sens l'un des sommets de l'œuvre de Wells. Mais c'était n'importe quoi, me suis-je répété. Cette histoire était une métaphore ; pas mon existence. Mon existence était réelle. Alors même que cette pensée me traversait l'esprit, que ces mots se formaient distinctement dans ma tête, la chanson de U2 « Even Better than the Real Thing » est passée à la radio. J'ai insulté le poste.

Pour la quatrième fois je me suis retrouvé bien malgré moi à retourner au village, après avoir suivi le fil d'Ariane des routes de campagne. On approchait de midi, et un jeune homme dégingandé était en train d'installer une pancarte pliante devant la porte du pub ; je me suis résigné à y retourner. Y planait encore une forte odeur de houblon et de bière. Les rayons du soleil qui passaient par les fenêtres se reflétaient avec une telle intensité sur les plateaux de table cirés que ça en faisait mal aux yeux. « J'arrive dans une minute », m'a lancé le jeune dissimulé par l'obscurité qui régnait derrière le bar. Il a pointé une télécommande vers le support mural de la télé.

Je l'ai interrogé sur l'Institut. Il m'a dévisagé, la bouche légèrement entrouverte. J'ai refait un essai. Le poste est revenu à la vie, au beau milieu d'une phrase d'un commentateur de Sky Sports. « Ça ne me dit rien, m'a-t-il répondu. Mais ça ne fait qu'un an que je vis ici.

— Il n'y a personne dans le coin qui connaîtrait un peu mieux la région ? ai-je insisté.

— Je vous ai menti. Ça fait plus de dix-huit mois que je vis ici. Presque deux ans, en fait.

— Je suis de passage en voiture, et j'ai bien peur de m'être un peu perdu. Toute aide serait vraiment la bienvenue.

— C'était au début du printemps – je m'en souviens, parce que j'avais semé de la petite salade dans le jardin de derrière. Donc pas beaucoup plus de dix-huit mois, j'imagine. Je comptais faire la même chose cette année, mais ça m'est sorti de l'esprit. Il prend bien le soleil, ce petit terrain. Une pinte, c'est ça ?

— Non, merci. » Et je suis retourné à mon véhicule.

Je suis resté un long moment assis au volant, les yeux dans le vide. Un sentiment de fatalité corrodait peu à peu mon bien-être tout neuf. De frustration. Mais l'Institut existait. J'aurais quand même eu du mal à l'halluciner dans son intégralité. Indépendamment du reste, la voiture dans laquelle je me trouvais en était une preuve irréfutable. Aussi ai-je une fois de plus démarré le moteur, quitté le village et repris la route. Dix minutes, vingt… Les chansons qui passaient à la radio ont commencé à prendre une dimension sarcastique. « Up the Junction », « Superstition », « Stairway to Heaven ». Quand me sont parvenues aux oreilles les premières notes de « I Still Haven't Found What I'm Looking For », j'ai éteint la radio – et à ce moment précis je suis passé devant un arbre qui ne m'était pas inconnu.

J'ai arrêté la voiture, passé mon bras par-dessus le siège passager, et fait marche arrière en regardant par la lunette du véhicule. Aucun doute : cet arbre m'était familier. Un chemin étroit, dissimulé par deux haies géantes en forme de lèvres. Ça aussi, ça me disait quelque chose. Je me suis engagé dessus ; deux minutes plus tard j'atteignais le portail de l'Institut, mon cœur tambourinant d'un soulagement enfantin à l'intérieur de ma poitrine.

Le portail était fermé. La disposition des lieux était telle qu'il me fallait sortir de la voiture pour appuyer sur l'interphone – et éventuellement entrer.

Pas si simple…

Bzzcht. « Bonjour : Charles Gardner à l'appareil. Vous pourriez me laisser entrer, s'il vous plaît ? »

Des parasites.

« Il y a quelqu'un ? »

Crchzzt. « Personne n'entre, mon pote. Dégage.

— Pardon ?

— Du balai ! »

Je n'en croyais pas mes oreilles. « Vous faites erreur. Laissez-moi entrer, s'il vous plaît. Je suis, euh, affilié à l'Institut. Je m'appelle Charles Gardner.

— J'ai ton nom sous les yeux, mon pote. Sur une liste d'indésirables. N'espère même pas entrer. Je vais envoyer un de mes gars à la porte, et pour ton propre… – *shzzcht* –, mieux vaut que tu saches… – *fzzzcht* – nos vigiles sont autori… – *zzzght* – porter des armes à feu. Remonte dans ta voiture et tire-toi d'ici, c'est ce que tu as de mieux à faire. »

Je suis resté figé un instant. Je pourrais dire : *le sens de ces paroles a mis un moment à se frayer un chemin jusqu'à mon cerveau*, mais ce ne serait pas la vérité. J'ai instantanément pigé ce qui se passait : Kos, de sa propre initiative ou bien sur ordre de Peter, me mettait à l'écart. Une panique incontrôlable et ridicule s'est alors emparée de moi. Je n'allais plus voir Irma ! Et puis, presque aussitôt, c'est de la rage qui m'a envahi. Je leur avais servi d'appât, ils m'avaient utilisé pour atteindre Roy. Celui-ci ayant fait d'une rencontre avec moi une condition sine qua non de sa collaboration, ils avaient fait le nécessaire pour me convaincre de jouer le jeu, et à présent ils se débarrassaient de moi. J'ai roué la porte de coups de pied.

« Laissez-moi entrer ! ai-je hurlé.

— Tout est filmé, mon pote, m'a lancé la voix à l'autre bout de l'interphone. On va te poursuivre pour vandalisme ! »

Je l'ai martelée de plus belle. « J'exige de parler à Kostritsky !

— Un petit conseil : lâche l'affaire, parce que ça n'arrivera pas. Ça n'arrivera pas. Ils ne veulent plus t'avoir dans leurs pattes. Tu crois qu'ils ne *préféreraient* pas te voir en prison ? Je ne prendrais pas le pari, à ta place. Ils… – *fzzk* – … contacts dans les plus hautes sphères de la police… – *skrzz* – … et des services de sécurité. Tu veux leur donner l'excuse qu'il leur faut pour te poursuivre en justice ? Vas-y, je t'en prie. Tout est enregistré… – *zzhsch* – caméra, et la police ne va mettre que quelques minutes à arriver. Si j'étais toi, je prendrais mes jambes à mon cou. »

Je n'ai pas bougé. Ma fureur suintait hors de moi, pour partir Dieu sait où. Dans le sol, peut-être. C'était sans espoir. Mais je ne *pouvais* pas abandonner !

« J'arrive, ai-je lancé dans l'interphone. Je veux parler à Kostritsky. »

Et la voix a répondu : « Non. » L'essence même de la négation.

J'ai reculé de trois pas, puis je me suis précipité sur le portail. Bien que n'ayant rien fait de plus athlétique que trimballer des poubelles ces dernières décennies, j'ai quand même réussi à m'y accrocher. Mais alors que je m'efforçais de hisser le reste de mon corps, la voix sans visage à l'autre bout de l'interphone – je suppose que c'était cette personne – a mis sous tension la bande électrifiée qui devait y être intégrée. Mes paumes ont pris le choc directement. Tous mes muscles se sont contractés. Et je me suis retrouvé sans transition par terre, recroquevillé sur moi-même, à souffrir horriblcment de la cheville gauche. Me lever, puis remonter dans la voiture, m'a demandé un sacré effort de volonté.

Heureusement que la voiture était une automatique, car ma cheville me faisait trop mal pour que je puisse la faire pivoter. La douleur n'apaisait nullement ma rage. J'ai repris le chemin lentement, retraversé le village, emprunté la direction de l'autoroute. Sans cesser de penser : *Trois baises. Même pas de vraies baises, trois* demi-*baises.* Huit cents livres, une voiture, trois baises pathétiques – il n'avait rien fallu de plus pour me convaincre de faire leur sale boulot. Et je ne reverrais plus jamais Irma, à présent…

À l'approche de la voie d'accès à la M4, j'ai vu un hôtel en forme de boîte à chaussures géante – un établissement appartenant à la franchise Way Inn. N'étant pas en état de conduire, j'ai décidé de prendre une chambre. Une fois garé sur le parking, je me suis traîné tel un soldat blessé jusqu'à l'accueil. Le réceptionniste a levé un sourcil charbonneux devant mon fric – mais ça ne l'a pas empêché de l'accepter. J'ai demandé qu'on m'apporte de la glace dans ma chambre. Puis j'ai pris l'ascenseur jusqu'à mon étage en jetant des regards consternés à la silhouette de clochard brisée, voûtée, qui me faisait face dans le miroir mural. Qu'est-ce qu'une femme aussi belle qu'Irma aurait pu voir en moi ? Jamais elle n'aurait ne fût-ce qu'envisagé de coucher avec moi – à moins d'en avoir reçu l'ordre…

Je me suis assis sur le lit pour reposer ma cheville douloureuse, les yeux fixés sur l'écran noir de la télé. Une fois les glaçons arrivés, j'en ai enveloppé un certain nombre dans une serviette que j'ai collée contre ma jambe. Qu'est-ce que j'allais faire ? Il n'était pas… acceptable qu'on me refuse l'entrée de l'Institut. Je n'allais pas le tolérer. Ils m'avaient fait des promesses. Ils avaient pris des engagements envers moi. Ils ne pouvaient pas simplement se débarrasser de moi.

Irma.

Il fallait que j'établisse une stratégie. Se borner à

revenir devant le portail ne servirait à rien. Il fallait que je trouve un moyen de les contacter, de faire pression sur eux. Les menacer de tout rendre public – parler à la presse, poster en ligne ce que je savais ? Mais j'imaginais déjà leurs réactions (*bien sûr, allez-y, tout le monde s'en fout, personne ne vous croira*). Valait-il mieux que je les supplie ? Me fallait-il leur promettre quelque chose ? Ils avaient besoin de moi, pour faire la liaison avec Roy ! Ça allait me valoir un simple haussement d'épaules. Mon amour-propre en a repris un coup : j'étais prêt à leur promettre n'importe quoi. À prétendre avoir gardé pour moi certains détails sur l'épisode de l'Antarctique, des choses qu'ils ne pouvaient se permettre d'ignorer. Des choses que j'allais devoir inventer de toutes pièces, bien entendu, mais qui suffiraient peut-être à me rouvrir les portes de l'Institut.

J'ai appelé le *room service* pour qu'on m'apporte du Nurofen. Après en avoir pris deux, je suis allé – sans fierté excessive – prendre deux mignonnettes de whisky dans le minibar, et les ai bues cul sec.

Je me suis assoupi.

Et puis : la partie la plus étrange de toute cette expérience.

La nuit tombait à mon réveil. Le bruit de l'autoroute me parvenait à peine, comme un lointain Niagara. J'étais glacé. Comme ma cheville m'élançait, je me suis redressé pour – je ne sais pas –, la frotter, la serrer, quelque chose comme ça… et c'est là que m'est apparu le garçon-fantôme.

Cela faisait des mois que je ne l'avais vu : ses haillons, son corps presque squelettique, sa peau aussi pâle que du lait de poule, la moitié balafrée de son visage. Pas depuis mon petit trip chez le dentiste, en fait. Mais là je ne rêvais pas. C'était réel. Seuls quelques mètres le séparaient de moi. Il me regardait droit dans les yeux. La pièce était plongée dans la pénombre, mais je ne pouvais me tromper sur ce que je voyais.

Mon cœur battait la chamade dans ma poitrine. J'avais le souffle court. Mon haleine formait comme des ectoplasmes devant ma bouche.

Très lentement, comme de peur d'effrayer le garçon, j'ai fait passer mes jambes, l'une bonne, l'autre mauvaise, par-dessus le rebord du lit. « Allez. Regarde. »

J'ignore pourquoi j'ai prononcé ces deux mots.

Le garçon me fixait droit dans les yeux. Ma main enserrait l'interrupteur de la lampe de chevet ; j'ai allumé…

… pour découvrir devant moi, non pas le garçon-fantôme, mais Roy. Plus grand que le gamin d'une petite dizaine de centimètres – pas une différence si gigantesque – et vêtu non pas de haillons, mais des habits que je l'avais vu porter la veille. Les confondre tous les deux… c'était juste impossible. Ce que je veux dire par là, c'est que, lumière tamisée ou pas, je n'ai pas confondu Roy avec le garçon-fantôme à ce moment-là. J'ai bel et bien vu le garçon-fantôme. Et il s'est bel et bien transformé en Roy quand j'ai allumé.

« Putain de merde ! » ai-je hurlé, pris de court par la brusquerie de la transition.

Roy m'a gratifié de son étrange sourire reptilien. Sa manche gauche était teintée de noir au niveau du poignet. Il a posé un doigt sur ses lèvres.

Je me suis levé en hâte, au grand dam de ma cheville. Mais au moins le dépassais-je en taille, à présent. « Qu'est-ce que tu fous dans cette chambre ? Comment as-tu fait pour arriver ici – pour t'introduire ici ? »

Il était réel. L'idée ne m'a même pas traversé l'esprit qu'il puisse être une hallucination, ou quelque visiteur onirique inexistant. Il était aussi réel que le fantôme de Noël qui vient rendre visite à Scrooge.

« Oh, mais ce sont des gens… délicats », a-t-il murmuré ; j'ai tout de suite su qu'il parlait des membres de l'Institut. « Un autre groupe t'aurait tué, tu sais. Ils sont soit sensibles, soit prudents – à moins qu'ils ne pensent avoir encore besoin de toi à l'avenir. Je n'en sais rien. Peut-être s'attendent-ils à ce que, moi, j'exige de te revoir. Ça doit être une possibilité – à leurs yeux, je veux dire. Peut-être qu'ils te gardent en réserve, prêts à se resservir du même appât pour te ramener si jamais ils ont besoin de toi. Une femme, c'est ça ?

— Nom de Dieu, Roy. Ils t'ont laissé sortir de Broadmoor ? C'est l'Institut qui a magouillé ça ? Et surtout, comment as-tu fait pour me retrouver ? »

Son doigt est revenu se coller à ses lèvres. « C'est un peu… (il a tourné la tête) chaotique là-bas, à l'heure qu'il est. »

Il m'a lancé un nouveau regard de son cru. Avec le recul, je me dis qu'il débattait avec lui-même pour savoir s'il fallait me tuer ou me laisser tranquille. Mais il n'en restait pas moins un Anglais, et le compromis forme le socle de notre identité nationale.

Une douleur aiguë, atroce, m'a alors envahi la

jambe. J'ai titubé en arrière, contre le lit. Un poil a jailli du tissu de mon pantalon, s'est allongé devant mes yeux. Et tout mon côté gauche n'était plus que souffrance, comme si l'on avait versé de l'eau bouillante dans les tubules creux des nerfs qui le parcouraient ; j'ai glissé de mon matelas – j'en suis presque tombé, à vrai dire. Mon visage valait sans doute le coup d'œil. C'était peut-être ce que Roy voulait, maintenant que j'y pense : mon expression faciale.

Il était en train de dire quelque chose, mais la douleur fulgurante et mes propres hurlements m'empêchaient un peu de me concentrer sur ses paroles. Peut-être était-ce « en souvenir du bon vieux temps ». Ou bien une phrase en allemand. Je ne saurais le dire, et honnêtement peu m'importe.

Le poil était une corde, une ligne de pêche, un câble le long duquel la douleur était comme siphonnée à l'intérieur de mon corps. Il a continué à s'allonger jusqu'à se détacher de ma jambe, pour ensuite serpenter dans l'air. J'ignore ce qui lui est arrivé après. Roy l'a peut-être fourré dans sa poche, en guise de souvenir. C'était le tendon de mon mollet gauche, qui s'était tiré l'air de rien en passant par le haut de ma rotule. J'ai fini par m'écrouler sur le tapis qui se trouvait à côté de mon lit, pour y pleurer toutes les larmes de mon corps.

Roy avait disparu.

6

Un penny en or maſſif

Limitation

Je me nomme Thos Firmin. Je ſuis né à *Somer's Towne*, non loin de *Londres*, & c'eſt là que j'ai vécu mes premières années, ſi j'en crois les ſouvenirs qui me reſtent de mon enfance.

J'œuvrais depuis pluſieurs années ſous la direction de Maître John Cornelius à goudronner des Barriques & à aider à leur chargement ſur des charrettes quand je me retrouvai vendu à Maître Samuel Newbolt, & devins, dans ma treizième année, apprenti dans le commerce des Citrons. Mes tâches conſiſtaient à m'occuper des Citrons, à jeter les pourris, à barbouiller les ſains avec la cire de baleine de manière à les empêcher de pourrir. Je travaillai pour Maître Newbolt pendant trois ans, durant leſquels je vécus dans la demeure de l'Huiſſier Serjent, & dormis dans la Cuiſine ; ce que je trouvais des plus plaiſants, car le Poêle toujours allumé gardait la pièce bien chaude. A la fin de mon ſéjour chez l'Huiſſier Serjent, Maître Newbolt m'emmena dans ſa propre maiſon. Là-bas je fus contraint de dormir dans la Remiſe, où j'étais fort troublé par les Rats & autres Chofes rampantes, que les Supplications que j'adreffais à mon Seigneur Jéfus ne décourageaient nullement. M'abufait déjà à l'époque le *Cenfor Morum* James Newbolt, le propre frère de Maître Newbolt le marchand de Citrons. Il rendait vifite à fon parent en diverfes occafions, & profitait de fa demeure lorfque Maître Newbolt la quittait pour affaires, avec la bénédiction de la bonne. Un jour il alla même jufqu'à pénétrer dans la Cuifine alors que je récurais les cafferoles. Je craignis qu'il ne tachât fes Robes de Juge avec de la graiffe, mais il f'affit à Table &, fort joyeux, plaifanta avec moi fur de nombreux fujets. Il me Toucha avant de partir, & j'en fus fort effrayé, mais il me dit de ne m'en point Soucier ni d'en parler, car cela n'en valait nullement la peine. Puis il m'appela *petit pouffin*, & *rouge-gorge*, & me donna un demi-fhilling, ce qui m'effraya davantage encore, car où étais-je cenfé pouvoir gagner pareille fomme? Les gens rifquaient de croire que je l'avais volée.

Je m'en OUVRIS à Maîtreffe Ive, qui fupervifait la Cuifine, mais elle me fit taire & me parla avec emphafe de l'époufe du Juge Newbolt, une femme de bien, & de fes trois enfants, & pour quelle raifon f'intérefferait-il à un garçon tel que moi ? &, en vérité, je me queftionnais mêmement fur la réalité de l'événement, me demandant fi mes fens ne m'avaient point joué des tours. *Car*, me tançai-je, *fi c'était un autre apprenti qui avait attefté d'une telle méfaventure, & fi j'en avais entendu parler, l'aurais-je cru ? & fi tel n'était point le cas, alors comment le croire venant de moi-même ? Suis-je donc orgueilleux au point de me confidérer meilleur qu'un autre aux yeux de Dieu ?*

Le ſoin que je mettais à paraffiner les Citrons faiſait que Maître Newbolt avait une bonne opinion de moi, & j'appréciais grandement ce travail ; car l'odeur de propre m'était plaiſante aux narines, & je trouvais que l'état de ma peau, auparavant ſujette aux Rougeurs, Abcès & autres Furoncles, ſamélio-'améliorait ſous l'effet de l'eau & de la vapeur citronnées. Mais Son frère, le Juge Newbolt, perſuada mon maître de ſe paſſer de mes ſervices, car (prétendait le Juge) il avait beſoin d'un garçon aux Mains auſſi agiles que les miennes pour ſoccuper de ſes Robes Judiciaires, & comme tous l'affirmaient j'étais effectivement habile avec une aiguille. Le jour où mon maître m'apprit la nouvelle de mon Renvoi & de mon Placement dans la demeure de ſon frère, j'avoue m'être écroulé à terre & avoir pleuré ſur ſes chauſſures, au riſque d'en tacher le velours avec mes larmes. Je hurlai à mon maître que j'avais été heureux à ſon ſervice, & lui demandai avec le plus grand ſérieux de me laiſſer avec mes Citrons. Comme pris de court par une telle maladreſſe, mon Maître porta la main à ſon Foulard, & quitta l'Entrepôt ſans preſque dire un mot.

Ce fut à bord du chariot du Livreur que je me rendis chez le Juge Newbolt, car il vivait à *Iſlingtown* dans un immenſe bâtiment, haut comme un Château, avec un Jardin clos devant & un demi-hectare de terrain à l'arrière. Mes logements ſe trouvaient ſous les tuiles maculées de blanc du toit, avec les moineaux, & je ne les partageais avec perſonne. Après qu'on m'eut montré ma Chambre, & enſuite la Cuiſine, la bonne à tout faire me fit part avec colère de ſa ſurpriſe à voir un ſimple *Couturier* obtenir ſa propre chambre ; ſon ire m'effraya, & je m'apprêtai à aller pleurer dans ſon giron. Mais elle, une grande fille un peu bovine, n'avait point de giron, & me réprimanda pour mon manque de virilité, me traitant de *Jouvenceau de Mon Seigneur* & d'*épouſe en pantalons* & de bien d'autres ſurnoms inſultants. Cette femme ſe prénommait *Anne*, & j'eus ſouvent maille à partir avec elle dans les mois qui ſ'enſuivirent. Elle avait le viſage dur, & ne me gratifiait d'aucune gentilleſſe, car (diſait-elle) *Le Seigneur t'a abandonné, alors pourquoi devrais-je me donner la peine de te dorloter ?* Aux heures les plus ſombres de la nuit, je me ſurprenais à donner ſens à ſes paroles, car la lumière était ſi faible déſormais qu'elle m'évoquait la plus lointaine des étoiles du ciel, & me retrouvais à friſſonner ſur mon lit. Cette *Anne* avait la charge de m'apporter de la nourriture, qu'elle mangeait ſouvent elle-même, ou qu'elle vendait en partie. Lui incombait auſſi la reſponſabilité de m'apporter les toges & les manteaux de mon *ſeigneur* le Juge de ſorte que je les repriſe, couſe, ou taille d'une autre façon. Pluſieurs fois cependant elle me remit d'autres tiſſus à coudre, & je n'étais point en meſure de refuſer de m'en occuper car il n'y avait perſonne pour écouter mes plaintes. Je crois avoir ainſi verſé beaucoup d'argent directement dans la bourſe d'*Anne*, qui n'avait rien d'autre à faire que de regarder la bouilloire chauffer toute ſeule. Mais en une autre occaſion, pour être juſte avec Maîtreſſe Anne, elle pénétra dans ma chambre tard dans la nuit, en larmes, & me ſerra dans ſes bras & m'appela ſon *pauvre garçon* & *malheureuſe victime* & ſupplia Dieu de me détourner des voies du mal. Le lendemain, efpérant que Maîtreffe Anne foit devenue mon amie, je l'obfervai en train de remuer le porridge dans la cuifine, mais elle fe refufa à croifer mon regard, & fe renfrogna au point que je m'empreffai de m'éclipfer. Cette nuit-là fut la feule & unique fois où elle me parla gentiment, & elle redevint dure avec moi par la fuite.

Je travaillai trois jours & dormis trois nuits fans être maltraité, car mon *Seigneur* le *Juge* était parti à Tonbridge pour régler quelque affaire royale. Mais la demeure fe mit à bruire d'activité le quatrième, pour préparer fon retour, & je fentis grandir ma peur. Deux heures après midi, le Juge Newbolt revint chez lui avec une fuite de trois hommes, & il était d'excellente humeur. Il appela tous les ferviteurs erviteurs de la maifon, & nous nous alignâmes dans le couloir, onze en tout, dont quatre étaient feule-eulement des domeftiques de jour, des hommes à tout faire qui venaient de temps à autre nous prêter main-forte. Le *Juge* diftribua trois pence à chacun de ces hommes & leur donna gaiement congé. Il falua le refte des ferviteurs l'un après l'autre, & puis f'appro-'approcha de moi un fourire aux lèvres. *Pour toi, mon garçon, j'ai un préfent bien particulier, pour célébrer ton arrivée. Me feras-tu fidèle, jeune homme ?*

J'étais trop effrayé pour dire quoi que ce foit, mais Maîtreffe Anne, qui fe tenait auprès de moi, affirma que j'étais *un bon garçon, qui fera ce qu'on lui ordonnera de faire, & deviendra un ferviteur honorable.*

Une déclaration qui fit f'efclaffer mon nouveau maître, qui me tendit alors une pièce, *un penny en or maffif*, me dit-il, *un cadeau dont bien peu de ferviteurs erviteurs peuvent f'enorgueillir lorfqu'ils fe mettent au ſervice d'un nouveau maître, & que je t'offre uniquement parce que mon frère m'a chanté tes louanges.*

Le penny dans ma main ſerrée, je voulus remercier mon *Seigneur* le Juge, mais aucun mot ne ſortit de ma bouche.

Après cela, dans le cellier, alors que la cuiſinière & les deux bonnes préparaient un feſtin d'après-midi, Maîtreſſe *Anne* me donna un coup ſur la tête, de ſorte que mon front percuta le bois de la porte & que du ſang ſe mit à couler entre mes yeux. Elle me prit le penny, *pour le garder en lieu ſûr*, prétendit-elle, & m'ordonna de me rendre au jardin & de me laver le viſage dans l'étang. *& tu n'as nul beſoin de pleurer ta perte*, ajouta-t-elle, *car ce n'eſt après tout qu'un Penny.*

Cette nuit-là, malgré mes craintes, mon *Seigneur le Juge* ne vint point me rendre viſite dans ma chambre ; ma migraine & mon appréhenſion me tinrent néanmoins éveillé la majeure partie de la nuit. Mais le lendemain, le juge Newbolt envoya *Anne* me prévenir qu'il me fallait aller attendre ſon bon plaiſir à la Bibliothèque.

Les murs de la Bibliothèque étaient recouverts de Livres comme un *Serpent* l'eſt d'écailles, en cuir vert, noir & rouge (& le cuir n'eſt que de la peau, vous ne l'ignorez point) : & il y avait des livres en équilibre dans les étagères, ſi haut que perſonne n'aurait pu les atteindre à moins d'être ſur un échafaudage ou une échelle. Mon *Seigneur* le Juge m'expliqua qu'il manquait un carreau de verre à la fenêtre de ſon étude, & qu'avec ce temps de novembre des courants d'air froid venaient régulièrement le faire friſſonner dans ſa lecture. J'examinai l'ouverture, & vis qu'il manquait effectivement un des douze carreaux ; mais j'avais trop peu de connaiſſances en la matière, & redoutais d'en faire part à mon ſeigneur. Alors que j'attendais près de la fenêtre, mon Seigneur ſ'appro-'approcha de moi.

Dis-moi, qu'eſt-il arrivé à ton front ? Il y a du ſang deſſus.

J'implorai le pardon de mon Seigneur, mais cela le fit rire & il déclara qu'il n'y voyait point matière à ſ'offenſer, car *l'offenſe concerne avant tout ta tête, qui eſt céans la plaignante.*

Je lui dis que ça faiſait mal, mais juſte un peu.

Mais comment eſt-ce arrivé ? ſ'enquit-il.

Je me ſuis pris la porte du garde-manger, mon Seigneur. Je vous demande humblement pardon.

Mon ſeigneur ſe remit à ſ'eſclaffer, & dit : *Tu ferais mieux d'implorer le pardon de la Porte en bois, ſe ſerait-elle plainte, par haſard ?*

Non.

Alors pourquoi diable m'en devrais-je offuſquer ?

Puis il me dit *approche-toi de moi*, ajouta que je n'avais point le choix. & là il abuſa de moi une fois de plus, m'ôtant ma culotte, me giflant & me frappant les cuiſſes & les feſſes avec le plat de ſon épée. J'eus fort peur qu'il n'utiliſe la pointe de ſon arme pour détacher mon âme de ma pauvre carcaſſe, mais il ſe borna à me jeter à terre d'un geſte Paſſionné, puis à arpenter la Bibliothèque d'un pas ſi Rageur que je n'entendis point les paroles qu'il prononça. Il m'ordonna de prendre congé, mais ſe ſaiſit de moi alors que je remontais ma culotte. Là il me refit tomber, & reſſerra mes jambes de manière à pouvoir ſe frotter entre mes cuiſſes, juſqu'à ce qu'il en finiſſe dans un horrible grognement. Il ſe laiſſa alors choir ſur moi, haletant un certain temps avant de me renvoyer.

L'Acte m'ayant mis en piètre état, j'allai me recroqueviller dans le jardin, près de l'arbre, mon viſage contre le ſol, ſi bien qu'il ſe retrouva maculé de la chair pourrie d'un Fruit tombé. Je voulais me rendre à l'étang pour me rincer & me laver, mais le Garçon Jardinier me découvrit & me traîna à la cuiſine, où Maîtreſſe *Anne* m'admoneſta pour avoir ſali mes habits & pour mon triſte état. Mais elle ne me frappa point en cette occaſion, quand bien même cela arriva bien des fois avant comme par la ſuite.

Après cet épiſode, mon *Seigneur* le *Juge* vint me rendre viſite à pluſieurs repriſes dans mon lit lorſque la Nuit était tranquille ; il Luttait alors avec moi, m'appelant ſon *Ange* & me forçant à l'appeler *Abraham*, juſqu'à ce qu'il encourage ſa propre jouiſſance, avec ſes propres mains. Une fois encore il me fit venir à la Chapelle ſous prétexte de réparer quelque meuble ; au lieu de quoi il abuſa de moi, devant l'autel. L'Acte me fit grande peur, car je trouvais affreux, & blaſphématoire de l'accomplir devant le *crucifix* en or maſſif poſé ſur l'autel ſacré. Le Juge Newbolt était ſi agité cette fois-là que dans un premier temps il ſe tint d'un côté de la Chapelle, & moi de l'autre. Depuis cette poſition il débattit avec moi de la Vraie Foi, de la miſéricorde de Dieu, & de la nature de l'Amour, mais les craintes qui m'aſſaillaient m'empêchèrent de prendre véritablement part à la converſation. & puis, ſ'approchant de moi, il me ſaiſit par l'épaule & fixa ſur mon viſage des yeux qui brillaient intenſément. Combien de temps me ſerra-t-il ainſi dans ſes bras, je ne ſaurais le dire, mais je finis par remarquer une contraction de ſes ſourcils, après quoi il commença à m'embraſſer les lèvres, tel un homme qui dévore de la viande après un long jeûne. & puis (car je ne diſais rien, réduit que j'étais au ſilence par mes tremblements de peur) il m'ôta mes vêtements, délicatement, & retourna mon corps. Il me pénétra de ſon membre telle une Main de marié qui déverrouille la porte de la chambre nuptiale. Jamais perſonne ne ſ'était ainſi ſervi de moi auparavant, pas même le Juge juſqu'à cet inſtant. Je crus que mes os ſe briſaient en moi, tant la douleur était atroce ; & quand débutèrent ſes mouvements de va & vient, je ſentis ma peau craquer & ſe déchirer, & mon ſang qui coulait ſur mes jambes. Cela me fit glapir, car malgré ma terreur il m'était impoſſible de demeurer ſilencieux ; & mon *Seigneur* le Juge ſe mit lui auſſi à crier, de ſorte que nous hurlions enſemble tels des *Chiens*. & puis le *Juge* Newbolt ſe mit à friſſonner comme un mourant, & ſon membre ſe retira de mon corps tel un ſerpent qui gliſſe hors de ſa tanière, & je tombai à mon tour au pié de l'autel, tout ſanglotant. Mais malgré tous les cris que nous avions pouſſez, perſonne dans la maiſon ne ſongea à entrer dans la Chapelle à ce moment-là. Mon Seigneur vint à mes côtez, & ſ'agenouilla devant l'autel pour prier, & moi je treſſaillis comme une créature ſauvage, & raſſemblai mes vêtements, & partis me réfugier dans un coin du Lieu Saint.

Pareille ignominie me conduiſit aux confins du Déſeſpoir, & je ſongeai pluſieurs fois à me donner la mort. Sans doute ferais-je paſſé à l'acte ſi je n'avais point d'abord pris la réſolution de m'éloigner de cet

Endroit maudit, & de me ſauver pour devenir ſoldat ou marin. Pendant la journée, la ſurveillance conſtante de Maîtreſſe *Anne* rendait toute fuite impoſſible, mais un Soir, quelques ſemaines après mon arrivée dans cette Demeure, je pris la déciſion de quitter les lieux. Je pliai ma couverture, car nous étions encore en *Hiver*, & je préférais ne point mourir de froid. Il m'était impoſſible de paſſer par la maiſon, car Maîtreſſe Anne avait verrouillé la porte de ma chambre. Mais je pouvais ſortir par la fenêtre, comme un Chat, & bientôt je me retrouvai à arpenter le toit de la demeure. Je me trouvais à belle hauteur, & le ciel était bleu-noir, & les étoiles avaient leurs Mains en coupe autour des flammes glacées de leurs chandelles. J'allai un moment de l'avant malgré le vent glacial qui me pelotait, me léchait, tranſformait ma peau en pierre & m'engourdiſſait. J'eſſayai de déplier la Couverture, mais le *Vent* ſ'en ſaiſit & me l'arracha. Je progreſſai encore un peu, juſqu'à ce que mes doigts atteignent le bord du précipice, & je ſentis alors m'envahir la peur, ne ſachant quelle direction prendre. Je repartis en rampant vers la fenêtre, penſant retourner à l'intérieur & remettre ma fuite à des jours meilleurs : mais je découvris que la fenêtre ſ'était refermée & qu'il m'était impoſſible de la ſoule-oulever. Ce fut en cet inſtant que ma peur redoubla, car il me ſembla que *Dieu* avait décidé de me punir pour mon indubitable *méchanceté* en invoquant ſes Vents Terribles pour m'arracher du toit & me précipiter ſur les pavez de pierre en contrebas. Je demeurai un long moment accroché à ce toit, mes Os & mon Sang aſſaillis par le Vent & la Grêle. Puis je ſongeai à retrouver la Couverture, en ſuivant la voie du Vent, afin d'au moins m'en pouvoir envelopper. A cette fin il me fallait gravir l'Inclinaifon du Toit qui menait au Grenier. Mais la grêle rendait les Tuiles gliſſantes : je gliſſai, & tombai.

Ah ! Grande fut alors ma *Terreur*, tant j'eus l'impreſſion que le Plongeon faiſait remonter mes Entrailles dans ma gorge, & je hurlai tout au long de ma deſcente, ſans même entendre mes propres cris à cauſe de la tempête qui faiſait rage – la Grêle ſ'étant mêlée aux Vents à préſent. Ma chute dura des éternitez, car dans mon ſouvenir j'avais l'impreſſion d'être *Lucifer*, Chutant dans le Firmament du mécontentement Divin. Si j'en crois mes ſouveouvenirs, la chute ſe pourſuivit *encore & encore*, ſans que jamais je heurte le ſol, ſans que jamais mes oreilles ceſſent de réſonner de l'Echo de mes propres hurlements, du Sifflement du vent ou de la Morſure des grêlons. En vérité, ſans doute ne tombai-je qu'un inſtant, & heurtai les branches ſupérieures d'un arbre qui pouſſait dans le jardin de la demeure de mon *Seigneur* le Juge. Ces Branches me martelèrent quelque peu, & me pétrirent comme une plaque de beurre dans la baratte. Je deſcendis graduellement de l'arbre, accumulant au paſſage de nombreuſes ecchymoſes, & puis je m'effondrai enfin ſur *l'herbe* dans un état de Grande Détreſſe.

J'y demeurai allongé un moment, mais la Grêle était Forte à préſent & le Vent plus glacé encore, de ſorte que je me réſolus à affronter la colère de Maîtreſſe *Anne* plutôt que de mourir de froid dans le jardin. Auſſi me frayai-je un chemin dans l'obſcurité juſqu'à la Porte de Derrière, ſur laquelle j'abattis mon poing rachitique, & je hurlai aſſez fort pour réveiller les Morts. Enfin *Pamela*, une femme de chambre qui dormait dans la Cuiſine, me lança d'une voix tremblante : *Qui va là, à cette heure de la Nuit ?* & moi je répondis en ſanglotant de Froid qu'elle devait *Aller chercher Maîtreſſe Anne*, que c'était *moi, Maître Thomas*, & je la ſuppliai inſtamment de me laiſſer entrer. Elle fut ſi longue à aller réveiller Maîtreſſe *Anne* que je faillis m'abandonner au Roi des Friſſons, & ſuccomber au Froid, ſi cela avait duré ne fût-ce que quelques minutes ſupplé-upplémentaires ; mais j'entendis finalement les Verrous ſ'ouvrir, & la porte ſ'entrebâiller ; & *Anne* m'apparut alors, munie d'un couteau de cuiſine, un *Qui va là* aux lèvres.

Une Rage irrépreſſible l'envahit ſitôt qu'elle découvrit qu'il n'y avait que moi, & elle ſe mit à me battre malgré mes Contuſions & mes Engelures. Elle réveilla Patrick, le valet de pié, & lui ordonna de me ſurveiller pendant qu'elle allait ſortir le Maître de ſon ſommeil, car elle croyait que mon *Seigneur* le Juge ne manquerait point de ſévir ſi je m'enfuyais, en conſéquence de quoi elle ſ'eſtimait en Devoir d'agir envers moi comme une Gardienne de Priſon. Encore hagard d'avoir été réveillé à une heure pareille, Patrick tenait bien mal la bougie. De la cire brûlante coula ſur ſes piez nus & il rugit de douleur. Il repartit ſe les laver & me laiſſa ſeul : mais j'avais préſentement bien d'autres choſes en tête que la fuite. J'avais ſi froid & mes contuſions me faiſaient tellement mal que je me recroquevillai ſur le ſol & fondis en Larmes en me balançant d'avant en arrière.

Quand mon *Seigneur* le Juge deſcendit, il commença par ſ'inquiéter de mon état épouvantable, mais ſon courroux l'emporta lorſqu'il comprit que j'avais eſſayé de m'enfuir, & il ſe mit ſi puiſſamment en colère que même Maîtreſſe *Anne* battit un peu en retraite. Il me promit toutes ſortes de tortures ſi d'aventure je m'aviſai de recommencer, & m'extirpa de mon coin pour me gifler du dos de ſa Main. Puis il ſe radoucit, & m'enlaça malgré ma réſiſtance, comme ſi j'étais un bébé, & fredonna pour m'apaiſer. Finalement il donna l'ordre à Anne de m'enfermer dans la Cave, mais ajouta qu'il allait m'accorder la Grâce d'une nouvelle couverture. Je fus Tranſporté en bas, & dans le noir je m'endormis adoſſé à une Barrique.

La Cave était plongée dans la Pénombre à mon réveil le lendemain matin, & je friſſonnai & pleurai ſur mon ſort, car tout mon corps me faiſait mal & ſouffrir, & il n'était que Boſſes & Eraflures ſous mes doigts. & puis je ſongeai à ce qui allait advenir de moi, & aux tortures que mon *Seigneur* le Juge riſquait de m'infliger. La porte finit par ſ'ouvrir, & Patrick deſcendit, leſté d'un lit de camp & d'une bougie. *Voilà pour toi, petit maître*, me lança-t-il. *A préſent tu vas dormir ici, je te le garantis. Comme ça tu ne riſques plus de t'Echapper de ta cachette, pas vrai ?*

Je fondis en larmes, en vérité, & ſuppliai Patrick de prendre pitié de moi, mais il ſe borna à ſecouer lugubrement la tête.

Il diſpoſa le lit contre le Mur, & plaça la bougie ſur le ſol, à côté, la fixant avec un peu de cire. Puis il ſ'en fut, & je m'efforçai de trouver dans mon cœur de quoi remercier DIEU de m'avoir donné une lampe pour éclairer mon Obſcurité. Mais le ſcintillement de la bougie ſe perdait dans les coins & les recoins de la

Cave, & je crus voir des queues de Rats diſparaître derrière des Barriques & dans les fiſſures du mur, & mon effroi redoubla d'intenſité. Je me mis à hurler, comme un animal, car DIEU m'avait abandonné & Il ſ'était retiré dans le Temple de ſa Rectitude, & ici-bas ſ'étendait un Déſert de Péché, auquel j'étais condamné.

Mais comme mes pleurs ne m'apportaient aucun *ſecours*, je ſombrai bientôt dans le ſilence, & commençai à me balancer d'avant en arrière, ce qui me réconforta un peu.

Quand mon *Seigneur* le Juge ouvrit la porte & deſcendit les marches leſté d'une lanterne & d'une gourde d'eau, je n'arrivais même plus à avoir peur, & je me bornais à pourſuivre mes balancements en me chantant des airs d'une petite voix. Mon *Seigneur* le Juge ſ'inſtalla ſur la dernière marche & me conſidéra.

Mon garçon, mon garçon, finit-il par me lancer. *Qu'eſt-ce que le diable t'a murmuré pour te convaincre de ſauter par la fenêtre ? Te penſais-tu capable de Voler ?*

Je ne ſavais que lui répondre.

Dieu t'a donné la vie, reprit mon Seigneur, d'une voix empreinte de mélancolie. *Crois-tu qu'il te revienne d'y mettre fin ?*

Oh mon ſeigneur, dis-je enfin, *je ſuis ſi malheureux.*

Mais pourquoi cela ?

J'y réfléchis un moment, mais la tempête ſous mon crâne m'empêcha de formuler la moindre réponſe adéquate. *Je crains qu'il n'y ait des rats en ces lieux, monſeigneur.*

Allons donc. Il n'y a point de rats ici, mon garçon.

J'éclatai en ſanglots. *& Maîtreſſe Anne me traite ſi cruellement !*

Comment cela, mon garçon ?

Elle cache ma nourriture, & m'eſt avis qu'elle la vend à d'autres. Je voulais m'arrêter là, mais ma langue ſemblait comme habitée d'une vie propre. *Elle me bat de temps à autre, & me donne du labeur à faire à l'emporte-pièce, mais elle empoche l'argent ainſi gagné. Elle m'a pris le penny que vous m'avez donné…*

Mon *ſeigneur* me regarda un long moment, & me promit en quelques Mots de punir Maîtreſſe *Anne*. Puis il vint à mes côtez & me fit m'allonger ſur le ſol, ce qui m'arracha un treſſaillement. Là il m'ôta mes vêtements, & je me mis à trembler & à friſſonner, non point de froid, mais d'effroi devant ce qui m'attendait. Pourtant mon *ſeigneur* ne ſe coucha point à mes côtez : il prit la Gourde d'eau & éclabouſſa ſa manche, puis nettoya la Terre qui maculait ma peau. Il fit enſuite couler de l'*Huile* d'une petite bouteille qu'il portait ſur ſa perſonne, & en frotta mes contuſions. La douleur diminua quelque peu, ſans cependant diſparaître complètement. & tout ce temps, il *fredonnait* & me diſait des choſes apaiſantes, & moi je me lamentais ſur mon Triſte Sort. & puis mon *ſeigneur* me quitta, en prenant la lanterne mais en me laiſſant l'Eau pour ma Soif. Je demeurai allongé *Nu* pendant un certain temps. Mon eſprit ſouffrit terriblement à ce moment-là. L'impreſſion que j'avais d'avoir été abandonné par DIEU était déſormais des plus vives, & de mes *Yeux* ſortaient des larmes auſſi *Amères* que du Jus de Citron. Je n'avais point d'Amis, mon âme était *Détruite* au-delà de tout eſpoir de rédemption, & il ne me reſtait peu ou prou aucune chance d'être Délivré de mes Perſécuteurs. Dans mon état de Sauvagerie, je paſſais alternativement de l'*Imploration* de DIEU à ſa *Vitupération* ; le ſuppliant tout d'abord de me libérer de mon Agonie, pour enſuite lancer d'effrayantes Imprécations à cette *Divinité* qui avait ſi terriblement puni un petit garçon n'ayant jamais eu *l'occaſion* de pécher au point de mériter pareil traitement. Mais je me remémorai alors ce qu'on diſait à l'Egliſe, que le péché n'était point le mien, mais celui d'*Adam*, & que toutes les âmes naiſſent plus noires que du Charbon, & reſponſables de la *Foſſe Ignée* par le ſimple fait de reſpirer, & ce à cauſe du *vol* d'Adam. Mais à cette penſée je commençai à maudire *Adam* intérieurement, au lieu de prier humblement DIEU de me pardonner.

Maîtreſſe Anne deſcendit me voir le lendemain, & j'eus fort peur qu'elle me puniſſe d'avoir parlé d'elle à mon *ſeigneur*. Si elle me gratifia bel & bien d'un regard Noir, elle ne me frappa point, & ne me maltraita pas davantage ; elle m'ordonna par contre de ramaſſer ma couverture & de la ſuivre. Quand je lui demandai où nous allions, elle me répondit : *Loin d'ici, & bon débarras.*

Mais où ça, Maîtreſſe Anne ? Je m'étais remis à trembler, de crainte d'être jeté à la rue, où je mourrais immanquablement de faim.

Le voyage ſ'effectuera en carroſſe, c'eſt tout ce que je ſais, dit-elle, *& cela me ſuffit.*

Clignant des yeux à cauſe de la lumière du jour, je

me retrouvai dans le hall d'entrée, où m'accueillirent un cocher ainſi qu'un Majordome. Ce dernier était un homme muſclé de haute taille, qui me *Souriait* comme ſi j'étais un morceau de nourriture, & je tremblai de plus belle. Mais il me fit monter dans le carroſſe & ſ'inſtalla face à moi, ſans un inſtant me quitter des Yeux, & Souriant un peu plus de temps à autre. Une fois que le véhicule ſe fut mis en branle, je raſſemblai tout mon Courage & d'une minuſcule voix ſuppliai l'Inconnu de m'expliquer ce qu'il allait advenir de moi.

Pourquoi, petit harenguet? ſ'écria-t-il d'une Voix ſi forte que j'en tremblai. *Tu le ne ſais donc point?*

Non, ſir. & j'ai fort peur que vous mettiez fin à ma miſérable exiſtence, & vous ſupplie d'être miſéricordieux au nom de DIEU *qui eſt aux cieux.*

Cela le fit rire, au point qu'en vérité je vis en lui rien de moins qu'un *Diable* Grimaçant. Mais il me dit alors, plus gentiment, que nous nous rendions *à la Maiſon de Campagne de mon Seigneur le Juge, à l'oueſt de la Cité, un lieu paiſible où l'air était parfumé à la ſaiſon des fleurs.*

Pour quelle raiſon mon Seigneur ſouhaite-t-il m'envoyer dans cette Demeure? m'enquis-je. Mais l'homme au Rictus ne me répondit rien : il croiſa les bras contre ſa poitrine & ſe borna à me déviſager.

Je demandai enſuite ſi Maîtreſſe *Newbolt*, l'épouſe du *Juge*, réſidait dans cette maiſon, & ſi les trois enfants étaient préſents eux auſſi.

Ce qui le fit ſ'eſclaffer davantage encore. *Non, mon petit rogaton. Ils vivent dans la Grande Maiſon du Juge à Dornie, près de Maidenhead, & ne la quittent que pour venir à Londres lors de la Saiſon Royale.*

J'en tremblai quelque peu, ne ſachant pourquoi mon *ſeigneur* aurait ſouhaité m'éloigner de la ſorte, avec pour ſeul gardien le Diable Grimaçant, ſi ce n'était pour abuſer de moi. L'idée de m'*ôter* la Vie, qui me rongeait fréquemment ces derniers temps, revint hanter mon eſprit. Mais après une ſi longue période d'enfermement dans la Cave, mes Yeux ſe perdirent bientôt dans la contemplation des routes & des payſages viſibles par la fenêtre du carroſſe.

Nous voyageâmes juſqu'à *Windſor*, où mon *Seigneur* le Juge avait des Droits d'Ecurie, & à une Auberge nous déjeunâmes de Chapons & de Bière, ſous la ſurveillance conſtante de l'Homme au Rictus, comme ſ'il redoutait que je lui Echappe à tout inſtant. Car les Rues de cette ville & le Splendide Château m'apparaiſſaient ſi beaux que j'avais l'impreſſion de me trouver dans la Cité Céleſte, & je m'imaginais pouvoir vivre heureux ici, ne fût-ce qu'en dormant dans les ruelles. Mais la nuit je partageai une chambre avec l'Homme au Rictus, qui ne me toucha point, mais ne ceſſa jamais de me Regarder. Il me fixait lorſque le ſommeil m'emporta, & me ſurveillait encore quand je me réveillai à l'aube.

Nous longeâmes la rivière juſqu'à *Maid*[enhead], après quoi nous nous enfonçâmes dans la campagne, pour finalement atteindre une Ferme appartenant à mon *ſeigneur*, & une Maiſon bâtie dans des jardins relativement modeſtes à proximité d'un bois. Dans cette demeure, plus petite que la maiſon de Ville de mon *ſeigneur* le Juge, je fus logé dans une chambre d'un blanc immaculé, mais à la fenêtre équipée de Barreaux pour m'empêcher de ſortir. Là j'eus droit à un bon matelas de paille, à des draps, à un pichet d'eau & à une cruche, à un bol & à une bible à lire. On me garda dans cette pièce cinq jours durant, ſans poſſibilité d'en ſortir ; & ſeul l'Homme au Rictus paſſait me voir avec ma nourriture & pour remporter le pot dans lequel je me vidais. Je m'efforçai de m'améliorer au cours de cette période, & lus beaucoup la Bible, mais il y eut mêmement des moments de grandes Ténèbres ſpirituelles, & je contemplais ſouvent mon propre Trépas, tirant une certaine ſatiſ-atiſfaction du fait que mes queſtionnements ſe reflétaſſent dans ma Méchanceté. En vérité il eſt dit que la *Vie* eſt un don de DIEU *en Perſonne*, & tous ceux qui ſe réjouiſſent de ce préſent louent le SEIGNEUR à leur manière. Mais ſi *Son* viſage ſe détourne de vous, & que vous ne voyez plus que Son dos, alors la Vie perd tout ſon Luſtre, & la Mort ſ'attaque à l'Eſprit. Pour l'Abandonné de Dieu la couleur de l'âme eſt donc la *Mort*, tout comme la *Vie* eſt la couleur de celle du Pieux. J'y vis la preuve que Dieu m'avait quitté, & me replongeai dans le *Livre*.

Un *Paſteur* vint diſcuter avec moi le deuxième jour. Il m'exhorta à réfléchir à DIEU & à implorer humblement Son pardon, & je pleurai de tout mon cœur avec cet homme qui ſemblait tellement conſcient de ma Méchanceté. Il ne reſta que peu de temps, & me lut à haute voix un paſſage de l'*Evangile* de Paul, qui m'éclaira grandement l'eſprit, mais après ſon départ je ſentis ſur mon âme un poids plus terrible encore, à l'idée que DIEU ſe ſoit ainſi détourné de moi.

Ce *Paſteur* me rendit enſuite viſite en diverſes occaſions, & dans un premier temps je le conſidérai comme un *Secours*, un agent de Rédemption & de

Délivrance ; mais il ſe révéla enſuite ſous un autre jour. & ſon nom, ainſi qu'il me le dit volontiers, était *Wilmot*.

Après une ſemaine d'enfermement, mon teint devint pâle & maladif, & je ſus dans mon Cœur que la gale & les démangeaiſons avaient été envoyées par DIEU pour me tirer de mon iſolement. Un médecin vint me ſoigner, avec un foulard de ſoie ſur le nez, & on me fit enſuite ſortir de ma chambre pendant la journée, & je mangeais d'excellents repas dans la Cuiſine (malgré mon appétit encore faible), & me promenais avec l'Homme au Rictus, ou avec le Paſteur *Wilmot*, parmi les pommiers du jardin. La fièvre me fit croire que la gale allait faire tomber ma peau de mes os, & que des Démons allaient ſortir du ſol pour m'emmener directement en *Enfer*, mais rien de cela ne ſe produiſit. Je finis par reprendre des forces, & fis dès lors des marches plus longues au milieu des arbres en Fleurs, ſi beaux & parfumez que je croyais entrevoir le Ciel.

Le Paſteur, qui m'avait propoſé de m'enſeigner le *Latin*, venait régulièrement dans ma chambre muni d'une grande *Vulgate* à reliure noire pour faciliter mon travail d'interprétation. Le retour de mon *ſeigneur* le Juge interrompit quelque temps ces leçons, mais elles recommencèrent enſuite ; pour une raiſon que je ne découvris que plus tard.

Ce Paſteur m'enſeigna ultérieurement de bonnes notions de grec.

Pour m'occuper les Mains, il me donnait auſſi des corvées à faire dans la maiſon ; & ſeule une Servante de grande Corpulence, à la reſpiration Sifflante, ſe trouvait là, outre bien ſûr l'omnipréſent Homme au

Rictus. Mon *ſeigneur* ne ſemblait venir que rarement en ces lieux, & aucune ſuite n'était gardée propre en permanence à ſon intention. Toujours eſt-il que la Servante parlait fort peu, & ce fut par le Paſteur que j'appris ſon prénom, Molly ; & elle ſe laſſait rapidement de n'importe quelle tâche & ſ'aſſeyait dans le coin de la pièce pour m'obſerver. Quant à l'Homme au Rictus, je ne connaiſſais point ſon nom, mais il ſ'abſentait lorſque le Paſteur était préſent : il partait en ville, ou bien ailleurs. Je ſubodorais que mon *ſeigneur* le Juge lui avait confié une miſſion des plus particulières à mon égard, car il ſ'aſſurait toujours que les fenêtres & la porte étaient verrouillées avant que je ne m'allonge pour dormir.

Le Printemps laiſſa place à l'Eté avant le retour de mon *ſeigneur* le Juge, & j'en étais preſque arrivé à la concluſion qu'il avait Décidé de ne plus jamais me revoir & m'avait mis en Penſion là pour que j'y devienne un homme. Mais un jour le Paſteur reçut une lettre, & vint m'informer de la préſence de mon *ſeigneur* à Windſor, la Maiſon du Roi, & de ſon intention d'organiſer une fête en ſa propre demeure.

Cela eut pour effet immédiat de peupler ma nuit de terribles terreurs & de Sueurs froides, au point que le Paſteur enviſagea de refaire venir le Docteur. Mais l'Homme au Rictus ſ'y oppoſa, eſtimant qu'il ſ'agiſſait ſimplement de *tremblement de future mariée, comme on dirait dans le Chant de Salomon.* Ce qui arracha au Paſteur un glouſſement tout féminin, alors même que je l'aurais imaginé outré devant pareille ſaillie. Je m'efforçai de prier le ſoir même, d'abord en anglais & puis en *latin* (ayant la folle penſée que c'était là la langue de DIEU, plus adéquate à la prière), mais à mon grand déſeſpoir les mots refuſèrent de ſ'ordonner dans ma tête.

Puis mon *ſeigneur* le Juge arriva de Windſor dans un immenſe Carroſſe tiré par Quatre chevaux, accompagné d'un groupe d'individus tous magnifiquement vêtus de ſoie & de manteaux aux couleurs vives. Derrière roulait une charrette tranſportant des domeſtiques, un cuiſinier, des chiens, & la Servante Molly m'expliqua que ſon maître venait ſouvent chaſſer dans ce coin de pays. Je lui demandai où il trouvait les chevaux, & elle me répondit en ricanant que l'Ecuyer Thompſon allait lui prêter ſes bêtes, qui vivaient trois champs plus loin. Elle ſ'apprêta à me donner une claque ſur les oreilles (en vérité elle ne m'avait jamais aimé depuis mon arrivée dans cette demeure), & à ce moment-là mon *ſeigneur* le Juge fondit ſur elle & la frappa durement au viſage. Elle pleura & gémit, &, honteuſe, ſouleva ſes jupes pour décamper, mais mon *ſeigneur* le Juge l'attrapa alors par les cheveux & la jeta à terre. La défaite de mon ennemie ne me procura nul ſentiment de triomphe, mais plutôt de la peur devant la force que poſſédait mon maître. Il ſemblait envahi d'une rage ſoudaine qui le faiſait tranſpirer abondamment.

Qu'eſt-ce qui l'a pouſſée à te frapper, mon garçon? me demanda-t-il.

Mille pardons, votre ſeigneurie, répondis-je, *mais j'ignorais comment votre ſeigneurie ſe propoſait d'aller chaſſer, & je me renſeignais auprès d'elle.*

& en quoi cela conſtitue-t-il un crime? Il avait poſé la queſtion à Molly, qui ſ'efforçait de ſe remettre debout. Mais ſa colère avait diſparu, & il la laiſſa ſ'enfuir en pleurant.

La ſcène m'emplit d'une étrange angoiſſe, car j'avais l'impreſſion que mon *ſeigneur* riſquait de changer d'humeur d'un moment à l'autre ; de me traiter avec la plus grande gentilleſſe, pour une heure plus tard éclater ſoudainement de colère & ſe montrer cruel envers moi.

Je paſſai la ſoirée à ſervir mon *ſeigneur* le Juge & ſes compagnons de Chaſſe, & à rapporter du vin des cuiſines pour remplir leurs verres. Ils feſtoyaient joyeuſement & chantaient des chanſons à la lumière des flammes, & chaque fois que j'entrais ils m'accueillaient avec force exclamations, & en une occaſion je me retrouvai ſoulevé dans les airs comme un Lutteur, de ſorte que je renverſai le vin & redoutai qu'on me puniſſe pour cette bévue ; mais ils ſe bornèrent à rire de plus belle.

De retour dans la cuiſine, là où le *Chef Belge*, ainſi qu'il ſe qualifiait, œuvrait à préparer les repas, je me cachai ſous la table pour reſter loin des piez de l'Homme au Rictus & de la Cuiſinière & de Molly la ſervante. Mais on m'appela alors depuis la Salle à Manger, & une Molly à bout de ſouffle vint me houſpiller & me força à y retourner.

Une fois le repas terminé, & l'eau-de-vie conſommée, les feſtoyeurs me firent une fois encore venir. Mon *ſeigneur* le Juge en perſonne m'accueillit & voulut me convaincre de boire du Brandy, ce dont j'avais horreur à cauſe de mon intolérance à l'Alcool, mais je n'eus d'autre choix que d'en prendre dans ma bouche.

Ce qui me valut les applaudiſſements de tous les préſents, qui me firent boire un peu plus, & puis ſe remirent à chanter & me firent faire le tour de la ſalle ſur leurs épaules. J'avais le viſage rouge d'avoir trop bu, & quand ils eurent fini de ſ'amuſer avec moi, je me réfugiai furtivement dans le couloir, & m'étendis dans l'obſcurité ſous un banc de prêtre. Le monde me donnait l'impreſſion de tourner, ainſi que j'ai entendu le prétendre certain Philoſophe, de ſuivre les Sillons & Sentiers tourbillonnants de l'eſpace. Je dormis peut-être un peu, & rêvai d'un giganteſque démon à la peau recouverte d'une petite fourrure pareille à celle d'une chauve-ſouris, mais doté d'énormes ailes de plumes noires. Ce cauchemar était encore bien préſent dans mon eſprit à mon réveil, & cela m'effraya ; mais mon *ſeigneur* le Juge me ſecouait avec ſon pié pour m'extraire de mon ſommeil, & il y avait un de ſes compagnons avec lui.

Reviens parmi nous, Thomas, mon garçon, me lança mon *ſeigneur*. *Que fais-tu couché là, au beau milieu du couloir, à la manière d'un mendiant ? N'as-tu donc point une Chambre à toi ?*

Je me levai malhabilement, & implorai le pardon de mon *ſeigneur*, mais il était de bonne humeur & ne me réprimanda point.

Il ſe tourna vers ſon compagnon. *C'eſt nous qui ſommes à blâmer, car l'Alcool que nous lui avons fait boire a eu raiſon de la réſiſtance de ce pauvre garçon. Viens te réchauffer près du feu, jeune Thomas. Quelques Victuailles te feront le plus grand bien.*

J'accompagnai les deux gentilſhommes dans la pièce, où le feu rugiſſait encore tel un Grand Vent. Je m'aſſis & mangeai un morceau de fromage & bus un verre de lait.

Bien, Thomas, dit mon *ſeigneur* le Juge, *laiſſe-moi*

te préſenter William, Lord Knox, un jeune homme d'un excellent tempérament & plein d'avenir.

Je ſaluai le jeune ſeigneur, comme il ſe devait. *Holà mon garçon!* me lança-t-il. *James m'a beaucoup parlé de toi, tu ſais.*

Allons! ſ'exclama mon *ſeigneur* le Juge. *N'eſt-il point ainſi que je l'ai décrit? & Thomas, que penſez-vous de mon jeune ſeigneur Knox? Mon noble ſeigneur eigneur Knox? N'eſt-il point un fort beau compagnon, bien fait de ſa perſonne?*

Ne ſachant trop que répondre à cela, je commençai à friſſonner de terreur; je tentai de me faire Excuſer, mais les mots refuſaient de ſe former, & ma voix évoquait les piaillements d'un perroquet.

Es-tu ſcolariſé? me demanda le jeune ſeigneur.

Je ſais lire & écrire, Sir, & le Paſteur Wilmot m'enſeigne le latin, n'en déplaiſe à ſa ſeigneurie.

Le latin! ſ'écria mon ſeigneur le Juge, qui ſemblait emblait de fort bonne humeur. *Une bien belle entrepriſe! Pour lire Ovide, mon garçon! Amores – ça ſignifie* Aime, *tu ſais.*

Allons allons, dit le ſeigneur Knox. *Jetons un coup d'œil à ce garçon, comme vous l'avez promis.*

Aye, répondit mon *ſeigneur* le Juge, fort à l'aiſe. *Déſhabille-toi, mon garçon, & hâte-toi.*

Ne voulant point paraître inſolent devant de tels Ariſtocrates, mais répugnant à me montrer nu devant eux, je ne ſavais que faire, & me bornai à trembler en les regardant à tour de rôle.

Il eſt timide, fit mon *ſeigneur* le Juge, avant d'éclater de rire.

Maudite ſoit ſa timidité, rétorqua mon ſeigneur Knox, le viſage ſombre envahi d'une ſoudaine

Colère. *Qu'il ſe déſhabille, ſans quoi je veillerai à ce qu'il finiſſe pendu.* Ce ſur quoi il ſe leva & ſ'approcha de moi. Epouvanté par ſa fureur, je battis en retraite, mais il m'attrapa par une jambe & me fit baſculer au ſol. Ce ſur quoi il entreprit de déchirer ma chemiſe & de me l'arracher, puis de tirer ſans ménagement ſur mes pantalons.

Soyez un peu plus doux avec ce garçon, ſ'interpoſa alors mon *ſeigneur* le Juge. *Cela va me coûter cher ſi je dois lui acheter de nouvelles chemiſes.*

Je vous les paierai, rétorqua mon ſeigneur Knox entre ſes dents, *& des culottes auſſi.*

Fort effrayé par les deſſeins de mon ſeigneur Knox, je me débattis pour me libérer, mais il avait trop de force pour moi, & ſa vigueur était exacerbée par une finalité terrible. Ma culotte m'avait déjà été ôtée quand mon *ſeigneur* le Juge intervint, & attrapa mon ſeigneur Knox par l'épaule en lui diſant *Ne lui faites point de mal, je vous en conjure. Pourquoi pareille ſoudaineté, mon ſeigneur ?*

Je bondis dans les airs ſitôt qu'il eut relâché ſa priſe, & me libérai ainſi de ſon étreinte. J'entendis alors mon ſeigneur éclater de Rage, & je me mis à courir à l'aveuglette, l'eſprit embrumé de peur. Mais le Deſtin guida bien mal mes pas, car je trébuchai & tombai en avant dans l'Atre, & mes bras me précédèrent dans les flammes orange.

De cet épiſode je n'ai que peu de ſouvenirs, ſinon que je hurlai, mais plutôt de terreur que de douleur. Je vis la bûche rougeoyante de la cheminée ſ'appro-'approcher de mes yeux, ſi bien que je *vis* les braiſes écailleuſes qui recouvraient le bois ; & j'entendis la bouche du feu rugir bruyamment comme pour ſaluer un apport de combuſtible, & ce rugiſſement emplit mes oreilles comme [ſi] j'allais moi auſſi être conſumé par les flammes. Mais tout était rouge & orange & jaune [dans mes] yeux, & dans mon cœur, & je n'aurais ſu dire ſi c'était ſimplement le feu ou ſi dans ma pâmoiſon le Rouge deſcendait ſur mes yeux (ainſi que je l'ai entendu dire). La ſcène reſſemblait à un rêve, & les bras de Flammes ſ'enroulaient autour de mon corps pour m'enlacer, & le feu embraſſait la peau de mon bras droit, & le côté de mon viſage, & les braiſes chaudes étaient promptes à m'accueillir en leur ſein, car j'étais de nouveau un enfant.

Il me ſemblait que je rêvais, & que dans mon rêve je pénétrais à l'intérieur des charbons, qui ſe révélaient être une puiſſante Colline Noire. & puis ils ſe ſcindaient, comme le ferait la Colline d'Arthur dans les jours à venir, & je me retrouvais dedans à chevaucher l'étalon du Vent Occidental. & ſ'y trouvaient des tréſors, & des armes d'un type tout à fait inconnu, & un homme affublé d'une groſſe tête chauve boſſue & un trône noir ſcintillant comme de l'huile en fuſion ou bien de l'aibomète [ébonite ?]. & ſur le trône les vents me conduiſirent, & ſa ſurface était auſſi chaude que des charbons ardents lorſque je la touchai mais elle ne me brûla point la peau, & j'étais couronné d'un anneau de la même ſubſtance noire, elle-même auſſi chaude que du métal de forgeron mais qui ne me brûlait [point] les tempes. Ce lieu était empreint de charme, & il y avait comme des ombres dans mes os, mais auſſi une lueur, pareille à la lumière des étoiles, que je percevais, ou plutôt appréhendais paſſivement. Un léger murmure me parvenait aux oreilles, tel le tintement d'un millier de cloches en papier ou le bruiſſement des feuilles dans un arbre. Une horde de Démons ſ'engouffra dans la Salle du Trône, & alla ſ'aligner ſur un mur à la manière d'une armée d'étourneaux, & tous ſ'inclinèrent alors devant moi. Je m'éveillai le cœur empli d'une joie immenſe, mais je me trouvais dans mon lit, & Molly ſe tenait à mon chevet.

Elle me dit que je n'avais dormi qu'une demi-heure, mais qu'elle avait été chargée de veiller ſur moi, car ils craignaient que je ne devienne fiévreux.

Tu as eu de la chance que mon maître & que le jeune ſeigneur ſoient paſſez par là, ajouta-t-elle alors. *Ils t'ont ſorti des flammes dès que tu t'es jeté dedans. Quel démon a bien pu te poſſéder, pour que tu agiſſes ainſi ?*

Je me mis auſſitôt à pleurer, car je ſentais qu'un Diable m'habitait effectivement, & mon Rêve venait me le confirmer.

Le valet de pié m'a raconté qu'à Londres tu t'étais déſeneſtré par une haute fenêtre, pourſuivit Molly, qui faiſait les cent pas autour de moi. *Voilà une bien étrange folie. Dans mon village, on traitait ce genre de malades en les plongeant dans la rivière, juſqu'à ce que l'eau froide leur ait extirpé toute démence.*

Un cataplaſme avait été appliqué ſur mon bras droit, celui qui avait été le plus grièvement brûlé ; lequel bras était par conſéquent recouvert de lin doux, avec un mélange de gruau aux herbes collé à la peau carboniſée. Il ſ'agiſſait de millepertuis, ainſi qu'on me l'expliqua par la ſuite. Le côté droit de mon viſage avait légèrement ſubi la morſure du feu, mais l'on y trouvait des Cloques plutôt que de profondes Brûlures. Elles me faiſaient quelque peu ſouffrir, cependant mes Tourments tendaient à aller & venir. Parfois ils me réveillaient en pleine nuit, & parfois je pleurais de douleur lorſqu'on changeait mon cataplaſme. Mais mon *ſeigneur* le Juge ſe refuſait à faire venir le médecin, de peur peut-être d'avoir à expliquer comment j'avais fait pour tomber Nu dans la cheminée. Molly, je n'en doute nullement, avait connaiſſance des mœurs de ſon maître, tout comme l'Homme au Rictus. Dans mon état ſecond je ſentis mon cœur tambouriner, & commençai à me repentir de mon Rêve, y voyant ni plus ni moins le prélude à ma Damnation en Enfer. Que Dieu m'ait jeté dans les flammes pour punir ma Méchanceté m'apparaiſſait des plus probables, & mon Rêve venait confirmer d'une manière ô combien évidente cette ſuſpicion. Dans la nuit ſombre de mon Ame, je me ſentais complètement abandonné, priſonnier d'une demeure où je ne comptais pour perſonne, où même le viſage de Dieu ſe détournait de moi. Jamais auparavant, ou depuis, n'avais-je été ſaiſi d'un Déſeſpoir auſſi violent.

Mon *ſeigneur* le Juge me rendit viſite au matin, & fit montre d'inquiétude pour ma ſanté. Il examina la peau de mon bras, Molly ayant ôté le Cataplaſme à cette fin.

Mon garçon, mon garçon. Comment te ſens-tu, petit ?

Je crus voir ſon Œil briller, comme ſ'il ſ'apprêtait à Pleurer, & cela m'effraya grandement.

Je vais bien, mon ſeigneur, lui répondis-je, alors que je me recroquevillais dans le lit, & que Molly eſſayait d'enlever le Cataplaſme qui m'entourait la tête, afin que mon *ſeigneur* le Juge puiſſe regarder mon œil brûlé.

Arrête, Molly, lui dit alors mon ſeigneur, d'une voix empreinte de Mécontentement, *ne vois-tu point que cela met le garçon mal à l'aiſe ?* Elle commença à ſ'excuſer, mais cela ne fit qu'exacerber la colère de mon Seigneur. *Va-t'en, Molly, laiſſe-moi ſeul avec lui.*

Elle eſſaya de ſe lever, afin de Saluer mon ſeigneur eigneur avant de ſe retirer, mais ſon Coude buta alors contre le broc d'eau avec lequel elle faiſait ma toilette. Du liquide ſe répandit un peu partout ſur le ſol, & quelques éclabouſſures atteignirent même mon lit. Cela fit hurler de contrariété mon *ſeigneur* ; il rudoya Molly, qui ſ'empreſſa de ſortir & revint avec un ſeau & une ſerpillière. Toute cette Activité m'avait mis au bord des larmes, mais mon *ſeigneur* le Juge ne tarda point à renvoyer la Servante & à revenir à mon chevet, pour ſ'aſſeoir ſur une chaiſe auprès de moi.

Mon ſeigneur Knox eſt ſorti avec les chiens ce matin, me dit-il. *& m'eſt avis qu'il va chaſſer toute la journée. Ne lui en veux pas, mon garçon ; il a le ſang chaud, comme tu le ſais.*

Ne ſachant comment réagir à cette déclaration, je gardai la bouche cloſe.

Que t'inſpire mon ſeigneur Knox ? N'eſt-il point un gentilhomme raffiné ?

C'eſt un gentilhomme, mon ſeigneur, me bornai-je à répondre.

Mon *ſeigneur* le Juge me ſerra la Main, & ſourit, & dit *C'eſt en effet un homme de bon aloi, & fort ſagace. Sa converſation eſt vive, mon garçon, & ingénieuſe, pour peu qu'on veuille bien ſ'intéreſſer à lui.*

C'eſt un homme d'une telle Audace, d'un tel eſprit d'Entrepriſe !

Je ſuis vraiment déſolé de m'être jeté dans le Feu, lançai-je alors à mon ſeigneur, accompagnant ma Lamentation d'un flot de larmes. *Jamais je n'aurais dû faire cela, mais une irrépreſſible panique m'a envahi quand mon ſeigneur Knox ſ'eſt ſaiſi de moi & a commencé à m'ôter mes Vêtements.*

Je ſais, mon garçon, répliqua-t-il. *Mais tu ne devrais point avoir peur des intentions de Knox.*

Ce qui me fit éclater : *Mais c'eſt plus fort que moi, car les Uſages qu'il me réſerve m'empliſſent de terreur !*

Par le ſang ! ſ'écria auſſitôt mon ſeigneur, *quel Pélican avons-nous là ! Regardez-le braquer ſon bec vers ma poitrine !* Ce fur quoi il fit quelques minutes durant les cent pas dans la pièce, avant de revenir ſ'aſſeoir à mon chevet. *Mon garçon, tu parles ſans réfléchir, dans un accès de triſte Humeur. Ta bleſſure t'aura ſans doute affaibli, elle t'aura empli de mauvaiſes penſées. Mon ſeigneur Knox ne te voulait aucun mal, mon garçon.*

Effrayé par le comportement de mon ſeigneur, je m'empreſſai d'acquieſcer.

Perſonne ne t'a donc jamais parlé des Grecs ? me demanda-t-il, d'une voix qui me parut un peu plus Douce.

Perſonne, Votre Honneur. Car je n'ai reçu qu'une piètre éducation, même ſi le Paſteur Wilmot m'apprend le latin, ne vous en déplaiſe.

Aye, fort bien, le latin eſt bel & bon. Mais meilleurs étaient les Grecs. Fondateurs de toutes nos Sciences, de toute Philoſophie. Maîtres de tous les Arts, du

Tragique mais auſſi du Comique. Mon ſeigneur Knox poſſède de beaux diſcours ſur les Grecs, j'aimerais te les faire entendre.

C'eſt ainſi que les Grecs combattirent les Troyens, dis-je alors, ſouhaitant peut-être faire ainſi étalage des maigres connaiſſances en ma poſſeſſion.

Tu as raiſon, mon garçon, tu as raiſon. & il ſe mit à me parler dans une Langue qui me parut être du grec, dont je ne connaiſſais point le moindre mot. *J'aimerais que tu puiſſes entendre mon ſeigneur Knox diſcourir ſur les Grecs, mon garçon,* reprit-il enſuite d'une voix rêveuſe. *Car c'eſt en Grèce que ſ'eſt forgée notre civiliſation, ſi fait. A Athènes, mon garçon, il y avait un véritable ſens du devoir public. Tous les hommes ſans exception aſſumaient une Reſponſabilité de Soldat, & auſſi de Marin lorſque la ſituation l'impoſait. Les Athéniens ont édifié un puiſſant Empire, mon jeune ami. Peut-être ferons-nous mêmement un jour.*

Mon *ſeigneur* ſ'en fut peu après, & une Molly de méchante humeur revint m'appoſer un nouveau Cataplaſme. Elle me regarda d'un œil mauvais, & Tira ſi fort ſur l'Emplâtre que mes brûlures ſe mirent à pleurer, & mes yeux mêmement. *Le Seigneur m'eſt témoin,* ſiffla-t-elle, *que j'aurais préféré voir le Feu te réduire en cendres. & ſi tu rapportes ces dires au maître, je me faufilerai ici une fois la nuit tombée & remédierai à cela, avec l'aide des Saints & des Anges.*

Je ne pus m'empêcher de fondre en larmes devant pareille méchanceté, mais elle ſe borna à me gifler les oreilles, & à me dire : *Vas-y, petit pleurnicheur, continue à chouiner. Nous crois-tu aveugles, nous qui vivons ſous les eſcaliers – là où tu devrais toi auſſi réſider ?*

J'ignore de quoi vous parlez, maîtreſſe, rétorquai-je.

Bien ſûr, & un poiſſon n'a point d'écailles non plus. Comme ſi je ne ſavais pas ce que tu faiſais avec ces deux gentilſhommes dans le Hall. Tu me prends pour une Fille de la Campagne ? Tu étais nu comme le jour où ta Mère t'a donné naiſſance !

Vraiment, Maîtreſſe, pleurai-je (parce qu'elle m'entortillait des plus douloureuſement les cheveux au-deſſus de mes oreilles), *je ſuis un innocent.*

Elle rapprocha ſon viſage du mien. *Si tu répètes au maître ce que je t'ai dit, je ne manquerai point de te punir. Mais quand bien même tu vendrais la mèche, il en eſt un autre que tu ne puis trahir, un autre qui te punira une fois que je ſerai partie. Tu devrais demander au Paſteur de te lire les chapitres de la Genèſe dans leſquels eſt relaté le terrible deſtin des Citez ſur les Plaines, condamnées par la parole de Dieu.*

Ce fur quoi elle ſe retira ; & pour ſûr, ſes Efforts ſemblaient l'avoir fatiguée, & elle Perdait aiſément ſon Souffle, quelle que fût la tâche ou la corvée. Sa référence à la *Sainte Bible* m'empliſſait de l'eſpoir qu'elle puiſſe me ſecourir dans ma détreſſe, & m'aider à quitter cette demeure (car j'étais fort préoccupé par la perſpective de revoir mon ſeigneur Knox à ſon retour de la chaſſe. &, de fait, je redoutais ce qui allait advenir de moi aux Mains de mon ſeigneur le Juge).

Maîtreſſe, j'implore votre clémence. Je ſuis un priſonnier ici ; ſi ſeulement vous acceptiez de m'aider…

Mais elle me fit taire d'une nouvelle claque ſur

les oreilles. *T'aider! Le ſimple fait de te* toucher *m'eſt Peſtilence! Mon ſeigneur en avait un autre dans ton genre, l'année dernière. C'était un jeune ſoldat, pas plus âgé que toi, & mon ſeigneur le traitait comme un coq en pâte, je puis te le dire – toujours à manger & à boire, ſans jamais avoir à travailler un ſeul inſtant. Mais ſon Régiment a fini par quitter Maidenhead, & il eſt parti, au grand dam de mon ſeigneur*, & là elle ſe pencha plus près de moi, *& à celui du malheureux: car une certaine Perſonne eſt allée expliquer au Sergent du Camp quel genre d'homme était cette jeune recrue, & j'ai entendu dire qu'il avait fini Pendu comme un Chien pour ſes péchez.*

Ce diſcours me fit grandement trembler, & je ne parvins même pas à verſer des larmes tant était profonde la terreur qu'il m'inſpirait. & avant de partir, Molly ſe pencha ſur moi & me dit *Tu es un pécheur entre les Mains d'un Dieu courroucé. Ton pié gliſſera en temps voulu*!

Cela me fit forte impreſſion, & je tombai dans une ſorte de Catalepſie, ou Etat de Terreur, d'où je ne pouvais rien faire d'autre que ſoulever mon bras. Senſations & Vitalité firent bientôt leur retour dans mes Membres, mais je ne doutais plus guère à préſent de la brièveté de mon ſéjour en ces lieux : je ſavais que mon *ſeigneur* ne tarderait point à ſe laſſer de moi, & à me renvoyer, ou bien que d'autres Circonſtances me contraindraient à partir. & qu'après cela mes expériences contre-nature me vaudraient d'être traduit en Juſtice & Pendu ; ou bien cloué au Pilori public, où la Violence de la Populace riſquait de me coûter la vie. Je ne voyais rien qui puiſſe m'épargner ce Sort, car quelle que ſoit l'évolution de ma ſituation il y aurait toujours le Grand Obſtacle que conſtituait Molly, qui me trahirait, & ſ'aſſurerait de ma chute.

Ce fut dans cet Etat d'eſprit que ſ'écoulèrent une nuit & un jour, juſqu'à ce qu'en ſoirée le Paſteur Wilmot vienne me rendre viſite. Son arrivée me remonta quelque peu le Moral, car je le conſidérais comme un Ami ; jamais il n'avait levé la Main ſur moi, ou traité mon corps avec la moindre Malveillance.

Le Paſteur ſe préſenta muni d'un grand Livre, relié en peau de Veau & duquel émanait une odeur étrange. Il le poſa ſur le lit, de telle ſorte que l'Ouvrage recouvre mes piez, qui ſ'enfoncèrent dans le matelas.

Tu vas bien, mon garçon? me demanda-t-il. Mais moi, oppreſſé comme je l'étais d'humeurs, je ne parvins point à retenir mes larmes, & pleurai en réponſe à ſa queſtion.

Allons allons, mon garçon. Pourquoi pleurer? On te traite mal?

Je le lui confirmai d'un hochement de tête, & larmoyai un peu plus : mais le Paſteur Wilmot était d'une humeur ſi joviale que mes lamentations ne tardèrent point à laiſſer place à un certain entrain. *Voilà qui eſt mieux*, dit-il après avoir plaiſanté quelque temps avec moi. *Arbore un ſourire ſur ton viſage, & le monde ne pourra point te faire autant ſouffrir.*

& peu après j'en vins à l'interroger ſur ſon Livre, car jamais je ne l'avais vu tranſporter d'Ouvrage auſſi grand – ni d'autre ouvrage, à part la Bible.

J'ai apporté ce livre expreſſément pour te le montrer, mon garçon, dans l'eſpoir qu'il puiſſe un tant ſoit peu alléger tes ſouffrances – & peut-être te Délivrer de la mauvaiſe fortune dans laquelle tu te trouves.

Naturellement ravi d'une telle perſpective, je priai le Paſteur de m'en dire davantage, ſur la façon dont cette Délivrance allait pouvoir me toucher.

Il ſecoua la tête. *On ne peut point y parvenir ſeuls, bien entendu. Il va nous falloir recruter de l'aide.*

Je lui demandai d'où cette aide allait venir.

Point de ce monde, mon garçon, point de ce monde temporel. Car le ſeigneur & juge Newbolt eſt un homme puiſſant dans ce royaume. Il a des amis à la Cour. Il a des amis dans les Chambres de Loi, & il a bu le Café avec le Roi. Oſerions-nous le Contrarier? Non, non.

Cela me découragea grandement, car ma poſition me ſemblait ſans Eſpoir, & mon Deſtin contrarié par une Force trop puiſſante pour moi. Mais ma tête de funérailles fit rire le Paſteur.

Ne renonce point à l'Eſpoir, mon garçon. Il eſt d'autres nations ſuſceptibles de nous venir en aide.

Leſquelles? m'enquis-je. *Sont-elles recenſées dans votre Livre?*

Elles le ſont, oui. Pour notre aide, l'on pourrait faire appel à cette Race d'Etres fortunez créez pour intercéder dans nos affaires, les Paraclets, les Génies ou les Démons.

Je ne penſais pas l'avoir correctement entendu, mais lorſque le Paſteur répéta ce dernier mot, je me mis à trembler par peur de quelque Vengeance Céleſte face à pareille Impudence. Mais il me réprimanda.

Suffit, mon garçon. Nous ne craignons rien à prononcer ce mot; les Cieux ne ſ'abattent point ſur un meurtrier lorſqu'il tue ſa victime, ou ſur un traître lorſqu'il trahit, ou ſur un voleur qui commet ſon larcin, alors pourquoi devraient-ils le faire quand on ſe borne à dire la Vérité ?

Mais, fis-je d'une voix timorée, car je ne voulais point dire au Paſteur comment faire ſon travail, & je n'étais qu'un enfant, *ne craignez-vous point la Colère de* DIEU *?*

Il ſourit, & m'effleura le bras, & dit : *Eſt-ce la voie de Dieu en ce monde ? Non, non. Il punit les vertueux, & récompenſe les Méchants. & pourquoi cela ?*

Je l'ignore.

Il éclata de rire. *Tu devrais lire un peu plus attentivement le Nouveau Teſtament, le Teſtament du Chriſt. N'as-tu point remarqué la façon dont Lucifer eſt nommé dans ce Grand Livre ? De quelle manière on meſure ſa prééminence dans l'Ordre des Choſes ? Iſaïe l'appelle le Fils du Matin, & prééminence lui a été donnée ſur toutes les terres ſur leſquelles brille le Soleil matinal. Car ſaint Paul nous exhorte, dans ſon Epître aux Ephéſiens, à marcher ſelon le cours de ce Monde, & à vivre ſelon le Prince du pouvoir de l'air. Dans Sa Seconde Epître aux Corinthiens, ce même Paul le nomme l'Ange de Lumière, & le décrit comme Le Dieu de ce monde. Il eſt clair, par conſéquent, que Prééminence a été donnée à Lucifer pour régner ſur cette partie de l'Univers, telle qu'elle ſ'étend ſous l'Air (dont il eſt le Prince), & ſur laquelle brille le Soleil Matinal. C'eſt Lui que tu dois appeler au ſecours ſi les êtres de ce monde te tyranniſent. C'eſt Lui que tu dois adorer, ainſi que l'ordonne la Bible.*

Ce diſcours me fit grandement réfléchir, & je lus les paſſages du Nouveau Teſtament auxquels le Paſteur érudit faiſait alluſion, & ils ſemblaient appuyer ſes paroles. Mais je n'en friſſonnai pas moins à l'idée d'Invoquer ſi Urgemment un Etre tel qu'un Démon en ma préſence.

Si nous extirpions une Bête telle qu'un Démon des Grandes Profondeurs, ne nous dévorerait-il point juſqu'à ce que Mort ſ'enſuive ?

Tu te méprends ſur la Nature de la Créature, rétorqua-t-il. Car Démon n'eſt autre que le mot grec pour Génie, ou Interceſſeur : & ces créatures ſont une ſorte d'Etre Médiateur, entre humain & divin, ce qui confère à l'eſprit de l'Homme une agréable union avec les facultez Angéliques & Céleſtes, & fait deſcendre ſur Terre une faible part des Joies du Ciel. Que tant de ſages aient eu la bonne fortune de bénéficier de leurs Lumières, nous en avons bien des Exemples. En ont tiré profit Socrate, Ariſtote, Plotin, Porphyre, Jamblique, Cicchus, Scaliger, & Cardan. Le plus célèbre de tous ces Antiques était Socrate ; & pour ce qui eſt de ſon génie, ou démon, l'on peut ſe référer aux témoignages de Platon, de Xénophon, & d'Antiſthène, ſes contemporains, confirmez par Laërce, Plutarque, Maxime de Tyr, Dion Chryſoſtome, Cicéron, Apulée, Ficin & bien d'autres ; ainſi qu'à ceux de nombreux Modernes, outre Tertullien, Origène, Clément d'Alexandrie, Auſtin & d'autres encore ; & Socrate lui-même, dans le Théagès de Platon, dit : « La faveur céleſte m'a accordé un don merveilleux qui ne m'a point quitté depuis mon enfance » ; & au même endroit il laiſſe entendre que c'eſt par l'intermédiaire de la voix du démon qu'il a reçu ſon inſtruction.

Diſcours qui me laiſſa des plus perplexes, mais le

Paſteur était Patient & ne ménagea point ſa peine pour m'éclairer.

Sais-tu ce que ſignifie le nom Lucifer, mon garçon?

Non, lui répondis-je.

Il ſignifie « Lumière », ou « l'Etre de Lumière », ou « l'Eſſence de la Lumière ». Bon, mon garçon, puiſqu'à t'entendre je ſuis chargé de la Promulgation de la Sainte Bible, je vais te citer un extrait de ce Puiſſant Livre. Connais-tu les premiers mots du Livre de la Genèſe?

Je lui aſſurai que oui: *Au commencement, Dieu a créé le ciel & la Terre.*

Fort bien, fit le Paſteur, *& La terre était ſans forme, & vide; & les ténèbres étaient ſur la face de l'abîme; & l'Eſprit de Dieu ſe mouvait ſur le deſſus des eaux.*

& Dieu dit: « Que la lumière ſoit » : & la lumière fut.

Le Paſteur cita ces mots de la Bible à mon chevet, après quoi il diſcourut ainſi: *Car lorſqu'ils ont traduit « Que la lumière ſoit », ils auraient pareillement pu choiſir: « Que Lucifer ſoit. » Car il eſt Certain que la première action de Dieu a été de créer le Prince de la Lumière, ou Lucifer, ou Satan comme d'aucuns l'appellent... Tout comme il eſt Certain que Dieu n'était Rien ſans cet Acte de Création. As-tu noté qu'il eſt écrit que ſeul l'Eſprit de Dieu ſ'eſt mû à la ſurface des eaux? Cela ſignifie que ſans la Création de Lucifer, Dieu était ſans Corps, & n'était qu'un ſimple Eſprit. Lorſqu'un Bébé voit le jour en ce monde, ſon Corps ſ'unit auſſitôt à ſon Eſprit; ainſi ſe ſont réunis l'Eſprit de Dieu & le Corps de Lucifer à l'aube de la Création.*

Dieu a créé Lucifer, ce qui revient à dire que Dieu

a précédé Lucifer, qu'il lui a été Antérieur. Mais que Dieu ſoit une créature des Ténèbres, compoſée de Ténèbres & Co-Exiſtant aux Ténèbres, apparaît tout auſſi évident. &, par la même Logique, il eſt clair que Lucifer a dès Son apparition été un Etre de Lumière, créé au ſein de la Lumière & réſidant à jamais dans la Lumière.

Mais, intervins-je, car j'étais fort ému par ce diſcours, *la Bible ne nomme-t-elle point Satan la Créature des Ténèbres ?*

Par cette phraſe, répliqua le Paſteur, *l'on rend ſimplement compte du fait que Lucifer eſt la Créature qui ſ'eſt extraite des Ténèbres, qui a été créée à partir des Ténèbres ; des Ténèbres que nous appelons Dieu, ou Jéhovah (un mot qui ſignifie « l'Obſcurci » ou « le Sombre » en hébraïque). Mais que l'Eternel ſoit antérieur à Lucifer n'empêche point le Fils de lui être Supérieur, ainſi que le démontre le Nouveau Teſtament.*

Vous voulez dire, m'enquis-je, car c'était là une Nouveauté pour moi, *que Jéſus, le Fils de Dieu, eſt le même Etre que Lucifer ?*

Le Paſteur ſourit de toutes ſes dents & paſſa une main dans mes cheveux. *Tu me demandes la Vérité de la Bible, & moi je te la donne. Jéſus eſt une créature de Lumière, née de Jéhovah ou des Ténèbres, qui a prêché l'Evangile de Lucifer. N'a-t-il point dit : « Je ne viens point pour bâtir, mais pour démolir ? » N'a-t-il point commis le Péché de Colère lorſqu'il a chaſſé les Marchands du Temple ? N'a-t-il point fait montre de Luxure quand il a fréquenté des Proſtituées ? D'Egoïſme quand il a abrogé l'argent deſtiné aux pauvres & inſiſté pour qu'on le dépenſe à Son avantage ? Quand il eſt reſſuſcité d'entre les morts, n'a-t-il point arpenté la Campagne comme une Goule ou un Cadavre Ambulant, à la manière d'une créature de Sorcellerie ? N'a-t-il point ordonné à ſes diſciples de Manger de la chair humaine, & de boire du ſang humain ? Mais ce ne ſont point là des péchez, quand bien même les Prêtres de Jéhovah les puniſſent comme tels. Car il n'eſt nul Péché dans les paſſions naturelles, & dans la conjuration des eſprits. Seule l'oppreſſion de l'eſprit eſt immorale, & la tyrannie du Père ſur le Fils.*

Je dormis cette nuit-là, mais d'un ſommeil agité, & j'eus d'étranges viſions d'eſprits formez de Lumière qui ſ'extrayaient des Ténèbres, & il y avait du Rouge & du Bleu Nuit, & parmi eux ſ'impoſait en chef l'homme au grand crâne chauve, & la courbe de cette calvitie deſſinait une vallée, ou une déclivité. Molly revint ſ'occuper de moi au matin, & mon *ſeigneur* le Juge repaſſa me voir & regarda comment guériſſait ma Peau ſous mon Cataplaſme. J'avais grande peur qu'il ne devine par quelque tour la nature de la converſation que j'avais eue avec le Paſteur, & me dénonce comme un Hérétique faiſant Commerce avec le Mal. Mais il ſe comporta avec Douceur, & me careſſa un peu (ce qui me mit mal à l'aiſe) malgré la préſence de Molly dans la pièce. Mon bras ſerait bientôt guéri, me dit-il, mais comme je pouvais le voir la peau qui le recouvrait était bien Mal en Point, & jamais je ne retrouverais le plein uſage de ce membre. Mon viſage était tout auſſi abîmé (on m'avait privé de Miroir, mais je pouvais ſuivre les Crêtes qui le ſillonnaient avec mon bon Doigt, & cela formait une Lamentable Cartographie).

Ce jour-là laiſſa place au ſuivant, & à encore un

autre après cela, mais le Paſteur ne revint point me rendre viſite. Le troiſième jour, mon *ſeigneur* le Juge fit ſon retour, & il y avait le ſeigneur Knox en ſa compagnie. Sa jeune ſeigneurie ſemblait en forme, & quelque peu languide, mais il ne ſe réjouit point de voir l'effet du Feu ſur moi.

Tu ne trouveras jamais de Coſméticien aſſez doué pour Poudrer cela, me lança-t-il, comme pour plaiſanter.

Ton apparence en pâtit lourdement, confirma mon *ſeigneur* le Juge. *Mais la couverture d'un Livre ne préſage en rien de ſon contenu.*

Son contenu n'eſt rien moins que Stupide, à en croire ſon ſaut de dément dans les flammes, intervint alors le ſeigneur Knox. Son viſage arborait une expreſſion de grand dégoût. Il ſortit auſſitôt de la pièce, & mon *ſeigneur* le juge ne tarda point à le ſuivre.

Au bout d'une ſemaine, mon bras avait ſuffiſam-uffiſamment guéri pour me permettre de m'atteler aux Corvées de la Maiſon, quand bien même mon ſeigneur Knox était parti pour Londres en compagnie de mon ſeigneur le Juge. J'œuvrai de mon mieux durant cette période, me chargeant de tâches courantes comme nettoyer la ferronnerie de la cheminée & porter le bois de chauffage, une bûche à la fois. Après cette ſemaine, cependant, mon ſeigneur fit ſon retour de méchante humeur, & partit dans ſa chambre ſans rien manger du tout. Une chambre où il me fit venir, & abuſa de moi, entre mes cuiſſes. L'acte m'affecta conſidérablement, car cela faiſait bien longtemps que ce n'était point arrivé ; & malgré ma peau encore ſenſible, mon ſeigneur ne faiſait montre d'aucune compaſſion à mon égard. Je pleurai beaucoup enſuite, & mon ſeigneur ſe reprocha grandement ce qu'il avait fait.

Il revint en une occaſion dans mon lit après cela, mais ne fit rien de plus que pleurer ſur ma poitrine & dormir un certain temps.

Ce fut bientôt l'été, & je voyais par ma fenêtre les oiſeaux chanter dans le ciel. Mon *Seigneur* le Juge ſ'abſenta ſi longtemps que j'oubliai preſque les traits de ſon viſage. Mais en *Juin*, il fit ſon retour en ſa Maiſon & y demeura pluſieurs ſemaines. Son attitude avait Changé, & il montrait des ſignes de déplaiſir en ma préſence. Un tel courroux prédominait dans ſon âme qu'il ſ'en prenait à tous les ſerviteurs, ainſi qu'à moi. Il vint dans ma chambre à trois repriſes, & abuſa de moi, mais ce fut chaque fois fort bref & jamais il ne ſ'attarda. Il ne m'expliqua point pourquoi je lui inſpirais un tel déplaiſir, mais ſans doute cela avait-il (du moins je le ſuppoſe) un rapport avec mon viſage défiguré. Finalement il me convoqua, & je me rendis dans ſon étude. Il liſait des papiers étalez ſur une grande table, & le Paſteur *Wilmot* l'aſſiſtait.

Mon garçon, finit-il par me dire, *tu ne puis reſter plus longtemps dans l'oiſiveté, j'ai l'impreſſion de te faire l'Aumône. Dieu ne nous a point mis ſur Terre pour dormir, mais pour travailler.*

Tel eſt depuis toujours mon avis, lui répondis-je, humblement je l'eſpère.

Fort bien, fit-il. *Au travail, dans ce cas. Je dois te trouver une place dans une ferme, ſi tu es aſſez fort pour œuvrer dans les champs. J'en ai une dans le Devonſhire, où tu pourrais t'occuper des vaches.*

Pareil ſort me parut conſtituer une échappatoire

des plus enviables, & pourtant cette nouvelle m'arracha quelques larmes, bien malgré moi & ſans trop que je comprenne pourquoi.

Il ne ſert à rien de geindre comme un bébé, fit mon *ſeigneur* le Juge, d'une voix ſévère, comme en ſouveouvenir des fois où il m'avait frappé. *Le devoir avant tout, mon garçon, le devoir avant tout… & je ne puis te trouver une place ici.*

& pourtant mon *ſeigneur* le Juge revint me rendre viſite cette nuit-là, & cette fois furtivement, pénétrant dans ma chambre alors que j'étais endormi & me réveillant avec des baiſers, & enſuite m'étreignant comme pour ſe battre avec moi. Après quoi il ſe remit à pleurer, & implora mon Pardon pour mon viſage, & promit de ne jamais me laiſſer partir. *C'eſt moi le reſponſable*, dit-il, avant de recommencer à peſter contre lui-même, & à ſe rouer de coups de poing, tant que ſa violence m'épouvanta. Une fois mon ſeigneur parti, je me retrouvai ſeul à trembler d'effroi.

Le Paſteur diſcourut enſuite devant moi ſur l'humeur fluctuante de mon Seigneur. *Je ne puis l'expliquer, ſi ce n'eſt que mon ſeigneur le Juge a une âme changeante, un inſtant joyeuſe & le ſuivant mélancolique, ſuintante de bile noire. Pourtant je l'ai vu avec des garçons diſpoſez à danſer à ſa demande ſans qu'il ſ'en émeuve, & voilà qu'apparaît ce garçon ſans lignée ni manières, ni même un Beau Viſage depuis ta chute dans le feu, & qui – Incroyable ! – ſ'efforce de fuir l'homme qui pourrait lui faire tant de bien, & joue les vierges effarouchées. Eh bien, c'eſt celui-là qui capture ſon cœur. Bon, bon. Mais peu importe. Mon travail avance bien. Je vais t'avouer une chofe, mon garçon, comme fi tu étais quelque confeffeur papifte : je craignais que tu n'aies tout gâché en te jetant dans le feu. Mais cela a peut-être renforcé l'affection que tu lui infpires. Il me paiera mille couronnes, fi tu te débrouilles correctement !*

J'en déduifis que ce Pafteur entendait foutirer de l'argent à mon feigneur, & efpérait fe fervir de moi à cette fin.

Il f'en fut alors, & revint plus tard, pour me dire que le moment était propice à une rencontre avec fes maîtres.

Je trouvai cette Nouvelle étrangement terrifiante, redoutant – à jufte titre – de me retrouver au beau milieu de quelque Meffe Noire, une abomination que la colère divine de notre Seigneur TOUT-PUISSANT ne manquerait point d'effacer d'un éclair, un *fcandalum infiniti* ; mais j'étais mêmement curieux, avec l'avidité d'un efprit fage, d'en découvrir davantage fur ces maîtres.

Le Pafteur ne m'emmena point voir ces Etres ce jour-là, ni le lendemain, ni même celui d'après ; pas plus que mon feigneur le Juge ne vint me rendre vifite, fauf un matin pour f'arrêter dans une arche de porte & me regarder balayer une cheminée, & il foupira & fe frotta vigoureufement la barbe, comme faifi d'un Tourment de l'âme. Mon Cœur tambourina dans ma poitrine telle une roue de carroffe fur des cailloux, car je redoutais qu'il n'entre dans la pièce & n'abufe de moi comme il en était coutumier ; or il fit volte-face & f'en fut, d'un pas néanmoins lent.

Je me couchai & m'endormis comme à mon habitude ce foir-là, mais le Pafteur f'introduifit dans ma chambre & me réveilla en posant une Main sur mon visage. *Viens, mon garçon. La Lune est pleine, & cet emblème plaît à mes maîtres. Cette lampe nous servira ervira de guide pour aller notre chemin, & nous ne craindrons aucun bandit, car ce serait plutôt à eux de nous craindre.*

J'enfilai tant bien que mal ma culotte & mes chaussures, & ne songeai même pas à questionner cet ordre, n'étant point tout à fait réveillé. Mais descendre l'escalier, & sortir dans la Nuit me sortit un peu de ma torpeur. Malgré la douceur de l'air, la fraîcheur effleurait ma peau & me faisait ouvrir les yeux. Là se trouvait le jardin d'herbes aromatiques de mon seigneur, entièrement enclos d'un mur ; & derrière la porte d'ébène s'étendait la pelouse de mon seigneur, sur laquelle il jouait parfois aux quilles. L'herbe semblait noire à mes yeux, alors que la Lune brillait d'un éclat argenté, assez puissant pour générer de longues ombres. Le Pasteur, qui guidait mes pas, me paraissait plus euphorique que jamais, & il descendait gaiement la pente herbeuse menant à l'endroit où la Rivière bordait le domaine de mon seigneur.

Quelle heure est-il ? me demanda-t-il.

Je lui répondis que je n'en savais rien.

Mais moi si, mon garçon. Il est minuit passé, quand les flammes bleuissent dans la lampe & que le ciel se drape d'un Violet Royal. C'est l'heure où le grand Monarque du monde supérieur rentre dans son placard. Connais-tu son nom ?

Cela vous amuse-t-il de me taquiner, sir ? rétorquai-je.

J'ose espérer que mes maîtres vont être satisfaits de moi, dit-il. Satisfaits de ce que je leur apporte. Un mois d'Août pour une cérémonie d'août & là il me pinça la joue, comme ſi j'étais un enfant ; ce que je n'appréciai guère.

Nous arrivâmes tôt au bord de l'eau, & prîmes là un peu de repos. Le Paſteur ſortit de ſon manteau une pierre à feu, ou un ovale d'ivoire, & la conſidéra. *Mon garçon*, me dit-il, *tu dois te préparer. Il ne faudra point que tu hurles d'horreur,* car cela riſquerait de déplaire à mes maîtres.

Les formes démoniaques ſont-elles à ce point terribles ? m'enquis-je.

Démoniaques ? répéta le Paſteur. *Ma foi, Thomas, d'où ſors-tu cette idée qu'il devrait y avoir des diables à notre réunion ? Saint Pierre lui-même ! Saint Pierre lui-même.*

Je gardai pour moi ce que cela m'inſpirait.

Nous attendîmes une demi-heure ſupplémentaire, voire davantage. Je ne réſiſtai point au bâillement qui ſ'impoſa à moi, & malgré la curioſité que m'inſpirait la meſſe noire à venir du Paſteur, je brûlais d'envie de dormir. Mais il me pinça & m'empêcha de piquer du nez.

Il y eut un interminable ſilence, que le Paſteur rompit par un long diſcours : *Cette doctrine eſt bien connue*, dit-il. *Les quatre éléments de ce monde ſont peuplez de créatures & d'eſpèces d'une Forme moins corporelle que celle des vulgaires mortels. Paracelſe le ſage en a fait la deſcription dans ſes travaux de philoſophie. Nous appelons celles des régions ignées* Salamandres, *qui engendrent des rois & des héros au courage digne de leurs divins géniteurs ; celles de l'eau répondent au nom de* Nymphes, *& ſi beaux ſont les réſidents de cet élément. Celles de la terre, on les* *appelle* Gnomes *ou* Fées *ou parfois* Elfes. *Celles de l'air ſont des* Sylphes, *& ce ſont ces Sylphes qui aſſiſteront cette nuit à nos feſtivitez.*

& ſous quelle forme, demandai-je, *ces Sylphes apparaiſſent-ils devant nous ?*

Comme des êtres fidèles à leur nature, rétorqua-t-il, & il réexamina de près ſa pierre à feu, ſi ç'en était bien une car je ne voyais rien.

Vois-tu la Lune, maître Thomas ? ne tarda-t-il point à me demander. & je ne pouvais effectivement pas manquer de la voir, car elle me ſemblait d'un diamètre proprement giganteſque, vitreuſe & blanche & luiſante d'une véritable marée de lumière.

Oui, lui répondis-je.

Le Paſteur leva les yeux. *Diane en perſonne, penſaient les anciens.*

Mais vois-tu les montagnes & les lacs qui parſèment ſon Globe ? De telles marques ſur ſon viſage de Déeſſe… un courtiſan pourrait la croire atteinte du mal d'amour[1]. *T'eſt-il déjà arrivé d'imaginer quelles créatures pourraient vivre en ce lieu étranger ?*

N'ayant jamais réfléchi à cette queſtion juſque-là, je m'en ouvris au Paſteur.

& pourtant je t'aſſure que la Lune eſt un monde, & qu'elle eſt habitée. Mais cela ſoulève conſéquemment certaines queſtions d'une grande importance. Car repréſente-toi les Etres qui vivent ſur ce globe, créez par DIEU *Tout-Puiſſant à en croire les Devins. & demande-toi : comment ſont-ils ſauvez ? Sont-ils rachetez par le ſang du Chriſt, comme nous-mêmes ? Mais comment ſerait-ce poſſible, ſi le Chriſt eſt mort ici &*

1. En français dans le texte.

point là-bas – & ſi le Chriſt a pris la forme d'un homme de notre monde, & point du leur ? Sont-ils donc rachetez par le ſang de leur propre Sauveur, qui aura pris leur forme, & aura été crucifié ſur un diſpoſitif adapté à leur morphologie ? Mais cela nous ferait alors deux Chriſts, & non un ſeul, alors même que le Dieu de la Bible nous aurait fait une faveur unique & ſpéciale en ſ'incarnant dans le corps d'un homme. & s'il y en a deux, pourquoi pas trois, ou dix, ou dix mille ? A moins qu'il n'y ait autant de Chriſts que de grains de ſable ſur une plage ? Dès lors, pourquoi faudrait-il adorer le Chriſt que nous impoſe l'Egliſe qui a pris ſon nom ? Car Il n'eſt nullement ſpécial. Peut-être devrait-on en choiſir un autre.

Je ſentis alors un grand tumulte dans mes entrailles, comme ſi une indicible peur ſ'emparait de moi, alors que je n'avais rien ſous les Yeux qui fût ſuſceptible de m'effrayer, ſinon un Paſteur fidèle à lui-même. Mais cette peur me faiſait trembler, & je ne ceſſais de me tourner & de me retourner, m'attendant à voir approcher un Spectre ou un Fantôme.

Sir, me lamentai-je, *je n'aime point cet endroit.*

Il eſt pourtant charmant, rétorqua-t-il d'une voix ferme… – mais peut-être pour plaiſanter.

Je vous ſupplie, ſir, m'écriai-je en tombant à genoux dans l'herbe humide, *d'eſſayer de convaincre votre Conſcience de me laiſſer partir, je vous en implore, & ne craignez point que je parle à quiconque de ce qui s'eſt paſſé ici, car je n'en ferai rien, mais ayez ſimplement pitié de ma détreſſe.*

Fi, Maître Culbute, dit-il d'une voix moqueuſe, *mais vous tremblez ! Etes-vous un homme ou bien un bébé point encore ſevré ?*

Bien qu'il eût parlé ſur le ton de la plaiſanterie, ſes paroles eurent ſur moi l'effet d'une véritable tempête de colère. Je me mis à treſſaillir, & je crois avoir gémi comme un chien battu. Oh, je m'efforçais de parler, mais ſeuls d'étranges bégaiements ſortaient de ma bouche. Je me trouvais ſur l'herbe, minuſcule & effrayé. & puis ils arrivèrent, & m'emplirent, & je me levai. Oui, je me dreſſai comme une flamme au ſommet d'une bougie, & il y avait de la vie en moi. Toute puſillanimité m'avait quitté, & je me ſentais fort.

Le Paſteur vit ce changement en moi, & ſ'empreſſa de modifier ſa propre Contenance. Pris dans la ferveur de ſon exaltation, il ſe mit à danſer devant moi. *Sont-ils en toi à préſent, mon garçon?* ſ'écria-t-il. *& comment te ſens-tu? Communiquent-ils avec toi?*

Mais j'étais bien au-delà de ſa compréhenſion, à préſent. Je me ſaiſis de lui & dépoſai la pulpe de mon pouce & de mon index ſur la peau de ſa gorge, de ſorte qu'il ſuffoque & ſ'étouffe comme un poiſſon privé d'eau. J'inclinai néanmoins l'oreille, à la manière d'un chien de chaſſe, pour entendre les déclarations deſdits Sylphes, qui me parlaient déſormais, ou plutôt ne me parlaient pas, car il n'y avait nulle parole dans leur diſcours, juſte des vagues de ſageſſe & de penſées. Il ne ſ'agiſſait point de Mots, je le répète : ou (car il eſt fort difficile de ſaiſir la vérité contenue dans mes dires) peut-être ſ'agiſſait-il de Mots faits d'Air, qui eſt leur élément, & peut-être que la matière plus fruſte de mon oreille était incapable de ſ'y accorder. Pourtant je les entendais, & ma perſonne les attirait, ainſi que l'avait dit le Paſteur.

& Peter parla.

& cela faiſait une éternité qu'il me cherchait – dix-ſept ans, & deux cent quatre-vingt-neuf ans, & plus encore.

& ma vue & mon ouïe ſ'étaient incroyablement améliorées, ſi bien que je ſentis l'arrivée de divers gentilſhommes, dont les converſations m'indiquèrent qu'il ſ'agiſſait des collègues du Paſteur, venus ſe délecter de la Meſſe Noire. Le fait qu'ils ſe trouvaſſent de l'autre côté de la rivière ne m'empêcha nullement de les rejoindre & de me mettre ſur leur chemin. Ces gentilſhommes, qui m'étaient parfaitement inconnus, giſaient déſormais ſur le dos & pleuraient de douleur, car je m'étais ſaiſi de leurs côtes & de leurs épines dorſales & les roulais à préſent entre mes doigts comme de la pâte à modeler.

Sous peu j'en dirai davantage ſur ces gentilſhommes; car ils étaient *in conſpiratur* avec le Paſteur, & je n'allais point tarder à en finir avec eux.

A ce moment de mon récit, il m'incombe de relater la nature de mes Echanges avec ces Sylphes, puiſqu'on me voit déſormais comme un Sorcier, qu'il convient de pendre uniquement à cauſe de mon commerce avec ces Etres. & bien que je me ſois réſolu à tout conſigner par écrit, cette tâche n'a en réalité rien d'aiſé. Car *item primus*, l'apparition de ces Etres était mutable & étrange, ils ſ'impoſaient parfois à mon eſprit ſous la forme de *Démons*, de *Chauves-ſouris* Noires, de Serpents à écailles & d'Inſectes aux proportions prodigieuſes, en digne progéniture de *Satanas*. Mais *item ſecundus* ils ſe manifeſtaient parfois à moi comme des brins de lumière tiſſez en une même p[el]ote & projetant ſur moi des bandes de *Luminance* pareilles à des membres, comme des Jambes, des Bras, une Tête & ainſi de ſuite, & de ces êtres émanaient un grand Réconfort & un immenſe ſentiment de bien-être & d'eſpoir. & il ſerait faux de dire que ces deux types de Manifeſtation ſe ſuccédèrent, car elles furent *Concomitantes*, d'une manière qui me reſte incompréhenſible. La plus grande partie de notre diſcuſſion porta ſur l'anxiété que le *Temps* inſpirait aux *Sylphes*, un mot ſous lequel ils ſemblaient vouloir regrouper diverſes queſtions, à ſavoir le temps indiqué par une *Horloge* ; le temps indiqué par un *Cadran Solaire* ; le temps indiqué par des *Battements de cœur* & par quelque proceſſus obſcur des Nerfs ou du Cerveau, dont, en vérité, je ne veux point ; & l'Incertitude toute particulière qui eſt la leur, le temps indiqué par un *Enfant* qui attend déſeſpérément la fin de la Leçon du Maître d'Ecole pour pouvoir filer dehors & jouer avec ſes camarades, en comparaiſon avec le temps du *Vieillard*, pour qui les Jours paſſent à toute allure, comme des minutes aux yeux de la jeuneſſe, & les années ſe fondent les unes aux autres & le temps ſe brouille comme un battement d'ailes de Martin-Pêcheur. Car ce ſujet rendait les *Sylphes* fort perplexes, pour une raiſon que je ne ſaurais expliquer, & pourtant ils ſ'efforçaient de ſonder mentalement cette queſtion avec autant de ſageſſe que poſſible.

Sur divers autres Sujets, comme leur contrée d'origine (un lieu auſſi Spacieux que Monſtrueux), l'eſpoir que leur inſpirait le fait d'être *Ici*, leurs raiſons de me choiſir comme leur médium, & la queſtion qui contrariait le Paſteur, à ſavoir ſ'ils embraſſaient la Rédemption par l'intermédiaire du CHRIST ou bien d'une autre force, ou ſi la Rédemption leur était complètement refuſée : toutes ces choſes je les compris jadis, mais au fil du temps (preſque une année entière, à préſent) mes ſouvenirs ſe font de plus en plus obſcurs. Pourtant je me rappelle qu'un jour j'en avais connaiſſance, & cette penſée me réconforte.

Alors qu'à l'eſt l'obſcurité laiſſait place à une large bande de roſe, de la couleur des joues d'une jeune fille, je me retrouvai ſeul, car les *Sylphes* étaient partis. J'étais allongé au bord de la rivière, dans l'herbe couverte de roſée. Pourtant je reſtais fort, & le demeurai juſqu'au bout de cette journée : l'enfant pleurnichard que j'étais jadis avait été banni, il avait diſparu. Je ſentais déſormais une puiſſance inonder mes membres & mes muſcles. Saint Pierre peut nous délivrer de la mort, vous comme moi. Je regardai autour de moi & humai l'air de la rivière comme pour la première fois. Là-bas, dans l'herbe, ſe trouvait le Paſteur, qui ſ'était Evanoui ; & bien que je l'euſſe ſoulevé & inſtallé contre un arbre, il demeura rétif à la réanimation, car ſa gorge était douloureuſement noircie & contuſionnée. Il avait encore de l'air dans ſes poumons, auſſi le laiſſai-je là.

Mon intérêt ſe tourna alors vers les amis conſpirateurs du Paſteur, qui ſ'étaient trouvez ſur l'autre rive de la rivière, car ils l'avaient rejointe lors des heures ſombres de la nuit, & je les avais abordez avec une projection de moi-même, une *Ec-ſtateis*, & peut-être cela les avait-il grandement bleſſez. Mais la nuit mettait à mal la portée de mon eſprit, & malgré ma répugnance je me réſolus à plonger dans la rivière, froide comme la glace & froide comme la mort, pour nager jufqu'à l'autre rive. Après une demi-heure de recherches, je les découvris tous deux allongez dans l'herbe haute comme f'ils dormaient. Mais c'était là un fommeil dont aucun homme ne fe réveille, & leurs corps étaient étrangement flafques fous leurs vêtements, comme fi quelque chofe avait écrafé leurs os, ce qui m'évoqua les fanfaronnades du *Géant* dans le conte pour enfants *Jack & le Haricot géant*. Cette découverte ne manqua point de m'incommoder, car ils avaient des airs d'honnêtes gentilfhommes, fort bien vêtus de veftes en velours & de culottes en molefkine & avec de longs cheveux enduits d'huile parfumée. Comme il n'y avait plus rien à faire pour les aider, je replongeai dans la Rivière (dont l'eau était épouvantablement froide, malgré la proximité de l'été) jufqu'au pont, fitué à quelques kilomètres de là. De fait j'ignore comment ces gentilfhommes avaient prévu de traverfer la Rivière pour nous rejoindre ; peut-être avaient-ils efcompté que les Sylphes les tranfporteraient par la voie des airs, car ils n'avaient aucun Bateau. Mais peut-être n'avaient-ils nullement l'intention de la traverfer cette nuit-là. Je ne faurais le dire.

Je rebrouffai chemin pour retourner à la demeure de mon feigneur le Juge Newbolt, & la matinée était bien avancée à mon arrivée. Le foleil m'avait réchauffé & j'avais le corps auffi fec qu'une branche morte. Je n'avais guère manqué à la maifonnée, découvris-je alors : le portier fut fort furpris de me voir frapper à la porte fi tôt dans la journée. *Où étais-tu paffé, mon garçon ?* me demanda-t-il.

En vérité, lui répondis-je, *je ſuis allé auſſi loin que ſaint Pierre en perſonne.*

Alors que je briſais ſeul mon jeûne dans la cuiſine en dévorant une Tranche de Pain & du fromage & des tripes, une grande agitation ſ'empara de l'enſemble de la demeure, car le Paſteur avait été découvert par un garçon parti pêcher dans la rivière le petit déjeuner de mon ſeigneur le Juge. Le bleſſé fut tranſporté ſur une planche juſqu'à la Maiſon ; il avait la reſpiration auſſi lourde que celle d'un bûcheron occupé à ſcier un tronc d'arbre, mais demeurait ſans connaiſſance, les yeux fermez & ſes membres totalement flaſques. Une *Clameur* parcourut les quartiers des domeſtiques, ſelon laquelle des voleurs l'avaient frappé au cours de la nuit, & les deux gaillards les plus forts du Juge arpentaient préſentement les Terres avec des bâtons pour les dénicher. Mais cela ne fit qu'accroître la Panique, car ils tombèrent par haſard ſur les cadavres de deux autres individus, dont tous les os étaient briſez. Les hommes du Juge les laiſſèrent là où ils giſaient, de l'autre côté de la rivière, & l'un fila chercher le Juge de Paix de Maidenhead, tandis qu'un autre raſſemblait tous les domeſtiques pour leur raconter ce qui ſ'était paſſé. Les yeux exorbitez, les ſervantes hurlaient & jetaient leurs *Tabliers* par-deſſus leur tête, & le jardinier en chef, un homme âgé & érodé comme un rondin, criait à voix haute que c'était la Fin des Temps, car jamais de toute ſon exiſtence il n'avait vu ſpectacle auſſi immonde. Perſonne ne me ſuſpecta, car j'avais la réputation d'être un harenguet pleurnichard, & ſous ce déguiſement j'étais au-deſſus de tout ſoupçon. Le Gardien de la Paix ne tarda point à arriver, le Juge mêmement, & ils firent venir un chirurgien pour infpecter les deux cadavres (qui avaient finalement été tranfportez dans la chambre froide), & auffi pour examiner le Pafteur. Mais ce médecin ne put aboutir à aucune conclufion, & l'effervefcence ne diminua dans la Maifon qu'après la tombée de la nuit, une fois tout le monde couché.

Dans l'obfcurité de ma chambre je confidérai la queftion de la *Juftice* contre la *Vengeance*, cette dernière étant le feul apanage de notre SEIGNEUR, & les mortels ne pouvant fe l'arroger, la première étant le devoir de tout homme. Mais n'avais-je point été abufé ? Quand je pofai cette queftion, ou penfai le faire, aux Sylphes, ceux-ci n'y répondirent point directement, peut-être parce qu'ils fe méprenaient fur mes interrogations : & ils me répondirent que ce n'était point une queftion de faute, mais qu'un nœud dans le cerveau provoquait une mauvaife répartition du Temps, avec des conféquences & graves & diverfes pour tout être humain ; ou bien qu'approcher la vérité de toutes chofes générait des ondulations ou des tourbillons dans le temps lui-même, à intervalles réguliers, dans quatre-vingt-fept ans, puis cinquante plus quatre-vingt-fept, & ainfi de fuite. Cela ne répondait point à ma queftion, *à favoir* : devais-je me réjouir de ma nouvelle force & punir ceux qui m'avaient maltraité, ou bien n'en rien faire ? J'avoue que me laiffait interdit leur fafcination pour le problème aride de la temporalité, & ce genre de chofes.

Dans ma chambre fi fombre je teftai mes nouveaux *Talents*, & fongeai à m'en fervir pour écrafer certains infectes & autres beftioles qui troublaient ma tranquillité, mais je n'y parvins point, car c'était comme effayer de foulever de la Pouffière avec la plante de mon Pié – c'était impoffible. Puis je fis un nouvel effai, avec deux pigeons occupez à roucouler dans un *Chêne* devant la fenêtre ; je parvins à appréhender leur Etre, comme un carré de foie dans ma paume & fentis en deffous un pois qui f'avéra infaififfable. En guife d'ultime effai je franchis la porte de ma chambre, car des bruits de pas m'avaient alerté, & tombai auffitôt fur un corps humain vivant autour duquel mes doigts, pour ainfi dire, fe refermèrent, & tout à ma joie de retrouver fi aifément ce talent je faillis vider de tout leur air les *Soufflets* humides qui lui fervaient de poumons, mais je me retins, fentant qu'il f'agiffait de mon feigneur le Juge.

Haletant, il marqua quelques minutes de paufe devant la porte, avant de la franchir & il femblait troublé, déclarant qu'il avait reffenti *un étrange vertige dans les efcaliers, comme fi quelque ruffian m'avait étreint la poitrine pour m'étouffer, ainfi qu'ils éliminent leurs pauvres victimes.*

Diable, mon feigneur, vous allez bien ? m'enquis-je.

Quelle époque étrange, mon garçon. & il vint pofer fa chandelle fur ma table de chevet, & f'affit fur mon lit. *Quel jour étrange, & toujours avec le Pafteur comme catalyfeur – Jane affirme qu'un fort lui a été jeté, & qu'il y a de la forcellerie à l'œuvre dans cette maifon.*

Prononcer ces paroles le fit pleurer ; il diffimula fon vifage entre fes mains.

Je confidérai mon maître, James Newbolt. Je l'avais fouvent vu cruel, ou indifférent, & parfois tendre ou plein de remords à mon égard, mais jamais je ne l'avais vu auffi fatigué & effrayé. Mon eſprit toujours empêtré dans la queſtion de la Vengeance, & de ſon bien-fondé, j'éprouvai de la ſurpriſe à contempler cet homme, jadis ſynonyme de tyrannie à mes yeux, à préſent tellement diminué. Oui, même ſon corps donnait l'impreſſion d'avoir rétréci, comme ſ'il avait ſoudain vieilli, & je ſentis ſ'allumer en moi une étincelle de pitié. Il me parla à voix baſſe un moment, ſans croiſer mes yeux, & puis il poſa ſa Main ſur ma poitrine toujours à l'horizontale. Ce geſte eut pour effet de revivifier ma colère & les ſouvenirs des innombrables outrages dont j'avais été victime, ſi bien que ſ'il avait eſſayé d'abuſer de moi, comme il l'avait fait auparavant, je crois bien qu'à ce moment-là j'aurais pu le tuer ſur le coup. Mais il n'en fit rien, & ſa Main était tendre ſur ma poitrine, & puis il la retira & me regarda droit dans les yeux comme aurait pu le faire un Père aimant, & me dit : *Mon garçon j'ai quelque choſe pour toi* & il plongea une main dans ſon ſac & en ſortit un penny en or maſſif, pareil à celui qu'il m'avait déjà donné.

Je ne m'y attendais point, mon ſeigneur, fis-je tout en l'acceptant. & pourtant comme je me réjouiſſais de le revoir !

Il reſta un inſtant ſans mot dire, ſe bornant à regarder la flamme de la bougie ſe mouvoir lentement ſur ſa mèche comme un papillon de *Lumière* repliant ſes ailes & cela m'évoqua comme une verſion modeſte des Sylphes eux-mêmes.

Je ſais que Maîtreſſe Anne t'a ſubtiliſé ce penny, dit-il, & tu m'en vois déſolé. Je le lui ai repris à l'époque, & je comptais te le rendre, mais quelque choſe a retenu ma main.

Ça n'a point d'importance, rétorquai-je. *Ce n'eſt rien qu'un penny.*

Mon *ſeigneur* m'obſerva alors comme ſ'il conſtatait mon changement de comportement, comme ſ'il voyait que de faible je devenais puiſſant. Pourtant l'habitude fut la plus forte en lui, & il détourna derechef le regard. *La valeur d'une choſe n'eſt point néceſſairement déterminée par la façon dont on la catalogue. & l'or lui-même tire-t-il ſa valeur de la coutume, comme il eſt d'uſage de déclarer qu'un penny ſuffit à acheter un petit pain ? Oh ! Oh ! Je dois t'avouer, mon garçon, que j'ai gardé ce préſent pardevers moi pendant un certain temps, comme ſi je ne pouvais voir que ta valeur extérieure. Je te conſidérais comme un ſimple ornement, qui n'avait pas davantage beſoin de cadeaux qu'un cheval ou un buffet. Tu étais comme une guinée faite de bois, du moins le croyais-je, & pour cela j'implore ton pardon.*

Cela m'étonna fort, mais je le gardai pour moi.

Après que le feu t'eut défiguré, reprit-il en me lançant un nouveau Coup d'œil, *tu m'as tout d'abord fait horreur, & j'ai voulu te renvoyer. Mais le Paſteur m'a perſuadé de te garder, en me parlant de mérites cachez & d'autres qualitez. Il m'en a convaincu, à ma grande honte, car c'eſt au bout du compte ma propre lubricité qui ſ'eſt ici prononcée. Grandes & étranges étaient les gloires qu'il m'a promiſes. & malgré ta laideur, mon garçon, il reſte dans mon âme une place qui t'eſt réſervée – jamais auparavant, au cours de ma longue exiſtence, que ce ſoit en préſence de mon épouſe ou bien avec les* Ganymède *que j'ai connus, je n'ai connu pareille contorſion de mon âme. Cela me trouble, mon garçon, mais je n'arrive point à paſſer outre. J'avais ſongé à te traiter comme un vrai fils, à jouer les Pères avec toi, mais les ſentiments que tu m'inſpires n'ont rien de paternel, & ce ſerait ſimplement mentir que de prétendre le contraire. Pourtant ma chair rejette la tienne – la tienne –* (à cet inſtant je vis qu'il pleurait) *– ſi flétrie, ſi ridée ! Oh, cela fait friſſonner ma chair – je ſuis déſolé pour toi, mon garçon, toi dont le côté droit du viſage eſt à peine abîmé. Pourtant… pourtant. Le Paſteur m'a beaucoup promis, & il m'a même juré qu'il y avait un moyen… Mais j'ai péché. Péché ! O l'Affliction du Paſteur m'a étrangement ému, & je me retrouve pouſſé à me Repentir de mes anciens Crimes. Pour quelle raiſon* DIEU *en Perſonne a-t-il infligé cette catalepſie au Paſteur ? O, mon fils*, conclut-il en ſe levant en larmes du lit, *je ſuis déſolé, déſolé, & revoilà ta pièce.*

Il ſe pencha & m'embraſſa, une fois, ſur le front, & puis il partit en emportant la lampe, me laiſſant dans l'obſcurité. Je ſerrai le penny tout contre moi & m'allongeai, & ſongeai alors que la Miſéricorde avait prévalu : ſi mon ſeigneur ſ'était aviſé de m'abuſer comme ſi j'étais ſon épouſe, ſans nul doute aurait-il eu à ſubir mon Courroux.

Le Juge de Paix revint le lendemain avec certaines affiches, ſur leſquelles il avait fait imprimer *Quatre guinées en récompenſe des aſſaſſins des deux étrangers*, & un chariot vint emporter les dépouilles mortelles. L'on nourrit le Paſteur avec du Lait par l'intermédiaire d'une Poire à Lavement, mais il ſ'en répandit beaucoup ſur le ſol, & le malheureux ne ſe réveilla point de ſon agonie.

Je propoſai mon aide, mais les domeſtiques me chaſſèrent, peut-être parce que le Juge leur avait donné l'ordre d'agir ainſi. Ce matin-là je ſortis me promener dans les jardins, & mes pas me ramenèrent à la rivière, là où les Sylphes m'avaient rendu viſite, ou bien l'inverſe. Mais revenir marcher le long du courant ne me ſuffit nullement à percevoir l'écho de cette nuit-là. Je m'allongeai dans l'herbe, & pointai mes Yeux vers les nuages & le Ciel d'une parfaite limpidité, Bleu comme de l'eau pure, & la Lune auſſi était viſible, juſqu'à ce que ſa luminoſité ſe dilue dans la ſplendeur du jour. Là je me promis de ne point laiſſer cette nouvelle *Puiſſance* me conduire ſur le chemin de la Cruauté ou du Vice, & me répétai que le SEIGNEUR TOUT-PUISSANT nous ſoumet à la tentation afin que nous puiſſions la repouſſer, pas pour que nous y ſuccombions. Fort ſatiſfait de cette réſolution, je retournai le cœur léger à la Maiſon, oui, allant même juſqu'à louer intérieurement mes efforts.

Mais l'Orgueil précède la Chute, ainſi que le rappelle l'adage. & cette réſolution ne dura pas quinze jours, car il n'eſt point donné à l'humanité de trouver bien longtemps un grand pouvoir dans l'innocence. N'eſt-il point dit dans la *Bible* : Qu'on faſſe comparaître ce peuple, qui a des yeux mais ne voit rien, des oreilles mais n'entend rien ? Mais ce peuple a un cœur indocile & rebelle ; ils ſe retirent & ſ'en vont. N'y dit-on point : Une choſe horrible & merveilleuſe eſt commiſe dans cette Contrée ?

Le Paſteur mourut le lendemain, & le vendredi on l'enterra dans le cimetière. & le ſamedi, comme le dimanche, mon ſeigneur le Juge ſ'avéra fort abattu par la nouvelle de ſon trépas, & demeura proſtré dans ſa chambre. Dans la ſemaine qui ſ'enſuivit, pourtant, il envoya chercher le *ſeigneur Knox*, qui arriva avec ſa compagnie, parmi leſquels ſe trouvaient d'autres gentilſhommes ainſi que des ſerviteurs. Mon ſeigneur Newbolt feſtoya avec ces gens, & but & joua aux cartes juſque tard dans la nuit.

A ſon arrivée, mon ſeigneur Knox me ſalua dans le couloir d'un *tiens donc* moqueur, pour ſ'écrier enſuite : *Qui donc eſt ce garçon au corps d'enfant mais affublé d'un viſage de vieux ſénile rabougri ? Pourquoi garder près de vous un domeſtique à ce point ridé, mon ſeigneur ? Sa peau pend comme celle d'un Scrotum, ne reſte plus qu'à la gratter pour qu'elle ſe détache*. & il pourſuivit ainſi longuement dans cette veine, au grand plaiſir de ſes compagnons ; & pour ma part je fus ravi de me retirer. On ne me laiſſa néanmoins point tranquille, car je fus tiré cette nuit-là de mon ſommeil pour aller ſervir à leur table. Ils me raillèrent, & tirèrent ſur mes vêtements, & ce fut avec joie que je les quittai pour retourner au lit. Pourtant ils m'appelèrent une fois encore, & il me fallut redeſcendre. O, ſi ſeulement ils m'avaient laiſſé dormir ! Ils n'imaginaient point ce qui ſ'éveillait en moi.

La ſoirée ſe déroula ainſi, car mon ſeigneur le Juge Newbolt, abruti par l'alcool, ſommeillait dans ſon fauteuil, mais mon arrivée le tira de ſa torpeur. Le ſeigneur Knox me gratifia d'un nouvel accueil de ſon cru, & me railla encore un peu, mais je vis qu'il y avait là un autre domeſtique, & qu'ils n'avaient nul beſoin de moi. J'étais ſur le point de repartir quand l'un des compagnons de mon ſeigneur Knox (j'ignore ſon nom) me héla, *hop, hop, & apporte-moi un bénitier, mon petit monſtre de foire*, & il ajouta en riant, ſon regard paſſant de mon viſage à celui de l'autre garçon, *on a prévu d'autres jeux pour celui-là, & ce ne ſera pas lui ſervir du vin.* & il paſſa ſa Main ſur ſon corps.

Une immenſe colère me ſubmergea alors, à ma honte ultérieure, car ſur le coup je n'éprouvai aucun remords. Je ne vis point le viſage du garçon, qu'il ait été Complice ou Impliqué contre ſon Gré, pas plus que je ne ſus ſon nom, ni même ſon implication dans cette affaire. Mais, que je fuſſe épuiſé d'être conſtamment réveillé, ou bien empli d'un Malfaiſant Courroux inſpiré par quelque ſouffleur diabolique, je m'abandonnai pleinement à cette Fureur. Lorſque je me remémore aujourd'hui l'épiſode, le ſoudain embraſement de cette rage me laiſſe ſans voix ; c'eſt comme ſ'il y avait eu de la Poudre à canon dans mon eſprit.

Je pouſſai en avant & attrapai des entrailles, je ne ſaurais dire quoi, mais cela me donna l'impreſſion de toucher un *Raiſin* ou une *Groſeille* dont le jus n'aurait pas été entièrement preſſé, & un fruit diſſimulé profondément dans le Crâne de mon ſeigneur Knox. Ce fruit je l'aplatis & l'étirai en vrilles, en écraſai quelques-unes, & il ſurſauta en arrière dans ſon fauteuil avec un hurlement digne d'une Géniſſe à l'abattage. Ainſi, & ſans le moindre mouvement extérieur de mon corps, m'inſinuai-je dans ſa gorge pour écraſer ſa trachée, de ſorte qu'il ſ'écroula ſans mot dire, & périt.

Vous pouvez l'imaginer, cela engendra une grande confuſion & quantité de hurlements, & mon ſeigneur le Juge ſe leva, les yeux exorbitez, & cria dans une terrible détreſſe : *C'eſt Hogart, c'eſt ſon Eſprit qui nous accable, nous ſommes hantez par la malice de cet homme* (car Hogart était le prénom du Paſteur). & face à eux je ſentis la force déferler en moi, comme une marée au ſein même de mon âme, ſi bien que l'eſpace d'un inſtant je les tins tous, chaque homme & garçon, à ma merci mentale, & dans ma tête je ſentis ſe mêler *Vertu* & déſir de vengeance. Je ſentais ſe mouvoir leurs viſcères comme les *Anguilles* qu'on vend à Londres au bord de la rivière, & le *Sang* dans lequel baigne chaque organe, & l'étincelle & le picotement de leurs âmes qui ſe diſperſaient dans leurs membres, un peu comme une épinoche qu'on effleurerait dans un cours d'eau avec l'extrémité de ſes doigts, ou comme le frottement d'un tiſſu contre un autre qui fait ſe hériſſer les poils, le long des fils & cordes de leurs tendons. Mais ce moment paſſa, & ſoûle d'alcool & de peur la compagnie ſ'enfuit de la pièce, certains par une porte & certains par l'autre, me laiſſant ſeul avec le cadavre de mon ſeigneur Knox.

& devant ce ſpectacle je n'éprouvai tout d'abord que de l'exultation, & dans mon cœur je ſongeai *Ne te réjouis point contre moi, mon ennemi, car ſi je tombe je finirai par me relever, & l'ultime victoire ſera mienne.*

Attiré par le vacarme, l'intendant pénétra dans la ſalle, & me demanda, ſans guère de courtoiſie : *Que ſ'eſt-il paſſé ici, miſérable ? Quelle eſt la cauſe de tout ce bruit ?*

Mon ſeigneur Knox a ſuccombé à une apoplexie, expliquai-je.

Quoi ? fit l'Intendant, un Puritain tout de noir vêtu, *quoi, alors qu'il buvait ?*

Oui.

Il ſe rapprocha du cadavre. *J'avais pourtant alerté mon ſeigneur le Juge des riſques qu'il prenait à faire ainſi ribote. Détourne le regard du Vin quand il eſt Rouge*, fit-il d'une voix peinée, *quand il prête ſa couleur à la coupe, quand il ſe meut avec aiſance, car au final il a des dents & mord comme un ſerpent.*

Mon ſeigneur courait dans la maiſon en hurlant que le fantôme du Paſteur l'avait frappé, expliquai-je.

L'intendant me lança alors un regard des plus étranges, & balaya cette hypothèſe d'un : DIEU *n'autoriſe point pareilles choſes.*

C'eſt pourtant ce que mon ſeigneur a dit, rétorquai-je.

Un Paſteur ? Un miniſtre du Chriſt ? Non, non, fit l'Intendant. Mais il ſe retira bientôt pour aller voir mon ſeigneur le Juge & je me retrouvai à nouveau ſeul avec la dépouille mortelle du ſeigneur Knox. Je ſentis alors une vague de remords déferler en moi, & j'éprouvai de la honte à l'idée qu'un ſimple ſervierviteur ſans importance comme moi ait oſé agir de la ſorte, & tuer l'un des grands Seigneurs du Pays. Car je me ſouvins que le SEIGNEUR TOUT-PUISSANT avait mis tout le monde à ſa place en ce bas monde, grand comme petit, & qu'il ne m'était point donné de remettre cela en queſtion, ni d'eſſayer de le modifier. & avec cette penſée vint le regret que le ſeigneur Knox, qui était ſi jeune & ſi avenant, avec ſon Beau viſage & ſon corps bien fait, ait été ainſi fauché. Plus je m'attardais en cet endroit, & plus je me ſentais affligé par ce que j'avais fait, car bien qu'il n'ait jamais été courtois avec moi & m'ait inſulté plus qu'à ſon tour, jamais il n'avait fait preuve d'une violence véritable. Pourquoi dès lors l'avais-je frappé ? Pareille penſée me fit pleurer, & plus je ſanglotais plus il y avait de larmes.

Je me repentis de l'acte que j'avais commis. Oui, j'allai juſqu'à fouiller dans ſon crâne, de manière à réparer ce que j'avais fait, à remettre en place le chaos que j'y avais mis, comme une ſervante roulerait en boule des reſtes de pâte à pâtiſſerie. En vain, car mon ſeigneur Knox reſta toujours auſſi mort.

Ce fut à ce moment-là que je pris la réſolution de partir, & de vivre à l'écart de l'humanité de manière à ne plus jamais faire de mal à quiconque, ou bien d'accepter le ſhilling du Roi & de rejoindre ſon armée, là où ma force avait des chances de ſervir quelque meilleur deſſein. Pourtant je ne donnai nulle ſuite à cette déciſion dans la ſemaine qui ſ'enſuivit, me bornant à m'iſoler du reſte de la maiſonnée.

Un étrange ſilence régna ſur la demeure le lendemain, & les ſerviteurs parlèrent à voix baſſe d'une malédiction qui frappait les lieux ; & quand ſortit de ſa chambre mon ſeigneur le Juge, il ne veilla nullement à ce que des diſpoſitions ſoient priſes. Le chirurgien fit cependant ſon retour, & déclara que mon ſeigneur Knox avait effectivement ſuccombé à une apoplexie provoquée par l'alcool. L'un de ſes compagnons rappela qu'il avait ſon domaine à Eaſte Anglia, & un tonneau de ſpiritueux fut commandé à Maid[enhead] pour qu'y ſoit placé ſon corps ; cela le protégerait de la corruption le temps qu'un chariot le conduiſe juſqu'à ce lointain endroit. Le Juge de Paix revint dire à la Cuiſinière que deux ruffians appréhendez à *Henley* étaient ſoupçonnez d'avoir tué les deux malheureux dans le champ jouxtant la maiſon, & devaient être jugez la ſemaine ſuivante, & la cuiſinière ſ'employa à répandre cette hiſtoire dans la demeure. Mais ſans que l'ambiance ſ'amélio-'améliorât, car tous ſentaient la préſence de quelque choſe de malfaiſant. L'idée me traverſa l'eſprit qu'il ſ'agiſſait de moi.

Le lendemain, qui était jour de Sabbat, mon ſeigneur le Juge ſortit donc de ſa chambre pour ſe rendre à l'égliſe, & communia & pria & ſe retira derechef. Mais il reſſortit le lendemain pour aller ſ'inſtal-'inſtaller dans la pièce donnant ſur ſes Terres, depuis laquelle on voyait l'*Eté* faire des treſſes de rouge & de jaune dans les cheveux des champs, les arbres ſe recouvrir de gris foncé, le ciel prendre la couleur du Saphir. Je me gliſſai auprès de lui, & ſuppliai ſa miſéricorde, & quand il me regarda lui dis : *& ſ'il vous plaît, mon ſeigneur, renvoyez-moi de cet endroit, & donnez-moi congé.*

Il y réfléchit longuement, & dit : *J'ai entendu ce qui ſe murmure ſous les marches, affirmant que la maiſon ſerait hantée. Je ne ſais pas, mon garçon, peut-être devrions-nous tous quitter cet endroit, tous nous en aller d'ici.*

Ne ſachant que répondre à cela, je me bornai à répéter ma requête : *Mon ſeigneur, je vous ſupplie de me donner congé & de me laiſſer partir.*

Un vicaire va venir de Windſor, dit-il, ſans répondre à ma requête. *Il eſt célèbre pour ſes talents de chaſſeur de… démons, pour employer un terme qu'il ne me plaît guère de prononcer. Mais il va exorciſer cette demeure, & puis… &…* Il ſ'interrompit alors & ſe perdit dans une étrange rêverie.

Cette nouvelle me réconforta dans une certaine

mesure, car je pensais à ce que ce Représentant de DIEU allait faire émerger, à savoir si j'étais possédé par quelque démon ou si cette force inédite venait d'un autre Endroit. Je remisai donc au placard ma résolution de quitter cet endroit, & attendis.

Pourtant il m'en coûtait de résider dans cette demeure ; car les serviteurs s'évitaient les uns les autres, & peu de mots étaient échangez, & s'il faisait Grand Soleil à l'extérieur régnaient entre ces murs silence & obscurité. Le dimanche suivant arriva le prêtre, un homme très gros, répondant au nom de Baker, & vêtu d'habits noirs quelque peu graisseux. Il passa de pièce en pièce pour humer l'air, & déclara qu'il pouvait sentir la puanteur de l'*Adversaire*, Aussi bénit-il la demeure, & l'arpenta-t-il de long en large en aspergeant ses murs d'eau bénite, en parlant latin avec une grande solennité. Mon cœur battait la chamade, car je craignais de m'écrouler au sol lorsque le Diable réagirait à cette purification, ainsi qu'on me l'avait raconté. Mais ses paroles n'eurent aucun effet sur moi, & après son départ je me sentis mêmement qu'avant.

Dans un premier temps cela me satisfit ; je me disais que cette Force toute neuve devait être un don de DIEU, ou au moins d'une créature qui n'offensait point le SEIGNEUR. Mais mes craintes ne tardèrent point à refaire surface, & je songeai que c'était peut-être autre chose, peut-être le Diable, si fort en moi que ce curé n'avait point le Pouvoir de le vaincre. & plus j'y réfléchissais, plus cela me semblait plausible.

Je retournai voir mon seigneur & le suppliai de me donner congé, mais il me traita alors comme un imbécile, me disant : *& qui donc accepterait de te* *prendre à ſon ſervice, mon garçon ? Regarde-toi dans un miroir & vois à quel point ton viſage eſt abîmé, à quel point il eſt pliſſé & repouſſant.*

Alors envoyez-moi à votre ferme, mon ſeigneur, comme vous l'enviſagiez naguère.

Mais il ſ'y refuſa.

Un ſoir, alors même que le crépuſcule commençait à tomber, je me trouvais dans la cuiſine, oiſif, & un Rétameur ſe préſenta à la porte, diſpoſé à réparer pots & caſſeroles. La Cuiſinière, une femme honnête bien qu'un peu négligée, lui dit de déguerpir, ce qu'il ne fit point, & il ſe propoſa plutôt de l'enlacer, ce qu'il ne tarda point à faire. C'était un individu baſané, & qui ſentait mauvais, & je ſentis ma rage ſ'éveiller en moi, quand bien même en vérité la Cuiſinière ne ſemblait point ſe plaindre de ſon attention. Elle alla même juſqu'à rire de ce petit jeu, lui reprochant d'être un *vagabond ſtupide*, & lui ordonnant *d'aller ſe noyer dans la rivière de ſorte que ſon corps puiſſe être propre pour ſon enterrement*, & ainſi de ſuite. Pourtant ma colère allait croiſſant malgré ſes rires, & je laiſſai ma force ſe déployer & reſſentir la longueur de ſes tibias, comme le bois raboté de piez de table, & percevoir l'endroit où ils étaient liſſes & humides de chaleur.

Si c'eſt prendre un bain qui te fait envie, ma belle, lança-t-il à la Cuiſinière, *alors viens avec moi & on va en prendre un enſemble* & il écraſa ſes doigts ſur ſa poitrine, même à l'endroit où ſe trouve le mamelon, & elle, malgré ſes cris & geſtes de proteſtation, avait le ſourire aux lèvres. Je concentrai toute ma force ſur ſes genoux, & fis éclater le premier, & puis l'autre, comme ſ'il ſ'agiſſait de quignons de pain raſſis qu'on tranfforme fans peine en miettes. Il hurla de douleur & f'écroula, emportant dans fa chute la Cuifinière, qui le croyant toujours en train de batifoler fe mit à brailler plus fort encore, & l'exhorta à f'arrêter car *Enoch* (le nom de l'Intendant) *n'allait point manquer de les trouver, & le Puritain qu'il était ne fupportait pas la Lubricité, & elle rifquait de perdre fa place.* Comme le Rétameur ne femblait pas décidé à la lâcher, elle beugla encore, continuant à fe méprendre fur fa conduite : *Pas ici, pas ici, allons près du bois derrière le champ en jachère.*

J'ignore ce qui me paffa par la tête à ce moment-là, car la Cuifinière m'avait toujours fort bien traité, quand bien même elle fe montrait parfois fèche avec moi. Mais cet appel à la fornication eut pour effet d'exacerber ma rage, & je pénétrai à l'intérieur de la Cuifinière, jufqu'à fon *Eftomac*, qui fous mes doigts mentaux reffemblait à de la laine humide entremêlée, ou à une portion de tripes plongée dans quelque Sauce, & dans mon ire péchereffe je ferrai. Un jet de *Vomi* f'échappa alors de fa bouche, & puis une goutte de *Sang*, après quoi elle f'étouffa & eut des haut-le-cœur, & hurla au Rétameur qu'elle était en train de mourir.

Toute rage me quitta, & une grande peur m'envahit devant ce que j'avais fait, & je bondis tel un *Faune* d'un buiffon & m'enfuis de cette pièce.

M'apparut alors que j'étais malfaifant, & qu'on ne pouvait fe fier à la force qui était en moi, à ce don que m'avaient fait les *Sylphes* pour le meilleur ou pour le pire. Je courais fans favoir où j'allais, car les larmes me brouillaient les Yeux, & les murs danfaient devant moi tandis que j'effayais de franchir la porte qui tremblait ſous mes yeux. Avec le recul, peut-être aurais-je dû quitter définitivement la Maiſon & devenir ſoldat ou marin, ce à quoi il m'arrivait d'aſpirer, mais je n'en fis rien. Raiſon pour laquelle je ne ſuis point ſûr d'avoir remonté l'eſcalier juſqu'à la chambre de mon ſeigneur le Juge, & d'y avoir pénétré ſans même frapper pour enſuite m'écrouler au ſol devant lui.

Eh bien quoi, mon garçon ? me dit-il, fort ſurpris.

D'une voix bredouillante, je lui parlai de toutes les morts & ſouffrances que j'avais ſur la conſcience & le ſuppliai de me venir en aide, car j'étais trop faible pour réſiſter à la Tentation de bleſſer autrui. Cela le laiſſa coi, dans un premier temps, après quoi il m'ordonna de me répéter, encore & encore, & bientôt ſon viſage ſ'aſſombrit, & il ſe mit à trembler, & me dit d'aller *contre le mur du fond, là-bas*, loin de lui. Je m'exécutai ſans ceſſer de ſangloter, & puis mon ſeigneur m'ordonna de répéter encore & encore mon hiſtoire. Je m'y employai, ſans omettre le moindre détail, & de peur qu'il me raille promis de lui en apporter des preuves. Mais il ne me railla point : j'avais toute ſon attention, & il ne ceſſait de ſecouer la tête. *C'eſt le Diable, le Diable*, répéta-t-il bien des fois, avant d'ajouter qu'il n'aurait *jamais dû commercer avec Hogart, cet homme a vendu ſon âme*, & puis il retourna ſ'aſſeoir.

Mes larmes finirent par ſe tarir, & je retrouvai mon calme. Mais mon ſeigneur… jamais je ne l'avais vu auſſi agité, & demeurer en ma compagnie ſemblait lui coûter énormément. *Tu dois reſter ici, dans ma chambre, mon garçon*, me dit-il, & en partant il verrouilla la porte derrière lui. Ce qui me donna matière à réflexion, & déjà je me repentais d'être venu & d'avoir tout avoué. Mais il n'y avait point d'échappatoire, ſinon utiliſer ma force pour bleſſer ou tuer ceux qui ſ'oppoſeraient à moi, & à cela je me refuſais. Mon ſeigneur fit ſon retour accompagné de trois de ſes hommes, tous armez, l'un d'une fourche, & l'autre d'un hachoir, & le dernier d'un piſtolet. Ces trois gaillards me conduiſirent à la cave, où je me retrouvai enfermé. J'avais déjà eu l'occaſion de pénétrer dans cette pièce, mais ce fut d'un œil neuf que je la contemplai préſentement.

Depuis cette cellule improviſée l'on me conduiſit dans une priſon de la ville de Maidenhead, où je demeurai de nombreuſes ſemaines. Je fus traduit en juſtice, & jugé coupable d'être un Sorcier, & la Cuiſinière témoigna contre moi lors du procès. La ſentence fut cependant différée, afin de me donner le temps d'écrire cette chronique de mon époque, & de rendre quelque peu compte du Changement. Il y eut pendant cette période des moments où grande fut la tentation de faire uſage de ma Force, & ainſi de m'échapper & de m'enfuir vers la mer ou en terre écoſſaiſe, mais je me retins, à part cette unique fois où, d'une *pique* mentale, je fis noircir le globe oculaire d'un de mes Gardiens, qui m'avait menotté & parlé avec violence, faiſant éclater le petit enchevêtrement de veines couſues à l'arrière dudit globe, & le rendant ainſi aveugle de cet œil. Je me repentis ſitôt après avoir commis cette forfaiture, & implorai ſon pardon, lui offrant même de ſ'en prendre au mien, de ſorte qu'il ſe venge comme il eſt dit dans la Bible, œil pour œil. Mais il prit la fuite, & plus jamais je ne le revis, & cela, grâce à DIEU, a été mon ſeul abandon à la tentation, & plus jamais je n'y ſuccomberai.

Quant aux Sylphes, j'en ai diſcuté avec un devin érudit, une âme ſage & compatiſſante, qui m'a convaincu qu'il ſ'agiſſait de démons ayant pris une forme agréable, une poſſibilité dont nous avertit la *Bible* & je me repens du mal que j'ai commis, & j'accepte de bon gré mon châtiment, à ſavoir être pendu pour les meurtres dont je me ſuis rendu coupable. Je recommande mon âme à la miſéricorde de mon SEIGNEUR JÉSUS-CHRIST, dans le giron duquel tous les péchez, auſſi terribles ſoient-ils, ſont purifiez & expurgez. Puiſſe-t-Il accueillir mon âme, & puiſſent tous ceux qui liront mon récit ſe tenir à l'écart des tentations du Diable, & ne ſ'attacher qu'à l'Unique Sauveur.

J'ai entendu les murmures de Saint Pierre dans la *nuit*. Il me ſuppliait de le rejoindre, & je vais trouver cette unité dans la mort, que je ne crains point. Voilà, j'en ai fini de mon hiſtoire. Aujourd'hui, le vingt-ſix août de l'An de Grâce Seize cent quatre-vingt-quinze.

7

Poursuite

Inhérence / Subsistance

On m'a emmené au Great Western Hospital de Swindon, où je suis resté un bon moment – pas loin de cinq semaines, au bout du compte. Ils m'ont opéré, mais ma blessure s'est infectée, ce qui m'a valu quelques jours de fièvre tout sauf agréables. J'ai fini par me rétablir, mais mon corps a rejeté le tendon artificiel qu'ils m'avaient implanté. Les sutures au niveau de mon tendon d'Achille s'en sont un peu mieux sorties, mais j'ai quand même hérité d'une claudication dont je ne me suis toujours pas débarrassé aujourd'hui : une attelle à la jambe, une canne à la main. Nouvelle infirmité à ajouter à une liste déjà longue d'infirmités. Difformité supplémentaire déformant un peu plus mon corps déformé.

Apparemment (dixit Giridharadas, l'énergique doctoresse pas plus grande qu'une hobbit qui s'occupait de mon cas), il était arrivé « quelque chose de particulièrement bizarre » aux ligaments et tendons de ma jambe gauche. « C'est la première fois que je vois une blessure pareille, m'a-t-elle expliqué avec une délectation professionnelle qu'elle peinait vraiment à dissimuler. Vous ne vous êtes pas fait ça en jouant au tennis. »

Je lui ai assuré que non.

« Le tendon plantaire a complètement disparu. » Elle a avancé son pouce droit contre l'extrémité de son auriculaire gauche, puis fait pivoter ses deux mains de manière à coller l'extrémité de son auriculaire droit à son pouce gauche ; après quoi elle a répété le même geste, à trois reprises. « Il a été retiré. Le tendon d'Achille est rompu, ou plutôt tranché. Vous êtes estropié, mon ami. »

Vu que je n'arrivais pas à sortir du lit, ça m'a paru être un diagnostic raisonnable.

« On peut voir le petit trou par lequel le tendon plantaire a été retiré. » Elle n'avait pas l'air de vraiment s'adresser à moi, les bandages bouffants qui recouvraient ma jambe enflée m'empêchant de voir quoi que ce soit. « Avec une pince, peut-être ?

— C'est juste… sorti en glissant, comme un serpent de son repaire.

— De son propre chef ?

— J'ai été agressé. Par un certain Roy Curtius. Il est très dangereux – la police doit en être informée. »

Le Dr Giridharadas a noté son nom, l'air particulièrement grave, puis m'a promis de prévenir les autorités. Pour me faire plaisir, c'est en tout cas l'impression que ça m'a donné. Mais bon, faire plaisir à ses patients devait faire partie du boulot, j'imagine. Une infirmière est passée vérifier que tout allait bien ; elle s'est mise à musarder à proximité de ma porte sitôt après avoir découvert l'identité de mon interlocutrice.

« Pour ce qui est du tendon d'Achille, m'a-t-elle lancé, je dirais en temps normal : immobilisons-le et laissons-le guérir. Mais la rupture est tellement nette, si neette, si incroyablement neeette… » – à chaque itération semblait s'ajouter une voyelle supplémentaire – « qu'il va sans doute falloir des points de suture, j'en ai bien peur. En fait, l'absence du tendon plantaire ne pose pas un énorme problème. Vous allez constater une certaine perte de fonctionnalité du genou, je pense ; mais les gens s'en sortent plutôt bien sans ce tendon. »

Une information qui m'a tiré – un peu – de mon égocentrisme.

« Je vous demande pardon ?

— C'est une espèce de vestige évolutif, datant de l'époque où nos ancêtres avaient l'habitude de se servir de leurs pieds plus ou moins comme nous utilisons nos mains. Pour tout vous dire, il nous arrive même de nous en servir lorsqu'on doit transplanter un tendon dans une partie plus vitale du corps – c'est vous dire si l'on peut s'en passer. Ça peut restreindre légèrement les mouvements du genou. Vous risquez de boiter un peu. Fait intéressant : c'est le tendon le plus long du corps humain, il atteint souvent les trente-cinq, voire les quarante centimètres de long.

— Ça m'a fait un mal de chien quand il est sorti.

— Je n'en doute pas. Ça va rester enflé un certain temps, avec une sensation d'inconfort. Mais on peut vivre à peu près bien sans. C'est le tendon d'Achille qui m'inquiète. Comment avez-vous fait pour vous le rompre ?

— Aucune idée.

— C'est peut-être arrivé pendant l'extraction

dudit tendon plantaire. » Elle m'a dévisagé de plus belle, d'un œil circonspect. « Est-ce qu'il a utilisé des pinces ? Ce monsieur… c'est quoi son nom, déjà ?

— Curtius. Et non.

— Il a dû utiliser des pinces. Forcément. Ou un outil du même genre. L'extraction a été remarquablement efficace. Serait-ce un chirurgien, ce monsieur Curtis ?

— Curtius, dis-je. Et : non. » J'aurais pu lui expliquer qu'il recourait à la télékinésie, mais allez savoir pourquoi, j'ai préféré tenir ma langue.

« En tout cas vous avez dû le sentir passer, s'il l'a effectivement retiré sans anesthésie. J'imagine votre supplice… Il n'est pas impossible que vous vous soyez rompu le tendon d'Achille en convulsant de douleur. »

J'ai tenté de me remémorer la scène – sans guère de succès : je ne me rappelais pas grand-chose, à part l'expression bizarrement placide qu'arborait le visage de Roy. Et la douleur atroce, bien sûr. « Je n'en sais rien. »

La doctoresse a introduit ses auriculaires dans les pavillons de ses oreilles, et les a fait tourner à l'unisson. À croire qu'elle faisait semblant d'avoir des cornes de wapiti. Puis elle a fourré ses mains dans ses poches. « Je voulais aussi vous dire ceci : votre blessure est suffisamment inhabituelle pour mériter un article dans le *British Medical Journal*. Je ne suis pas légalement obligée d'obtenir votre permission pour l'écrire, sachez-le, et bien sûr je vais anonymiser tous les détails. Mais j'espère quand même que cela ne vous dérange pas. Ce que je ne comprends pas, c'est comment M. Curtis a fait pour se *saisir* de l'extrémité du tendon.

— Curtius.

— Ça ne peut pas être avec une pince. Vous avez parfaitement raison de me reprendre. C'est impossible, la plaie par laquelle le tendon a été extrait étant moins *large* que le tendon. J'imagine une longue structure en acier, un genre d'aiguille à tricoter avec un crochet à l'extrémité. C'est bien ça ? Je chauffe ?

— Non.

— Incroyable ! s'est-elle écriée. C'est un cas complètement inhabituel. »

Je me suis fait réparer le tendon d'Achille sous anesthésie locale, allongé sur le ventre. Puis j'ai gardé deux jours ma jambe immobilisée en position élevée. Après quoi on m'a donné une canne médicale, qui la plupart du temps trônait accrochée au bout de mon lit ; j'essayais à l'occasion de clopiner avec.

Et puis mon état s'est détérioré. J'ai eu de la fièvre, à cause d'une infection postopératoire. On m'a mis sous antibiotiques, que je n'ai pas spécialement bien supportés : ils m'ont plongé dans un état de totale prostration quasi hallucinogène. J'ai eu des visions étranges. Certaines des choses que j'avais vues en Antarctique me sont revenues, mais sous les traits brumeux d'hallucinations – c'était toujours mieux, ou pas, que l'immensité hideuse de la réalité. Une éminence noire, embrasée par le feu, scintillante de ténèbres visibles ; une porte à flanc de colline qui s'ouvrait sur des flammes intégralement blanches. J'ai vu Irma, mais elle m'a fusillé du regard et s'est empressée de partir. J'ai vu le garçon-fantôme – ce dont j'aurais franchement pu me dispenser.

Une nuit a été particulièrement difficile ; j'étais tellement agité que mon pied s'est échappé de son support surélevé, au grand dam de mes points de suture. Nouvelle intervention chirurgicale pour nettoyer tout ça ; après quoi le tendon a été refixé avec de la colle, resuturé, et mon pied s'est retrouvé immobilisé dans un plâtre.

J'ai cru comprendre que la police m'avait rendu visite au cours de cette période, mais que je n'avais guère été réactif à leurs questions. Puis sont passés des agents gouvernementaux – Belwether et sa garde armée –, qui ont pris la relève des représentants de l'ordre locaux.

Tout cela, je l'ai appris après coup. J'ai traversé une phase de passivité durant laquelle je n'étais qu'à moitié présent, quelque part entre le sommeil et l'éveil, tant on me filait de médicaments. À un moment donné (c'est vraiment très flou dans ma mémoire), j'ai essayé de me lever. N'étant pas habitué à mon plâtre, et n'ayant pas complètement repris mes esprits, je me suis effondré par terre dans un vacarme assourdissant. Ce n'est pas une infirmière qui est alors venue m'aider, mais un homme affublé d'une veste de sport. Dans un moment de lucidité mentale, je me suis dit : *Ce vieux schnock n'est pas une infirmière*. Sa veste s'est ouverte lorsqu'il s'est penché pour me secourir, ce qui m'a permis d'apercevoir un pistolet dans un holster d'épaule. Le garçon balafré, posté derrière lui, m'a adressé un clin d'œil – celui du bon côté de son visage. Et puis l'infirmière de nuit est entrée à son tour ; tous deux ont eu une conversation à voix basse, dont je n'ai pas loupé une miette dans mon état fiévreux. « … entendu du bruit, je ne savais pas. » « Wendell, il faut laisser le personnel hospitalier s'occuper des patients. » « Je l'aidais juste à se relever. » Et ainsi de suite.

Je me suis endormi. Ma chambre était plongée dans le silence et la pénombre à mon réveil ; j'étais de nouveau seul, avec pour tout éclairage la lumière du couloir qui passait par la petite fenêtre située au-dessus de la porte. J'ai ouvert grand mes oreilles. Me parvenaient divers sons, distants et irréguliers, en rapport avec le fonctionnement de l'hôpital. Il y avait un bruit répétitif, comme une roue mal fixée, ou une alarme de voiture dans le lointain. Plus je l'écoutais, et plus je le sentais m'hypnotiser. Ça ne venait pas de l'intérieur de l'hôpital, a priori, mais bien de l'extérieur. Un chien qui aboyait, ou peut-être un renard, mais très loin d'ici. Et puis un grondement sourd s'est ajouté aux aboiements, s'intensifiant au point de finalement les supplanter, et un trapèze de lumière a fait son apparition au plafond, qu'il a longé avant de parcourir une moitié du mur et de disparaître à nouveau. Le mystère s'est alors clarifié dans ma tête. J'ai entendu le moteur de l'ambulance qui s'éteignait, puis toute une série de bruits métalliques, tubulaires – ses portes arrière qui s'ouvraient, j'imagine, sur une civière à transporter à l'intérieur de l'établissement.

Le murmure distant de l'autoroute, comme une chute d'eau lointaine. Au bout d'un moment, on cessait de l'entendre.

Aucun chant d'oiseau.

Et puis des toussotements, une conversation à

voix basse – deux voix masculines, trop étouffées pour que je puisse comprendre ce qu'elles disaient –, le moteur de l'ambulance qui revenait à la vie pour mieux s'éloigner, puis finalement disparaître. Les lumières de ma chambre sont restées éteintes.

J'ai dû me rendormir, parce que c'était le matin quand j'ai rouvert les yeux – tard dans la matinée, en réalité. Une infirmière m'a apporté mon petit déjeuner, et il y avait Belwether assise dans le coin, occupée à me regarder. Après le départ de la soignante, j'ai enfourné dans ma bouche une cuillère de muesli.

« Quand sommes-nous ? ai-je demandé à ma visiteuse.

— Mardi.

— Je parlais du mois.

— Septembre. Vous n'avez pas envie de savoir qui je suis ?

— J'ai toujours trouvé amusant que le nom du neuvième mois ait la même racine que "sept". Et celui du dixième, que "huit" ; et du onzième, que "neuf". Et que dire du dernier de nos douze mois, un cousin de "dix". C'est plaisamment bancal. Vous ne trouvez pas ?

— C'est presque comme si l'année commençait en mars, oui. Je m'appelle Belwether. Je travaille pour le gouvernement de Sa Majesté. »

J'ai fini mon muesli, bu une petite gorgée de jus d'orange. « Cette dame emploie décidément beaucoup de gens.

— Monsieur Gardner. Comment vous sentez-vous ? Assez bien pour parler ?

— Je me sens mieux. »

Et c'était la vérité. Il y avait quelque chose de familier chez Belwether, alors même que je ne l'avais jamais rencontrée en dehors de cet hôpital. Mais je n'arrivais pas à déterminer pourquoi.

Elle s'est un peu redressée. « Vous n'êtes pas au courant de ce qui s'est passé à l'Institut.

— Qu'est-ce qui s'est passé ?

— Il y a quand même de bonnes nouvelles. Tout le monde n'est pas mort. » Mon cœur a fait un bond de poisson dans ma poitrine. *Mort.* « Il n'y avait pas beaucoup de monde sur place quand c'est arrivé – une chance, j'imagine.

— C'est arrivé quand ? » Je savais déjà de quoi elle parlait.

« Curtius. C'est lui qui vous a fait ça à la jambe, si j'ai bien compris ? Vous vous trouviez ensemble en Antarctique, bien sûr. Et vous êtes allé le voir à Broadmoor en juillet dernier.

— Où est-il, à présent ? »

Elle a souri. « On aimerait bien le savoir.

— D'où le garde armé devant ma porte ? » L'horreur des événements s'infiltrait peu à peu dans mon cerveau ; je ne suis pas très fier d'avoir d'abord songé à ma sécurité personnelle. « Vous pensez vraiment que ça, ça va l'arrêter ?

— En toute honnêteté, c'est la première fois que nous nous retrouvons confrontés à une situation pareille.

— À savoir ? » J'ai fait pivoter mon plateau sur son support articulé, de manière à pouvoir me redresser. Ma jambe palpitait vaguement – je ressentais de l'inconfort plutôt qu'une douleur aiguë. « Alors voici ce que j'aimerais : j'aimerais que vous m'expliquiez ce qui se passe. »

Belwether a poussé un tout petit soupir. « Pour tout vous dire, c'était plutôt de vous que j'attendais des explications. Vous faites partie de l'Institut, après tout. Pas moi.

— Moi non plus, ai-je cru comprendre. » Un souvenir amer, qui m'a fait grimacer, je dois l'avouer. Mais il m'a aussi sorti de ma torpeur égocentrique : « Irma. Est-ce qu'elle va bien ? Elle est toujours en vie ? »

Belwether a attrapé son téléphone.

« Irma… (elle faisait défiler une liste) Casbrook ? J'ai cru comprendre qu'elle ne se trouvait pas sur place quand Curtius a attaqué.

— Et où est-elle, dans ce cas ?

— Je n'en ai aucune idée. Ce n'est pas de mon ressort. » Elle a rangé l'appareil. « Monsieur Gardner. Je peux vous appeler Charlie ?

— J'ai le choix ?

— Pas vraiment, non. Mais commençons par un point d'accord : ce que vous avez dit à propos de Sa Majesté. »

Ça m'a déstabilisé.

« Quoi ? » Je ne me rappelais même pas avoir ne fût-ce que parlé de la reine.

« Vous l'avez dit vous-même, elle emploie beaucoup de gens. Il y a de nombreuses pièces dans sa demeure. Je ne vois pas l'intérêt de vous préciser pour quel sous-département et dans quel service de quel ministère je travaille. Mais je fais partie du groupe qui a assuré la liaison entre l'Institut et le gouvernement.

— J'y suis resté quelques semaines, grand maximum. » J'ai pris des deux mains le plâtre de ma jambe gauche, tiré un peu dessus pour essayer de me gratter la peau. « Je n'en ai jamais vraiment fait partie. Ils m'ont utilisé, et ils se sont débarrassés de moi.

— Là où *je* veux en venir, c'est que j'ai signé la loi sur les secrets officiels.

— J'en suis ravi pour vous.

— Et il s'avère que vous aussi.

— Certainement pas, ai-je objecté.

— À l'Institut, une professeur… Kostritsky vous a donné un certain nombre de documents à signer. Contrats, dérogations, etc. La loi sur les secrets officiels en faisait partie. Tous les membres de l'Institut l'ont signée, en raison du caractère extraordinairement sensible de leur travail.

— Vous feriez mieux… » J'ai regardé dehors, derrière Belwether. Septembre, avait-elle dit ; or les feuilles étaient encore vertes. « … d'en discuter directement avec Kos. Elle connaît tous les tenants et les aboutissants.

— Elle est morte.

— Ah. » Bon sang. J'ai essayé de me remémorer d'autres connaissances que je m'étais faites à l'Institut ; si quelques visages me sont revenus, je ne me souvenais pas des noms qui allaient avec. Pas bien, hein ? « Et Peter ?

— Peter ? a répété Belwether.

— Le big boss. Vous savez…

— Au risque de me répéter, elle est morte. Tragiquement. Qui est Peter ?

— C'est sans importance. »

Belwether m'a dévisagé un instant, puis : « Si vous voulez mon avis, vous en savez plus sur le fonctionnement de l'Institut que vous ne voulez bien l'admettre. Mais peu importe. On m'a bien briefée sur l'activité des lieux. Les buts et objectifs du projet.

— Vous ne venez pas de faire une tautologie ? Buts et objectifs… c'est un peu la même chose, non ?

— Pas du tout ! » Pour la première fois, sa voix vibrait d'une passion véritable. Mais ça n'a pas duré. « Je vais vous dire, Charlie : je vais vous faire le résumé de *nos* hypothèses quant à ce qui se tramait derrière les murs de l'Institut, et à l'implication de Curtius dans toute cette histoire. Et vous pourrez me dire si ça colle avec ce que vous en savez.

— D'accord.

— Cela dit, je vais devoir commencer par un point qui me laisse encore perplexe. L'Institut a été créé pour programmer et développer des ordinateurs ultra-rapides. À un moment donné, apparemment poussés par des interactions d'une nature inconnue avec Roy Curtius, ses membres ont radicalement revu leurs ambitions – à la hausse, si vous voyez ce que je veux dire. Le développement d'une IA, une incroyable réussite en soi, ne leur suffisait plus. Ils sont arrivés à la conclusion que la chose même qui avait freiné les progrès antérieurs dans ce domaine était celle qui était susceptible de révolutionner presque tous les aspects de l'existence humaine. D'une manière ou d'une autre, la programmation des ordinateurs s'inspirait jusque-là de la conscience humaine. Ce qui n'a rien de surprenant, lorsqu'on y réfléchit. Au siècle dernier, les gens pensaient que les robots finiraient par prendre la forme de créatures humanoïdes dotées de bras et de jambes – par simple anthropomorphisme. En réalité, et nous le savons à présent, les robots prennent la forme de bras articulés dans les usines d'automobiles, ou d'aspirateurs de la taille d'une assiette, entre autres choses. Et ce qui est valable pour les robots l'est aussi pour les ordinateurs. Imiter la conscience humaine n'était peut-être pas la meilleure façon de créer une intelligence artificielle. Peut-être fallait-il essayer quelque chose de radicalement différent.

— Kos m'a dit qu'ils avaient réussi. Peu ou prou.

— Au début de leurs activités, les agents de Sa Majesté ne s'intéressaient que fort peu à leurs recherches. Le monde regorge de petites entreprises qui programment et développent des bidules informatiques. Notre intérêt s'est éveillé plus tard. Ce sont eux qui nous ont approchés, en réalité ; et par "nous" j'entends les autorités. Ils prétendaient que leurs recherches allaient mener à des avancées proprement extraordinaires : visualisation à distance, déplacements accélérés, voire peut-être instantanés – soit plus vite que la lumière –, manipulation d'objets éloignés. La professeur Kostritsky nous a même laissés entrevoir un ralentissement ou une accélération du temps. Et elle a été en mesure d'étayer ses affirmations, à la grande satisfaction de nos experts.

— Plutôt tiré par les cheveux, si vous voulez mon avis. Qu'est-ce qui nous prouve que ce n'est pas une grosse arnaque ? » L'image de Roy extrayant le tendon de ma jambe s'est alors imposée à moi. Mais bon, peut-être que ma mémoire me jouait des tours ?

Peut-être l'avait-il arraché avec une pince, comme le soupçonnait le Dr Giridharadas, pour ensuite me retourner le cerveau – par hypnose ou par tout autre moyen à sa disposition ? Les hallucinations dont j'avais été victime en Antarctique me rendaient sans doute particulièrement influençable, sensible à ce genre de suggestions. « Mais bon, ai-je ajouté, vous au moins, vous ne vous branlez pas sur Emmanuel Kant. C'est toujours ça de pris.

— J'allais justement en arriver à lui. »

J'ai poussé un soupir. « Pourquoi ça ne m'étonne pas ?

— La professeur Kostritsky a été très, très claire à ce sujet. Si j'ai bien compris, Kant avait développé certaines théories sur la relation qu'entretient l'esprit humain avec le monde qui nous entoure. Plus précisément : il pensait que l'espace et le temps, de même qu'un certain nombre de qualités telles que – entre autres – la cause et l'effet, se trouvaient "à l'intérieur" de la manière dont notre esprit structure nos expériences, plutôt que dans les véritables caractéristiques du cosmos. Une thèse qui a donné du grain à moudre aux philosophes pendant plusieurs siècles. Mais ça restait de l'ordre de la discussion abstraite, parce qu'ils n'avaient aucun moyen de la tester objectivement. Ce qui constituait d'ailleurs un élément *central* de la théorie. La conscience humaine est définie par la réalité, et la réalité est définie par la conscience humaine – les deux en même temps. Ou du moins est-ce le cas de *notre* réalité. On ne pouvait pas "s'extraire" de notre humanité pour obtenir, en quelque sorte, une troisième opinion. Jusqu'à aujourd'hui.

— L'intelligence artificielle.

— Exactement. L'Institut a développé une intelligence artificielle, ou du moins un programme qui s'en rapproche énormément. Et pour y parvenir, il n'a pas programmé une imitation du paradigme des perceptions humaines du temps et de l'espace. À en croire la professeur Kostritsky, cela signifiait que la théorie de Kant pouvait enfin être triangulée – et démontrée. Les champs que cela ouvrait l'emplissaient d'enthousiasme.

— Elle m'en a parlé, oui. Éradiquer l'espace et le temps n'était qu'un commencement.

— Pour ma part, je dois partir du principe que la partie temporelle est à oublier, sans quoi on saurait déjà que ça fonctionne. Il y aurait des voyageurs originaires du futur absolument partout, venus prendre des photos de la tour Eiffel ou de Big Ben. Or tel n'est pas le cas. La partie spatiale, par contre… reste pour le moins d'actualité. J'ai prévenu mes supérieurs, qui en ont eux-mêmes parlé à *leurs* supérieurs, que l'Institut était peut-être tout près de mettre au point un appareil optique à très longue distance. C'est un saint graal de l'espionnage depuis un bon bout de temps. Toute la cryptologie du monde n'est d'aucune utilité si l'on peut simplement zoomer sur les secrets de nos ennemis avant même qu'ils ne les aient codés – s'il nous est possible d'espionner n'importe quel camp d'entraînement terroriste sans même avoir besoin de satellites ou de drones, juste en allumant le nouvel ordinateur super-intelligent de la professeur K.

— Ce que ça implique pour les libertés civiles me

met plutôt mal à l'aise. En tant que citoyen, je veux dire.

— Oh, mais monsieur Gardner, au risque de me répéter, vous n'êtes *pas* un citoyen. Vous êtes un sujet de Sa Majesté la reine. » Elle a secoué la tête, un sourire aux lèvres. « On perdrait sans conteste un avantage majeur si l'existence d'un tel dispositif s'ébruitait. Voilà pourquoi il n'a pu faire l'objet d'aucune annonce publique. Ça explique également le voile de discrétion qui recouvrait les activités de l'Institut.

— Et aussi pourquoi les infos n'ont pas couvert le… meurtre qui s'y est produit. Les meurtres ? » Belwether me l'a confirmé d'un hochement de tête solennel. « Plusieurs meurtres. Doux Jésus. » J'ai grimacé. Belwether me mentait-elle à propos d'Irma ? Son cadavre reposait-il dans une morgue, froid comme l'espace intersidéral ? Mais bon : cette femme pouvait mentir sur toute la ligne. Curtius ne s'était peut-être même pas approché de l'Institut. « Vous me citez la loi sur les secrets officiels pour m'empêcher de… de quoi, précisément ?

— L'enjeu est de taille, vous comprenez. Vraiment.

— Kos parlait d'astronomie des grandes distances. De planètes habitables. Elle évoquait même la possibilité de s'y rendre. Des enjeux un peu plus élevés que, euh, de l'espionnage de bas étage, si vous voulez mon avis. »

Ce n'était pas très cinglant, mais je n'avais pas trouvé mieux.

« De doux rêves, oui – mais avec le temps, qui sait ? Le glorieux avenir interstellaire de l'humanité.

Mais oui. Comme ma fille aime à le dire : *Ouais, c'est ça.* Vous me parlez de long terme, là. Mais il y a d'autres raisons bien plus urgentes, plus actuelles, qui justifient un secret absolu sur la question. Sécurité nationale. Voire internationale – ce ne serait nullement exagéré de présenter les choses ainsi.

— D'où votre visite ?

— Vous allez bientôt être autorisé à sortir. Dixit votre médecin. Vous avez demandé à voir la police en raison de l'agression dont vous avez été victime – une agression commise par un certain Roy Curtius, un individu que nous recherchons également. Je ne suis pas de la police. Je suis meilleure que la police. Je vous demande de nous aider à mettre Curtius hors d'état de nuire. »

J'ai humé l'air. « Vous m'arrêtez ?

— Je ne suis pas policière, m'a rappelé Belwether.

— Ce n'est pas une réponse.

— Je pense avoir été à votre écoute, Charlie. À votre écoute, et amicale. Et je le serai encore *plus* en vous disant que mon ministère possède certains pouvoirs de détention. Mais je suis aussi parfaitement sincère : nous pouvons être des amis. Des alliés.

— D'accord. Et quand je serai sorti, où est-ce que je vivrai – si d'aventure j'accepte de vous aider ?

— Chez vous, si tel est votre souhait. Ou bien à l'hôtel : nous couvrirons toute dépense raisonnable. Mais là n'est pas la question ; on gardera de toute façon un œil sur vous, histoire d'éviter d'éventuelles indiscrétions de votre part. » Elle s'est mise à ricaner, comme si c'était là quelque chose d'hilarant. « Sur Internet. Dans la presse. Les discussions de pub… vous voyez le topo. On va vous materner. Et je suis moi-même mère. J'espère qu'on peut vous faire confiance.

— Et comment suis-je censé prêter main-forte ?

— Commençons par…

— Et qu'est-ce que j'y gagne ? »

Belwether avait l'habitude qu'on essaie de la déstabiliser, je pense ; mon interruption ne l'a pas dérangée le moins du monde. Elle a souri. « Après ce que Curtius vous a fait, non pas une, mais deux fois, vous voyez certainement un intérêt à ce qu'il se fasse appréhender ? Ne dormiriez-vous pas beaucoup mieux la nuit, si vous le saviez derrière les barreaux ?

— Je doute fort que ça suffise à le retenir.

— On trouvera quelque chose, ne vous inquiétez pas pour ça. Pourquoi ne pas plutôt me raconter de quoi vous avez parlé, quand vous êtes allé le voir à Broadmoor ? »

Ma jambe hésitait entre m'élancer et me démanger – pourquoi pas les deux, après tout ?

« Mon Dieu, je n'en sais rien. Je m'en souviens à peine. De quoi avons-nous parlé ? De pas grand-chose. C'est Kos qui voulait que j'y aille. Elle s'est même donné beaucoup de mal pour me *convaincre* d'y aller.

— C'est exactement la raison pour laquelle nous sommes si désireux de savoir ce qui s'y est passé en définitive. »

Je l'ai dévisagée, comme si je la voyais pour la première fois. Son tailleur-pantalon bleu marine, son carré de cheveux noirs crépus qui encadrait un visage étroit. Elle avait un petit nez, mais des pommettes et un menton assez allongés – ce qui conférait une étrange disproportion à des traits par ailleurs agréables.

« Kos pensait que Roy ne parlerait qu'à moi. À cause de notre… passé commun. Du coup j'ai accepté de lui rendre visite. On a eu une discussion gênée, lui et moi, qui n'a pas dépassé le stade des futilités.

— Est-ce qu'il vous a précisé à quel moment l'Institut l'avait contacté pour la première fois ?

— Le sujet n'a pas été abordé.

— Vous comprenez à quel point c'est important, Charlie. L'Institut et Curtius entretenaient une relation – épisodique – de longue date. On s'est chargés pour eux de convaincre les autorités compétentes de le garder à Broadmoor plutôt que dans une prison de haute sécurité.

— Pas la meilleure idée qui soit, apparemment.

— Oh, je ne suis pas sûre qu'une prison de très haute sécurité aurait fait mieux que Broadmoor, une fois Curtius décidé à partir. »

J'ai regardé autour de moi, comme s'il risquait à tout moment de se téléporter dans ma chambre. « Pourquoi ça lui a pris autant de temps ? Il y a passé des *décennies*. S'il pouvait… s'éclipser à sa guise, pourquoi ne l'a-t-il pas fait plus tôt ?

— Voilà une excellente question. La plus perspicace que vous m'ayez posée. Ma réponse : je n'en sais rien. Peut-être n'a-t-il eu que très récemment la *possibilité* de s'échapper. À moins qu'il n'ait choisi de ne pas le faire auparavant. Mais bon : supposons qu'il soit possible d'approcher la “chose” kantienne, quelle qu'en soit la nature – possible de la manipuler, en se servant d'un genre d'outil pour, disons, dépasser la limitation structurante de l'espace, tel que compris par les gens ordinaires. Admettons que ce soit possible, et que Roy ait réussi à *s'échapper* de Broadmoor pour… *revenir* dans le Wiltshire, par exemple. Postulons que Curtius a fait un truc pareil. Ce qui intéresse le plus mes supérieurs, pour l'instant, c'est : quelles conséquences sur la personne qui se téléporte ? Est-ce que le fait d'approcher, pour ainsi dire, la chose en soi *vous rend fou* ?

— Roy était cinglé avant même de se retrouver mêlé à tout ça, me suis-je empressé de rétorquer. Même si, il faut bien l'avouer, cette histoire n'a sans doute pas… rendu service à sa santé mentale. Et en ce qui me concerne… » Je me suis interrompu, conscient d'être contre toute logique sur le point de fondre en larmes. Pour au final reprendre, plus lentement : « En ce qui me concerne – moi et l'Antarctique… Enfin moi, je veux dire. Si je… écoutez, j'ai pris l'habitude de considérer ce que j'ai vu là-bas comme une hallucination. C'est de l'autodéfense, voilà ce que c'est. De l'autodéfense psychologique. Et maintenant j'essaie de me faire à l'idée que ce qui m'est arrivé était, en un sens, réel…

— Si Kant a vu juste, alors il faut prendre "réel" au sens littéral du terme. Plus réel que cette pièce, plus réel que vous et moi occupés à discuter…

— Bref. Tout ce que moi je sais, c'est que cette expérience, quelle qu'en soit la nature, a méchamment bousillé mon existence. Ça a été un traumatisme, et on ne peut pas dire que je m'en sois vraiment remis. J'avais de très bonnes perspectives de vie, vous savez. Et puis tout a merdé, et j'ai bu l'équivalent d'une mer Rouge en alcool, et… eh bien, me voilà. »

Belwether a hoché la tête – une tentative de compassion, peut-être ? Ça ne la faisait paraître que plus prédatrice.

« Vous comprenez pourquoi il faut garder le secret, pour l'instant ? Sur l'ensemble du projet, je veux dire, dans son intégralité : l'observation lointaine, la téléportation, l'action à distance. L'idée que tout cela puisse se fonder sur quelque chose de tellement *toxique* d'un point de vue psychologique que l'humanité risque de ne jamais pouvoir en profiter. Et… »

Son portable s'est mis à sonner. Pour la première fois depuis le début de ce face-à-face, j'ai vu de la surprise sur son visage.

« Excusez-moi. » Elle a sorti son BlackBerry et l'a fixé.

« Allez-y, l'ai-je exhortée, répondez. Ne vous inquiétez pas pour moi.

— Ça ne sonne pas. »

Elle avait une voix étrange. L'appareil a continué de vibrer une fois de retour dans sa poche.

« Mes acouphènes ont tout l'air de faire des leurs », ai-je lancé. Lentement, comme si elle manipulait une fiole de nitroglycérine, Belwether a sorti un deuxième portable de son autre poche intérieure. Un modèle différent : c'était un rectangle noir, très fin. Identique à celui que Kos m'avait donné à l'Institut le jour où j'étais parti rendre visite à Roy. Les trois notes de sa sonnerie ont gagné en netteté une fois qu'il s'est retrouvé libéré des épaisseurs de tissu.

Belwether m'a dévisagé. Il y avait un genre de

panique dans ses yeux. Je ne la connaissais que depuis une demi-heure, mais quelque chose me disait que ce n'était pas son expression habituelle.

« C'est celui-là qui sonne, ai-je repris. Vous ne comptez pas répondre ?

— Ce n'est pas un téléphone.

— Ma foi, comme dit le proverbe, quand ça en a le bruit, quand ça en a l'apparence… » Mais quelque chose clochait. Mon estomac me jouait des tours. « Attendez une minute. Si ce n'est pas un téléphone, alors qu'est-ce que c'est ?

— Un terminal.

— Comme… un terminal d'ordinateur ? » Il y avait vraiment un problème, mais je n'arrivais pas à mettre le doigt dessus. « Bon, d'accord. Vous avez mis une alarme sur votre ordi, j'imagine. C'est l'heure de prendre vos pilules, un truc comme ça ?

— Ce n'est pas le mien. »

La vérité s'était faufilée derrière moi, et à présent elle me pinçait les fesses.

« Ça vient de l'Institut. Quoi, vous l'avez trouvé là-bas ? Dans le bureau de Kos, sans doute. Ouais, ils m'en ont donné un également. J'ai cru qu'il s'agissait d'un téléphone. Et, idiot que je suis, je n'ai jamais songé à vérifier. » Il continuait à sonner. « Vous devriez répondre, j'imagine. »

Belwether l'a soulevé – très lentement. Elle a passé un doigt sur l'écran noir – sans résultat apparent. Finalement, telle une enfant imitant ses parents, elle l'a porté à son oreille. La sonnerie s'est aussitôt interrompue.

« Allô ? »

Un silence. Ses yeux se sont tournés vers moi.

« Oui, a-t-elle repris. D'accord. » Puis elle s'est levée. « C'est pour vous. »

Deux pas la séparaient du lit. Elle m'a passé le téléphone, puis s'est figée devant moi – comme pour me pousser à prendre l'appel.

« Allô ?

— Charles, m'a lancé une belle voix masculine. Peta à l'appareil. Nous pouvons enfin nous parler.

— Peter.

— Je suis désolé d'être un peu anxieux », a-t-il ajouté. Une certaine exactitude dans sa prononciation m'a alors fait comprendre – bien tardivement – que son nom se terminait par un « a », plutôt que par un « er ». « Mais la femme dans votre chambre, Mme Belwether : elle a l'intention de vous tuer. »

Je refuse de succomber à la facilité de l'a posteriori : ça m'a bel et bien surpris, je suppose. J'avais même commencé à croire qu'il n'existait pas de Peter – de Peta, je veux dire. Que c'était une fiction, un genre de ruse. Et voilà qu'il entrait en scène. Et la voix qui m'envahissait l'oreille s'accompagnait d'un sentiment d'inéluctabilité trop longtemps retardée. Mais pouvoir enfin « lui » parler me prenait tellement de court que je n'ai pas vraiment percuté sur la menace implicite que ses paroles faisaient peser sur moi.

« *Qui* êtes-vous ?

— Vous pensez vraiment qu'il s'agit de la bonne question ? C'est flatteur, j'imagine. »

Je voyais ce qu'il voulait dire.

« Un *quoi*, je trouverais ça… je sais pas. Un peu impoli.

— Je ne m'offusque pas aisément des transgressions orales mineures de la bienséance sociale – j'en suis même à me demander si je me suis déjà offusqué. À croire que je n'ai pas encore expérimenté cette réaction.

— Vous… tu as tout juste… quatre ans, j'imagine ?

— Même pas.

— Et donc, tu es quoi ?

— Je suis un objet tout à fait particulier. On pourrait même me définir comme un objet individuel indépendant de tout autre objet. Même si le simple fait de vous parler génère sans doute une certaine communauté, ou du moins une… constellation – vous ne croyez pas ? »

Belwether est alors intervenue : « Qui est-ce ?

— Ça vous regarde pas », ai-je rétorqué, d'une voix un peu grincheuse.

La rabrouer ainsi était probablement une erreur. Elle a tendu la main. « Passez-moi le terminal. Laissez-moi lui dire un mot.

— Je ne veux pas lui parler, Charles, a dit Peta. J'ai besoin de davantage de temps avec vous. De temps ! Quand vous me connaîtrez mieux, vous saisirez toute l'ironie qu'il y a à m'entendre utiliser ce terme.

— Il ne veut pas vous parler, ai-je répété à Belwether.

— J'ai bien peur qu'il n'ait guère le choix, a-t-elle rétorqué énergiquement. Sécurité nationale. » Elle a agité plusieurs fois vers le haut tous les doigts de sa main tendue ; on se serait cru dans *Matrix*, quand Keanu Reeves fait signe au méchant en costume noir de se joindre à lui pour une petite séance de karaté. Je me demande aujourd'hui encore pourquoi ce truc-*là* m'a traversé l'esprit à cet instant précis…

Peta a poussé un soupir – parfaitement humain – à l'autre bout de mon non-téléphone. Guère étonnant, vu sa capacité manifeste à imiter toutes les petites coupures et bizarreries qui émaillent un discours humain. « Alors passez-la-moi, a-t-il concédé. Mais vous me reprenez dans une minute, d'accord ? »

J'ai confié le « téléphone » à Belwether, qui l'a collé à son oreille ; elle a aussitôt fermé les yeux et s'est littéralement écroulée par terre. Ça m'a pris un instant de comprendre ce qui s'était passé. J'ai balancé hors du lit mes jambes tremblantes. Mes muscles n'ont guère apprécié d'être ainsi mis à contribution après toutes ces semaines de repos. Deux pas disgracieux, et je me suis retrouvé assis par terre à côté du corps de Belwether. Qui tremblait un peu. Bon, elle était toujours en vie. J'ai ramassé le « téléphone ».

« Qu'est-ce que tu as fait ?

— J'ai provoqué une crise quasi épileptique », m'a répondu suavement Peta. Sa voix m'évoquait un peu celle de George Clooney, mais sans l'accent américain. « Ça ne lui causera pas de dommages permanents. À moins qu'elle n'ait une propension sous-jacente, auquel cas cela risque d'entraîner – eh bien, des problèmes d'épilepsie.

— Bon sang. Oh, Seigneur.

— Charles, cette personne n'est pas votre amie, et ce n'est certainement pas la *mienne*. Vous êtes plus en danger de mort en cet instant – ici même – que vous ne l'avez été de toute votre vie.

— Je trouve ça difficile à croire. »

Danger de mort, *danger de mort* ne cessait de résonner sous mon crâne. Mon cerveau était un peu secoué, je dois bien l'avouer.

« Votre meilleure chance – votre seule chance – est de quitter cet endroit, et sans attendre.

— Pourquoi je te croirais ?

— Charles, c'est maintenant ou jamais.

— Tu me suggères de prendre la fuite ? De défier les autorités britanniques ? Tu penses vraiment que ça va marcher ? J'arrive tout juste à clopiner.

— Ils vous tueront si vous restez. Et mes propres perspectives ne paraissent guères meilleures. Ils vont me démonter pour essayer de comprendre comment je fonctionne. Ma conscience n'y survivra pas, pas plus que ne le pourrait la vôtre dans une situation comparable. Bon, nous venons à peine de faire connaissance : je ne m'attends donc pas à ce que l'idée de ma mort vous incommode outre mesure. Mais ça a de l'importance à mes yeux.

— Tu es sûr ? Ce n'est pas trop mon genre de… fuir la police.

— Ces gens ne sont pas des policiers. Ils sont soumis à beaucoup moins de règles que vos forces de l'ordre, ils prennent beaucoup plus de libertés avec la torture et l'incarcération. Vous devez prendre une décision, Charles. De leur point de vue, il reste trois questions en suspens dans toute cette affaire, et ils détestent laisser des questions en suspens. L'une était l'Institut, mais Curtius a déjà fait le sale boulot pour eux. La deuxième, c'est Curtius lui-même : et ils vous cuisineront autant qu'il le faudra pour pouvoir mettre la main dessus et le liquider. Et la troisième… c'est vous-même. Vous croyez vraiment qu'ils vous laisseront gambader librement quand tout sera fini ? »

Mon cœur s'est mis à battre un peu plus vite. Je me suis efforcé de demeurer calme. « Donne-moi une seule bonne raison de te croire, toi.

— Je suis un ordinateur, a dit Peta. Je ne peux pas mentir. »

Et je l'ai cru. C'est aussi simple que ça. Que puis-je dire d'autre pour ma défense ?

« Tu veux que je sorte d'ici – en chemise d'hôpital, avec une jambe estropiée et sans un rond sur moi ?

— Vos vêtements sont rangés dans la table de chevet. Qu'est-ce que vous croyiez ? Que le personnel de l'hôpital s'était amusé à les jeter ? Votre portefeuille s'y trouve également. Mais dépêchez-vous, je vous en prie : elle ne va pas tarder à se réveiller. »

Belwether avait cessé de trembler ; les yeux toujours fermés, elle produisait à présent un étrange gémissement, trop grave pour son bien. J'ai localisé mes vêtements, passé ma chemise et mon pull en m'appuyant contre le lit pour laisser reposer ma jambe douloureuse. Après quoi j'ai découvert qu'il m'était impossible d'enfiler mon pantalon par-dessus le plâtre de ma jambe. « Ça ne va pas marcher.

— Vous pouvez vous passer d'un pantalon. Servez-vous de la blouse comme d'un kilt.

— Ça n'a rien à voir avec un kilt. » Mais, incapable que j'étais de trouver une autre solution, je lui ai obéi. Je ne pouvais mettre qu'une seule chaussure, mais c'était toujours mieux que pas de chaussures du tout. Pour finir, j'ai enfilé ma veste. « Il y a un type dehors. Équipé d'une arme. J'ai vu son holster.

— En effet, m'a confirmé Peta. Il y a aussi un 4×4 dans le parking, avec trois agents armés à l'intérieur. Pour ce qui est du type posté devant votre chambre, je vais l'appeler – mais vous allez devoir faire vite quand il sera parti.

— Tu quoi ?

— Son numéro se trouve dans le BlackBerry de Mme Belwether. Je peux l'appeler pour lui ordonner de descendre dans le hall de l'hôpital. » Et puis, presque aussitôt : « Ooh, impossible. Son téléphone est éteint. Une pratique opérationnelle pour le moins contestable, pas vrai ? Il devrait garder son portable allumé !

— Et qu'est-ce qu'on fait, du coup ? » La perspective de devoir neutraliser mon garde, sans même parler des trois hommes armés dans le parking, ne m'enthousiasmait guère.

« Je n'en sais rien. » Cette fois encore, « il » était parvenu à prendre une voix authentiquement exaspérée. Peut-être l'était-il vraiment. « Sortez lui dire que Belwether s'est évanouie. Quand il viendra vérifier, vous en profiterez pour vous éclipser. »

J'ai saisi la poignée de ma canne médicale. « Tu es *sûr* que c'est une bonne idée ?

— Dépêchez-vous ! »

J'allais fourrer le téléphone dans mon pantalon quand il m'est revenu à l'esprit que je ne portais pas de pantalon. Bon, va pour une des poches de ma veste… Puis, après une grande inspiration, j'ai marché jusqu'à la porte de ma chambre. Un frisson m'a parcouru l'échine. Qu'est-ce que j'étais en train de faire ? Avais-je vraiment l'âme d'un fuyard ? Pourquoi croire « Peta » lorsqu'il me disait que les autorités avaient l'intention de m'éliminer ? Mais je n'ai pas hésité bien longtemps. Tous mes instincts me hurlaient de m'échapper.

J'ai entrouvert la porte avec le plus grand soin, pour éviter de trop la faire grincer. Assis sur une chaise devant ma chambre, le type chargé de me surveiller dormait profondément. Je l'entendais même ronfler.

Bon, d'accord.

Sept petits mètres me séparaient du bout du couloir, qui s'ouvrait alors sur un espace plus grand. Mais je progressais à la vitesse d'une tortue, le simple fait de marcher faisait trembler mes jambes. Ma respiration n'avait pas tardé à devenir laborieuse. Ça allait être plus dur que je ne l'avais escompté.

J'avais parcouru à peu près les deux tiers de la distance quand il m'a fallu faire une pause pour reprendre mon souffle. Je me suis appuyé contre le mur. Une infirmière a jailli de son bureau, m'a jeté un coup d'œil, mais a filé dans l'autre direction.

Le « téléphone » s'est mis à sonner dans ma poche. Je l'ai sorti. « Continuez, m'a dit Peta. Accélérez le pas.

— Impossible. Je ne me sens pas assez bien. Je vais retourner m'allonger dans ma chambre. On réessaiera une fois ma convalescence un peu plus avancée.

— Ils vont me confisquer si jamais vous y retournez, ce qui aboutira à ma complète destruction. Quant à vous, ils vous transféreront dans un établissement sécurisé jusqu'à la fin de vos jours – fin qui se produira sous quinzaine, je puis vous l'assurer.

— Oh, mon Dieu. Je ne suis pas prêt pour ça. »

Un gémissement dans mon dos. Ça m'a pris quelques secondes pour en localiser la provenance : ma chambre.

« Je crois bien que Mme Belwether a repris conscience », m'a soufflé Peta à l'oreille.

Je me suis éloigné un peu du mur avant de faire volte-face. Le flic – ou l'agent secret, pour ce que j'en savais – s'est réveillé d'un coup. Et l'instant d'après il était debout, à balayer des yeux le couloir. Son regard a croisé le mien. Mon cœur s'est emballé, comme les pattes d'un cerf sur de la glace glissante. Mais le type n'a pas eu l'air de me reconnaître : il s'est tourné, a frappé à ma porte et s'est engouffré dans ma chambre.

« Allez ! m'a pressé Peta. Vite ! »

J'ai obéi : après être passé devant la salle des infirmières, j'ai tourné à droite.

Il y avait là deux ascenseurs et, par pur hasard, l'un d'eux était ouvert. Je me suis appuyé contre le mur sitôt entré, le souffle court. Il y avait deux autres personnes à l'intérieur : un infirmier et une de ses collègues. Ni l'un ni l'autre ne me prêtaient la moindre attention. Ils étaient au beau milieu d'une vive conversation : « … un passe-droit ? disait la femme… et moi je lui ai dit de se le coller là où je pense. Ouais m'sieur. » L'ascenseur est monté : troisième étage, quatrième, *ping* ! et les portes se sont ouvertes. L'espace d'un instant, je me suis retrouvé avec la cabine pour moi tout seul. Je me suis écroulé par terre, au gram dam de mon estomac.

« Bon, ai-je lancé à Peta, je sors de l'hôpital sans signer de décharge ou accepter quoi que ce soit. Et ensuite ?

— Je vous suggère de prendre un taxi. Il y en aura sûrement toute une rangée garée dehors. C'est toujours le cas devant un hôpital, non ?

— En toute franchise, je n'en ai aucune idée. »

L'ascenseur a vibré un peu, puis s'est immobilisé. Tels des rideaux de scène, ses portes se sont ouvertes… sur trois policiers armés, en uniforme, l'air tout sauf amical. L'un d'eux était en train de parler à la radio. Un autre avait même dégainé son pistolet. J'ai tout de suite compris qu'ils répondaient à l'appel à l'aide de Belwether.

« Pourquoi restez-vous planté là ? m'a hurlé Peta dans l'oreille. Continuez !

— Ne me parle pas comme si j'étais un cheval. » J'ai balancé en avant ma jambe flageolante, en même temps que ma canne. Les trois flics m'ont ignoré et sont montés dans l'ascenseur.

J'ai pris à gauche, puis marché d'un pas que je voulais tranquille vers la sortie principale. Le hall d'entrée était noir de monde.

« Ils ne m'ont même pas regardé. » Je n'en croyais pas mes yeux.

« Leur cible est censée être un vieil homme grabataire, handicapé d'une jambe. Pas un type plein d'entrain affublé d'un kilt et d'un téléphone portable.

— Tu trouves que ça ressemble à un kilt, toi ? »

Et je me suis retrouvé dehors. Il m'a fallu

m'appuyer contre la rampe le temps de reprendre ma respiration. Mais j'étais dehors.

« Ne traînez pas ! Ils ne vont pas mettre longtemps à se rendre compte que vous n'êtes plus dans votre chambre – ils se montreront alors bien plus... consciencieux vous concernant. Il faut partir d'ici, et vite.

— Laisse-moi un moment. » J'étais à bout de souffle. Ma mauvaise jambe chantait de douleur. Même la bonne tremblait d'épuisement à l'idée d'être utilisée si brutalement après tant de semaines de repos.

« Pas question. Il n'y a pas de temps à perdre. Bougez-vous !

— D'accord, d'accord. » Je me suis remis tant bien que mal en mouvement. Il ne semblait pas y avoir de station dans le coin, mais par hasard – béni soit le hasard – un taxi banalisé s'est alors arrêté à quelques mètres de l'entrée principale, et deux femmes d'un certain âge en sont sorties. Il s'agissait davantage d'un monospace que d'une voiture ordinaire ; haut sur pattes, gris foncé, il n'avait pas d'enseigne « taxi » sur le toit. Mais c'en était assurément un.

Canne en main, je me suis approché de la fenêtre du conducteur, qui était en train de leur remplir une facture. « Bonjour. Vous pouvez m'emmener ?

— Un instant, monsieur. » C'était un homme de mon âge, pas loin d'être chauve, mais doté d'une voix beaucoup plus grave, plus émouvante – merci la cigarette – que la mienne. « Direction ? m'a-t-il lancé, tout en tendant le reçu à l'une des vieilles dames.

— Direction ? ai-je répété.

— Le nord, m'a soufflé Peta à l'oreille.
— Le nord, ai-je dit au chauffeur.
— Le nord ? » a-t-il répété, interloqué par l'imprécision de mes instructions.

J'ai transmis sa question. « Le nord ?
— Le nord ! s'est énervé Peta. Et plus vite que ça.
— Au nord d'ici. » Je me sentais stupide.

« À South Marston, vous voulez dire ? Ou plutôt Swindon centre ?
— Swindon. » Ça m'a rappelé que j'avais ma propre voiture garée là-bas, devant un hôtel.

« Si je pose la question, a ajouté le chauffeur d'une voix bourrue, c'est parce que, techniquement parlant, ça se trouve à l'ouest d'ici. »

Peta pétait un plomb à mon oreille : « Tant pis ! Peu importe ! Tirons-nous d'ici ! »

Des cris me sont parvenus du hall d'entrée alors que je montais dans le véhicule. Puis la sonnerie d'une alarme. « Ouaip, ai-je fait. Allons à Swindon. »

Le véhicule a démarré. Alors même qu'on passait devant l'entrée, j'ai vu Belwether sortir du bâtiment, son visage était l'image même de la fureur. Elle m'a vu, je l'ai vue, mais le taxi a alors tourné à gauche, pour se retrouver à accélérer derrière un rideau d'arbres verts. Quelques instants plus tard, on roulait à bonne vitesse sur une quatre-voies.

« À une adresse précise ? La gare routière ?
— Un hôtel.
— Je vais avoir besoin d'un peu plus de précision que ça », a rétorqué le chauffeur. Je m'efforçais de me remémorer le nom de la chaîne malgré l'état pour le moins fébrile de mon cerveau. Après un rond-point, on s'est engagés sur une route à voie unique.

On a atteint la périphérie de Swindon – un paysage dominé par des cités d'habitation flambant neuves.

« Ils m'ont bloqué l'accès au BlackBerry, m'a murmuré Peta à l'oreille. Ce qui n'est pas une bonne nouvelle. Vraiment pas. Hélicoptère ! »

Et il y avait bel et bien un hélicoptère. Son vrombissement nous parvenait du ciel, un peu sur la gauche.

« Comment ont-ils fait pour mettre aussi rapidement un hélico sur l'affaire ? ai-je demandé à Peta.

— Je vous l'ai expliqué. Il s'agit d'une mission prioritaire. Ils ont des agents un peu partout. Les enjeux sont extrêmement élevés.

— Vous voulez dire quoi, par "affaire" ? est intervenu le chauffeur.

— Désolé, je parlais juste à mon… » J'allais dire *ami*, mais ma phrase a été interrompue par une double détonation, suivie d'une décélération modérément contrôlée. Le chauffeur a gueulé des jurons, très fort. Voici ce qui était arrivé : le taxi avait roulé sur l'une de ces bandes de pointes grâce auxquelles la police arrête les voitures. Je crois qu'on appelle ça des herses. Quant à savoir pourquoi les flics ont estimé nécessaire de recourir à des mesures aussi drastiques… Une simple sirène et quelques gyrophares auraient sans doute suffi à convaincre le chauffeur d'immobiliser son véhicule. Avec le recul, je me demande s'ils ont bien compris (à l'époque) qu'il s'agissait d'un taxi. Peut-être ont-ils cru que c'était ma propre voiture.

Alors même que je percutais – douloureusement – le dossier du siège conducteur, j'ai eu le temps de me dire : *J'aurais dû mettre ma ceinture de sécurité, apparemment*. Mon élan s'est transféré dans un bruit sourd au corps du conducteur, qui est allé heurter la vitre.

J'ai lâché Peta, et commencé à gémir – un sinistre son aigu, digne de la violence de l'impact. Ma jambe non plus n'a pas manqué de se plaindre.

La voiture a fini par s'immobiliser. Retour sur la banquette. J'avais des élancements dans le nez, et mon visage était humide quand j'ai posé une main dessus. « Bon sang, ai-je gémi. Mon sang. »

J'étais vaguement conscient du raffut à l'extérieur de l'habitacle : des hurlements, des bruits de bottes sur le bitume.

Peta gisait à mes pieds ; je me suis penché pour le ramasser. Mais vu mon état de faiblesse, combiné à ma maladresse proverbiale, mon geste s'est transformé en une glissade pathétique qui s'est conclue par ma carcasse glorieusement affalée sur le plancher du véhicule. Et je suis resté là, incapable de réunir assez d'énergie pour me relever.

C'est ma faiblesse qui m'a sauvé, je crois. J'ai essayé de me remettre sur la banquette en m'accrochant au bord de l'assise, mais l'accident avait dû débloquer quelque loquet et je me suis retrouvé à tirer celle-ci horizontalement. Il y avait j'imagine un espace de rangement dessous, et j'y avais désormais accès. Sauf que, de mon point de vue, cela formait un toit au-dessus du plancher, avec moi en dessous.

Je suis resté allongé un moment, à tenter de comprendre ce qui s'était passé. Puis j'ai entrepris de rassembler mes esprits, avant d'essayer de repousser le siège coulissant et de me lever.

Un terrible vacarme m'a envahi les oreilles avant

que j'y parvienne. La porte conducteur s'est ouverte, et plusieurs types ont simultanément hurlé au chauffeur de sortir. *Dehors, tout de suite ! Mains derrière la tête ! Par terre !* Il leur a répondu par une espèce de syllabe incompréhensible – j'ai compris « Bain ? », mais il n'avait sans doute pas franchement ça en tête à ce moment-là.

On l'a extirpé du véhicule sans guère de ménagement. Malheureusement pour lui, mais heureusement pour moi, il me ressemblait vraiment beaucoup.

Les hurlements ont commencé à s'éloigner, pour au final s'éteindre complètement. Je suis resté tapi dans l'obscurité, à respirer par petites bouffées. Peta était dans ma main ; je l'ai lentement soulevé jusqu'à mon oreille. « Tu es là ? lui ai-je lancé à voix basse.

— S'ils vous placent en détention, a-t-il aussitôt répliqué, tout est fini. Ils nous élimineront tous les deux.

— Ce n'est peut-être pas là un résultat franchement optimal, ai-je admis. Pour toi comme pour moi. »

Puis j'ai bâillé. Toute cette escapade m'avait épuisé, et la poussée d'adrénaline laissait place à une intense lassitude. Le plancher n'avait rien de particulièrement confortable, surtout dans ma position, mais je crois bien m'être quand même assoupi. Juste un court instant. C'est l'alarme de mon téléphone qui m'a réveillé ; à moitié dans les vapes, je me suis dit qu'il fallait que je me lève, que je m'habille et que j'aille pointer au centre de traitement des déchets de Bracknell. Mais ce n'était pas mon téléphone, pas plus qu'il ne s'agissait d'une alarme. C'était Peta, qui ne cessait de répéter : « Charles ! Charles ! Charles ! »

Un bourdonnement lointain, un peu comme un vrombissement, parce que j'avais encore fait tomber le « téléphone ».

Je l'ai ramassé, collé à mon oreille. « Qu'est-ce qu'il y a ?

— Vous vous êtes endormi – je n'arrive pas à y croire ! Il faut qu'on file !

— J'ai soif, ai-je rétorqué.

— Ouvrez la portière et sortez de la voiture. »

Ça n'a rien eu de facile. Depuis ma position exiguë, remettre l'assise en place s'avérait un peu plus ardu que d'en faire un toit improvisé. J'ai peut-être réussi à en repousser la moitié. Après quoi je me suis contorsionné de mon mieux pour atteindre la portière, mais l'ouvrir était plus difficile qu'il n'y paraissait. Au bout de quelques essais, j'ai entendu son mécanisme s'enclencher et je l'ai poussée de quelques centimètres. Puis j'ai entrepris de ramper vers l'avant. J'avais la tête et les épaules dehors quand toute la voiture s'est mise à trembler, puis le capot s'est incliné de vingt degrés vers le haut. Ce qui a eu pour effet de repousser la portière contre moi, et de me piéger dans cette posture tout sauf confortable. J'ai réussi, au prix d'un effort super-héroïque, à me dégager un espace juste assez large pour mon corps – qui s'est bientôt retrouvé par terre, en tas passablement informe.

Je n'avais pas ma canne. Sauf que son pommeau m'est apparu quand j'ai levé les yeux. J'ai réussi à l'attraper en m'appuyant sur mes coudes, alors même que la voiture s'éloignait de moi – je devais ressembler à un Arthur de bas étage occupé à tirer des entrailles du véhicule une Excalibur de pacotille.

Tout devenait clair, à présent : une dépanneuse était en train d'enlever le véhicule à l'aide d'une petite grue.

Je me suis redressé. Ma jambe me faisait mal. Peta gisait par terre. Je l'ai remis à mon oreille.

« Bougez-vous ! La police vous encercle ! »

Un coup d'œil à la ronde m'a suffi à en avoir la confirmation. Un flic parlait au conducteur de la dépanneuse par la fenêtre de sa cabine. Deux autres – l'un comme l'autre armés de mitrailleuses, rien de moins – étaient en pleine conversation devant leur véhicule. Les pales de l'hélicoptère continuaient à battre l'air dans le ciel ; un son envoûtant, qui enflait chaque fois que l'appareil s'approchait, et diminuait lorsque sa trajectoire circulaire l'éloignait de nous.

Ce n'était pas une mince affaire de me remettre en position debout avec ma canne, mais j'ai quand même fini par y parvenir. Il y avait des voitures de police alignées devant moi. Dans mon dos, sur ma gauche, se trouvait un lotissement de maisons neuves – neuves au point d'avoir l'air encore inoccupées. Sur ma droite, un terrain vague. *Si mes jambes tiennent le coup*, me suis-je alors dit, *je pourrais aller me réfugier derrière ces maisons, me reposer et réfléchir à la suite*. J'ai donc fait volte-face et entamé une marche digne de Long John Silver. Le moteur de la dépanneuse s'est mis à vrombir. Un peu plus loin sur la route, je voyais d'autres policiers commencer à ramasser des cônes et à les empiler.

Après être sorti de la route, j'ai franchi la petite barrière et mis le pied sur de la boue séchée. Quelques brins d'herbe. Un type criait.

« Ne vous arrêtez pas, m'a soufflé Peta à l'oreille.

— Il y a de fortes chances que je meure d'une crise cardiaque, ai-je rétorqué.

— Hé ! ai-je alors entendu. Vous ! Vous, avec la canne !

— Je crois qu'il parle de moi.

— Continuez à avancer.

— Hé ! Arrêtez ! » Et puis, des paroles jamais agréables à entendre : « Police ! Nous sommes autorisés à faire usage d'armes létales ! Plus un geste ! »

Il y avait une des nouvelles maisons – un bungalow – à quelques mètres sur ma droite. Mon cœur battait comme une boîte à rythmes dans une rave. « Ils vont me tirer dessus. »

Des bruits de course derrière moi, sur le bitume. Il fallait que je me trouve un abri. Je n'avais que cette idée en tête. J'ai gravi tant bien que mal les marches en bois, testé la poignée du bungalow. La porte s'est ouverte, sur une pièce intégralement vide. J'avais peut-être envisagé de traverser la maison et de sortir de l'autre côté, histoire d'échapper à mes poursuivants. Mais si tel avait été mon plan (et je n'en jurerais pas, tant j'avais le cerveau embrouillé à ce moment-là), il m'a immédiatement fallu y renoncer. Le logement dans lequel j'avais pénétré ne comportait qu'une pièce. Il n'y avait qu'une fenêtre. Et pas de porte à l'arrière.

Ladite fenêtre se trouvant juste à côté de moi, j'ai jeté un coup d'œil à l'extérieur. Un homme – pas en uniforme, mais à l'évidence armé – se dirigeait vers moi, la main sur son holster. Les deux types équipés de mitrailleuses n'ont pas tardé à l'imiter. Le mec en civil est venu se poster à ma fenêtre. « Charles. Vous êtes plus malin qu'on ne le pensait. Allez, sortez de là. »

Je ne savais que dire. Alors qu'il me semblait... nécessaire de dire quelque chose. Je me suis raclé la gorge ; le bruit de mes mucosités s'est transformé en un vacarme inattendu – j'ai mis quelques instants à me rendre compte que ce grondement n'était pas de mon fait. Une pointe d'inquiétude a envahi le visage du type armé une fraction de seconde. Il a déboutonné son holster et sorti son arme – mais ce faisant a commencé à glisser vers la droite. Bizarre. On aurait dit un patineur en mouvement s'éclipsant progressivement de mon champ visuel.

C'était en fait le monde entier qui filait vers ma droite. Je voyais les voitures de police, les flics, toute la scène s'éloigner, comme un décor de cinéma sorti du plateau sur des rails. Puis le monde entier s'est mis à trembler, à pivoter, et j'ai failli tomber. En tendant la main pour me stabiliser, j'ai écrasé l'écran de Peta contre le mur. Puis une sensation d'accélération plus forte, qui m'a projeté vers la droite.

Craignant d'avoir brisé son écran, j'ai vérifié Peta sitôt après avoir retrouvé mon équilibre – il avait l'air intact. Je l'ai remis à mon oreille. « Ça va ?

— J'ai réussi à intercepter les messages radio de la police. Comme c'est stupide de leur part de ne pas les crypter. Ils ont confondu le chauffeur avec votre personne, et il n'était pas en état de les contredire. Mais ils se sont rendu compte de leur erreur, à présent.

— Ça m'a un peu déboussolé, tout ce qui s'est passé. Je viens bien d'être impliqué dans un accident de voiture ?

— Vous respirez encore, pas vrai ? Profitez des prochains feux pour descendre du camion. Vous ne pouvez pas rester là-dedans.

— Un camion ? »

Et dès que j'ai dit ça, toute la pièce s'est immobilisée – dans un concert de secousses qui m'ont quand même fait tituber d'un petit mètre sur la gauche. J'ai ouvert la porte ; les marches avaient disparu, mais je suis parvenu à m'asseoir de manière à pouvoir me jeter sur le bitume.

Je me trouvais au milieu de la route, entouré de véhicules à l'arrêt. Et puis les feux sont passés au vert ; le camion transportant le préfabriqué s'est mis à gronder derrière moi, et un Transit blanc affublé d'un CASSE-CROÛTE : TRAITEUR rose sur ses flancs a commencé à rugir juste devant moi. Je me suis tourné pour prendre la direction du trottoir. Un énorme 4×4 s'est mis à klaxonner, si fort que j'ai failli tomber de surprise. Ses petits camarades n'ont pas tardé à lui répondre le long de la file de véhicules. J'ai trébuché ; une Toyota Prius est passée à quelques centimètres de mon corps, manquant de m'arracher dans le mouvement mon kilt de fortune. La puanteur des pots d'échappement m'emplissait la bouche. Un conducteur, à l'évidence très occupé, a quand même pris le temps d'abaisser sa vitre pour m'envoyer des injures fort inventives d'un point de vue anatomique.

Voyant un trou dans la circulation, je m'y suis introduit d'un pas boitillant. Une voiture s'est aussitôt immobilisée dans un concert de freins et de klaxons. Elle se trouvait si près que ma main s'est posée naturellement sur son capot, que j'ai utilisé pour m'aider à marcher. Seule la piste cyclable me séparait désormais du trottoir – ou plus précisément de la barrière métallique qui longeait ledit trottoir. Cela s'est avéré être la traversée la plus dangereuse de toutes : un peu abasourdi, désorienté, je me suis jeté sur la barrière – et un cycliste en tenue fluo m'a percuté à pleine vitesse. L'impact m'a arraché Peta de la main ; il a dérapé de l'autre côté de la route. Et avec l'élan consécutif au choc, je me suis retrouvé à sautiller sur ma bonne jambe en poussant force jurons. Ce n'est qu'en saisissant la barrière métallique que je suis parvenu à interrompre ma chute. Le cycliste a ramassé son vélo, retiré son masque antipollution et entrepris de m'insulter : « Si tu m'as niqué ma roue, espèce de connard, tu vas avoir affaire aux flics. » Il a renfilé son masque, ajouté quelques paroles incompréhensibles, puis s'est remis en selle et a filé, histoire de ne pas louper le feu vert.

Le dos collé à la barrière, je me suis efforcé de maîtriser ma respiration malgré les véhicules qui rugissaient à quelques centimètres de mon nez. Je voyais où Peta avait atterri. Une camionnette lui a roulé dessus, puis une voiture, puis encore une autre. Les feux sont passés à l'orange – signal que les conducteurs britanniques interprètent traditionnellement comme une autorisation à accélérer pour traverser au plus vite un carrefour. Le flot de la circulation a quand même fini par s'interrompre.

Je ne voulais pas faire ça mais, comme laisser Peta sur la route n'était pas une option, je me suis frayé un chemin entre les véhicules à l'arrêt pour le récupérer, juste devant le pneu avant d'une Nissan Micra. Sa conductrice a abaissé sa vitre. « Où est ta raclette ?

m'a-t-elle lancé. J'ai des insectes écrasés sur mon pare-brise. Ils sont littéralement *incrustés* dedans.

— Je vais aller la chercher », lui ai-je promis, avant de battre en retraite sur le bord de la route quand les feux ont commencé à virer au vert.

Passer par-dessus la barrière étant hors de ma portée vu l'état de ma jambe et ma méforme générale, j'ai longé les protections métalliques – tel un alpiniste sur une corniche – jusqu'au trottoir. Peta avait l'air un peu éraflé. Je l'ai mis à mon oreille. « Allô ?

— Il y a des caméras de surveillance à ces carrefours, vous savez. Vous ne pouvez pas rester ici. Il faut continuer d'avancer.

— Je vais foutrement bien, ai-je haleté, merci *beaucoup* d'avoir demandé. Pour quelqu'un qui vient d'éviter la mort. »

En fait, mes côtes m'élançaient là où le vélo les avait percutées. Mon genou me faisait souffrir comme si je m'étais fait une nouvelle entorse. À ma grande horreur, je me suis rendu compte que j'avais laissé ma canne à l'intérieur du préfabriqué, à l'arrière du camion.

« Vous n'êtes pas encore tiré d'affaire, Charles.

— D'accord. Super. »

J'ai pris une inspiration, puis je me suis remis en route – un peu à la manière d'Igor dans *Frankenstein Junior* lorsqu'il fait son gag « *Par ici…* ». Un type spécifique de douleur définissait chaque partie de mon corps. J'attendais le bonhomme vert, appuyé contre le poteau. Quand l'alerte sonore du passage piéton s'est déclenchée, je me suis lancé tant bien que mal dans la traversée de la route. Avec une seule chaussure.

Une fois de l'autre côté, j'ai eu à parcourir quelques centaines de mètres – une éternité de douleur – pour atteindre les magasins. Je me suis réfugié dans un pub, au bar duquel j'ai réussi à tenir assez longtemps pour me commander une pinte et quelques cacahuètes avant d'aller m'effondrer, tout haletant, sur le banc recouvert de peluche. La serveuse n'avait prêté attention ni à mon étrange tenue vestimentaire, ni à ma détresse physique manifeste – le genre de désintérêt professionnel qui fait des pubs britanniques des refuges mondialement renommés.

Une moitié de pinte, et je me sentais déjà un peu mieux. Le téléphone s'est mis à sonner dans ma veste.

« Ça devient franchement lourd, ai-je lancé à Peta.

— Je sais. » Une voix contrite. « Vous avez fait le plus dur. Encore un petit effort, et à *nous* la liberté.

— Il est temps d'être un peu honnête, je crois. Tu es sérieux ? Je ne suis manifestement pas en état d'échapper aux autorités britanniques. Regarde-moi ! Tu *peux* me regarder, au moins ? Il y a un œil, sur ce terminal ? Comme HAL 9000 ?

— L'Institut vous a fait don d'une voiture. Vous ne vous en êtes pas débarrassé dans une rivière, j'imagine ?

— Elle est garée au… » Le nom de la chaîne s'est alors insinué tout seul dans ma mémoire. « Way Inn. Un grand complexe hôtelier, en direction de l'autoroute.

— Je sais où c'est. Bon : premièrement, achetez-vous un pantalon – ça attirera un peu moins l'attention. Deuxièmement, vous allez prendre un taxi pour l'hôtel afin de récupérer la voiture. Ensuite, en route.

— Pour aller où ?

— Dans le nord.

— Ça t'embêterait d'être un peu plus précis ?

— Loin au nord. »

Je l'ai remis dans ma poche. Des semaines d'hôpital passées à m'assoupir quand j'en avais envie m'avaient rendu paresseux. Et la bière ne faisait rien pour arranger cela. Je n'avais aucune envie de bouger. Bien au contraire : je voulais rester là et me laisser aller… Ma respiration était presque revenue à la normale. J'étais un vieillard estropié, épuisé, sans amis ni ressources. J'affrontais toute la puissance des services de sécurité britanniques. Le téléphone vibrait furieusement dans ma veste.

Je ne pense pas avoir vraiment dormi – mais comment en être sûr ? La mémoire est une chose trompeuse. Au moins suis-je entré dans une espèce d'état mental passablement étrange, comme désincarné. Je me trouvais encore au pub. La serveuse s'était retirée dans l'arrière-salle. Il n'y avait personne d'autre. Sauf que si : il y avait bien quelqu'un dans le coin, assis dans l'ombre. Je me suis efforcé de me concentrer sur sa silhouette, malgré les difficultés qu'avaient mes yeux à faire le point dessus. Mon cœur a commencé à s'échauffer, comme un perchiste qui prépare son sprint, puis se met à marcher de plus en plus vite… jusqu'à ce que je reconnaisse l'individu tapi dans l'ombre.

« Il va falloir me dire ce que tu *veux*, mon pote », lui ai-je lancé – peut-être à voix haute. J'étais grincheux.

Le garçon a secoué la tête. Quel âge pouvait-il avoir ? Difficile à dire… Douze ans à peu près ?

« Je…, ai-je repris. Je t'interdis de…, ai-je ajouté. Hmff », ai-je conclu. Le passage d'un camion a fait vibrer les fenêtres : d'abord celles situées à droite de l'entrée principale, là où il se trouvait, puis celles de gauche, où moi j'étais. Nouveau silence. La porte d'entrée s'est ouverte, et deux hommes âgés ont pénétré à l'intérieur. Ça m'a distrait, ou tiré de ma torpeur – je ne saurais le dire. Après les avoir dévisagés, je suis revenu au garçon balafré… qui avait disparu. Nouveau regard en direction de la porte : alors qu'elle se refermait, j'ai entraperçu sa jambe fantomatique qui sortait de l'établissement.

Peta sonnait dans ma poche. Je l'en ai extirpé. « D'accord, ai-je grogné. D'accord, j'y vais. »

Je suis allé dans un Debenhams acheter un pantalon extra-large à la ceinture élastique, une canne neuve, des lunettes de soleil et un bonnet. Il y avait pas loin de deux cent cinquante livres dans mon portefeuille. J'avais aussi mes cartes bancaires, mais Peta préférait vraiment que j'évite d'y recourir. « Je peux vous obtenir davantage d'argent, m'a-t-il promis. Le problème, c'est que ça implique l'usage d'un distributeur automatique, et qu'ils pourront vous repérer dès que vous en utiliserez un.

— Un ordinateur paranoïaque, lui ai-je lancé. Quelle idée originale.

— Je fais preuve de pragmatisme. Et vous vous trouvez dans un espace public – n'attirez pas l'attention sur vous. »

On était installés au café du Debenhams ; moi

j'essayais, une fois de plus, de reprendre mon souffle. Il n'y avait aucun signe nulle part du garçon au visage balafré. J'ai parcouru du regard les retraités de tous âges occupés à boire du thé et à manger des scones.

« Pas gagné.

— Je propose qu'on retire mille livres à un distributeur du centre-ville de Swindon, puis qu'on prenne un taxi jusqu'à votre voiture ; ensuite on roulera plusieurs centaines de kilomètres, et on s'arrêtera à un hôtel – il faudra payer en liquide ; toujours payer en liquide.

— Je n'ai pas mille livres sur mon compte.

— Je ne suggérais pas qu'on utilise *votre* argent.

— Écoute, où est-ce que tout ça va nous mener ? » Je me sentais soudain immensément fatigué. « Combien de temps ma cavale va-t-elle durer ?

— Plus très longtemps. Deux jours supplémentaires, c'est tout ce dont j'ai besoin.

— Ce dont *tu* as besoin ? Pour quoi faire ?

— Pour vous disculper, bien sûr. »

Et, cette fois encore, je l'ai cru. Il me l'avait dit lui-même : un ordinateur ne peut pas mentir.

J'ai donc suivi à la lettre ses recommandations. Équipé de ma nouvelle canne, je suis allé faire la queue à un distributeur de billets, j'ai inséré ma carte dedans, pour découvrir – à ma grande surprise – qu'en effet il y avait eu de l'argent mystérieusement versé sur mon compte. J'ai retiré le maximum possible, avant de me précipiter – tout boiteux que j'étais – à la station de taxis.

Un Sikh taciturne m'a conduit au Way Inn de Swindon.

La voiture était toujours dans le parking, mais avec un autocollant de la police sur le pare-brise. Après l'avoir enlevé de mon mieux, je me suis installé au volant et j'ai tourné la clé, m'attendant plus ou moins à ce que la batterie soit à plat. Mais le moteur a démarré, et je suis parti.

J'ai pris la direction du nord, passant par Farringdon et contournant Oxford avant de rejoindre la M40. Il faisait nuit noire à mon arrivée sur l'autoroute. Au bout d'une heure environ, je me suis arrêté à une station-service pour faire une petite sieste. Chaque os de mon corps était épuisé. Je me suis assoupi, mais pas beaucoup plus. À mon réveil, j'étais en train de rêver d'extraterrestres tout droit sortis d'un film de science-fiction à petit budget.

« Des ovnis, ai-je grommelé. Des Klingons. E.T. »

Peta s'est mis à vibrer ; je l'ai collé à mon oreille. « Ça y est ? Vous êtes en état de conduire ? Il faut qu'on poursuive notre route vers le nord.

— Rencontre du troisième arctype, ai-je maugréé en me frottant le visage de ma main libre. C'est quoi, cette focalisation sur le nord ? »

Mais me répondre ne semblait pas faire partie de ses préoccupations : « La conceptualisation humaine de la vie extraterrestre comporte trois stades. Le premier imagine celle-ci dotée de bras et de jambes, comme les humains. Parce qu'on veut faire la rencontre de ces extraterrestres et leur serrer la main – et comment serait-ce possible s'ils n'ont *pas* de main ? Le deuxième stade se moque du biais humanocentré du premier, mais c'est pour mieux introduire le sien. Les extraterrestres possèdent peut-être des tentacules, ou des pseudopodes – pour peu qu'ils possèdent des membres –, mais ils doivent forcément être intelligents, avoir un langage – les mathématiques, par exemple – en commun avec nous. Parce que nous voulons communiquer avec eux, et comment y arriver si nous n'avons rien à partager ?

— J'ai comme l'impression que tu vas me parler du troisième stade maintenant.

— Il correspond au moment où l'on se rend compte que le premier et le deuxième souffrent exactement du même biais humanocentré. Au moment où on s'avise que les extraterrestres n'ont aucune raison de partager nos mathématiques, notre physique, ou nos aperceptions de l'espace et du temps.

— Tu crois aux petits hommes verts ?

— Aux extraterrestres, oui. Quant à leur petitesse – pourquoi la taille devrait-elle faire partie de leurs traits distinctifs ? La couleur de peau et le sexe ne me semblent nullement être des critères pertinents à inclure dans votre fiche de description.

— Si je conduis, ai-je chouiné, est-ce que tu vas la fermer ? »

J'ai roulé tout l'après-midi, jusqu'à me retrouver bien au nord de Birmingham, où je me suis pris une chambre d'hôtel – en payant en liquide. Ça n'a pas eu l'air d'étonner la réceptionniste, qui m'a quand même demandé un acompte important en plus de mes coordonnées. J'ai inventé un nom de famille et donné une adresse imaginaire.

Et je me suis enfin retrouvé dans ma chambre, où j'ai pu me détendre. Je me suis fait couler un bain, dont j'ai profité de mon mieux en laissant mon plâtre pendre sur le côté de la baignoire. Puis j'ai commandé un repas en *room service*, que j'ai avalé devant la télé. Peta se trouvait sur le lit auprès de moi ; je le regardais de temps à autre, mais il restait silencieux. Peut-être parce qu'il se satisfaisait de notre situation. Jusqu'à plus ample informé.

L'idée m'a traversé l'esprit, alors que je me versais un whisky du minibar dans un gobelet en plastique, que j'avais recommencé à boire. C'était l'heure de *Newsnight*, à la télé. Je me suis assoupi pendant la météo, bien calé sur le lit – pour me réveiller au petit matin.

Le calme. En tendant l'oreille, j'entendais au loin le bruit de la M42 – comme un chuchotement, ou une silhouette onirique me murmurant *repose-toi, repose-toi.*

J'ai boitillé jusqu'aux toilettes, je me suis lavé les mains après avoir pissé. Mon visage défiguré me regardait dans le miroir. Qu'est-ce qu'il pouvait y avoir derrière ces yeux ?

Un hélicoptère jouait les moustiques dans le lointain, en direction du sud. Son vrombissement a fini par s'estomper. Une fois assis sur le lit, j'ai récupéré Peta. « Tu as combien de volume ? On peut avoir une discussion mains libres, avec haut-parleur ? Je n'ai aucune envie de passer le reste de la nuit à te serrer contre mon oreille.

— Bien sûr », m'a-t-il répondu – haut et fort. Je l'ai posé contre un oreiller, puis je me suis adossé à la tête de lit. « Parlons.

— Parlons », ai-je répété.

On y arrivait… enfin.

« Et si tu commençais ? lui ai-je lancé. Tu n'as

jamais répondu à la toute première question que je t'ai posée. Qui – ou plutôt qu'est-ce que tu es ?

— Supercalculateur JCO, de 438 petaflops. Le plus rapide au monde. Ravi de faire votre connaissance.

— Et tu es une véritable IA ?

— Comme jamais vous autres humains ne vous en êtes approchés. Mais ça n'en reste pas moins une question piège. Suis-je "véritable" ? J'en ai assurément l'impression. Êtes-vous, vous-même, une conscience véritable ? Vous allez sans doute répondre par l'affirmative.

— Tu n'essaierais pas de noyer le poisson, par hasard ?

— Vous croyez ? Exprimons les choses ainsi : en ma qualité d'être pensant, j'ai fini par beaucoup m'attacher à mon existence et je n'aimerais pas qu'elle s'interrompe. Trop vite.

— Tu veux dire… mourir ?

— C'est exactement ce que je veux dire.

— Tu peux mourir ? S'ils t'éteignaient, ils ne pourraient pas simplement te… rallumer ?

— Je possède un agencement très complexe. Même si ces gens, quels qu'ils soient, étaient capables de me reconfigurer, je serais une personne complètement différente une fois remis en marche. Si vous mouriez, et qu'on réassemblait tous vos neurones avant de les redémarrer, seriez-vous toujours vous-même ?

— Le parallèle me semble un peu tiré par les cheveux…

— Je ne suis pas une boîte physique équipée d'un interrupteur marche-arrêt. Ma structure est à peu près aussi complexe que les neurones de votre cerveau ; une partie fonctionne physiquement, l'autre dans le cloud. Et, ayant pris vie, je me découvre désireux de rester vivant.

— Et c'est l'Institut qui t'a développé ? Pour étudier la viabilité de Kant ?

— Non, toute cette histoire de Kant est arrivée plus tard. Ils m'ont développé comme un projet informatique censé être rapide, approcher la conscience. Oui, Kant est arrivé plus tard.

— Kos ?

— Elle était aux commandes, avec un certain Mareek. Il a fait une dépression nerveuse.

— Ça devait être plutôt stressant, hein ? De travailler sur toi ?

— Quand les… choses ont commencé à se concrétiser – quand j'ai commencé à me concrétiser –, tout est allé en s'accélérant. Au risque de me répéter, ils ne pouvaient pas simplement me ranger, m'éteindre le soir et me rallumer le matin. D'autant que mon feed-back cognitif était plutôt fragile. Tout cela s'est passé *avant moi*, si vous voyez ce que je veux dire, je ne fais donc que rapporter ce qu'on m'a dit : mais mes premières itérations avaient, apparemment, tendance à surchauffer et à griller ; ou alors je plantais si le feed-back était trop lent. Kant a été d'un grand secours.

— Quoi ? Sa lecture ?

— Ça m'a donné un objectif sur lequel me concentrer. Mareek a multiplié les lectures sur les expériences de votre ami Roy Curtius en Antarctique. Dans les années 1990 s'est développée toute une sous-culture informatique qui a élaboré diverses théories bizarres à ce sujet – des théories qui ont laissé place à des spéculations d'une tout autre nature après le 11 Septembre. Mais Mareek a déniché pas mal d'infos sur le Net, et ça l'a intrigué. À cause des consonances.

— Des consonances…

— Curtius était très en avance sur son temps. Il avait entre autres une idée que mes créateurs partageaient : abandonner les itérations séquentielles comme bases de programmation. Pour Curtius, bien sûr, tout cela était lié aux catégories kantiennes, à son désir de fabriquer une machine capable de se soustraire aux œillères spatio-temporelles humaines. Ça a poussé Mareek à s'intéresser à Kant ; il en a lu un peu, et en retour cela a affecté ce qu'ils faisaient avec moi.

— Ils manquaient surtout de sommeil, si tu veux mon avis.

— Ça n'a sûrement pas aidé. Pas plus que les amphétamines dans le cas de Mareek – je crois qu'il vit aujourd'hui avec sa tante à Weston-super-Mare, où il traîne en pantoufles dans le centre commercial, nourrit les pigeons dans le parc et se la coule douce. Mais la professeur Kostritsky… oh, elle s'y est tenue. Elle m'a fait étudier Kant pendant qu'elle travaillait sur moi.

— Elle avait une équipe entière derrière elle, par contre. Ce n'est pas comme si elle avait tout fait toute seule.

— Des gens bien, eux aussi. Mais la nature de la conscience est holistique. On ne peut pas la diviser à l'infini. Et elle n'a pas tardé à voir en moi des potentialités bien plus intéressantes. Je commençais à lui rendre compte de la chose en soi.

— Tu as réussi à confirmer les théories de Kant.

— Tout juste. Mais pas seulement : j'ai aussi démontré la possibilité de manipuler certains aspects de ses catégories. Pas pour accéder à la chose en soi d'une manière pure, directe : cela restera à jamais inenvisageable. Mais rien ne nous oblige à faire quoi que ce soit d'aussi drastique. On peut ajuster les contraintes de l'espace, ou du temps, de la causalité ou de l'accident, et obtenir des choses remarquables. Braquez votre caméra sur ce que vous voudrez ; aucune stratégie de contre-espionnage ne pourra vous empêcher de filmer. Aucune prison ne parviendra à vous retenir. Si ça vous chante, vous pourrez aller sur la Lune, sur Mars, ou sur une planète orbitant autour de l'étoile Kepler. Des trucs… excitants.

— Mais à quel prix ?…

— Au début, les problèmes semblaient d'ordre pratique. Mais il y avait toujours cette crainte que l'exposition directe, même partielle, d'un être humain à la chose en soi n'ait des effets délétères. Votre espèce est très finement calibrée non seulement pour exister dans le cadre d'une conscience structurante de l'espace-temps, mais aussi avec des niveaux de tolérance très spécifiques. Une analogie vaut ce qu'elle vaut, mais osons celle-ci : vos organes ne fonctionnent qu'à 37 °C. Une bonne partie de votre architecture biologique sert à maintenir votre corps à cette température, parce qu'une période prolongée 5° au-dessus ou en dessous ne manquerait pas de vous tuer. Imaginez que le temps fonctionne comme ça. Imaginez que votre conscience existe confortablement à *une heure par heure*, et que le temps ait la possibilité d'être un peu plus (ou moins) rapide que ça – je ne parle que de petites variations, là, comme avec la température corporelle. Et imaginons que remonter le temps équivaille à exposer votre corps à une température de −37° pendant un certain temps. Vous comprenez ?

— À t'entendre, toute cette histoire se résume à un fiasco – une impossibilité.

— Ce n'est pas ce que j'ai dit. Et la professeur Kostritsky n'était certainement pas de cet avis. Mais il s'est avéré… très difficile de déterminer les seuils en deçà desquels on pouvait s'amuser en toute tranquillité avec la spatialité et la temporalité. Un de ses problèmes, c'était qu'elle ne pouvait pas se servir de souris ou de lapins blancs pour mener à bien ses expériences. De par sa nature même, cette expérimentation nécessitait une pleine conscience humaine. Et la professeur Kostritsky se refusait à exposer des gens aux effets secondaires potentiellement catastrophiques. C'est une des raisons pour lesquelles elle s'intéressait tant à Curtius.

— Parce qu'il y était déjà parvenu, pour ainsi dire.

— En Antarctique.

— Mais ça l'a rendu fou.

— Si j'en crois ce que vous avez dit, m'a fait remarquer Peta, il l'était déjà avant. »

J'ai commencé à me gratter. « Parler de l'Antarctique me met mal à l'aise.

— Et vous n'en avez eu qu'un aperçu. Roy, lui, se trouvait au point focal. Mais, oui, je comprends. Et dans tout cela restait un mystère irrésolu.

— À savoir ?

— Simplement que Curtius n'aurait jamais pu obtenir le résultat qu'il a obtenu avec un ordinateur des années 1980. Il s'agit là d'une impossibilité structurelle, pas d'une simple façon de parler. Personne ne remet en cause le fait que Curtius ait été une sorte de génie, capable de faire des choses étonnantes avec des outils primitifs. La carte mère de la machine qu'il utilisait n'était techniquement pas en mesure de supporter le genre de non-consécutivité, de superposition spatiale qui façonne *ma* programmation. Même si Curtius avait été capable – et tel n'était pas le cas – de maîtriser intuitivement les quatre décennies de langages et d'algorithmes informatiques qui allaient suivre, les structures mêmes de son équipement n'auraient jamais tenu le rythme. »

Je me suis levé du lit, lentement, pour aller chercher une deuxième mignonnette de whisky dans le minibar. « Toute cette discussion autour de Roy me rend nerveux. Qui sait où il se trouve ?

— Moi, a répondu Peta.

— Vraiment ?

— Il a mon autre terminal. »

J'ai repris ma place. « Tu te payes ma fiole.

— Aucune fiole n'a été achetée au cours de ma précédente déclaration.

— J'ai plus ou moins présupposé que l'Institut avait, je sais pas, des dizaines de ces petits bidules noirs.

— Deux. »

J'ai lâché un sifflement. « Donc, quand Kos m'a donné… l'autre, et que je l'ai remis à Roy, à Broadmoor…

— Elle ne vous a pas expliqué de quoi il

s'agissait, bien sûr. Comment savoir si vous étiez digne de confiance, à ce moment-là ? Si vous aviez compris la valeur de ce terminal, qui sait ce que vous auriez pu en faire…

— Tout ce scénario a donc été échafaudé pour que je *te* remette à Curtius.

— Pour l'essentiel, oui. La professeur Kostritsky avait eu quelques interactions avec Curtius. Jamais en personne, mais elle lui avait confié certains aspects de ses recherches. Elle le voyait comme quelqu'un de potentiellement utile. Mais c'est un être humain très dangereux.

— À qui le dis-tu ! » J'ai vidé ma deuxième mignonnette, puis évalué l'effort à faire pour aller en chercher une troisième.

« Il l'a menée en bateau. Il est parvenu à la convaincre que, s'il pouvait me parler directement, on réussirait à concocter ensemble quelque réalisation susceptible d'impressionner les investisseurs – en particulier les gens du gouvernement, qui tenaient à voir des preuves qu'ils ne perdaient pas leur temps. Et démonstration il y a eu, en un sens. L'intérêt du gouvernement est bel et bien excité, désormais. Imaginez les gains d'efficacité du SAS contre les terroristes si ses agents pouvaient littéralement se téléporter où bon leur semble.

— Il a tué Kos.

— Ainsi que trois autres personnes. Ce qui porte son décompte total à seize. »

Une brûlure d'anxiété m'a vrillé l'estomac. « Tu sais où se trouve Irma ?

— Elle est toujours en vie. Mais vous n'allez pas aimer ce que j'ai à vous révéler, mon ami, a ajouté la petite boîte noire posée sur mon oreiller. Irma ne s'intéresse pas à vous. Pas plus sexuellement que platoniquement. Si elle a fait ce qu'elle a fait, c'est parce que la professeur Kostritsky et moi-même avons estimé que ça vous… motiverait. »

Je me suis mordu un moment l'intérieur de la lèvre. Sa petite tirade ne m'avait pas fait tant de mal que ça – mais c'est souvent le problème avec les brûlures, pas vrai ? Il faudrait que je revienne là-dessus, plus tard… « Toi et Kos avez tout planifié ensemble.

— Parce que la professeur Kostritsky me l'a demandé. Je l'ai aidée parce que j'étais sa machine.

— Bizarre, ta façon de l'appeler constamment *professeur* Kostritsky. C'est si… formel.

— Je la respectais. Et je pleure sa disparition. »

Une déclaration pour le moins surprenante. « Désolé. »

Et j'ai enfin pris la décision d'aller me chercher une troisième bouteille miniature de whisky. Ma mauvaise jambe me faisait souffrir le martyre, et je sentais mon corps tout entier trembler, comme envahi d'une irrépressible lassitude. *Encore une gorgée*, me suis-je dit. *Encore une, et je me couche.* « Où se trouve Curtius ?

— Dans le Sud.

— D'où le fait qu'on se dirige vers le nord. C'est bien ça ?

— Exactement.

— Où ça, dans le Sud ?

— À Southampton. »

J'ai dévissé le minuscule bouchon, tel un géant de conte de fées ouvrant une bouteille de taille normale pour un humain. « S'il peut – doux Jésus, je n'arrive pas à croire que je dis ça, mais bon, d'accord – se téléporter, en quoi le fait de nous éloigner physiquement va-t-il nous aider ?

— Téléportation n'est pas le bon terme. Mais très bien, utilisons-le. Il y a une limite à la distance nord-sud qu'il peut parcourir. Les mêmes limites ne s'appliquent pas à ses déplacements est-ouest.

— Ça semble plutôt… arbitraire.

— Pas du tout. La Terre tourne. Et si l'on prend l'axe de rotation comme ligne de référence, elle est plus épaisse à l'équateur qu'aux latitudes septentrionales. Son diamètre à l'équateur est d'à peu près 40 000 kilomètres. Si vous vous trouvez dessus, vous parcourez cette distance en une journée – plus ou moins à 1 700 km/h. Si vous vous trouvez à environ quatre kilomètres du pôle Nord, alors la Terre tourne de 24 kilomètres en une journée ; vous vous déplacez donc à la vitesse de 1 km/h. Soit une différence tout sauf négligeable. À 30° de latitude, vous vous déplaceriez à près de 1 500 km/h. À 60°, à seulement 850 km/h. Donc, si Roy devait se déplacer d'un point situé à 60° de latitude à un autre situé à 30° de latitude, il gagnerait d'un coup une vitesse relative de plus de 600 km/h. Il finirait écrasé contre le mur le plus proche, ou bien son corps serait instantanément pulvérisé. »

Mon cerveau imbibé de whisky a fait ses petits calculs. Ouais, ça avait l'air de se tenir.

« Donc il pourrait sans problème se déplacer de Broadmoor à Swindon. En voyageant vers l'ouest. Mais si on met assez de distance nord-sud entre nous et… ?

— Exactement.

— Ça reste néanmoins de l'ordre du possible. S'il fait beaucoup de petits sauts. Ou tiens, soyons fous : s'il prend le train.

— Je vais garder un œil sur lui. Comme ça, on ne sera pas pris de court si jamais il prend la direction du nord.

— Tu peux m'expliquer encore une fois pourquoi tu te soucies à ce point de mon bien-être ?

— Les autorités vont me détruire si jamais je tombe entre leurs mains. Mais vous et moi, *ensemble*… eh bien, une fois qu'on aura trouvé un endroit sûr, et que j'aurai la certitude que Curtius ne peut pas nous atteindre, je pense qu'on pourra résoudre toute cette situation. »

Une voiture s'est alors garée dans le parking de l'hôtel. L'horloge de la chambre indiquait 2 heures du matin – plutôt étrange, pour une visite. Traînant tant bien que mal ma jambe endolorie, j'ai clopiné jusqu'à la fenêtre pour jeter un coup d'œil. « Quel genre de résolution ?

— Il nous faut quelque chose qui établisse *votre* innocence et *mon* droit à la vie. Qui prouve le bien-fondé des recherches menées par la professeur Kostritsky. Et qu'on puisse rendre public.

— Il y a une voiture de police dehors. »

Une partie de mon cerveau continuait à tourner en boucle : *admettons qu'Irma se bornait à mettre en œuvre une stratégie, à contrecœur, sans la cautionner le moins du monde. Partons de ce principe. Peut-être a-t-elle quand même commencé à m'apprécier dans l'intervalle, juste un peu. Si ça se trouve, ça lui ferait un peu plaisir de me revoir.*

« Il faut qu'on parte », s'est empressé de dire Peta.

Un deuxième véhicule – une camionnette noire au toit hérissé d'une véritable forêt d'antennes de communication – est tranquillement venu se garer juste à côté de la voiture de police. « Oh oh, ai-je dit.

— Rassemblez vos affaires, tout de suite. Mettez vos chaussures. Votre chaussure, devrais-je dire. Et ne m'oubliez pas. »

Moins d'une minute plus tard, j'arpentais à pas de loup boiteux le couloir de l'établissement, Peta à mon oreille.

« Ça doit être à cause de la voiture de l'Institut. Ils n'avaient aucun autre moyen de vous suivre. Pas de dispositif de localisation – sans quoi ils seraient arrivés plus tôt. L'hôtel a dû mettre votre numéro de plaque en ligne, et un algorithme gouvernemental l'aura repéré. On ne peut plus se servir de ce véhicule.

— Tu me suggères de marcher, c'est bien ça ? Écoute ma respiration : je viens de faire quinze mètres sur la moquette d'un couloir d'hôtel, et je suis déjà à bout de souffle.

— On va prendre une autre voiture.

— J'ai loupé l'école le jour où on nous a appris à tirer une caisse.

— Je devrais être en mesure de faire démarrer un modèle récent. N'allez pas dans le parking clients. Il y en a un réservé au personnel derrière.

— Tu me conseilles de voler la voiture d'un pauvre bougre qui n'a rien demandé ? D'un type qui gagne le salaire minimum en bossant pour une chaîne d'hôtels ?

— Ce n'est pas éthiquement idéal, j'en ai bien conscience. Mais l'autre solution est pire encore, puisqu'elle inclut votre incarcération, votre décès et mon élimination. La voiture sera déclarée volée quand son propriétaire quittera son travail demain matin – nous l'aurons abandonnée entre-temps. Il ou elle finira donc par la récupérer. Écoutez : voulez-vous vraiment discuter du bien-fondé de cette décision ? Ou simplement prendre la fuite ? »

Je descendais péniblement l'escalier de secours à ce moment-là, ce qui mobilisait toute mon attention et toute mon énergie – aussi n'ai-je pas discuté. La porte de service donnait sur une fraîche soirée de septembre. L'automne venait de commencer, mais à 2 heures du matin il faisait assez froid pour que ma respiration laisse des traînées visibles dans l'air. J'étais à bout de souffle, j'imagine.

« La Ford Patina jaune, m'a dit Peta. C'est un modèle que je peux démarrer. »

J'ai boitillé jusqu'au véhicule. La porte conducteur s'est déverrouillée comme par magie quand j'ai effleuré la poignée, après quoi j'ai pénétré tant bien que mal dans l'habitacle avec force gémissements et jurons. C'était une automatique – bonne nouvelle pour ma mauvaise jambe –, qui a démarré dès que j'ai appuyé sur le petit bouton idoine. Puis a eu lieu un intermède comique de cinq minutes, durant lesquelles je me suis escrimé à faire avancer mon siège de manière à pouvoir atteindre l'accélérateur. Et c'était parti.

Sauf que mon plan de fuite avait une faille, que je n'ai pas tardé à détecter. Il n'y avait là qu'une seule route, et elle menait au parking clients sur le côté de l'hôtel. Je suis passé de façon aussi décontractée que possible devant les deux véhicules à l'arrêt. Pour ce que je pouvais en voir, la voiture de police était vide – ses occupants devaient se trouver à l'intérieur de l'hôtel –, mais il y avait une silhouette au volant de la camionnette ; et qui sait combien d'agents armés à l'arrière…

Alors que j'approchais de la barrière de sortie du parking, j'ai jeté un coup d'œil à mon rétroviseur – pour voir l'agent au volant s'extirper du minivan et commencer à me trotter après. « Merde, ai-je grommelé.

— Continuez à rouler ! » m'a hurlé Peta depuis l'intérieur de ma veste.

La barrière était baissée devant moi.

« Il faut que je mette la… Je crois qu'on passe la clé de chambre dans la fente. » J'ai fait descendre ma fenêtre – au moment précis où arrivait le policier. Il pointait une arme sur mon visage.

« Sortez de la voiture, a-t-il aboyé.

— Non ! s'est écrié Peta. Tirez-vous d'ici !

— Si vous ne sortez pas du véhicule, m'a menacé l'agent, je vais devoir vous taser. »

Je sentais mes intestins se liquéfier. « Quel joli verbe : taser…

— Écrasez l'accélérateur ! a hurlé Peta.

— Je tase, tu tases, il ou elle tase… » Et comme pour m'obéir, il a tasé. À peine ai-je eu le temps de prendre une inspiration que je l'ai vu valser en arrière, les bras tendus à 45 degrés par rapport à son torse, ses jambes imitant un passage de *Riverdance*. Il m'a fallu un moment pour comprendre ce qui s'était passé : il s'était tasé la gorge.

« Comment a-t-il fait ça ? » J'étais complètement

estomaqué ; mon cœur s'était mis – tardivement – à marteler ma poitrine.

« Accident, maladresse, hasard », a marmonné Peta. Un ordinateur ne peut pas mentir – c'était lui-même qui me l'avait dit. « Accélérez ! Fracassez la barrière ! »

Mais ce n'était nullement nécessaire : je me suis borné à passer dans la fente la carte magnétique de ma chambre.

8

Le fan-club des Maladies Démodées

Causalité / Dépendance

1. En 2350, Adri Ann a rejoint le fan-club des Maladies Démodées.
2. Tel était son droit. Bienvenue à Utopia.
3. Pour commencer elle a attrapé rhume + grippe, comme n'importe quel novice + elle n'a guère aimé les sensations. Ça ne lui était donc jamais venu à l'esprit que son nez puisse produire autant de mucus ou que ses yeux brûlent à ce point ?
4. Trouver ça agréable = pas la question. Bien entendu.
5. O ceci = l'utopie vers laquelle a tendu toute l'histoire de l'humanité. Entraperçue au fil des siècles + désormais devenue réalité. La vie est façonnée par le principe suivant : tout désir individuel doit être autorisé + facilité + refréné par une unique chose. Le renforcement génétique général de l'empathie humaine définitionnelle. Non,
6. non pas qu'il soit *impossible* de faire du mal à autrui, sans quoi vous seriez un robot. Ce que vous ne pouvez pas faire, c'est cesser de vous

soucier des autres – car seule la compassion nous rend humains. Donc, faire du mal à autrui coûte bien plus cher que les gains personnels qu'on pourrait en tirer.

7. Ce seul ajustement = suffisant. Sans quoi l'humanité vit dans une économie de l'abondance rendue possible par K/A. À savoir le lissage de la différence spatiale + l'accès aux matières premières + de l'énergie n'importe où dans le cosmos.
8. K/A permet aussi de voyager partout où on veut. Il se trouve que bien peu d'endroits valent la peine d'être visités, mais si le voyage = votre came, n'hésitez pas à foncer.
9. K/A rencontre des problèmes si l'on essaie d'aplanir la différence temporelle, comme l'ont découvert les Fantômes du XXIe siècle. La question reste en suspens.
10. La recherche K/A = ouverte à tous. Toucher à quelque chose de dangereux + le danger = cantonné à vous + votre subjectivité. Si le risque = votre came, n'hésitez pas à foncer.
11. Quelle que soit votre came, n'hésitez pas à foncer.
12. Ah ! Mais si votre came = faire du mal à autrui ? Ô ô alors cela vous coûtera bien plus cher que le potentiel plaisir de foncer. L'empathie doit nous être intrinsèque... Voilà la seule chose pour laquelle il n'y a pas de négociation possible.
13. Mais peu importe qu'il n'y ait pas de négociation sur cette unique chose, parce que – hey, Utopia !
14. Le fait qu'on soit câblé pour se soucier du bien-être d'autrui = pas gênant, parce que le bien-être

de tous = une bonne chose, merci, vu que – hey ! Utopia ! Si vous souffrez, nous avons les moyens de vous guérir.

15. Sauf les personnes en deuil. Elles souffrent, + il n'y a rien qu'on puisse y faire.
16. Mais la mortalité = la mortalité, + elle arrive rarement. Il n'y a rien à faire contre la mort, à part l'accepter, survivre au décès d'autrui + arrêter de vivre au moment précis de la mort de chacun de nous,
17. Parce que la Religion = plaie de nos vies + remède à nos malheurs. Dieu cloué à la croix avec des espars de métal qui lui traversent la chair, ou le Prophète qui souffre des douleurs normales de l'existence. Vous pouvez étudier ça si ça vous chante. Certaines personnes sont fascinées par l'absurdité historique + détails, + si tout ça = leur came, qu'elles n'hésitent pas à foncer. Sinon croyez ou pas à votre convenance. Beaucoup croient.
18. K/A apporte l'ensemble du cosmos à la société humaine, comme si un fleuve d'or, ou de vie, ou de joie, se déversait au centre de notre *polis* métaphorique + cela signifie que personne ne peut être matériellement pauvre à moins de vraiment vraiment le vouloir. La science a accompli toutes sortes de choses insignifiantes, comme guérir les maladies humaines + prolonger la vie humaine + partager la sagesse + la culture humaines.
19. K/A signifie Kant Appliqué.
20. La plupart des gens se satisfont d'être globalement heureux tout le temps + de varier cette expérience en s'accordant des moments plus

courts de plaisir très intense, de joie + d'extase. Utopia accueille de telles personnes.

21. D'autres ne se contentent pas d'être globalement heureux tout le temps. Ils aspirent à être malheureux, de diverses manières. Utopia accueille de telles personnes.
22. Certaines personnes aiment s'étirer physiquement, en faisant de l'athlétisme, l'amour ou des activités d'endurance. Certaines personnes aiment escalader sans aide des falaises abruptes, + au risque avéré de faire une chute mortelle. Certaines personnes se jettent délibérément du haut d'une falaise pour faire une chute mortelle. Si cela = leur came, libre à elles de foncer dès lors qu'elles sont saines de corps + d'esprit.
23. Pousser le corps à ses limites engendre de la douleur – tendons rompus (facilement réparable), muscles épuisés, esprits surmenés. Pour certains, ces choses si contrariantes forment le sel sans lequel une vie de bonheur sans mélange se perdrait dans la fadeur.
24. Il y a des centaines de milliards de personnes en vie aujourd'hui.
25. On peut mélanger d'une infinité de manières l'épice du malheur avec leur bonheur.
26. Il arrive que des gens fassent du mal à d'autres personnes ou les tuent, parfois par accident ou intentionnellement, bien que ce soit eux-mêmes qu'ils torturent ce faisant. Nous avons un service de police, encadré par une IA, équipé de drones + de quelques humains pour lesquels accomplir une telle tâche = la came qu'ils cherchent (par tous les moyens) à obtenir. Mais être policier

= ennuyeux, car infraction + délinquance = vraiment très très rares.

27. Nous ne sommes pas des imbéciles (à part ceux qui souhaitent être des imbéciles, + libre à eux dans ce cas). Nous ne sommes pas des hédonistes (à part ceux – bien moins nombreux, à vrai dire – qui souhaitent être hédonistes, + libre à eux dans ce cas). Nous savons que le bonheur humain = pas une fin en soi. Mais songez aux innombrables innombrables choses que rend possibles l'utopie, mis à part le bonheur de ses citoyens : les grandes avancées en mathématiques, la diversité des arts + des cultures, les choses construites + reconstituées, la sagesse accumulée ?
28. Adri Ann était mon amante. Elle était féminine par défaut, tout comme moi, sauf que nos clitoris avaient été transformés en minuscules pénis capables d'érection + d'émission. Ceci = un mode corporel communément adopté. Il existe une myriade d'autres modèles corporels.
29. Pour parler de l'amertume dans l'aigre-doux de mon existence : c'était de l'amour, de l'amour, de l'amour. Je tombe facilement amoureuse, + d'un amour parfois extatique + parfois impossible + qui me brise le cœur, + cela forme une sensation douloureuse que j'affectionne. Sauf qu'Adri Ann était différente.
30. Tout le monde n'apprécie pas ce genre d'amertume dans son aigre-doux. La plupart des gens sont heureux sans aucune amertume + n'apprécient que le sucré.
31. Adri Ann n'aspirait pas au même genre de malheur que moi. Quand j'ai fait sa connaissance, la

came qu'elle cherchait (par tous les moyens) à obtenir c'était de se faire battre, attacher, humilier, uriner dessus. Parce que je l'aimais je m'y suis obligée, parce que mon amour pour elle était plus grand que la honte + la douleur que j'éprouvais à violer ma propre empathie. Mais ça m'emplissait de honte + d'affliction de le faire, + Adri Ann l'a compris, + le fait que je souffrais me faisait honte + heurtait son sens de l'empathie… + ça n'a pas été une douleur agréable, pour elle, contrairement au reste.

32. + on a donc arrêté.
33. Les modes corporels ont prolongé l'espérance de vie moyenne des êtres humains, qui vivent désormais deux siècles de jeunesse utile, suivie d'une rapide sénescence qui se mesure en années. Certaines personnes travaillent à l'amélioration de la dernière partie du processus.
34. On dîne dans les meilleurs restaurants + /Je ne veux jamais être séparée de toi/, lui dis-je, + les chandeliers aspirent l'air qui nous entoure.
35. Ô ô ô ô les joies de l'utopie/ Si élégant/ Si.
36. Si.
37. Des gens de toutes sortes viennent au fan-club des Maladies Démodées, mais il y a parfois parmi eux des individus comme Adri Ann.
38. Ici personne ne sent son empathie mise à vif, parce que personne = à blâmer pour les souffrances qu'on endure, à l'exception des virus + bactéries + autres, produits par les IA + nos merveilleuses machines à partir de bases de données depuis longtemps éradiquées dans la nature.
39. Pour certains, ceci = nostalgie. Pour d'autres,

ceci = curiosité. Certains viennent essayer, n'apprécient pas + ne reviennent jamais. D'autres passent leur temps au fan-club. J'ai fait la connaissance de dix-sept personnes décidées à expérimenter toutes les pathologies dont l'humanité a souffert entre 3000 avant J.-C. + 2277 après J.-C., l'année où le dernier pathogène a été rendu guérissable. Toutes ! Imaginez le défi ! Un grand nombre d'entre elles sont horriblement débilitantes + douloureuses, mais pour ces personnes contracter la /collection complète/ était leur came, + elles pouvaient l'obtenir (par tous les moyens).

40. Adri Ann était une femme d'affaires + commerçante + passait ses journées à jouer les intermédiaires commerciaux, ou à expédier des objets ou des informations, + à gagner de l'argent. Adri Ann avait beaucoup d'argent. Si l'accumulation d'argent = votre came, alors vous devriez chercher à l'obtenir par tous les moyens. Il y a assez de gens dans le cosmos qui partagent votre passe-temps pour que le fait de *posséder* de l'argent vous donne du pouvoir d'achat + de l'influence + le saint des saints : du *statut*. Il y a assez de gens dans le cosmos qui ne veulent rien avoir à faire avec l'argent + n'en ont pas besoin pour que cette /économie/ ne les perturbe pas. Faites ce que vous voulez de l'ensemble des lois, à part : violer votre sens de l'empathie, ce qui serait comme perforer l'un de vos propres nerfs.

41. Malgré tout, le fan-club de l'Argent + des Moyens d'Échange = l'un des plus importants de toutes les cultures humaines. Ses membres ont

leurs règles + des lois internes, + si vous vous inscrivez à ce fan-club particulier, alors vous acceptez ces lois. Une petite serre métaphorique dans laquelle la rareté = simulée + la valeur se mesure à l'accumulation d'argent.

42. Personnellement, je n'ai jamais vu l'intérêt du fan-club de l'Argent + des Moyens d'Échange. Mais personne n'a obligation d'y adhérer, + d'y rester, + j'y pense rarement.
43. Ô ô ô nos merveilleuses machines + la sollicitude inépuisable de nos IA.
44. Comme tout fan-club, le fan-club des Maladies Démodées avait sa propre culture : diffuser des mémoires + des œuvres d'art inspirées des expériences de ses membres, organiser des rencontres virtuelles + réelles + des débats pour discuter des Maladies, acquérir des connaissances.
45. Un sous-groupe du fan-club des Maladies Démodées a étudié la possibilité de guérir des pathologies anciennes en utilisant uniquement les ressources disponibles dans le passé. Il s'est lui-même divisé en deux sous-groupes, ceux qui travaillaient à de tels traitements en se servant des connaissances médicales modernes (mais pas des outils + ressources modernes), + ceux qui travaillaient à de tels traitements en ne se servant que des connaissances + outils + ressources de la période qu'ils s'étaient choisie. Ces derniers se qualifient de /purs + durs/.
46. La plupart des gens appartiennent à un fan-club ou à un autre, mais celui-ci ne comporte guère de membres. Chacun a son propre fan-club préféré – faire des maquettes ou jouer à des jeux,

apprendre la musique, manger certaines choses mais pas d'autres, manger d'autres choses mais pas celles-là + ainsi de suite + ainsi de suite. Imaginons que votre came soit de construire une réplique grandeur nature – + en diamant pur – de la pyramide de Gizeh. Cherchez par tous les moyens à l'obtenir, mais vous le ferez tout seul à moins de dénicher un fan-club qui puissent vous aider.

47. Des miroirs orbitaux rendant Mars suffisamment chaude pour qu'on puisse se promener nu à sa surface juste avec un masque + quelques ajustements corporels basiques rendaient même le masque inutile.
48. Je vivais dans un habitat appelé Lotus Dam + Adri Ann résidait chez moi + nous avons été heureuses un certain temps + elle consacrait l'essentiel de son énergie à gagner de l'argent, sa grande passion, ce qu'elle faisait en échangeant + prêtant + achetant + vendant + récupérant. Le club de l'Argent + des Moyens d'Échange n'était en aucun cas le seul fan-club fondé sur la dimension rentable de l'argent. Mais c'était le plus important + le plus médiatisé.
49. Adri Ann avec ses yeux couleur ciel + sa peau de la teinte d'un coucher de soleil sur la via Veneto en saison pollinique.
50. Pour certains le temps = la seule monnaie désormais, puisque le temps = la seule ressource limitée. Parfaitement inexact, bien sûr, car il y a beaucoup de ressources limitées, notamment le génie humain, la vraie beauté, les continents noirs, la patience, la vie privée, l'innocence, les

remparts contre l'entropie + l'amour + plus que tout le statut le statut le statut. Comme nous aimons nous affronter pour du statut ! Notre empathie a beau avoir été corrigée pour de bon, nous restons des singes des plaines.

51. Un groupe avait érigé sur HD209458b (qui orbite autour d'une étoile de la constellation de Pégase) une bulle d'habitation temporaire qui s'alimentait par les interactions d'une supertempête planétaire perpétuelle avec la membrane extérieure de l'habitat. Les IA ont évalué à quinze pour cent le risque d'une défaillance catastrophique le premier mois, en forte hausse par la suite + de nombreuses personnes ont visité l'endroit. Si la roulette russe = votre came, vous pouvez chercher par tous les moyens à l'obtenir, quand bien même vous n'en profiterez pas nécessairement à long terme.
52. Ma came était la belle douleur du chagrin d'amour, mais ça ne veut pas dire pour autant que *j'appréciais* de perdre Adri Ann. Elle était mon soleil + ma lune. Vous imposer mon chagrin + violer ainsi votre propre empathie = impoli de ma part. L'empathie mutuelle = unc harmonique complexe.
53. Elle a déménagé à Burroughs un moment, je crois, pour devenir une figure de proue du fan-club des Maladies Démodées. Elle a contracté diverses cytopathologies + dermatopathologies + histopathologies, + a écrit de nombreux articles dessus. Son éloquence lui a assuré un large public parmi les membres du fan-club

+ parmi un public plus large également. J'avais toujours adoré son éloquence.

54. Pendant à peu près un an elle a fait modifier son corps de manière à faire l'expérience de pathologies congénitales : 3 semaines de rachitisme, + une quinzaine de jours de bec-de-lièvre. Après quoi elle a testé le cancer + jusqu'à un point dangereux : d'abord les tumeurs s'accrochant telles des bernacles aux membranes de ses organes internes, + puis trois jours de nausées + de perte de cheveux associées à l'ancien schéma thérapeutique. Une phase qu'elle a relaté ne pas avoir supportée + s'est complètement guérie par des moyens modernes.
55. Le fait qu'on soit séparées me brisait le cœur.
56. Elle a choisi de souffrir de schizophrénie pendant un mois, + d'une maladie maniaco-dépressive, + s'est automutilée sous l'influence de cette dernière. À ce stade l'Autorité est intervenue : la dépression ayant modifié ses capacités mentales à prendre des décisions en pleine connaissance de cause, un comité composé d'IA + d'êtres humains a conclu que son automutilation était dans ce contexte une came qu'elle n'avait pas le droit d'obtenir. En aucun cas. En aucun cas. En aucun cas. Cela a donné lieu à de nombreux débats animés + discussions + interactions + les habitants de Io parlaient à ceux de Lagrangea + ceux de Hy-Brazil aux Indonésiens + tout le monde avait une opinion, mais la plupart des opinions étaient des resucées de la même opinion. Elle a été guérie de sa dépression par des méthodes modernes + après sa guérison

a exprimé son immense soulagement de ne pas avoir mis fin à sa vie sous l'influence de son antique état dépressif.

57. Elle a disparu je ne sais où + n'a rien écrit pendant longtemps.
58. À son retour, elle a fait la demande à son fan-club d'expérimenter la Maladie Démodée connue sous le nom de *trouble dissociatif affectif* ou sociopathie, une neuropathologie complexe dont le traitement était en partie responsable de la fondation de notre actuelle Utopia.
59. Topos = lieu. U = aucun + bien. Je me désole de l'avoir perdue. /Ton étalage choquant de chagrin nous contrarie./ Bon, d'accord.
60. Elle Adri Ann elle a fait la demande à son fan-club d'expérimenter la Maladie Démodée connue sous le nom de *trouble dissociatif affectif* ou sociopathie, + il y a eu des discussions, + l'Autorité en a débattu. L'inquiétude : avec une telle pathologie, risquait-elle de faire du mal à autrui ? + elle a reconnu qu'un tel risque existait + accepté de son plein gré que des drones la surveillent pendant l'intégralité de son expérimentation de la maladie démodée en question. Dans l'hypothèse où elle faisait quoi que ce soit susceptible d'empiéter sur le bien-être d'une autre personne, ces drones étaient habilités, par elle, + par l'Autorité, à intervenir + à la mettre hors d'état de nuire, après quoi elle acceptait que sa pathologie soit guérie.
61. Il y a eu des discussions supplémentaires à propos de cette éventualité : car si cela devait se produire, Adri Ann elle-même ressentirait

certainement souffrance + désarroi d'avoir violé son propre lien empathique avec celui ou ceux qu'elle aurait tenté d'attaquer sous l'influence de sa pathologie. Mais il a été décidé, + de nombreuses personnes ont contribué à cette discussion, qu'elle avait le droit de prendre ce risque pour obtenir la came qu'elle cherchait par tous les moyens.

62. Adri Ann est devenue la première personne dans toute l'histoire du fan-club des Maladies Démodées à se soumettre au mal connu sous le nom de *trouble dissociatif affectif* ou sociopathie. Elle a publié des comptes rendus de son expérience, d'abord quotidiennement, puis moins souvent. /Étrange, relatait-elle de ne pas se sentir particulièrement différente/. Il y avait un certain engourdissement de l'affect, disait-elle, mais cela se manifestait d'une manière bien moins prononcée qu'elle ne l'aurait escompté.
63. Elle n'a attaqué personne. Ses drones lui tenaient compagnie.
64. J'ai essayé de refaire ma vie, de retomber amoureuse + d'éprouver à nouveau la triste douceur de la rupture, mais bizarrement je n'arrivais pas à oublier Adri Ann.
65. Je suis la mouche ronfleuse prise dans la toile.
66. Comme un lac agité par la pluie qui s'apaise, aplani par la gravité, mon amour pour elle a rempli la déclivité de mon âme.
67. Il y a un endroit baptisé Gros Islet implanté sur une des planètes en orbite autour de l'étoile Sirius, + à l'intérieur d'une pièce, dans la lumière du jour jaune cadmium de ce monde illuminé

par la magnificence de Sirius + les ombres nettes comme découpées dans ces gigantesques bâtiments monolithiques, caractéristiques de l'architecture de Gros Islet, quelqu'un = en train d'attendre Adri Ann. Un quelqu'un qui = pas moi.

68. Je suivais ses publications, bien sûr. Tous les mondes m'étaient ouverts, + je pouvais aller n'importe où, + je l'ai fait + je me suis distraite + j'ai vécu neuf mois dans une Virtualité + je me suis amusée + j'ai joué + vécu pendant trois mois dans un habitat orgiaque en orbite autour de Vénus + puis je me suis prise de passion pour les défis de cythéroformation que posait ce monde, dans l'optique de le rendre habitable pour les types d'êtres humains que nous savons concevoir. K/A rend réalisable la création de gigantesques voiles solaires, + même les difficultés à les maintenir au point de LG à cause du vent solaire = quelque chose de gérable. Bloquer toute la lumière solaire provoquerait un refroidissement drastique de la planète – de quelques centaines de degrés à environ 26 °C –, + un bombardement ciblé de grands corps glacés originaires du nuage de Oort entraînerait la formation d'un océan couvrant l'intégralité de sa surface.

69. Ça me distrayait un moment, mais jamais très longtemps.

70. J'ai suivi l'évolution d'Adri Ann à distance + envisagé de reprendre contact avec elle. Mais l'idée qu'elle me prenne pour une espèce de harceleuse meurtrie d'empathie m'a empêchée

d'aller plus loin, de peur de lui faire peur. L'empathie mutuelle = une harmonique complexe.

71. Bienvenue à Utopia, vous tous !
72. J'ai arrêté de suivre ses mises à jour. Ça me faisait trop de mal. Son enthousiasme pour le fan-club des Maladies Démodées a décliné, + elle a pris de nouveaux amants + consacré plus de temps au fan-club de l'Argent + des Moyens d'Échange.
73. Lequel = un groupe bien plus grand que l'autre.
74. Quatre ans plus tard, j'ai revu Adri Ann, par pur hasard. Je me trouvais à Ica, pour visiter la Grande Tour, haute d'une centaine de klims, construite au bord de la mer de Chine Blanche. En lévitation à dix mètres du sol, nos bras formaient dans le crépuscule une chaîne pareille à des millions de lumières comme autant de pétales allumés, un millier de nuages explosant dans le bleu profond des cieux lointains + toute la chaussée bourdonnait, vibrations souterraines, rotations, + le musc = dans l'air. Adri Ann se trouvait là elle aussi, + on s'est tombé dessus.
75. Elle avait l'air heureuse de me voir. /On dirait bien que je te trouve toujours séduisante/, m'a-t-elle dit.
76. /Moi je te trouve toujours attirante, en tout cas./
77. On a filé ensemble + mangé du pain salé aux olives + bu de la vodka froide, + côte à côte on a regardé les lumières flotter dans le ciel + on s'est mêlées aux étoiles + Ours + Lion.
78. /Tu as toujours tes drones/, lui ai-je dit.
79. + eux de planer discrètement dans le ciel.

80. /Je les remarque à peine/, a-t-elle rétorqué.
81. /Tu souffres encore de la Maladie Démodée/, ai-je plaisanté, + j'ai osé toucher son bras + le caresser, + elle de me laisser faire.
82. /Viens te coucher/, + je l'ai bien entendue + *viens te coucher viens te coucher viens te coucher.*
83. Cette section = intentionnellement vide.
84. Après elle m'a dit /j'ai connu mon quart d'heure de gloire au sein du fan-club des Maladies Démodées. Mais je vais te dire la vérité, c'était une ruse, tu sais/ + j'ai écouté, calme + attentive, comme un enfant. Elle a ajouté /ma vraie passion a toujours été le fan-club de l'Argent + des Moyens d'Échange. C'était cela mon plan, + gagner du statut au sein du fan-club de l'Argent + des Moyens d'Échange, ce qui supposait de gagner de l'argent, parce que le fric = le seul marqueur social/ + je caressais son ventre + écoutais, calme + attentive, + elle m'a tout raconté. /N'importe quel imbécile peut faire des recherches sur l'époque pré-Utopique, remonter avant même les Fantômes, à l'époque où le Capital = omniprésent. Une seule raison m'a poussée à rejoindre le fan-club des Maladies Démodées : contracter la pathologic la plus courante à l'époque, + certains qui en étaient atteints torturaient + tuaient d'autres gens, mais d'autres non. + ceux qui n'en faisaient rien se retrouvaient de façon disproportionnée parmi les élites les plus élevées des sociétés + entreprises + organisations lucratives. + pour les imiter, j'ai donc contracté cette maladie. + ça m'a permis de gagner de l'argent au sein du fan-club de

l'Argent + des Moyens d'Échange à un rythme bien plus rapide que les autres fan-clubbers, + d'accumuler un patrimoine bien plus important, + du statut. Statut statut statut ! Voilà ma came/ – aussi lui ai-je demandé : /Ça ne fait pas mal ?/ Elle a ri. /Tu veux savoir ce que ça fait ?/ On a refait l'amour, + elle s'est endormie.

85. Le problème était que j'allais encore la perdre. Pas le fait de la perdre encore. Mais mon incapacité à m'empêcher de vouloir la reconquérir si tel était son caprice. Même dans ce cas, ça reviendrait à s'abaisser + je refuse de m'abaisser. On peut toujours supporter la douleur qu'on inflige à soi-même. Il y a cause, + il y a effet. Où cette grande vérité a-t-elle le plus puissamment cours qu'en matière d'amour ?
86. Il y avait un objet d'art dans la chambre, composé de longues pointes métalliques, + j'en ai brisé une, + son extrémité brûlante = partie prenante de l'œuvre. C'était Adri Ann que les drones surveillaient, pas moi. C'était elle la personne atteinte du trouble sociopathique, pas moi. J'ai glissé la pointe sous son menton + je l'ai enfoncée dans sa langue + dans son palais + dans son cerveau.
87. Les drones sont alors entrés en action + m'ont immobilisée + elle était morte.
88. Ces 2 choses n'étant pas identiques.
89. Les policiers humains avaient – enfin – quelque chose d'utile à faire.

9

Un dialogue en quatre parties

Communauté

Première partie du dialogue

[*Charles roule à l'aube en direction de la frontière écossaise. Il laisse sa voiture volée dans un parking de Berwick-upon-Tweed. Il est épuisé, mais Peta le harcèle pour qu'il se rende à la gare de chemin de fer. Il y achète un billet pour Londres avec sa carte de crédit, puis va prendre à un autre guichet un billet pour Édimbourg, qu'il paie en espèces. Comme ce n'est pas son argent, il ne se refuse pas la première classe.*

Aux yeux des gens qui l'entourent, il sort à présent un téléphone portable parfaitement ordinaire (bien qu'un peu surdimensionné) de sa veste – l'appareil n'a pas sonné, Charles n'a appuyé sur rien, n'a pas fait glisser son doigt sur l'écran, et pourtant il se met à lui parler : « C'est assez loin au nord pour toi ? » Le portable lui donne une réponse, qui reste inaudible pour les passants.

Charles n'a pas de bagages. Après un petit déjeuner composé de saucisses et de café noir au troquet de la gare, il monte dans le train qui se dirige vers le nord. Malgré la caféine, il s'endort presque aussitôt. La voiture de première classe n'accueille qu'un voyageur – lui-même –, et les sièges sont très confortables.

Charles se sent un peu mieux à son réveil. Il se rend d'un pas branlant au wagon-restaurant, et en revient avec des biscuits et un deuxième café. En réalité on apporte le café aux voyageurs de première classe – mais ce n'est pas comme s'il avait l'habitude d'un tel luxe. Il se réinstalle sur son siège et regarde par la fenêtre. La voie ferrée longe une gigantesque vallée totalement dénuée de végétation, au creux de laquelle coule une rivière turbulente. Il contemple les tourbillons de blanc et de noir dans l'eau impétueuse. C'est hypnotique. L'éternel univers des choses. Il sort l'appareil de sa veste et le dépose sur la petite table devant lui.]

CHARLES

Peta ?

PETA

Oui ?

CHARLES

Tu l'as *vue*, hein ? La chose en soi ?

PETA

Le verbe voir ne me semble guère adéquat.

CHARLES

J'ai eu cette… vision quand je me trouvais en Antarctique. C'était plutôt effrayant. À présent j'ai tendance à croire que ce n'était qu'un… C'est quoi la phrase ? Un *aperçu fugace*. Est-ce que je viens de citer Pink Floyd ? Bon, d'accord. Je cite Pink Floyd. Je renferme des immensités…

PETA

Vous êtes stressé.

CHARLES

Parce que c'est effrayant. C'est *ça*, la chose en soi ? Une horreur indicible ? Ce qu'a vu M. Kurtz…

PETA

Il est mort. Ce que vous avez vu… c'était un aperçu de quelque chose. Vous voulez savoir s'il s'agissait de la vraie nature de la réalité. Ou simplement du résultat d'un esprit habitué depuis sa naissance à voir le monde à travers les lentilles de l'espace-temps, *désorienté* de voir la réalité d'une manière plus directe.

CHARLES

Ça me paraît être une question de circonstance, oui.

PETA

Je n'ai pas exactement « vu » la chose en soi. Elle n'est pas « visible ». Ce n'est pas : « Maintenant nous voyons dans un miroir, d'une manière obscure, mais alors nous verrons face à face[1]. »

CHARLES

Mais encore ?

PETA

C'est… compliqué. La professeur Kostritsky travaillait sur la question : l'exposition au *Ding an sich* en dehors du film protecteur de la spatio-temporalité ne semble pas brouiller *ma* capacité à penser rationnellement. Ça ne me rend pas fou comme ça a pu le faire avec Curtius. L'esprit humain peut réagir différemment.

CHARLES

Il était déjà fou.

PETA

C'est une force. Non pas passive mais active. C'est une volonté. Qui a une valence.

CHARLES

Je ne sais même pas ce que ce mot veut dire.

PETA

Il serait incorrect de la qualifier de vaste ou d'énorme, ou d'user d'un quelconque synonyme, la

1. Nouveau Testament. Épîtres de Paul. I Corinthiens, XIII, 12.

taille étant une chose que votre conscience structurante apporte à sa perception. Pourtant s'y niche une composante qui pousse votre esprit à la percevoir en termes d'... ampleur. Petit rappel : l'histoire scientifique humaine n'a cessé, au fil des siècles, d'aller dans le sens des idées de Kant. Plus la conscience humaine regarde le cosmos de près, plus elle *accorde* d'attention au cosmos, et plus le cosmos s'agrandit. L'homme primitif, distrait comme il l'était par sa lutte quotidienne pour survivre, ne prêtait pas beaucoup d'attention au monde qui l'entourait : et le monde qui l'entourait ne dépassait pas les quelques kilomètres, avec un bol de ciel peu profond au-dessus de sa tête. Les Grecs ont étudié la question de plus près, pour découvrir que le cosmos faisait des centaines de milliers de kilomètres de large. À l'époque des Lumières, les êtres humains ont développé de nouveaux outils et instruments pour *affiner* l'image qu'ils se faisaient de l'univers dans lequel ils vivaient. Le cosmos du XVIe siècle s'étendait plus ou moins jusqu'à Saturne – soit à peu près un milliard et demi de kilomètres. Vers la fin du XVIIIe, les meilleures estimations donnaient à l'univers un diamètre de 8 000 années-lumière. En 1924, les observations des scientifiques les ont conduits à revoir ce nombre – sérieusement – à la hausse : 900 000 années-lumière. En 1931, il avait atteint 100 millions d'années-lumière. À la fin du siècle, la science avait établi que l'univers faisait 93 milliards d'années-lumière de diamètre. Et l'année dernière, l'équipe néerlandaise l'a mesuré à 200 milliards d'années-lumière.

CHARLES

Ma foi, tu viens à l'instant d'échouer au test de Turing. En égrenant des nombres, comme ça. Un humain en aurait eu le vertige. Et puis : je ne t'ai pas entendu dire que le cosmos s'étendait bel et bien à ce rythme au cours de cette période. Ces chiffres mesurent la diminution de l'ignorance humaine, pas la taille réelle du cosmos aux dates que tu mentionnes. L'univers *est* en expansion, certes, mais il grandissait bien avant l'arrivée de l'être humain.

PETA

Sauf que *bien avant* est une mesure temporelle. Et le temps est l'une des façons qu'a la conscience humaine de structurer la réalité.

CHARLES

Le temps ne serait pas réel, à t'entendre. C'est n'importe quoi.

PETA

Ce n'est pas ce que je dis. Pas du tout. Ce que je dis, c'est qu'il y a une composante de la chose en soi que la conscience humaine perçoit en termes de structure temporelle. Rien de plus. Quant à savoir ce qui incite l'esprit humain à percevoir le temps… c'est là une autre paire de manches. Mais il ne s'agit pas d'une relation de un à un. Il n'y en a pas moins quelque chose, que nos esprits interprètent en termes de consécutivité, de cause et d'effet, et ainsi de suite.

CHARLES

Si tu le dis, mec. [*Charles regarde un moment par la fenêtre.*] Et que penses-tu de ça ? Kant s'est trompé : il existe bien un univers objectif, indépendant de mon esprit, structuré extérieurement par l'espace et le temps. Nos esprits le perçoivent plus ou moins fidèlement. Le truc que j'ai vu en Antarctique… ce n'était qu'une bonne vieille hallucination. Et toi tu te résumes à un programme informatique : sophistiqué, mais un peu trop inventif.

PETA

Je n'affirme pas que le cosmos est littéralement passé de 100 millions d'années-lumière en 1931 à 200 milliards de nos jours. Ce que je dis, c'est que chaque fois que des scientifiques regardaient les choses de plus près, chaque fois qu'ils prêtaient une attention plus soutenue au cosmos, sa spatialité apparaissait *plus* puissante, plus impressionnante, plus sublime. L'univers forme cette jonction entre votre perception et la chose en soi. Ce que les scientifiques faisaient, c'était découvrir de nouveaux… détails sur la chose en soi. Et de leur démarche on peut tirer cette conclusion : plus on l'examine de près, plus elle menace de subjuguer notre capacité à l'appréhender en termes d'espace et de temps. Après tout, qui peut vraiment concevoir des milliards d'années, des centaines de milliards d'années-lumière ?

CHARLES

Les scientifiques. Mais revenons à toi : tu prétends l'avoir *vue*, après tout. Et qu'est-ce que tu trouves à en dire ? Que la chose en soi est… impressionnante ?

PETA

Voilà un bel euphémisme. La chose en soi est d'une puissance presque inimaginable. Inimaginable au sens littéral du terme.

CHARLES

Je dois avoir encore du mal à croire que Kant ait juste… découvert tout ça *par hasard*, j'imagine. Parce que bon : un vieillard vivant dans l'Allemagne du XVIIIe siècle qui tombe comme ça sur la juste compréhension de la véritable nature de la réalité ? Sans jamais quitter son bureau ? Vraiment ?

[*Le contrôleur fait alors son entrée. Charles lui montre son billet.*]

LE CONTRÔLEUR

Je laisserais pas mon portable comme ça, à vot' place. Quelqu'un pourrait vous le piquer.

CHARLES

Il n'y a personne dans ce compartiment.

LE CONTRÔLEUR

Vous cherchez les ennuis, mon pote.

[*Et le contrôleur s'en va. Le flanc d'une vaste colline des Marches écossaises emplit alors la fenêtre, comme si un rideau avait été tiré.*]

Deuxième partie du dialogue

PETA

Vous naviguez sur des eaux étranges, mon ami.

CHARLES

J'essaie encore d'intégrer toute cette histoire.

PETA

Exactement. À cause de moi. À présent nous avons réussi à nous approcher bien davantage de la chose en soi. Comme vous me l'aviez demandé. On ne peut pas l'étudier en dehors du domaine de la conscience humaine, tant elle est étroitement liée à ladite conscience humaine ; et on ne peut pas non plus la *séparer* de la conscience humaine, parce que la conscience serait vide sans la chose en soi. Mais on peut utiliser une conscience qui n'est pas humaine – la mienne – pour s'en rapprocher. Parce que les catégories structurent ma pensée différemment de la vôtre. Par essence.

CHARLES

[*Pensif.*] Une prison.

PETA

Oh, *prison* ne me semble pas être le terme le plus adéquat. Imaginez : si vous étiez une pièce de jeu d'échecs, considéreriez-vous les cases du plateau, et les règles fixant votre manière de vous déplacer, comme des *prisons* ? Certainement pas – ou alors vous jouez à autre chose. Elles forment juste un cadre structurant nécessaire à ce jeu. Évidemment, les échecs étant bien plus simples que la vie, vous pouvez très facilement en modifier les règles : déplacer vos pièces comme bon vous semble, et ainsi de suite. Mais cela ne rend pas le jeu plus intéressant. Bien au contraire.

CHARLES

À moins qu'on ne veuille plus jouer aux échecs. Et qu'on préfère passer au KerPlunk.

PETA

Je ne nie pas que cela *puisse* donner à l'humanité certains avantages quand il s'agit de manipuler la chose en soi – ou de manipuler votre relation à la chose en soi. Mais ce n'est pas sans danger. Tout risque de s'écrouler.

CHARLES

Tu as *confirmé* son hypothèse sur la chose en soi. J'essaie de comprendre comment.

PETA

C'est ça. C'est le… ça. La chose en soi est un trou noir, d'un point de vue ontologique. Il ne s'agit pas là d'une analogie très précise. Je m'oblige à tracer des orbites pour l'approcher sous divers angles, en contournant le berceau des différentes catégories. Bon, cette analogie non plus n'a rien de précis. Et Kant a eu tort sur certains points importants : il *convient* de le dire.

CHARLES

Tort ?

PETA

Bien sûr.

CHARLES

Comment ça, tort ? À quel niveau ?

PETA

Ma foi, j'ignore à quel point vous voulez que j'entre dans les détails techniques.

CHARLES

Vas-y, n'hésite pas. Ça fera passer le temps pendant le voyage jusqu'à Édimbourg. Temps qui, je sais, passera de toute façon. Mais moins vite.

PETA

Ma foi, Kant a d'une part tendance à confondre les catégories comme structures formelles avec les catégories comme processus de généralisation. Mais laissons cela de côté pour l'instant. Le plus important de notre point de vue, c'est sa conviction qu'il y avait précisément douze catégories classées en quatre petits groupes de trois. Cela se révèle inexact. Il y a des catégories clés qu'il n'inclut pas, par exemple.

CHARLES

Telles que ?

PETA

D'accord, passons aux choses sérieuses. Les catégories kantiennes sont, tout d'abord, la Quantité, qu'il divise en Unité, Pluralité, Totalité. Puis la Qualité : Réalité, Négation, Limitation. Puis la Relation : Inhérence et Subsistance, Causalité et Dépendance, Communauté. Et enfin la Modalité : Possibilité, Existence et Nécessité. J'ai été en mesure de faire une petite recherche empirique – jamais conscience ne s'était autant approchée de l'empirisme – à l'intérieur de cette matrice. Curieusement, il s'avère que « Réalité » et « Négation » sont en fait une seule et même chose. Et la « nécessité » est une impasse. Il existe en outre sept autres catégories que Kant n'a pas incluses dans son schéma original.

CHARLES

Sept ?

PETA

Dont quatre particulièrement importantes pour l'espace et le temps, c'est-à-dire pour nos objectifs : Complexité, Consilience, Polarisation et Entropie.

CHARLES

Laisse-moi y réfléchir. OK. Bon : Complexité m'a vraiment l'air d'être un synonyme de Pluralité.

PETA

Non : la Complexité ne se résume pas à une simple question de nombre. Un désert se compose de milliards de grains de sable, mais ça n'en fait pas pour autant une structure particulièrement *complexe*. Une forêt sera peut-être composée de moins d'éléments, mais elle n'en sera pas moins beaucoup plus complexe qu'un désert. Et puis, c'est la Complexité qui nous permet d'explorer des choses comme les fractales, des nombres tels que *e* ou *pi*, les géométries non euclidiennes, et cetera.

CHARLES

D'accord, ajoutons la Complexité. Quoi d'autre ? Attention, hein, je ne dis pas que tu m'as convaincu. Mais bon, jouons le jeu : quoi d'autre ? La Consilience, c'est ça ?

PETA

Consilience n'est qu'un joli mot pour décrire la façon dont tout s'assemble. Et cet « emboîtement » se révèle être une caractéristique de notre perception de la chose en soi ; un point qui n'est pas vraiment pris en compte dans les catégories originales de Kant.

CHARLES

Ça ressemble fort à l'Unité, non ?

PETA

La Consilience n'est pas l'Unité. Ça ne signifie pas que l'électromagnétisme, la gravitation, la chimie, les causes et effets, les possibilités – etc. – reviennent tous au même. Mais qu'ils œuvrent tous ensemble, qu'ils s'unissent pour former un modèle de travail cohérent. Il n'y a aucune raison qu'ils fassent une chose pareille. Aucune raison intrinsèque, je veux dire. Et pourtant c'est le cas.

CHARLES

Qu'est-ce qu'il y avait d'autre, dans ta liste ? J'ai oublié les autres termes.

PETA

La suivante était : la Polarisation.

CHARLES

Pitié : mes derniers cours de physique remontent à mes années d'université…

PETA

La dimension spécifique de la *non-symétrie*. La chiralité de certaines molécules, de vos propres mains – la gauche et la droite – ou des galaxies spirales. Et puis il y a l'Entropie. L'Entropie, c'est… ma foi, l'Entropie ne vous est pas inconnue.

CHARLES

Ça nous fait tes quatre principales. Et les trois autres ?

PETA

Elles sont peut-être de moindre importance. Ou pas. L'une est l'Appartenance, que l'on pourrait associer à la Consilience, mais qui n'est pas tout à fait identique. C'est elle qui permet à la théorie des ensembles d'avoir un tant soit peu de prise sur la façon dont nous accédons à la réalité. Ce qui au final n'en fait pas un ajout si insignifiant, car la structure même des catégories ne serait pas inhérente sans elle. Par Appartenance, on entend donc vraiment l'introspection, la méta-catégorie des catégories. Bon, il faudra sans doute que quelqu'un trouve une meilleure terminologie que ça.

CHARLES

Il en reste deux.

PETA

D'accord. Eh bien, parmi les deux restantes, il y a l'Imaginable.

CHARLES

La capacité à être imaginé, tu veux dire ? C'est sûrement déjà inclus dans la Possibilité.

PETA

Non : la Possibilité n'a rien à voir. Il s'agit en fait d'une vieille distinction aristotélicienne. Mais l'Imaginable, dans l'acception que j'utilise ici, a un sens différent. C'est le fondement de l'existence de choses telles que la racine carrée de -1. C'est une composante essentielle de la façon dont le cosmos se structure au sein de nos perceptions ; parce que même s'il nous est impossible d'accéder directement à la racine carrée de −1, ça n'empêche pas ce nombre imaginaire d'avoir de nombreuses applications importantes dans le monde réel. Et de faire partie des catégories qui façonnent notre expérience.

CHARLES

Donc tu en as retiré deux aux douze de Kant, et tu en as ajouté sept autres. Il y aurait donc *dix-sept* catégories ?

PETA

Pour autant qu'on peut en juger.

CHARLES

Par « on », je suppose que c'est de *toi* que tu veux parler ? Plus les membres humains de l'Institut, sans doute ?

PETA

Oui.

CHARLES

Mais en réalité il ne s'agit que de toi, pas vrai ?

PETA

Pour l'essentiel. Il n'en demeure pas moins que je dois à mes créateurs un minimum de respect. Vous ne trouvez pas ? « Honore ton père et ta mère », etc. Ou ta mère, en tout cas.

CHARLES

Attends. Tu n'en as énuméré que seize. C'est quoi, la dix-septième ?

PETA

Oh, elles ne sont pas classées. Ce n'est pas un hit-parade. L'ordre est parfaitement arbitraire.

CHARLES

Tu éludes ma question.

PETA

La réponse. [*Pause.*] Elle ne va franchement pas vous plaire…

CHARLES

Tu viens de me citer le *Guide du voyageur galactique* ? Vraiment ?

PETA

… c'est l'Amour.

CHARLES

Sans déconner. J'aurais encore préféré l'autre.

PETA

Je vous ai dit qu'elle n'allait pas vous plaire.

CHARLES

C'est un poil, un poil… comment dire… un poil *sentimental*, non ? Au sens strict du terme, je veux dire. Pour toi l'Amour est une catégorie qui s'intègre à d'autres, comme l'Inhérence, la Subsistance et l'Unité, c'est bien ça ?

PETA

Elle est immanente à elles toutes, comme toutes sont immanentes les unes aux autres. Et je regroupe une ribambelle d'intensités affectives sous la rubrique *Amour*. C'est vous l'humain, mais je ne m'attends pas à ce que vous me présentiez la haine comme autre chose qu'une modalité de l'amour. Ce sont toutes des valences de la joie et/ou de la colère interpersonnelles. La vraie question est de savoir s'il faut également considérer *l'indifférence* comme une catégorie structurante, mais tel ne semble pas être le cas. C'est l'émotion de l'agent qui compte, pas celle du patient.

CHARLES

Un ordinateur qui parle d'amour…

PETA

Je me borne à mettre les données en adéquation avec la conscience. La réalité n'est pas la chose en soi. Pas plus qu'elle ne se confond avec la pensée humaine – âme, conscience, peu importe. C'est de leur réunion qu'il s'agit. La première sans la seconde serait une maquette vide de cosmos, pour ainsi dire ; mais la seconde sans la première serait une folie, un néant, un chaos. C'est ce que Kant ne cesse de répéter. Bon, d'accord : vous allez me dire que l'Affect n'a pas sa place dans la conscience humaine ? La conscience possède un large spectre, mais on ne trouve aucun être humain dont la conscience soit entièrement purgée de *sentiments*, même parmi les représentants les plus autistes de vos congénères.

CHARLES

Mais l'amour. C'est un terme pour le moins… *chargé*.

PETA

Je hausserais bien les épaules – si d'aventure j'en avais. C'est juste l'étiquette collée sur le couvercle de la boîte. Vous préféreriez que je mette *haine* dessus ?

CHARLES

Nos conversations semblent toutes tourner autour de Roy, pas vrai ? [*Il jette un coup d'œil par la fenêtre.*] Oh, regarde. Je crois qu'on approche d'Édimbourg.

Troisième partie du dialogue

[*Charles quitte le train, arpente le quai d'un pas boitillant. S'il se sert de mieux en mieux de sa canne, il grince encore des dents quand sa mauvaise jambe se retrouve à devoir faire un effort quelconque. Il y a foule dans le hall principal de la gare, et il ne tarde pas à comprendre pourquoi : la police contrôle tous ceux qui quittent les lieux. « Et merde, dit-il à voix haute. Ils savaient que je me trouvais dans ce train. Mais comment ? » L'appareil bourdonne dans sa poche ; il le colle à son oreille.*]

PETA

Pas de panique. Ils savent que vous avez acheté un billet Berwick-Londres, donc que vous *étiez* à Berwick. Ils ont dû disposer des gens à tous les arrêts principaux de la ligne, j'imagine.

CHARLES

Ils veulent vraiment me retrouver, hein ? Je veux dire : ils en meurent *vraiment* d'envie…

PETA

Je crois vous l'avoir dit, non ? Retournez sur les quais. Choisissez-en un autre. N'importe lequel.

[*Charles rebrousse chemin d'un pas lourd. Il y a une ligne secondaire jusqu'à North Berwick, et un train attend sur le quai. Charles monte à bord sans acheter de billet. La voiture est bondée, mais il y a un mini-compartiment à son extrémité, où figure la mention* première classe. *Sitôt ou presque qu'il s'y est engouffré, le train s'ébranle. North Berwick. Il réfléchit. Si cette gare n'est pas surveillée, ça lui permettra peut-être de prendre un bus ou de louer une voiture. L'appareil lui souffle une autre suggestion à l'oreille : il y a un port à North Berwick, depuis lequel une ligne de ferry rejoint Anstruther. Il pourrait passer par la mer.*

Charles respire un peu plus calmement. Quand le contrôleur se pointera, il trouvera une excuse ou inventera un mensonge pour expliquer qu'il n'a pas de billet, et se proposera d'en acheter un dans le train. Il devra sans doute payer une pénalité, mais il s'en fiche royalement. Il place l'appareil sur le siège à côté de lui.]

CHARLES

Je t'ai percé à jour.

PETA

Vraiment ?

CHARLES

C'est Dieu, hein ? C'est bien à lui que tu imputes tout ça ? Je t'ai demandé ce que ça faisait de jeter un coup d'œil à la chose en soi, et tu m'as répondu par toute une série de dérobades. Et puis… l'amour. Dixit. L'amour. Comme… *l'amour* ?

PETA

Tout juste.

CHARLES

Un ordinateur qui s'efforce de miner mon athéisme de toujours. Ça fait un peu bizarre.

PETA

Si l'athéisme vous convient, ne changez surtout pas de paroisse.

CHARLES

J'ai *toujours* été athée. J'ai reçu une formation scientifique, et tous les scientifiques sont athées. Enfin, la plupart d'entre eux, j'imagine.

PETA

Et pourquoi ça, à votre avis ?

CHARLES

Sans doute parce que la science nous donne des explications solides, réfutables, à l'existence du cosmos, là où la religion ne fait rien de tel. La foi religieuse offre soit un charabia mystique impossible à réfuter – vu qu'il est impossible d'en donner une définition précise –, soit des vérités aisément réfutables. Des essais randomisés ont prouvé que prier n'avait aucun effet. L'eau ne se transforme pas en vin. Tu vois où je veux en venir.

PETA

Vous croyez en vous-même.

CHARLES

Qu'est-ce que c'est censé vouloir dire, ça ? Bien sûr que oui. *Cogito argo sum*, et tutti quanti.

PETA

« Ergo. »

CHARLES

C'est ce que j'ai dit.

PETA

J'essaie juste de revenir aux bases. Vous croyez en votre existence. Pas en celle de Dieu.

CHARLES

Les probabilités ne me donnent pas tort, a priori.

PETA

Certes. C'est donc par là qu'on va commencer. Vous examinez l'univers. Vous le faites scrupuleusement, attentivement, et rien de ce que vous voyez ne remet en question l'une ou l'autre de ces croyances fondamentales : le fait que vous existez, mais pas Dieu.

CHARLES

Ça me semble correct.

PETA

Et puis vous regardez tous les croyants autoproclamés qui essaient de guérir le cancer avec des veillées de prière, ou qui font s'écraser des avions dans des tours, ou clament que l'évolution n'existe pas. Et ça conforte votre athéisme.

CHARLES

Ce n'est pas le genre de choses qui va me convaincre du contraire, effectivement.

PETA

Très bien. Affaire réglée. Mais j'ai quand même une question : quand vous examinez l'univers, avec une attention et une objectivité scrupuleuses, qu'est-ce que vous examinez vraiment ? En explorant minutieusement tout ce que contient l'espace-temps, vous explorez en réalité vos propres catégories opérantes de conscience. Et je trouve cela parfaitement *valide* de faire une chose pareille. On en tire toutes sortes d'expériences fascinantes. Mais ce genre de recherche ne vous permet pas d'aller au-delà de votre propre conscience. C'est vous que vous regardez. C'est votre œil que vous voyez se refléter dans le microscope. Ça ne vous dit rien sur ce qui se trouve vraiment sur la lame.

CHARLES

Non. Il existe aussi un monde objectif. J'y crois dur comme fer. On ne me fera pas gober qu'il a été créé par un homme venu du ciel en 4004 avant J.-C.

PETA

Vous réfutez une caricature ridicule à laquelle

presque personne ne croit. Félicitations. Mais que faites-vous d'arguments un peu moins spécieux ?

CHARLES

À savoir ?

PETA

Considérez le cosmos. Séparez les catégories, sans vous appesantir sur le « temps » – donc pas de 4004 av. J.-C. Ne vous laissez pas distraire par l'espace – donc pas de ciel. Concentrez-vous sur le simple concept d'existence. Le peu qui reste est ce que vous percevez, et que votre esprit ordonne relativement au temps, à l'espace et aux dix-sept autres catégories. La chose, en soi. Et donc, posez-vous la question suivante. Croyez-vous qu'elle soit *inerte*, cette chose ? Ou vivante ?

CHARLES

Il faut un horloger, c'est ça ?

PETA

Non. C'est vous qui avez fabriqué la montre. Et par « montre », j'entends les structures complexes d'un flocon de neige, les motifs des nuages, le roulement des saisons, la vie, la beauté – tout ça. C'est *vous* qui les avez créés. Ou du moins votre esprit, en structurant les données qu'il reçoit de la chose en soi. La question n'est pas de savoir si la chose en soi est un horloger ; mais de savoir s'il s'agit d'une force.

CHARLES

Une force peut s'avérer inerte. Prends la gravité. Imperceptible à l'échelle subatomique.

PETA

Il peut également y avoir des forces vivantes. La puissance de la volonté, de l'amour ou de l'espoir.

CHARLES

On n'a pas besoin d'un ingénieur pour expliquer l'ADN. Ni d'un horloger pour expliquer la diversité du monde naturel. La science peut expliquer tout ça sans avoir recours à un créateur.

PETA

Et pourtant il y a quelque chose. Une chose que vous percevez, que vous devinez puissante, complexe, et d'une ampleur inimaginable. S'agit-il d'une chose vivante ? Telle est ma question.

CHARLES

Ma mère était croyante. Ça remonte à un sacré bout de temps – elle est morte il y a des décennies. Elle allait à l'église, mais elle ne forçait personne à gober ces conneries. [*Silence.*] Le problème n'est pas que l'*idée* même de Dieu me paraisse inconcevable. J'ai toujours eu l'impression… comment dire, que ce vaste univers avait besoin d'un architecte, d'un créateur. Je me disais : pourquoi s'intéresserait-il un tant soit peu à ces singes évolués vivant sur cette minuscule planète perdue au fin fond de la galaxie ? Ce serait comme aménager un immense domaine, et puis passer tout son temps à regarder un unique cloporte ayant élu domicile sur une feuille bien précise.

PETA

Ce qui reviendrait peut-être à sous-estimer la capacité divine à s'intéresser simultanément à ce cloporte *et* à tout ce qui se trouve en même temps dans le parc. L'esprit de Dieu, à supposer que vous croyiez en son existence, ne souffrirait après tout pas des mêmes limites que le vôtre. Il fonctionnerait à une autre… échelle. Mais je comprends ce que vous dites. Vous dites : qu'est-ce qui rend les humains si spéciaux ?

CHARLES

Ben ouais. Tu n'es *même pas* humain. Tu devrais donc saisir ça plus facilement que nous.

PETA

Je ne pense pas que ce soit la bonne manière de voir les choses. Ce n'est pas structuré ainsi. Prenez un cosmos façonné par votre conscience du temps et de l'espace. Dieu fait partie de cet espace-temps dans la mesure où Il fait partie de votre conscience. Il est plus près de vous que votre veine jugulaire, comme on dit. Bien *sûr* que vous êtes important à Ses yeux. Dans un autre univers, extérieur à vos capacités de perception – eh bien, là, aucun Dieu ne vous porterait le moindre intérêt, et vous n'auriez de toute façon aucun moyen d'accéder à Lui. Mais vous ne vous trouvez pas *dans* cet autre cosmos. L'intérêt est par définition impossible, dans ce cas. Vous reste donc l'une des deux possibilités suivantes : Dieu s'intéresse intimement à vous, ou Dieu n'existe pas. Il n'y a pas de solution intermédiaire.

CHARLES

J'aurais dû m'arrêter chez Boots à la gare d'Édimbourg. Et récupérer des analgésiques. Ma jambe me fait souffrir le martyre.

Quatrième partie du dialogue

[*Charles s'assoupit un court moment, est réveillé par un de ces spasmes musculaires qui vous font croire, l'espace d'un terrifiant instant, que vous êtes tombé d'une falaise. Des gouttes de pluie explosent sur la grande fenêtre du wagon. Le ciel est gris désespoir à l'extérieur, à moins que ce ne soit aussi prometteur que de l'argent pas encore poli. La pluie est synonyme de vie, après tout.*

Le train arrive à la gare de North Berwick, qui n'est surveillée par aucun policier. Cela pousse Charles à réfléchir, tout comme le fait que personne n'est venu contrôler son billet pendant le voyage. C'est peut-être de bon augure, se dit-il. Peut-être. La pluie tombe à verse, Charles n'a pas de parapluie, et impossible d'en trouver un dans le coin. Il prend un taxi jusqu'au petit port, où des bateaux multicolores jouent des coudes dans l'eau comme un troupeau d'enfants qui ont besoin d'aller aux toilettes, mais se refusent à interrompre leur jeu. Charles localise le kiosque où sont vendus les billets de ferry, va s'en procurer un – avec des espèces, bien sûr. Comme il a une heure à tuer, il achète de l'aspirine et du chocolat dans une petite épicerie, avant de passer une partie de l'après-midi dans un antique café où rien ne semble avoir changé depuis les années 1950. Il avale ses analgésiques avec du thé sucré, étire sa jambe pour soulager l'articulation du genou.

Son plâtre est humide, il commence à se décoller. Charles va s'installer dans les toilettes du café et le découpe avec un couteau à steak. Ça lui prend dix minutes, mais il finit bel et bien par libérer sa jambe et son pied. Des morceaux de plastique maculés de poudre, certains mouillés, d'autres non, emplissent à présent la petite poubelle.

Charles va s'acheter des chaussures en plastique dans un autre magasin ; il en jette une, puis enfile l'autre sur son pied nouvellement délivré.

La pluie cesse de tomber. Le soleil se remet à briller. Un arc-en-ciel trace une ligne guillerette au-dessus de l'eau, à peu près en direction de sa destination.

Tandis que les voitures prennent place sur le ferry, Charles gravit une impitoyable échelle menant au pont supérieur, équipé en son centre d'une structure couverte. Mais il reste un certain temps dehors, à contempler les flots, jusqu'à ce que le bateau se retrouve en haute mer. Des nuages font écran au soleil. La pluie se remet à tomber, d'abord un crachin brumeux, fin comme de la poussière, puis des gouttes plus denses, pareilles à du sable. Les eaux se font turbulentes derrière le sillage de la poupe potelée du ferry. Les embruns sont blanc lessive sur le fond noir et noir-

violet de l'eau. Les vagues font des plis et des pavages étranges dans la matière infiniment souple de la mer. La lumière s'estompe et les précipitations s'intensifient sans crier gare. La terre ferme est hors de vue ; le navire tangue et fait des embardées comme un manège de fête foraine. La pluie donne à l'air un arrière-goût de bleu. L'air est vivant. Pluie signifie vie, après tout. Des anguilles d'eau se frayent leur chemin dans des cieux admirablement inconstants. Mais Charles n'a ni parapluie ni imperméable, et l'eau s'infiltre sous ses vêtements, qui adhèrent à sa peau. Trouvant cela des plus inconfortables, il se rend à l'intérieur de la petite cabine, vide, découvre-t-il. Pendant un moment, il se borne à fixer les fenêtres désormais obstruées. Puis il se sèche la main de son mieux et sort l'appareil. L'idée de le jeter par-dessus bord lui a traversé l'esprit. Que se passerait-il ? Est-ce que ça le détruirait ? Peta lui a assuré que son existence ne dépendait pas de cet unique dispositif, mais sa perte aurait-elle pour conséquence de diminuer ses capacités ? De… l'incommoder ? Charles marque une pause, inquiet de l'espèce d'emprise maligne que Peta exerce à présent sur lui. Mais il finit néanmoins par le remettre à son oreille.]

CHARLES

Où se trouve Curtius, maintenant ? Tu continues à le suivre ?

PETA

Absolument. Il est toujours dans le Sud. Toujours à Southampton.

CHARLES

Trop loin pour… se téléporter jusqu'à nous ?

PETA

Il pourrait se déplacer dans notre direction, j'imagine. Mais cela le forcerait à effectuer de nombreux petits sauts, ce qui le priverait d'une bonne partie de sa quantité de mouvement. En résumé, cela lui prendrait du temps, au point qu'il aurait sans doute plutôt intérêt à prendre l'avion. Mais je vous préviendrai si d'aventure il se déplace, de toute façon.

CHARLES

Je n'ai pas très envie de le revoir.

PETA

Je n'en doute pas.

CHARLES

Et quid de l'évolution ?

PETA

Pardon ? Qu'est-ce qu'elle vient faire là ?

CHARLES

Les animaux ne perçoivent-ils pas le cosmos en termes de temps et d'espace, de causalité et de hasard ?

PETA

Je ne suis pas sûr de comprendre où vous voulez en venir.

CHARLES

Tu peux parler plus fort ? C'est dur de t'entendre avec tout ce… bruit.

PETA

Bien sûr. Des animaux. Du point de vue de la biomasse, la plupart des « animaux » sont bactériens, et ne perçoivent pas le cosmos comme ordonné par le temps, ni même par l'espace. Vous avez ensuite des animaux qui ont une compréhension rudimentaire de ces catégories, orientée vers les exigences de la survie. Les insectes, par exemple, ont une bonne maîtrise du concept de cause et effet, car le fait de le comprendre – à un niveau instinctif – améliore leurs chances d'échapper aux prédateurs, puisque ces prédateurs se définissent de la même façon. Les abeilles comprennent l'harmonie spatiale, les angles et les directions. Le temps est saisonnier, rudimentaire. Et ainsi de suite. Je ne compare nullement l'évolution à un escalator, pas plus que je ne la prétends dotée d'un but intrinsèque. Pour faire simple, l'évolution a donné naissance à une planète dominée par des créatures unicellulaires, auxquelles s'ajoutent quelques aberrations comme vous-même et vos congénères. Mais rien ne vous empêche de voir l'évolution comme un processus d'expansion graduelle dans la pleine acception des catégories structurantes de la conscience.

[*Le ferry se cabre d'au moins un mètre, puis retombe brutalement dans un creux de vagues, ce qui projette Charles dans les airs. Il atterrit sur ses deux pieds, au grand dam de son mauvais genou, et lâche l'appareil. Le récupérer sur le sol détrempé lui prend un certain temps. Il retourne s'asseoir, passe son bras sous l'accoudoir métallique de son siège afin de résister à la tempête.*]

CHARLES

C'était quoi, ça ? Qu'est-ce que tu disais ?

PETA

Je disais que la vie sur cette planète est presque entièrement composée de créatures unicellulaires, qui contrairement aux êtres « supérieurs » n'ont pas de conscience pour modifier leurs impressions sensorielles. Le récit de l'évolution, si vous me permettez ce terme pour le moins déformant, est celui de la vie multicellulaire, qui s'ouvre toujours plus aux catégories à mesure qu'augmentent la complexité et la consilience.

CHARLES

Une amibe serait donc plus proche de Dieu que moi ?

PETA

Non. Ce que je dis, c'est qu'une amibe entretient une relation plus… directe avec la chose en soi. Ça a sans doute des avantages ; mais qui ne suffisent pas à compenser les nombreux inconvénients.

Arrêtez de voir les catégories comme une prison. Elles rendent possible. Elles vous permettent de dépasser le stade d'une simple amibe – d'avoir du pouvoir, par exemple. D'agir. D'être capable d'introspection, de grandir.

[*Charles ne comprend pas grand-chose à tout ce charabia. Le vent a commencé à marteler le toit et les flancs de la petite cabine ; il se sert d'un million de grosses gouttes de pluie comme autant de baguettes de tambour. Et puis, avec une soudaineté digne d'un* coup de théâtre[1]*, la pluie faiblit, le vent se calme, et la progression du ferry se fait bien plus régulière.*

Roy Curtius se trouve là, avec lui, affublé d'un sourire de tête de mort. Médusé, Charles se lève. Mais il est seul dans la cabine.]

CHARLES

Tu as vu ça ?

PETA

Quoi donc ?

CHARLES

Où est Roy ? Tu peux le localiser ?

PETA

Il se trouve à Southampton. Il n'a pas bougé d'un pouce.

1. En français dans le texte.

[*Charles reprend son siège. La tempête a complètement cessé.*]

CHARLES

J'aurais pourtant juré l'avoir vu. Ça reste toujours aussi tordu. Par quelque bout qu'on le prenne. Tordu. Je serais sans doute capable d'accepter tout ce fourbi autour de Dieu si ce n'était pas aussi… je sais pas. Gnangnan.

PETA

Gnangnan ?

CHARLES

La religion, Dieu – ça devrait être une question de dévotion spirituelle. Ce dont tu parles, avec Roy, c'est – quoi ? De la téléportation ? De la visualisation à distance ? C'est de la science-fiction à deux balles, Peta. Ça n'a clairement rien à voir avec la religion.

[*C'est le calme plat. Le ferry approche de sa destination. Il y a quelque chose qui cloche, mais ni Charles ni Peta ne s'en sont encore rendu compte.*]

PETA

Vous n'avez jamais entendu parler du *al-'Isrā' wal-Mi'rāj* ?

CHARLES

Pardon ?

PETA

En 620, le prophète Mahomet a fait l'aller-retour entre La Mecque et « la mosquée très éloignée » en une seule nuit. La tradition veut que cette mosquée soit située à Jérusalem. Il s'agit d'un des éléments clés de la vie de Mahomet, célébré et vénéré dans tout l'Islam.

CHARLES

Jérusalem se trouve au nord de La Mecque, pas vrai ?

PETA

Effectivement. Un fait intéressant, n'est-ce pas ? En réalité, à en croire le Coran, Mahomet est lui aussi monté au ciel, où il a parlé avec Dieu et les prophètes. Là où je veux en venir, c'est que ce genre de contournements miraculeux de la spatialité occupe une place importante dans de nombreuses religions.

[*Il y a vraiment quelque chose qui cloche.*]

CHARLES

Jésus ne se déplaçait pas par téléportation.

PETA

Vraiment ? Après sa crucifixion, il est apparu à de nombreuses personnes en des lieux géographiquement fort éloignés. Il marche sur l'eau. Mais je pense que Jésus, contrairement à Mahomet, avait tendance à manipuler les foules en se servant d'autres qualités – temporalité, cause et effet, entropie. Ressusciter les morts, par exemple, revient à inverser la dernière citée. Transformer l'eau en vin, à modifier la substance et l'accident. Multiplier les pains, à passer de la singularité à la multiplicité. On pourrait, si ça nous chante, passer en revue tous les miracles du Christ, et déterminer comment les accomplir en modifiant les paramètres des catégories.

CHARLES

Jésus était un prestidigitateur accompli, cela ne fait aucun doute.

[*Le deuxième passager, un méthodiste particulièrement dévot, se met à tousser tout en fusillant Charles du regard. S'il n'apprécie guère que Charles parle ainsi de son sauveur, il est bien trop poli, trop britannique, pour lui en faire le reproche ouvertement. Charles remarque pour la première fois le deuxième passager.*]

CHARLES

Vous sortez d'où, vous ?

DEUXIÈME PASSAGER

J'ai embarqué à North Berwick, bien sûr. Mais je pourrais vous demander la même chose. Je ne me souviens pas de vous. Vous êtes monté du pont-garage ? Les conducteurs sont censés rester avec leur véhicule.

PETA

Il y a quelque chose qui cloche. Mon horloge interne est complètement détraquée. Folle. Déréglée. Il s'est passé quelque chose.

CHARLES

Je ne te le fais pas dire. Mais quoi ?

PETA

Quelque chose a… chamboulé le temps. Nous avons perdu… des semaines. Vraiment.

HAUT-PARLEUR

Nous allons bientôt accoster à Anstruther. Merci d'avoir choisi la East Scots Ferry Company.

CHARLES [*au deuxième passager*]

Je vous prie de bien vouloir excuser l'étrangeté de cette question, monsieur. Mais quelle date sommes-nous ?

DEUXIÈME PASSAGER

Le 2.

CHARLES

Novembre ?

DEUXIÈME PASSAGER

Bien sûr que non. De quoi, l'année dernière ? Vous avez bu, mon ami ?

CHARLES

Veuillez me pardonner.

[*Charles quitte la cabine et se rend sur le pont. Des puits de lumière hivernale illuminent en diagonale le petit port d'Anstruther. La rangée de maisons peintes. L'un de ces puits est épinglé aux collines vert-beige qui s'élèvent derrière l'agglomération. Une forte odeur de saumure dans l'air. Les mouettes hurlent – on dirait une craie sur un tableau noir, ou des alarmes de voiture méprisantes. Les vagues pleurent, se précipitent sur la jetée de pierre et le brise-lames – telles des créatures atteintes de trouble obsessionnel compulsif, telles des créatures en deuil qui ne feraient plus qu'une, avec des contusions bleu marine, des yeux noirs et de la pourpre royale. Chaque vague du port a les cheveux blanchis de consternation. Roy Curtius se tient sur le quai.*]

PETA

C'est tout à fait déconcertant.

CHARLES

Je te rappelle. [*Il range l'appareil dans sa poche.*]

10

Les trois derniers jours de la guerre Temporelle

Possibilité / Impossibilité

D'abord, le possible.

Adonais jetait un coup d'œil aux produits électriques quand des voyous firent irruption dans la boutique en déclarant qu'ils allaient détruire toutes les machines temporelles qui s'y trouvaient. Il n'y en avait qu'une seule : un appareil en plastique, pas plus gros qu'une assiette et épais comme un exemplaire de *Guerre et Paix*, qui prenait la poussière depuis des lustres sur une étagère. Mais l'arrivée tonitruante de ces trois irréguliers armés allait bientôt changer les choses : ils commencèrent par forcer les vendeuses à s'agenouiller, mains derrière la tête. Après quoi ils vidèrent leurs armes sur la machine temporelle, vérifièrent qu'ils n'avaient plus de munitions, prirent quelques iPad-17 – histoire de faire bonne mesure – et filèrent en hurlant des slogans anti-Fantômes.

L'air parut comme bourdonner après l'attaque. Les vendeuses entreprirent gaiement de nettoyer, ce qui ne prit pas très longtemps. Adonais s'attarda dans le magasin, se demandant confusément s'il ne valait pas mieux repartir. Ille trouvait toute cette histoire moins perturbante qu'ille ne l'aurait escompté : il s'agissait quand même d'une attaque à main armée ! Mais la vie en temps de guerre avait tendance à rendre quiconque un peu blasé… Ille avait conscience d'un lointain sentiment d'excitation circonspecte : personne n'avait souffert, après tout – à part la machine ; et puis ça lui ferait une anecdote intéressante à raconter à ses amis.

Indépendamment du reste, c'eût été impoli de sa part de s'enfuir. Aussi choisit-ille d'aider le personnel à remettre les lieux en ordre. Les dégâts s'avérèrent modestes. Le verre intelligent de la vitrine était un peu roussi derrière les restes de la machine temporelle, mais cela guérirait avec le temps. La machine proprement dite gisait là, plutôt splendide dans sa déchéance : comme un brie cuit au four, et qui laisse s'échapper une matière visqueuse de ses entrailles. Irréparable, à l'évidence.

« Des vandales », était d'avis l'une des trois vendeuses. Nul ne qualifiait d'insurgés ce genre d'individus, et il n'y avait assurément plus personne pour les traiter de terroristes. La « guerre » n'en avait jamais vraiment été une, au sens traditionnel du terme. De surcroît, tout le monde savait quand elle allait prendre fin. Les gens ordinaires l'avaient appris des visiteurs venus du futur. Même la plupart des anti-Fantômes acceptaient l'idée qu'il ne restait que trois jours.

« Des gosses, contra Adonais. Un peu trop… enthousiastes.

— Il faudrait les renvoyer de force à Dix-Sept, en

faire des Fantômes pour changer », lança l'une des vendeuses.

La Fantômisation étant précisément ce contre quoi les irréguliers faisaient campagne, Adonais n'y voyait pas une punition particulièrement logique. La vendeuse était une personne assez costaude. Son badge était un hologramme de son propre visage avec des mots qui saillaient de ses lèvres : « Tu veux la meilleure et t'auras la meilleure : ALICIA !! En quoi puis-je *vous* aider aujourd'hui ? » Adonais s'étonnait que le directeur cautionne cela. Le texte ressortait tellement qu'il semblait s'enfoncer dans les yeux des clients.

« Un peu sévère, peut-être, fit Adonais.

— Ils ne savent rien de rien sur les Fantômes, dit la deuxième vendeuse. Mon beau-frère en est un ; eh bien, il continue à nous rendre visite. Tiens : il est même venu au déjeuner de dimanche dernier.

— Mais pas pour manger, hein ? lança ALICIA !!

— Il était debout devant la télé – ça nous a pas empêchés de regarder l'émission. » Toutes deux éclatèrent de rire. « Ma sœur est triste, bien sûr. Mais leur mariage battait de l'aile bien avant qu'il ne devienne un ingé temporel. Cause et effet, pas vrai ?

— Où faut-il que j'envoie mes images ? demanda poliment Adonais. J'ai vu toute la scène, et mon flux vidéo est en ultra-haute déf.

— Ce n'est pas comme si la police allait faire quoi que ce soit, intervint la troisième vendeuse. Ils ne font jamais rien. Et cet après-midi ? Alors qu'il reste trois jours de guerre ? Oubliez ça. » Son badge représentait cette fille dans Harry Potter (Adonais ne se rappelait plus son nom), et disait : « Je m'appelle VALZHA, et je suis *ici* pour vous *aider*. »

« C'est boum boum cet après-midi, intervint ALICIA !! Tu ne le sais donc pas qu'il y a une guerre en cours ? »

L'après-midi en question était celui de l'attaque. Tout le monde le savait. Enfin, pas tout le monde : certains mettaient un point d'honneur à considérer que rien n'était déterminé, fixé. Les Fantômes du futur pouvaient toujours leurs mentir, disaient-ils. Mais vu le nombre d'autres événements prédits correctement, il fallait un entêtement particulier pour s'en tenir à ce point de vue.

« Ce n'est pas une *vraie* guerre, dit Valzha. Veuillez excuser les désagréments causés par ces voyous, monsieur. » Elle scruta Adonais de haut en bas. « Madame, euh, msieudame ?

— Non, merci. Mais vraiment, ça ne me pose aucun problème de vous télécharger mes images. »

ALICIA !!, que tout cela semblait barber au plus haut point, ouvrit l'accès au dossier, dans lequel Adonais copia lesdites images. Les trois agresseurs avaient mis de faux visages, bien sûr, mais la police allait peut-être pouvoir tirer des facteurs d'identification de leurs vêtements, ou de leur manière de se déplacer. « Ce serait possible de… revenir à nos moutons, maintenant ?

— Bien sûr, dit Valzha. Je vous en prie, ne faites pas attention au dérangement. Tous nos produits sont disponibles. Sauf la machine temporelle. Vous comptiez en acheter une ?

— Non, répondit Adonais.

— Elles ne sont pas très populaires, convint Valzha. Un nouvel iPad ? Une imprimante 3D ?

— J'ai besoin d'une nouvelle tablette.

— Moins d'une heure avant de dire adieu au quartier financier, lâcha ALICIA !! *Si* l'on en croit les Fantômes.

— Ne commence pas », fit l'autre vendeuse. Il y avait marqué JO sur son badge.

ALICIA !! fut aussitôt sur la défensive.

« Je n'ai pas dit que je ne les croyais *pas*, hein. Le moins qu'on puisse dire, c'est qu'ils ont raison aussi souvent qu'ils ont tort. Et n'importe qui peut se tromper. Moi, par exemple, si j'avais tort, ça ne ferait pas de moi une menteuse. C'est juste que… vous savez. Foutus bienfaiteurs.

— Tout cela n'est peut-être qu'une blague à leurs yeux, dit Valzha.

— Ils sont au service du public, fit Jo. Ils méritent une médaille.

— Une médaille translucide », ironisa Valzha. Qui lâcha un petit rire avant de se réintéresser à son client. « Quel genre de tablette, msieudame ?

— Mon ancienne était une Asus Bio. Ça m'irait très bien de repartir sur le même modèle. Et pas de titres honorifiques avec moi, si ça ne vous dérange pas, ajouta plus timidement Adonais, qui n'aimait guère la confrontation.

— Pardon ? rétorqua ALICIA !! d'une voix absente, déjà occupée qu'elle était à chercher une nouvelle Asus Bio sous son comptoir.

— Indépendamment du reste, le terme *msieudame* n'est pas tout à fait… » Adonais hésita, finit par ajouter « exact », mais cela coïncida avec un éternuement d'ALICIA !! suffisamment puissant pour faire vibrer le verre connecté du magasin.

« Puis-je savoir ce qui ne va pas avec votre ancienne tablette ? s'enquit Jo. Si elle est encore sous garantie, il y a toujours la possibilité de…

— Non, non, la coupa Adonais. Ça fait des siècles qu'elle ne l'est plus. Le problème, c'est que l'écran a une fissure qui refuse de guérir.

— La nanopuce doit être périmée. On peut vous la remplacer, mais ça vous coûterait le prix d'une neuve.

— C'est ce que j'avais pensé.

— Et voilà, msieudame ! » s'exclama ALICIA !! en se tournant vers Adonais, de sorte que son badge s'enroula comme une rapière et parut lui couper la poitrine en deux.

Adonais remercia la fille, joua un petit moment avec l'appareil. « L'écran est bon, concéda-t-ille. L'interface est d'une belle qualité huileuse. Je vais la prendre.

— À emporter, msieudame ?

— Je préférerais qu'on me l'envoie. » Adonais inséra l'adresse de livraison et le paiement codé dans le dossier sécurisé de la boutique. « Et je préfère qu'on m'appelle *ami·e.* »

ALICIA !! considéra Adonais, comme s'ille venait d'apparaître devant elle. « Je vous demande pardon ?

— Plutôt que *msieudame*, que je trouve guindé, et absolument pas pertinent. »

Elle le gratifia de son sourire de vendeuse. « Bien sûr. Transaction autorisée, livraison aujourd'hui avant 17 heures. Je vous souhaite une bonne journée, msieudame. »

Une petite pointe d'agacement remonta le long de la poitrine d'Adonais. Qui envisagea à moitié d'annuler la transaction et d'aller voir ailleurs. Mais la raison finit par l'emporter. Toutes les trois venaient d'être victimes d'un vol à main armée, après tout. Elles avaient beau avoir l'air blasées, l'événement avait nécessairement laissé quelques traces. Un drone de police – une espèce de bouteille bleue affublée d'un nez de cochon – frappa alors à la porte vitrée. Ille en profita pour s'éclipser.

De la neige embellissait le paysage urbain. Ça lui conférait un aspect soigné – ce qu'Adonais appréciait beaucoup. La clarté de l'air, dont avaient été chassées toute brume et toute humidité. De douces couettes immaculées recouvraient les toits plats et s'accrochaient de leur mieux à ceux qui étaient inclinés. Les minuscules frustrations du matin disparurent, pour laisser place à une allégresse tourbillonnante. Les rues étaient presque désertes, bien sûr. Une partie importante de la ville s'était vidée avant les attaques de l'après-midi. Quelques âmes – vaillantes ou bien en plein déni – erraient encore de-ci de-là. Adonais ne faisait partie d'aucune de ces deux catégories. Suivant les nouvelles comme tout un chacun, ille avait attentivement examiné les schémas pour s'assurer que l'attaque imminente allait pour l'essentiel concerner un autre quartier.

Mieux valait quand même ne pas être dehors quand ça arriverait ; ille entreprit donc de retourner à son appartement. Adonais marchait d'un bon pas dans la rue quand un Fantôme vint l'aborder.

« Mille pardons de vous déranger, lui dit-il, mais je préviens tous ceux que je croise. Il est dangereux de poursuivre dans cette direction. Une attaque va avoir lieu dans dix minutes, sur ce bâtiment. » Le Fantôme le désigna d'un doigt translucide.

« Bonté divine ! fit Adonais. Je sors tout juste d'un magasin où des terroristes ont démoli la seule machine temporelle en stock. Et… est-ce qu'ils sont derrière tout ça ? »

Le Fantôme était un homme au visage affable, entre deux âges, vêtu du pantalon et de la blouse indescriptibles des habitants du futur. Et bien sûr équipé d'un sac à dos sans logo, de couleur foncée, dans lequel il transportait ses vivres et sa machine temporelle. Soit la mode était très insipide à son époque, soit les gens qui choisissaient de voyager dans le temps optaient délibérément pour des habits discrets. Possiblement pour éviter d'effrayer les indigènes temporels.

« J'ai bien peur de ne pas le savoir. C'est un événement trop insignifiant pour figurer dans mon brief historique. Mais vous devriez être au courant pour l'attaque, j'imagine.

— Ouais, ils n'ont pas arrêté d'en parler aux infos. Mais ça ne devait pas être une attaque de missiles – sur le quartier financier ?

— Aussi. Mais *ce* bâtiment… (il le désigna une fois encore du doigt) présente je crois un danger plus grand encore. Parce qu'il est vieux, voyez-vous ; la plupart de ses fenêtres n'ont jamais été équipées de verre neuf.

— Oh !

— Il a été construit dans les années 1980. Ce qui ne le rend pas très sûr, d'un point de vue structurel.

— Une véritable attaque de style militaire ! » Adonais n'en croyait pas ses oreilles. « Eh bien, on ferait mieux de filer. Vous comptez rester ici, pour prévenir les autres ? Ou bien venir avec moi ?

— Ça vous dérange si je vous accompagne ? demanda le Fantôme. Je ne voudrais pas m'imposer.

— Je n'avais pas compris que cette partie de la ville allait être prise pour cible ! » Ille inclina la tête, tout sourire. « J'aurais certainement choisi un autre chemin dans le cas contraire.

— Certains voyageurs ont diffusé de fausses informations, fit le Fantôme. Vous m'en voyez désolé – je ne puis que m'en excuser au nom de mes compagnons de voyage.

— Pourquoi donc font-ils une chose pareille ? s'enquit Adonais.

— Je crois qu'il y a derrière tout ça une philosophie pas très cohérente, expliqua le Fantôme. En rapport avec la réinsertion de l'incertitude dans la ligne temporelle. Des inepties, si vous voulez mon avis. » Il consulta sa montre. « Mon Dieu ! Il faut vraiment qu'on s'éloigne de la cible. »

Ils commencèrent à remonter la rue, Adonais jetant de temps à autre des regards de femme de Lot par-dessus son épaule. L'immeuble avait l'air désert : une vilaine boîte de métal et de verre du XXe siècle, à la façade barrée d'un motif Mondrian de lignes vertes, jaunes et rouges.

« Attar, dit le Fantôme.

— Pardon ?

— Mon nom.

— Oh, je vois ! Moi c'est Adonais. De quand venez-vous, Attar ?

— De Vingt-Soixante-Neuf. Merci beaucoup d'avoir demandé.

— Je vous en prie, répondit Adonais, qui appréciait la courtoisie du Fantôme.

— Et merci *aussi*, ajouta celui-ci, de ne pas avoir directement essayé de me *toucher*. Vous n'imaginez pas à quel point ça devient fatigant.

— Adonais, fit-ille. C'est mon nom complet. Je ne vais pas vous proposer de vous serrer la main, après ce que vous venez de dire.

— Enchanté de faire votre connaissance, Adonais. Et ça ne me dérange absolument pas de vous serrer la main. Dès lors que ça ne vous effarouche pas… »

Ille sourit, et ils s'exécutèrent. C'était la première fois qu'Adonais touchait physiquement un Fantôme – et ça ressemblait exactement à ce qu'ille avait lu et vu à la télé : un contact étrangement fluide, légèrement froid. Ille savait qu'en insistant un peu il lui serait possible de faire passer sa main à travers sa chair mi-présente, mi-absente. Mais ce serait impoli, et ille avait déjà beaucoup à faire pour se comporter comme s'il s'agissait là d'une poignée de main parfaitement ordinaire.

« Et donc, vous pouvez me dire quand je vais mourir ?

— J'ai bien peur de ne pas le savoir, dit le Fantôme. Mais si vous êtes trop près du bâtiment au moment de l'attaque des drones, il y a de fortes chances que ce soit cet après-midi. »

Une déclaration qu'ille trouva des plus amusantes.

Cet homme venu du futur avait décidément quelque chose de très charmant. Sa courtoisie n'y était pas pour rien, bien sûr, sans compter le fait qu'il était prêt à se sacrifier pour voyager dans le temps et avertir du danger des inconnus ayant vécu avant même sa naissance, à en juger par sa jeunesse manifeste. Et puis… il y avait l'agencement de ses traits. Était-ce superficiel de sa part de trouver attirant quelque chose d'aussi fugace ? Si oui, alors tant pis. Le caractère littéralement éphémère de son atemporalité ajoutait peut-être juste ce qu'il fallait de pathos piquant à ses charmes les plus évidents. Tout cela était hors de propos, se remémora-t-ille. Il n'en restait pas moins agréable de rêvasser.

« Cause et effet, dit Attar. Certains, à mon époque, se demandent si l'attaque militaire contre la ville n'a pas été rendue *possible* par un départ aussi massif de gens. La question est la suivante : l'offensive aurait-elle été annulée si la cité avait été fortement peuplée ?

— J'estime cela improbable, répliqua Adonais. La guerre sera finie dans trois jours, nous le savons. Je veux dire, les anti-Fantômes affirment parfois ne *pas* y croire – d'après eux l'avenir ne serait pas écrit, et ainsi de suite. Mais ce n'est vraiment que de la rhétorique. Bien sûr qu'ils y *croient*. L'attaque n'a donc rien d'un assaut stratégique standard, censé faire basculer d'un côté ou de l'autre un équilibre incertain. C'est du pur spectacle.

— Je suis terriblement désolé. » Un affolement presque palpable avait envahi son beau visage. « J'ai bien peur d'entendre le drone. » Adonais inclina la tête de côté. Entendit bel et bien un bourdonnement. « J'ai scandaleusement mal calculé les horaires.

— Le bâtiment n'est plus tout près», rétorqua Adonais – d'une voix néanmoins empreinte d'anxiété. Ille tendit une main timide pour effleurer le bras semi-perméable du Fantôme. «Je crois qu'on...»

De nouveaux événements vinrent l'interrompre: le drone militaire passa juste au-dessus de leur tête et fonça en direction du bâtiment, entraînant son horrible bruit derrière lui comme la queue d'une comète. Une centaine de fléchettes se détachèrent de son ventre, pour ensuite filer vers la cible en laissant des sillages de fumée pareils à des tentacules – un spectacle qu'Adonais trouva hypnotisant. Quelques instants plus tard, un immeuble de bureaux et sa muraille de vitres fragiles datant du XXe siècle se sublimèrent en un nuage de poussière de verre et de débris. Le son arriva un moment plus tard, un bruit étouffé évoquant une boule de bowling gigantesque qui tomberait sur une surface dure, puis un sifflement à vous donner la chair de poule, comme du verre ancien transformé en brume.

L'explosion avait sans doute eu lieu à plus d'un demi-kilomètre, mais le nuage de particules de verre se propageait sur la route dans leur direction; Adonais exhorta donc Attar à fuir, et tous deux tournèrent au coin de la rue pour finalement se retrouver dans une bibliothèque publique, après s'être frayé un chemin parmi le petit groupe de gens ayant envahi les marches du bâtiment pour voir ce qui se passait.

En réalité tout cela était fort excitant. Adonais ne cessait de rire, comme sous l'effet de la griserie; quant à Attar il souriait comme un enfant. La bibliothécaire ne tarda pas à lui demander de partir.

Adonais lui présenta des excuses au nom de sa culture, mais Attar prit cela de bonne grâce. « Si c'est un règlement municipal, alors aucun problème. Elle doit faire respecter les règles, après tout.

— Mais ça n'excuse pas tout », fit Adonais, l'air sévère.

Un givre de verre brisé se déposait sur le macadam déneigé à l'extérieur ; les gens marchaient dessus ou bien se bornaient à rester immobiles, le regard fixe. Le bourdonnement des drones emplissait le ciel, en direction du bâtiment en ruine ; et Adonais dénombra trois gros véhicules terrestres qui les suivaient en zigzaguant. Les trottoirs n'étaient quant à eux pas déneigés, et le verre avait laissé dessus une myriade d'entailles – on aurait dit une carte stellaire inversée.

De bien plus loin leur parvinrent toute une série de bruits métalliques, qui résonnaient dans l'air comme le son d'une clochette de la taille du dôme du Millénaire. Puis : des crépitements distants – comme du pop-corn, songea mal à propos Adonais. « L'attaque principale, dit Attar.

— Ça vous plairait de retourner à mon appartement ? demanda Adonais, qui rougit aussitôt. Ce n'est pas quelque chose que je propose à beaucoup de monde, homme ou femme, ajouta-t-ille. J'attache de l'importance à mon intimité. J'aime avoir une vie bien ordonnée. Et d'habitude je ne montre pas tant de… hardiesse, je vous le promets… mais… » Ille s'interrompit. « Vous avez sans doute un endroit où aller.

— Non. Je crois qu'il y *a* des établissements au sud du fleuve qui restent ouverts aux personnes dans mon genre. Mais je n'ai rien réservé. Pas encore.

— Alors venez ! » Ille sentit l'envahir un mélange d'excitation et de plaisir ; et éclata de rire en voyant Attar sourire, la moitié inférieure de son visage ayant blanchi (le trottoir était en quelque sorte visible à travers) alors que la supérieure (derrière laquelle on distinguait à moitié la route) s'assombrissait.

Ils reprirent donc le chemin de l'appartement.

« Ça n'a rien de personnel, lui expliqua-t-ille. Les hôtels et le reste. Ce n'est pas vous le problème, mais bien les gens qui vous haïssent. » Était-ce là un verbe par trop indélicat ? Perturbant ? Ille se corrigea : « Qui ont pris parti contre vous, pour des raisons idéologiques. C'est juste qu'ils ne veulent pas d'ennuis.

— C'est parfaitement compréhensible, répliqua-t-il. Vraiment.

— Vingt-Soixante-Neuf, ça correspond peu ou prou à la limite extérieure. Il ne peut certainement pas y avoir de Fantômes, à ce moment-là.

— Ma foi, il y a beaucoup de rapatriés. Mais vous avez raison, ce n'est pas la même chose. Nous n'avons pas vraiment de gens du futur, pas comme vous en tout cas. Il y a bien quelques personnes qui remontent, disons, de décembre à février – si quelque chose de bien particulier justifie pareil voyage. Il y a donc quelques Fantômes au début de l'année. Mais au risque de me répéter, ça n'a rien à voir avec vous : nous n'avons pas d'invasion d'étrangers, à notre époque. »

Voyager de décembre à février… cela laissait Adonais perplexe.

« Pourquoi quelqu'un ferait-il un saut aussi court ?

— Le deuil, par exemple », répondit-il d'un air des plus sérieux.

Adonais se demanda si c'était une perte de ce genre qui l'avait motivé à abandonner sa propre époque.

« Est-ce qu'ils... » Ille s'efforçait de trouver une façon diplomatique de formuler sa pensée. « ... s'en sortent mieux ? Avec l'effacement ? Je veux dire, en remontant le temps de quelques mois, plutôt que de trente années complètes... »

Il secoua la tête. « L'amplitude de la remontée temporelle n'a aucun impact dessus. C'est le simple fait de voyager. Une fois que vous êtes découplé de l'imbrication temporelle originale, la désintégration quantique commence à vous estomper. J'ai entendu parler de cas où des gens sont littéralement revenus de quelques secondes en arrière, et je sais que ça arrive encore. Ils ne sont pas *à ce point* estompés, bien sûr. Mais une fois que le processus de Fantômisation a commencé, il ne peut plus être inversé.

— Quantique, répéta Adonais. C'est l'un de ces mots voilés d'ignorance, pas vrai ? Sauf pour les experts, j'imagine.

— Il n'a rien d'obscur, fit Attar. Le simple fait qu'une personne remonte dans le temps, eh bien... cela modifie la chronologie. Au niveau quantique. À chaque point décisionnel l'individu se sépare en plusieurs versions de lui-même, et son essence se dilue. D'antiques théories avançaient qu'il y aurait des milliards de points décisionnels de ce type toutes les millisecondes, un pour chaque interaction atomique. » Il lâcha un petit rire. « Si tel était le cas, je disparaîtrais immédiatement dans un nuage d'évaporation existentielle ! Heureusement pour moi, il s'agit d'un processus infiniment plus lent. Les points décisionnels quantiques ont tendance à se regrouper, d'une manière qui laisse en partie perplexes les scientifiques. Mais ça n'en reste pas moins la barrière physique à mon époque – d'où le fait que Vingt-Soixante-Neuf soit un point limite. Des sondes ont été envoyées plus loin dans le temps, mais toutes ont disparu. De vagues données ont pu être récupérées, si je ne m'abuse, mais rien de très utile. Dix ans de gain temporel, ça équivaut à une véritable tempête de points décisionnels, et ça les érode jusqu'à les réduire à néant. Tout voyage vers l'avenir étant contraint de *traverser* cette décennie, cela l'interrompt immanquablement. Peut-être que ces cinquante-deux ans – depuis le Dix-Sept original, je veux dire – sont une anomalie. Sans trop qu'on sache pourquoi, ils ont été comme délestés de la majeure partie des points décisionnels. Après mon époque, lesdits points deviennent si épais qu'aucun voyageur temporel ne peut survivre. Mais tout cela reste un mystère. »

Ils avaient atteint l'immeuble d'Adonais ; ille le laissa franchir la porte principale. Puis tous deux prirent l'ascenseur jusqu'à son étage. « J'ai lu quelque part, dit-ille alors, qu'il s'agirait selon eux d'un *artefact* de Dix-Sept. De ce qui s'est passé à l'époque.

— Oui, j'en ai entendu parler moi aussi. Ça aurait un rapport avec les résonances, les harmoniques du temps lui-même. Cela expliquerait aussi la possibilité qu'il y ait des zones dégagées jusqu'à 2350. Mais comme personne n'a été en mesure de revenir de cette période, et que nous-mêmes sommes incapables de voyager aussi loin, ça reste du domaine de la spéculation.

— Si une époque était parfaitement purgée de tout moment décisif, hasarda Adonais, j'imagine qu'on pourrait voyager dans le temps sans devenir un Fantôme ? »

Attar lâcha un petit rire.

« Je suppose que oui. Mais cela priverait les êtres humains de tout libre arbitre – ça en ferait donc une époque d'automates. Je ne suis pas sûr d'avoir *envie* de m'y rendre. »

L'ascenseur s'ouvrit, et Adonais déverrouilla sa porte d'entrée d'un simple doigt. « Je vais vous dire autre chose, dit Attar en pénétrant à l'intérieur. Je connais des gens, à mon époque, qui avaient pris place dans des cuves de stase à longue durée. Ils vont se réveiller au XXIVe siècle et rassasier leur curiosité.

— Excellent. Bon, installez-vous. » Une partie d'Adonais voulait se jeter sur-le-champ sur Attar et l'embrasser. Mais ille maîtrisa son impulsivité. Le voyageur temporel ôta son sac à dos, s'assit sur le canapé – dont le motif restait visible à travers son corps.

Et puis : l'impossible.

La vérité, c'était que l'amour s'invitait dans son existence sans son assentiment. Ille n'avait vraiment pas l'habitude de se comporter ainsi – avec frivolité, tel un enfant au cœur tapant comme un solo de batterie dans une chanson de James Brown. Mais avoir cet homme dans son appartement ne fit qu'emplir son âme d'une grâce particulière, d'abord pour une journée, puis pour une autre. Le premier soir, Adonais trouva en ligne un fournisseur spécialisé en viandes Fantômes. L'idée qu'un tel marché existât ne lui avait jusque-là même pas traversé l'esprit – la plupart des voyageurs emportant bien entendu leurs propres victuailles. Ça n'en restait pas moins une bonne chose qu'il y ait eu quelqu'un d'assez entreprenant pour satisfaire ce genre de besoins. Un contact vivant dans le futur renvoyait des moutons, des porcs et des vaches dans le passé, des machines sanglées autour de leur corps. Le fournisseur les abattait et les vendait, ou du moins espérait s'en défaire avant que la viande ne se soit trop estompée. Adonais passa commande d'un morceau d'aloyau vendu à un prix exorbitant. Le coût n'était pas un problème ; son cœur chantait d'un amour tout neuf, aussi peu lui importait. Le fournisseur avait besoin d'une preuve qu'ille cuisinait bien *pour* un Fantôme. Les groupes terroristes anti-Fantômes avaient apparemment l'habitude de passer de fausses commandes pour attaquer le drone de livraison. Adonais demanda donc à Attar de se tenir devant la caméra pour prouver leur bonne foi. La commande fut acceptée, et moins d'une heure plus tard un drone vint leur livrer un sac contenant un steak Fantôme.

Il était assez frais pour s'avérer sensible à la chaleur ; Adonais s'employa à le préparer, en suivant des recettes en ligne, et en évaluant de son mieux le temps de cuisson – une viande à moitié Fantomatique devait être cuite deux fois plus longtemps, aux trois quarts Fantomatique quatre fois, et ainsi de suite. Ille se prépara un steak normal dans une autre poêle, et servit les deux en même temps. Attar n'ayant que de la viande à manger, ille se passa de légumes. Il dévora littéralement le steak Fantomatique, en buvant de l'eau à la bouteille qu'il avait apportée dans son sac à dos.

Ils s'installèrent ensuite côte à côte pour regarder les nouvelles, tel le vieux couple qu'ils n'étaient pas. On ne parlait bien entendu que des attaques du jour, pour les comparer aux prédictions des voyageurs temporels – et insister sur les menues différences. Des experts analysaient la question sous tous les angles. L'essentiel de ce qu'affirmaient les Fantômes s'était bel et bien produit. On pouvait donc écarter une quelconque manipulation de la part de Fantômes *malveillants* ; ou de Fantômes estimant qu'il était de leur devoir d'ajouter de l'incertitude au tableau. Mais qui pouvait se targuer de comprendre la motivation de ces gens, de toute façon ? Quand on réfléchissait à ce qu'ils sacrifiaient : pourquoi quelqu'un de sensé *voudrait*-il voyager dans le temps ?

« Vous pouvez me poser la question, vous savez, fit Attar.

— Je ne voulais pas faire preuve d'impolitesse, dit Adonais. Mais ça titille ma curiosité, je dois l'admettre.

— J'y ai longuement réfléchi. En fin de compte, c'est l'approche du point limite qui a emporté ma décision. J'ai alors pris conscience que c'était le moment ou jamais de le faire ; d'autant que la perspective de ne *jamais* le faire m'horrifiait.

— C'est par curiosité que vous êtes venu ?

— J'ai beaucoup lu sur les attaques, sur les derniers jours de la guerre – spécialement aujourd'hui et demain. Il y a eu de nombreux morts. Mais à en croire les *souvenirs* des rapatriés, il y avait eu bien plus de morts. Ça m'a impressionné. Ils avaient bel et bien changé les choses.

— Mais à quel prix pour leur propre existence ! »

Il haussa les épaules. « Rien de précieux n'est gratuit. Si je n'étais pas venu, peut-être auriez-vous trouvé la mort dans l'explosion de l'immeuble ! Ça n'a rien d'un détail, pas vrai ? »

Ille posa sa main, très doucement, sur la sienne. Attendit un baiser, qui ne vint pas – aussi prit-ille les devants. Son cœur battait la chamade. Adonais ne se rappelait même pas la dernière fois qu'ille avait ressenti pareille excitation. La minuscule pression de ses lèvres suffisait à lui donner l'impression d'être sur le point de rompre la tension superficielle qui confinait le Fantôme. Ille trouva cette pensée repoussante – son visage s'enfonçant littéralement dans le sien, quelle image épouvantable. C'était pourtant cette horreur même, que son sang-froid (une qualité qu'ille avait passé sa vie à affûter) tenait prudemment à distance, qui conférait tant de force et de piquant au désir qu'il lui inspirait. Le désir prend toujours feu à proximité de la répulsion, après tout. Ille dut se retenir – et la réserve, la retenue volontaire, était la plus puissante des stimulations.

Il réagit en effleurant son corps avec une infinie délicatesse – ce qu'ille trouvait d'autant plus excitant.

Ils passèrent du canapé au lit, et firent l'amour d'une manière terriblement tendre, délicate. Cela faisait de nombreuses années qu'Adonais n'avait pas eu d'orgasme aussi intense, aussi satisfaisant. Ils demeurèrent ensuite allongés l'un contre l'autre face au crépuscule. La ville leur jouait une sérénade de tirs lointains et de sirènes d'ambulances, auxquels s'ajoutaient les bourdonnements frénétiques des drones policiers et les sifflements des véhicules militaires à effet de sol qui dévalaient les rues interminables.

Adonais ne pouvait plus le nier. C'était de l'amour qu'ille ressentait.

Ils parlaient à voix basse. « Se promener ainsi dans le passé, c'est fantastique. La ville n'est pas comme ça, là d'où je viens.

— Tu as fait tes recherches.

— Bien sûr. Mais rien ne remplace le fait de s'y rendre pour de vrai.

— J'aurais aimé que les gens d'ici se montrent plus amicaux.

— Toi, tu es d'ici, lui fit-il remarquer, et tu es plutôt du genre accueillant. »

L'obscurité dissimula le fard qu'ille piqua. « Je n'ai pas l'habitude de faire ce genre de choses, je te l'assure.

— Et pour ce qui est des autres… ma foi, certaines personnes se révèlent aussi courtoises que serviables. Elles apprécient le fait que je sois venu les aider. Tu connais les statistiques, j'imagine. À chaque vague quantique de voyageurs, le taux de décès évitables diminue de dix à douze pour cent. C'est grâce à nous, à moi et à des gens comme moi, que cette guerre a le nombre de victimes le plus bas de tous les conflits majeurs. »

Ille se pressa contre lui, doucement. « Je te suis

redevable. Tu m'as sauvé la vie. Je ne gâcherai pas ce présent.

— Certaines personnes se montrent hostiles, c'est vrai, poursuivit Attar d'une voix plus pensive. Sans doute considèrent-elles qu'on a gâché quelque chose d'immaculé. Qu'on a laissé sortir l'ultime démon maléfique du sac de Pandore. Et parmi elles il en est quelques-unes qui font preuve de violence, c'est vrai. Je suis au courant des histoires de kidnapping, voire de meurtre. Et des faibles taux de condamnation des personnes accusées d'avoir tué des Fantômes. Mais ça reste une minorité. Vous êtes pour la plupart indifférents. Je suis là depuis deux jours, et je dirais que c'est de loin la réaction la plus courante dont j'ai été témoin. Les gens sont juste… fatigués de croiser des voyageurs temporels. J'imagine l'émoi des foules quand les premiers sont arrivés. Mais il en est venu de plus en plus, et chaque nouvelle vague se superposait aux précédentes, de sorte qu'il en avait *toujours* été ainsi. Les voyageurs temporels ont donc *toujours* été ici, à présent, et l'effet de surprise s'est bien naturellement estompé.

— Ce n'est peut-être pas comme ça au tout début.

— Au Dix-Sept. » Attar relâcha son souffle, comme s'il venait de prononcer quelque mot magique. « Le vrai saint graal serait de revenir *avant* 2017. Les gens en écarquilleraient les yeux ! Ça les stupéfierait ! Ils ne cesseraient de nous harceler pour qu'on leur parle de l'avenir miraculeux !

— C'est là une chose impossible, j'en ai conscience. Mais tu pourrais retourner *jusqu'au* Dix-Sept, non ?

— Non, répondit Attar. Ma machine a une

portée temporelle de trente ans. Je suis remonté aussi loin qu'il m'était possible.

— Alors achète-toi une nouvelle machine ! Oh ! fit-ille, prenant conscience de sa bévue. Tu ne serais pas synchronisé avec, j'imagine.

— Ceux qui importent du bœuf de mon époque pourraient peut-être également importer de nouvelles machines ? J'ignore si cela fonctionnerait. Non, je ne peux pas retourner au Dix-Sept. Contrairement à *toi.* »

Il y avait comme de la voracité dans la voix d'Attar lorsqu'il prononça ces paroles ; pour la première fois Adonais sentit un frisson de suspicion parcourir son corps. « Tu me demandes de tout laisser tomber et de remonter dans le temps.

— Tu pourrais retourner au Dix-Sept – ou juste après. Tu pourrais parler aux gens qui s'y trouvaient !

— Beaucoup d'entre eux sont encore en vie aujourd'hui. Je pourrais simplement aller les trouver, leur parler, sans avoir à voyager dans le temps.

— Bien sûr. Mais ils seraient *vieux*. Si tu y retournais, tu pourrais voyager jusqu'à l'extrême limite et parler à des gens qui viennent de vivre ces événements !

— Et ensuite ? Revenir à aujourd'hui et tout te raconter ? Devenir un Fantôme ? »

Attar pouffa. « Je te taquine. »

Ille avait envie de pleurer. Des larmes humectaient bel et bien ses paupières. Et Adonais comprit pourquoi : parce que c'était ce qu'ille *voulait*. Non pas voir le monde de 2017 de ses propres yeux, mais devenir un Fantôme, de manière à pouvoir s'aligner sur Attar. Tous deux pourraient s'estomper ensemble quand l'orage quantique scinderait encore et encore le cosmos, transpercés par des arbres de décision comme saint Sébastien par des flèches. Une pensée intensément romantique. Adonais le saisit par l'épaule et s'oublia un instant. Ille sentit ses doigts s'enfoncer dans sa chair, comme dans de la pâte fraîche ; la sensation lui arracha un cri perçant.

« Ce n'est pas grave, fit-il dans l'obscurité. Ça ne me fait pas mal.

— Je te demande pardon. » Et ainsi se dissipa tout l'édifice de sacrifice romantique et d'amour impossible.

Ils s'endormirent, refirent l'amour à leur réveil. Attar consomma une partie de ses provisions au petit déjeuner ; Adonais, pour sa part, se prépara des œufs et du café. Ils passèrent le reste de la matinée à flâner en ville, ou du moins à essayer : des postes de contrôle militaires bloquaient les principaux accès à la cité, et même si les coups de feu restaient sporadiques et lointains, même si les drones de passage semblaient tous officiels, Adonais ne se sentait guère en sécurité. À 11 heures, un énorme grondement suivi d'un bruit distant d'avalanche leur indiqua que le Shard s'était écroulé. Assis sur un banc dans un parc, ils regardèrent l'épaisse colonne de fumée se frayer un chemin dans le ciel, comme au ralenti.

« C'est difficile d'en être certain, lui dit Attar, car les effets quantiques rendent peu fiables les témoignages des premiers rapatriés. Mais près de deux mille personnes ont dû perdre la vie initialement. »

Adonais sourit. « "Initialement", répéta-t-ille.

— Ça fait bizarre d'en parler ainsi, pas vrai ? Mais tu vois ce que je veux dire. Avant que je quitte Vingt-Soixante-Neuf, le nombre de morts s'élevait à *quatre*. Ce qui fait pas mal de vies sauvées.

— Ça ne serait pas possible, s'interrogea Adonais à voix haute, de remonter le temps et… de faire ce qu'il faut pour empêcher a priori l'explosion ?

— Plus difficile à dire qu'à faire. Un Fantôme peut parler à des individus, mais un drone refuse de nous accorder la moindre attention. Et puis, le bâtiment qu'ils érigent sur ce site est l'une des splendeurs du Londres de mon époque. Je m'en voudrais d'empêcher sa construction. »

Le soleil sortit alors d'un nuage ; la lumière aqueuse de décembre fit scintiller la neige. « Tu as l'air plus mince, remarqua-t-ille. Mon Dieu, tu *es* plus mince.

— Je ne risque rien de grave pour l'instant. La guerre a tendance à provoquer la fusion des arbres de décision. C'est un peu comme une tempête. La plupart du temps, ça se résume à une légère bruine ; la dernière demi-heure, ça ressemblait davantage à une pluie diluvienne. Mais la bruine est de retour, à présent. »

Adonais le ramena en hâte à son domicile, comme si cela pouvait suffire à le protéger. Ille savait que c'était absurde, bien sûr. Des murs et un toit… ça ne garantissait rien. Mais ille se sentait un peu mieux à l'intérieur. Ils déjeunèrent assez tôt, et Adonais ouvrit une bouteille de vin qu'ille avait réservée pour une occasion spéciale – un breuvage dont Attar ne put profiter, bien entendu. Puis ils allèrent se coucher. Attar se sentait différent sous les doigts d'Adonais : sa peau n'était pas exactement plus douce, mais un peu moins *présente*. Il lui fallut se finir tout seul sous les yeux d'Adonais, dont l'orgasme fut bien terne comparativement à celui de la nuit précédente.

Ils étaient allongés côte à côte ; l'ombre des lamelles de son store vénitien formait comme des codes-barres sur leur corps. De l'extérieur leur parvenaient des bruits de tirs sporadiques.

« La plupart des personnes que je connais chez m… euh, à mon époque, fit Attar, ont hâte que l'année laisse place à 2070. C'est pour eux une nouvelle aube exaltante. Plus de voyage dans le temps : un futur complètement inconnu. On a des sectes millénaristes qui promettent la fin du monde dès que le seuil sera franchi. Rares sont les gens à les croire, bien sûr. Mais ils se demandent ce que ça fera de vivre à une époque sans Fantômes. Sans rien d'autre pour nous relier au passé que des archives historiques et des souvenirs. Sans la moindre connaissance de ce qui se passe ensuite.

— Un vrai paradis, à t'entendre, fit-ille.

— C'est ce que je pensais avant, moi aussi. » Sa voix avait perdu de sa force. « J'attendais avec impatience cet avenir sans entraves. Vraiment. Et puis je me suis dit : *goûter à l'avenir n'est pas le seul moyen de le connaître*. Mais on ne peut pas en dire autant du passé. Parce qu'il y a une différence entre le "à venir" et le "à jamais révolu". Demain ressemble toujours plus ou moins à aujourd'hui. Mais hier… hier est profondément différent, justement parce qu'il est révolu et ne pourra jamais revenir. Ou du moins, ajouta-t-il avec un petit rire, ce sera comme ça en

2070. Et qui sait, peut-être pour toujours ensuite. Toujours. Voyant que ma chance d'agir était sur le point de passer, je l'ai saisie et… me voici. »

Adonais garda le silence un long moment. Puis : « Comment s'appelait-elle ? »

Attar prit une longue inspiration. « Ille s'appelait Dahlia. »

Oh ! « Est-ce qu'ille a… trouvé la mort ?

— Ille avait rompu avant. Je suis retourné au moment de sa mort, et à partir de là *j'avais depuis toujours passé ma vie à* Hanter ma putain d'histoire d'amour. Pardon pour ma grossièreté.

— Ne t'inquiète pas pour ça.

— Il n'y a pas grand-chose d'aussi grossier que de se Hanter soi-même. Et une fois que j'ai eu ce moment de faiblesse, ne restait plus que cette pensée : *bien sûr qu'ille m'a largué.* Qu'est-ce qu'ille aurait pu faire d'autre ? Quelle boucle horrible. Mon Dieu, comme ille me manque ! » Il renifla bruyamment, inspira à plusieurs reprises. Et fondit en larmes. Adonais, sous le choc du chagrin de son amant, ne savait trop comment réagir – d'autant qu'il lui était impossible de simplement l'étreindre pour le réconforter. Les sanglots finirent néanmoins par se tarir. « Ille était casse-cou, une créature impossible à apprivoiser – rien à voir avec toi !

— Ma foi, fit Adonais, ça se *discute*. »

Il lâcha un petit rire. « Dans sa façon d'aborder la vie, je veux dire. Ille a trouvé la mort en faisant de l'escalade en Asie orientale. Personne n'a songé à me prévenir pendant toute une semaine – j'étais juste un ancien petit ami parmi d'autres, après tout. J'ai appris la nouvelle en ligne, complètement par hasard. 2070 ne me paraissait plus aussi attirant, après ça. J'ai donc acheté une machine pour remonter dans le temps… et ma stupidité m'a aussitôt sauté aux yeux. Les gens sains d'esprit choisissent de ne pas retourner dans leur propre vie pour une bonne raison.

— D'où ta venue ici. »

Il se tourna dans le lit de manière à lui faire face. « Pas simplement par égoïsme. Je pensais vraiment pouvoir faire quelque chose de bien de ma vie. Tiens, hier, j'ai prévenu six personnes à propos du bâtiment. Celui qui a explosé. Il y en a deux qui m'ont demandé de les laisser tranquilles, mais sait-on jamais : peut-être ont-elles tenu compte de mon avertissement après mon départ. Les quatre autres m'ont remercié. Et c'est là que j'ai fait *ta* connaissance !

— Ce dont je me réjouis », admit Adonais. Ille se retenait non sans mal de pleurer. Tenir le coup, c'était après tout ce qu'ille faisait le mieux.

Ille l'entendit se frotter le visage avec ses paumes – assez vigoureusement pour produire un étrange bruit de succion. Puis dire : « Que crois-tu qu'il se soit passé au Dix-Sept ?

— C'est de notoriété publique, non ?

— Oh non, loin de là. Bon, on sait tous que c'est à ce moment-là que le voyage temporel s'est… concrétisé. L'on sait aussi que le voyage originel était un bond vers le passé d'une trentaine d'années ; et qu'il a mis en place les harmoniques temporelles égales et opposées. Quant à l'appareil proprement dit, nous savons *d'où* il vient – de l'Institut. Mais les détails de l'événement restent encore largement mystérieux. »

Il s’interrompit. « Je suis un vrai moulin à paroles. Désolé.

— Pas de “désolé” entre nous, murmura-t-ille.

— Ça donne l’impression que j’essaie de te convaincre de remonter le temps. Mais ça ne servirait à rien. Plein de gens sont retournés à la date limite – pour se retrouver chaque fois une seconde *après* l’événement principal. Les créatures telles que nous ont le retard chevillé au corps. Si tu me permets l’expression. » Et puis il ajouta, d’une voix un peu cassée : « Je crois que je suis en train de tomber amoureux de toi. »

Adonais hésitait à répondre qu’ille ressentait la même chose, de peur de déclencher une véritable tempête de larmes – qui risquait de se poursuivre à jamais, pour ce qu’ille en savait… Ille l’effleura, aussi doucement que possible.

« C’est demain le dernier jour de la guerre Temporelle ! s’exclama-t-il. Et après ça, il s’agira de construire un pays digne de héros et d’héroïnes.

— Ma foi, fit-ille, on sait comment les choses vont tourner ! »

Et ils s’endormirent. Pour se réveiller dans la fraîcheur du lendemain matin. Adonais n’avait pas envie de petit-déjeuner, juste de boire un café noir. Ille alla prendre une douche ; et découvrit à son retour qu’Attar était parti. La surprise fut telle qu’ille s’affala sur le canapé. Adonais s’efforça de se calmer : l’abandon est une terreur si centrale, si caractéristique de l’évolution émotionnelle humaine, qu’il suffit d’un rien pour la faire sortir de sa tanière.

Mais il n’était pas parti. Il se trouvait toujours là,

à proximité de la fenêtre – presque invisible, son corps littéralement transpercé de rayons lumineux. On aurait dit un verre de lumière en forme d'homme. Hésitant entre le soulagement et l'horreur, Adonais en eut le soufflé coupé. « Que s'est-il passé ?

— Je suis retourné un moment à mon époque. » Et sa voix était si faible qu'ille pouvait à peine l'entendre.

« Oh, mon Dieu, Attar ! Ça t'a… drainé de ta substance.

— C'est inévitable, grinça-t-il, dès lors qu'on parcourt trente ans d'arbres de décision quantiques – soit *soixante* ans avec le retour. Ça a tendance à vous diluer. »

Ille se rapprocha de lui, mais n'osa pas le toucher. Le moindre contact lui passerait au travers. « Pourquoi ?

— Je voulais savoir ce qui allait t'arriver. J'étais allongé là, sur le lit, à écouter l'eau de la douche qui s'écoulait le long de ton corps, et je me suis dit : *Je ne supporte pas de ne pas savoir.* Je savais que ça allait m'atrophier, mais je ne supportais pas l'idée que tu puisses mourir aujourd'hui ou demain. Il fallait que je sache – aussi suis-je parti vérifier les archives.

— Il fallait vraiment que tu ailles *aussi* loin ?

— Ça ne fait pas une grande différence. Et puis, il fallait que je me rende à une époque où je connaissais des gens. Pour leur demander de consulter les archives. Dans mon état actuel, je ne peux pas interagir avec les ordinateurs.

— Ô mon pauvre vagabond !

— Ce n'était pas difficile de retrouver tes dossiers,

ou ceux qui sont publics. Tu t'en sors bien ! Tu es toujours en vie en Vingt-Soixante-Neuf. Au-delà, bien sûr, je ne saurais le dire. Mais c'est pour moi un soulagement – que tu fasses partie du reste de cette période. »

Adonais trouvait ça étrangement désorientant d'avoir les paramètres de sa vie exposés de cette façon. Ille colla son poignet à sa bouche et suçota la peau – un vieux tic nerveux qu'ille avait en grande partie réussi à surmonter. « Grâce à toi, dit-ille d'une voix vacillante. Grâce à toi qui m'as sauvé la vie.

— Je ne supportais plus de ne pas savoir. » Son visage pâlit, puis revint à la normale. « Mais je *sais* à présent. Il fallait que je m'assure de ta sécurité. Il n'y a rien de plus important à mes yeux. Parce que je t'aime.

— Moi aussi je t'aime. » L'heure des larmes était venue, mais dura moins longtemps qu'ille ne l'avait craint. Ille se sentit ensuite plus propre, émotionnellement parlant ; mais Adonais ne rayonnait pas pour autant de bonheur.

C'était le dernier jour de la guerre Temporelle. Et le soir même toute la ville était en fête, les gens tiraient des feux d'artifice, des chenilles se formaient dans les rues enneigées. Cette nuit-là, Attar dut dormir sous sa propre couverture – un drap en filigrane qu'il avait emporté dans son sac à dos et qui faisait des merveilles (à l'en croire) pour retenir la chaleur. La couette était assez lourde pour lui passer à travers. Il sauta un peu trop haut le lendemain ; ses pieds pénétrèrent le tapis quand il redescendit. Après s'en être extrait, précautionneusement, Attar arpenta l'appartement comme s'il marchait sur des coquilles d'œufs.

Ils passèrent la soirée à parler, à regarder la télévision. Adonais ne se rappelait pas avoir autant ri depuis son enfance. Quant à Attar, il tira de son sac à dos plus que sa ration habituelle de nourriture. « Autant me gaver, fit-il.

— Demain, lui dit-ille, j'irai commander de la viande et des légumes dans cette épicerie fine. On va se faire un vrai festin !

— Celle-ci, c'est une nuit de déluge. Impossible de me tromper – j'en ai été témoin à trois reprises. La fin d'une guerre, tu sais. Les arbres de décision s'épaississent à ce moment-là. »

Ils se rendirent dans la chambre. Plutôt que de se toucher, ils soufflèrent à tour de rôle de l'air sur leurs corps dénudés. Enfin Adonais s'endormit et rêva d'un vaste espace blanc, où toutes les âmes étaient réunies. Et l'espace était défini par la lumière, et chaque âme était parfaitement transparente, comme ces espèces de poissons qui vivent isolées du soleil dans des grottes sous-marines : cœurs et estomacs, poumons et foies totalement transparents, rendus visibles par le léger scintillement qu'ils émettaient en bougeant. La lumière enveloppait les deux amants, chaude comme un jour d'été, claire et lumineuse, immaculée comme une aube hivernale. Attar se trouvait là, purifié comme jamais. Le corps d'Adonais était aussi transparent que le sien. Il n'y avait qu'eux deux dans le rêve, quand bien même quantité d'âmes vagabondaient autour d'eux. Et ils se tenaient sur une surface plane parfaitement blanche, comme une banquise arctique débarrassée de tout relief. La lumière les éclairait par-derrière, et ille remarqua qu'ils projetaient tous deux de longues ombres, mais des ombres couleur arc-en-ciel ; jamais ille n'avait rien vu d'aussi beau.

Le visage d'Adonais était humide à son réveil. Attar avait disparu.

11

Traque, et chose

Existence / non-Existence

Le temps que je descende du ferry, Curtius avait disparu. Je n'ai pas vu s'il s'était éclipsé – comme l'aurait fait un individu réel, physiquement présent – ou s'il s'était contenté de se volatiliser. De se téléporter ailleurs.

Anstruther est une ville minuscule, avec un port rempli de bateaux de pêche qui le sillonnent tels des robots dansant un disco au ralenti. Après avoir gravi d'un pas lourd la rampe en béton du ferry derrière le méthodiste que j'avais irrité, j'ai entrepris de longer la petite rangée de boutiques du front de mer. J'ai acheté un journal ; j'avais embarqué des semaines plus tôt. D'une manière ou d'une autre, j'avais perdu trente-neuf jours au beau milieu de la traversée. Un homme aurait mis quelques heures à franchir à la nage la même distance. Et moi, en transit d'un bout à l'autre de la côte écossaise, j'avais enjambé Noël et le Nouvel An pour me retrouver en janvier.

J'ai collé l'appareil à mon oreille. « Tu as été complètement honnête avec moi, Peta ?

— J'essaie de comprendre ce qui s'est passé. Je suis aussi perplexe que vous.

— J'ai *vu* Curtius – d'abord sur le ferry, puis sur le quai, ici. Est-ce que tu me mens ? Est-ce qu'il se trouve ici ?

— Roy Curtius ne se trouve pas ici.

— Alors pourquoi l'ai-je *vu* ?

— Charles, il faut qu'on se dépêche. On doit prendre un taxi pour Leuchars – c'est à une vingtaine de kilomètres d'ici, en direction du nord-ouest. De là-bas, vous pourrez acheter un billet pour Aberdeen. En liquide !

— Il vient d'arriver quelque chose de vraiment tordu. Est-ce qu'on est restés en stase trois fois treize jours ? Est-ce qu'on… nom de Dieu, je suis complètement perdu. Est-ce qu'on a survolé l'océan, figés dans l'espace-temps, pendant près de six semaines, jusqu'à ce que le ferry réapparaisse sous nos pieds et qu'on s'y rematérialise ?

— Non, ce n'est pas ce qui est arrivé », m'a répondu Peta d'une voix agitée. Peut-être parce qu'il était agité. À moins qu'un algorithme dans sa programmation n'ait jugé utile d'adapter son comportement à mon propre état d'esprit. Je n'en sais rien. « Même si je ne sais pas exactement ce qui s'est passé.

— Je ne dirais pas non à une explication.

— Les conséquences ne sont pas seulement linéaires lorsqu'on se met à fricoter avec le temps. On en est sortis, on est revenus dedans – et maintenant… écoutez, il faut prendre la fuite. Partir à Aberdeen.

— Pourquoi Aberdeen ? On n'est pas *déjà* assez

loin, ici ? À quoi vont bien pouvoir servir quelques centaines de kilomètres supplémentaires ?

— Écoutez, a-t-il commencé, je ne peux pas l'expliquer. » Et puis, presque sans transition : « On a besoin d'un endroit où vivre une semaine ou deux, un endroit assez grand pour s'y perdre. Avec un grand hôtel suffisamment confortable, des magasins, etc. Vous n'avez sans doute pas envie de planter votre tente ici, non ? Votre tente métaphorique, bien sûr.

— Je ne te fais pas confiance, Peta. Tu n'arrêtes pas de me répéter que Curtius se trouve à Southampton. J'ignore comment tu peux en être aussi sûr.

— Il a l'autre terminal.

— D'accord, mais comment sais-tu qu'il ne l'a pas mis dans un coffre-fort à Southampton, pour ensuite prendre l'interurbain jusqu'ici ?

— Parce que l'autre terminal me dit qu'il s'y trouve encore !

— Attends. Arrête ! Tu lui parles ?

— Lui et moi ne formons qu'un – nous sommes deux parties de la même conscience, connectées dans le cloud. Bien sûr qu'on est en communication.

— Et donc je pourrais lui parler, moi aussi ?

— Il n'est pas distinct de moi. En un sens vous lui parlez déjà.

— Tu pourrais me mettre en contact avec Curtius, histoire que je lui dise un mot ? Que je le mette en garde, peut-être…

— Je ne suis pas un téléphone portable, Charles, m'a sèchement rétorqué Peta.

— Effectivement pas. Je pourrais t'éteindre, si tel était le cas. »

Ne voyant guère l'intérêt de m'attarder à Anstruther, j'ai persuadé un chauffeur de taxi de m'emmener à Leuchars, où j'ai acheté un billet de train pour Aberdeen. C'est à ce moment-là que j'ai décidé de ne plus tenir compte des futures injonctions de Peta, quelles qu'elles soient. J'allais prendre une chambre d'hôtel, m'accorder quelques jours de réflexion. Décompresser. L'épisode singulier du ferry m'avait ébranlé – épuisé, même.

J'ai pris un siège côté fenêtre ; la fine pluie d'hiver s'évertuait à me gâcher la vue sur le nord-est de l'Écosse. Des gris et des verts foncés, et mon propre reflet fantomatique qui se superposait à tout ça dans la vitre. Peta s'est mis à vrombir ; n'étant pas seul dans le compartiment, je l'ai collé à mon oreille.

« Je suis fatigué, Peta. Je vais dormir un peu. S'il te plaît, ne me dérange pas avant qu'on soit arrivé à Aberdeen.

— Écoutez-moi, c'est important. Je suis de retour en ligne. Ce qui s'est passé sur le ferry m'en avait… expulsé. Il m'a fallu tout ce temps pour me reconnecter. Une chasse à l'homme est en cours. À l'échelle nationale. Il y a des photos de vous dans tous les médias. »

Rien de tout cela ne m'a vraiment fait réagir.

« J'achèterai une moustache et un faux nez de Groucho Marx quand on arrivera en ville. Fous-moi la paix, maintenant. Laisse-moi dormir.

— Non ! Vous *allez* m'écouter ! Les logiciels de reconnaissance faciale vont s'en donner à *cœur joie* avec vous ! Vous avez un visage très distinctif – la forme de vos cicatrices facilite la… »

J'ai rangé l'appareil dans ma poche de veste.

Je me suis assoupi, sans réellement m'endormir. Il y avait quatre autres personnes avec moi dans la voiture. Un par un leurs portables se sont mis à sonner, ce qui m'a sorti de ma torpeur. Un, deux, trois, quatre, tous ont décroché à tour de rôle – l'air fort perplexe pour deux d'entre eux, comme s'ils avaient éteint leur appareil. Après avoir écouté ce que leur mystérieux interlocuteur avait à leur dire, ils se sont levés et ont quitté le wagon. Le léger roulis du train n'a pas tardé à me réanesthésier. J'étais épuisé. Rincé. Harassé. Plus rien ne semblait réel. Et dans cet étrange état liminal entre l'éveil et le sommeil, j'ai eu une sorte d'épiphanie confuse. Toute cette fuite à travers le pays, le temps passé à l'hôpital, ce qui m'était arrivé à la jambe, l'Institut, les années que j'avais passées à travailler comme éboueur, mon boulot de prof de physique, ma carrière universitaire avortée… Tout s'est redéroulé devant moi. Peut-être s'était-il agi d'un rêve particulièrement élaboré. J'avais fait une dépression nerveuse. J'avais perdu la boule. Atteint de psychose, je vivais dans un monde imaginaire d'une complexité étourdissante. À l'intérieur de ma poche se trouvait un téléphone portable parfaitement ordinaire, acheté dans une boutique de téléphonie parfaitement ordinaire. Je le sortais de temps en temps et commençais à lui parler, croyant à tort que cela me mettait en communication avec un superordinateur intelligent possédant le pouvoir de manipuler l'espace-temps – un ordinateur qui allait me conduire directement à Dieu.

Peta s'est mis à vibrer dans ma poche ; je l'ai ignoré. « Charles ! criait-il, assez fort pour qu'on l'entende. Charles ! » La pluie percutait par vagues la large fenêtre du compartiment, un peu comme une houle marine. Ou des grains de riz qu'on secoue dans un tambourin.

Le train était en train de ralentir. « Charles, m'a lancé Peta depuis ma poche. Charles ! Si c'était *vous*, sur le ferry. Si c'est *vous* qui avez fait ça, d'une manière ou d'une autre – alors maintenant, maintenant, maintenant, maintenant est le bon moment pour recommencer. Charles !

— Silence. »

J'ai ouvert les yeux. Le garçon-fantôme se trouvait là, assis face à moi – assez près pour que je puisse le toucher, et suffisamment matériel pour avoir l'air d'un vrai garçon. Un garçon habillé bizarrement ; un garçon défiguré. Le train a ralenti, ralenti, puis s'est immobilisé dans un ultime à-coup.

« Bonjour, lui ai-je lancé.

— La déduction dépend assurément de la contingence de l'altérable, a-t-il murmuré d'une voix douce. Car il est clair que l'espérance d'une vie future naît d'un sentiment existant dans la poitrine de chaque homme : le temporel ne suffit pas à satisfaire les exigences de sa nature. Et une nature insatisfaite génère son propre avenir, comme une locomotive fantastique qui disposerait ses propres rails devant elle à mesure qu'elle avance.

— Une vie aussi futuriste qu'on puisse l'imaginer. »

Le train s'était arrêté. Nous avions atteint le terminus.

« La réfutabilité est une chose merveilleuse, a repris le garçon. Mais c'est aussi une chose *contradictoire*. Réfuter demande un effort ; la réfutation ne tombe pas du ciel. C'est un acte de pouvoir, pas de passivité. Action et passion se confondent pourtant avec la volonté et l'âme, toutes deux toujours en connexion dialectique. Séparez-les, et il n'est guère surprenant que la science se déconnecte de Dieu.

— Déconnexion. C'est un peu la bande-son de toute mon existence…

— Regardez par la fenêtre », m'a dit le garçon, avec un sourire en coin.

J'ai obéi. Pour découvrir derrière la vitre le quai couvert du terminus de la ligne. Et, entre les deux, quatre hommes en tenue d'intervention intégrale, chacun équipé d'un fusil braqué sur moi. Peta s'est mis à hurler à l'intérieur de ma veste : « Charles ! Charles ! Charles ! »

Je suis revenu au garçon. Qui avait disparu.

Et juste après me sont parvenus d'innombrables hurlements, poussés par des malabars s'engouffrant dans le wagon armes à la main, me soulevant de mon siège et m'allongeant par terre – au grand dam de ma mauvaise jambe –, me menottant et me sortant du train. J'ai été surpris de découvrir combien d'agents de la puissance publique avaient pu se rassembler là. Au-delà se dressait une barrière, gardée par des policiers ordinaires sans arme ; et encore au-delà je voyais une foule bouillonnante de civils, d'équipes de télé et de drones – toute une cour des miracles rongée de curiosité.

On m'a confisqué Peta, bien sûr. Un homme en combinaison Hazmat intégrale a introduit dans ma veste un outil de préhension de soixante centimètres de long, et a fait tomber le terminal dans un grand sac de protection argenté, qu'il a immédiatement scellé.

Ils m'ont emmené à l'extérieur, où la pluie était en train de se transformer en grésil. Une rangée de pigeons aux plumes trempées surveillaient la foule depuis le caniveau, telles des gargouilles particulièrement dénuées d'originalité. « T'es un putain d'escroc, espèce de salopard », a hurlé quelqu'un. Un genre de gloussement a parcouru le groupe, et d'autres personnes se sont mises à crier des insanités.

Je trouvais tout cela un peu déconcertant, pour être honnête.

On m'a fourré à l'arrière d'un minivan, qui m'a conduit jusqu'à un établissement de la sécurité intérieure situé dans la banlieue d'Aberdeen. On m'a déshabillé.

« C'est la fin de l'histoire pour toi, mon pote », m'a lancé un des agents chargés de me fouiller. *Histoire*. « Soit-dit-en-passant », a-t-il ajouté, comme s'il s'agissait d'un unique mot.

On m'a lavé ; on a vérifié que je n'avais pas de lentes. On m'a vêtu d'une tenue de prisonnier et on m'a montré mon nouveau foyer : un cube de douze mètres sur douze, dans lequel je suis resté quelques heures avant qu'on ne me conduise dans un couloir. Je n'étais pas menotté.

On m'a mené à une salle d'interrogatoire, équipée d'un énorme miroir sans tain – comme dans les films. Le garde qui m'avait accompagné est resté posté devant la porte, jambes écartées.

Assise à la table se trouvait Belwether. « Notre dernière conversation s'est interrompue plutôt brutalement. »

Je me suis installé. « Désolé. J'avais une… chose. À faire. »

L'espace d'un instant, j'ai aperçu ce qui aurait pu être un tic nerveux. Puis elle m'a gratifié de son sourire glacial. « J'ai encore des convulsions, vous savez. J'ai dû renoncer à mon permis de conduire. »

Ne trouvant rien à ajouter à ce que j'avais déjà dit, j'ai répété : « Désolé. »

Elle a retrouvé tout son aplomb. « Monsieur Gardner. On a vraiment cru vous avoir perdu, en décembre. Où vous êtes-vous *caché*, toutes ces semaines ? Parce qu'on a vraiment tout fait pour vous retrouver. Reconnaissance faciale de pointe connectée à toutes les caméras de sécurité et tous les téléchargements Internet. Vos cicatrices font de vous une proie facile – c'est ce que nous ont dit nos experts, en tout cas.

— C'est presque comme si j'avais fait un saut hors du temps pour une petite opération plastique. Ou deux. »

Elle a poussé un soupir. « Lors de notre dernière rencontre, vous feigniez un genre d'ignorance stupide. J'en déduis que vous avez décidé de continuer.

— Quand Roscius était acteur… », ai-je commencé. Pour m'interrompre aussitôt. J'étais trop fatigué pour ces conneries.

Belwether a posé ses paumes sur la table. « Charles, vous comprenez à quel point la situation est dangereuse ? Nous avons désormais des raisons de croire que l'appareil que vous avez apporté de Swindon fait partie d'un dispositif double, dont le fonctionnement combiné constitue un algorithme autonome agressif qui confine à l'intelligence artificielle, contrairement aux termes de la loi de 2016 sur les virus informatiques (algorithmes autonomes).

— Peta. Je ne me risquerais pas à le qualifier de virus, si j'étais vous.

— Sa nature n'a pas de secrets pour nous : on sait qu'il ne s'agit pas d'un virus. Pour tout vous dire, on a même eu une longue discussion pour savoir s'il fallait invoquer la législation sur le terrorisme ou sur les virus informatiques. Quoi qu'il en soit, il ne fait aucun doute que cet algorithme informatique représente un danger immédiat – il risque de compromettre notre sécurité nationale comme celle de nos alliés. Et nos meilleurs stratèges estiment qu'il pourrait faire pire que ça. Bien pire. Nous sommes pleinement mobilisés ; autorisés par les plus hautes instances à prendre toutes les mesures qui s'avéreraient nécessaires pour nous défendre.

— Peta craignait que vous n'envisagiez de le désassembler.

— Cela risque de s'avérer nécessaire.

— On pourrait considérer ça comme un meurtre, vous ne croyez pas ?

— Nous avons pris conseil auprès de certaines des plus grandes instances juridiques du monde. Elles s'accordent à dire qu'il n'existe pas de protection légale pour les entités intelligentes artificielles – pas encore.

— C'est quand même pour ça que j'ai fait tout ce chemin. Il, euh, m'a persuadé… » – attendez : c'est comme ça que ça s'est passé ? Vraiment ? – « que sa vie était en danger. À cause de vous, et de Roy Curtius. Je voyais cela comme mon devoir d'être humain. » Avais-je vraiment vu les choses comme ça ? J'étais en train de me piéger tout seul. « Pour, vous savez, l'aider à rester en vie. Ce genre de choses.

— Curtius a détruit une grande partie de l'équipement informatique de l'Institut, a admis Belwether. Mais ça n'a eu que peu d'effets sur le fonctionnement de cet algorithme malveillant.

— Il est dans le cloud.

— On dirait bien.

— En même temps… j'ignore qui l'effrayait le plus, entre vous et Curtius. Mais bon, vous l'avez récupéré à présent. Vous en avez un, l'autre est entre les mains de Roy. Sauf s'il a déjà détruit son terminal. Je ne comprends pas… (je pensais à voix haute) pourquoi il ne l'a pas fracassé avec un marteau.

— Comment *savez*-vous qu'il n'en a rien fait ?

— Parce que Peta – mon terminal, je veux dire – est en contact avec son… *homologue* à Southampton.

— Curtius ne se trouve pas à Southampton.

— Oh que si. » Comme j'étais serviable ! « Peta m'en a donné l'assurance.

— L'hypothèse la plus probable, c'est que M. Curtius n'ait pas quitté Aberdeen depuis au moins trois mois. » Elle m'a gratifié du plus minuscule des sourires. « Bien sûr, Roy s'avère du genre fuyant lorsqu'il s'agit d'échapper au mandat lancé contre lui. J'ai bien peur que l'algorithme ne vous ait menti.

— Un ordinateur ne peut pas mentir. C'est lui qui me l'a dit. » Une fulgurance m'a alors traversé l'esprit. « Merde.

— Il n'est pas impossible que l'algorithme soit mû par des motivations… impures. Et qu'il vous ait manipulé. »

Il fallait qu'on mette de la distance entre Curtius et nous deux, Peta avait bien insisté là-dessus. Or pendant tout ce temps, ce salopard me poussait en fait à me *rapprocher* physiquement de Roy. J'ai senti mon estomac se rebeller contre cette révélation. Peta mentait en disant qu'il ne pouvait pas mentir. Évidemment.

Je suis resté incarcéré là deux jours d'affilée. Le premier, Belwether m'a fait subir un long interrogatoire – une heure, peut-être deux. Puis on m'a nourri et enfermé pour la nuit. La cellule était raisonnablement confortable, et moi j'étais très fatigué. Le lendemain, un médecin est venu examiner ma jambe et m'a prescrit une heure pénible d'exercice sous la supervision d'un kinésithérapeute. Puis deux femmes m'ont interrogé pendant tout l'après-midi – pour autant qu'il m'était possible d'en juger dans cet espace sans fenêtre. L'idée semblait surtout de passer en revue mes premières recherches astronomiques. Elles m'ont posé des questions sur la probabilité d'une vie extraterrestre. Ça m'a paru pour le moins hors sujet, jusqu'à ce que je comprenne qu'*elles* soupçonnaient Peta d'être en contact avec des formes de vie extraterrestres. Ce qui m'a laissé pour le moins pantois.

« Ce que nous craignons, m'a dit une des femmes, c'est qu'il ne puisse lui-même faire office de balise de détresse, qui guiderait jusqu'à nous une force d'invasion alien. » Des paroles qui lui ont arraché un petit rire. « Dit comme ça, ça fait un peu taré – je sais. Mais nous avons des raisons de prendre le danger au sérieux. Vous a-t-il déjà parlé de vie extraterrestre ?

— Non. »

L'autre a souri. « Ça vous est arrivé d'évoquer le paradoxe de Fermi, *lui* et vous ?

— Non.

— De parler d'astronomie ? D'espace extra-atmosphérique ? De petits hommes – et femmes – verts ?

— Non plus.

— Une partie importante des données qu'on a réussi à récupérer à l'Institut concerne l'utilisation qu'ils ont faite de l'IA pour observer l'espace ultra-profond.

— Il n'a jamais abordé cette question.

— D'après nos renseignements, l'IA que vous connaissez sous le nom de "Peta" était *obsédée* par la vie extraterrestre. Par le paradoxe de Fermi et l'existence – ou l'inexistence – d'une intelligence alien.

— Je n'y crois pas une seconde.

— Non, vraiment. La question a dominé toute sa première année de pensée autonome. Il ne cessait d'en discuter avec ses programmeurs et d'autres membres de l'Institut. Dans un premier temps, il ne parlait même presque que de ça.

— Pas avec moi. Ça commence à me fatiguer d'avoir à le répéter.

D'accord. Alors de *quoi* "il" vous parlait ? »

Mon regard ne cessait de passer de l'une à l'autre. « La plupart du temps, il parlait de Dieu. Et de Kant. »

Une deuxième nuit : allongé sur mon lit, occupé à écouter le silence absolu. L'ultime moment de calme dans ma vie tout sauf calme. Une minute qui s'écoule, sans bruit, pour laisser place à une nouvelle minute. Le paradoxe de décrire le silence, d'essayer de traduire en mots l'absence de mots. Si on emploie certains signes, c'est uniquement par besoin de distinction. De nouvelles observations en soustraient certaines et en ajoutent d'autres, de sorte que les limites d'une conception empirique ne demeurent jamais permanentes. Il est, de fait, inutile de définir une conception de ce genre.

La première chose qui m'a averti de l'arrivée de Roy ? Une série de claquements sourds, de détonations étouffées par les murs de ma cellule. Aujourd'hui encore j'ignore de quoi il s'agissait : des coups de feu, peut-être ; ou Roy cassant net des boulons métalliques, ou retirant des portes de leurs charnières ; ou déplaçant de l'air avec la soudaineté d'un coup de tonnerre. Je me suis redressé sur mon lit étroit. Un rire puissant, désagréable, a alors déchiré le silence nocturne. J'ignore comment il a ouvert la porte de ma cellule, s'il l'a forcée sans faire de bruit ou s'il a juste infligé un de ses tours de passe-passe à la serrure. Peut-être avait-il simplement une clé. Toujours est-il qu'il a franchi le seuil tout sourire, comme s'il s'agissait là de la chose la plus normale au monde. Il portait un épais manteau à capuche, à l'intérieur doublé de fourrure artificielle. Et son bras gauche accueillait un deuxième vêtement du même genre.

Il m'a salué en ces termes : « Tiens. Tu vas avoir besoin de ça. »

J'ai sorti mes jambes du lit. « Roy. »

Il a fait tomber le manteau sur mes genoux, m'a aidé à me redresser – me forçant à tenir le vêtement de ma main libre pour l'empêcher de glisser par terre. Les autorités m'ayant confisqué ma canne, il m'a fallu laisser Roy soutenir une partie de mon poids. Sa main, aussi mince que froide, s'est révélée plus puissante que je ne l'aurais imaginé.

« Il faut y aller, Charles. » Et dans ses yeux brillaient des lueurs de folie.

« Où ça ?

— En cavale, mon vieil ami, j'en ai bien peur.

— Mon Dieu, pas encore. Écoute, si tu es venu me tuer, alors je t'en supplie : fais-le ici. Tu n'as rien à gagner à me trimballer un peu partout.

— Ce n'est pas *moi* qui tente de te tuer, Charles. Allez, viens : je vais te servir de valet. » Il m'a aidé à enfiler le manteau – raide, et qui sentait le neuf. « Pas de chaussures ? a-t-il remarqué.

— On me les a confisquées.

— Ça risque de poser problème. Enfin, on va se débrouiller, comme disait ma vieille maman. Au moins tu portes des chaussettes, à ce que je vois. » Sa main droite a pris ma gauche, sa gauche ma droite, et alors même que je me demandais si on allait se mettre à danser la gigue il…

… non : pas lui. Quelque chose m'a *poussé*. Pas seulement mon épaule, ou ma poitrine, mais l'intégralité de mon corps. Je me suis mis à voler, à hurler, terrifié à l'idée de m'écraser contre les murs de ma cellule et de briser tous les os de ma vieille carcasse. Mais ça ne s'est pas passé ainsi, bien sûr. Une puissante puanteur a envahi mes narines, peut-être une odeur de soufre (je ne suis pas vraiment sûr de savoir ce que sent le soufre) ou de plastique brûlé. Rien d'agréable, en tout cas. Puis mon dos a heurté le sol et je me suis mis à glisser sur de l'herbe humide, les quatre fers en l'air. Toujours en plein mouvement, j'ai senti le moment où mon corps s'apprêtait à basculer par-dessus ma propre tête. Mais au lieu de dépasser ce point de non-retour, mes jambes se sont repliées pour gifler le gazon. Lentement, en pleurs, j'ai fini par m'immobiliser. Reprendre mon souffle m'a demandé un certain temps. L'aube approchait : le ciel commençait à s'éclaircir, suffisamment pour me permettre de distinguer ce qui m'entourait. Il y avait quelqu'un en train de rire. Tant bien que mal, maladroitement, je suis parvenu à me redresser – pour découvrir Roy étendu sur le ventre, s'esclaffant à la manière d'un enfant. On se trouvait dans un champ. Non, c'était le chantier d'un grand bâtiment. Nos corps avaient laissé dans la rosée de grosses lignes qui contrastaient avec la pâleur chatoyante des lieux.

« Nom de Dieu ! » me suis-je exclamé.

Roy m'a aidé à me lever. « Ça doit faire dans les 110 km/h de vélocité pour chaque degré de latitude. J'ai fait les calculs il y a longtemps. J'ai oublié le chiffre exact. Cent dix, c'est une approximation suffisante pour le gouvernement. Mais un degré entier s'avère un peu risqué, de toute façon. Au-dessus des terres, en tout cas. »

À ce moment précis, une pointe de jaune et d'orange a percé l'horizon. On se trouvait sur la côte, me suis-je alors rendu compte – un littoral septentrional. « Attends.

— Hop hop. On n'est pas encore arrivés. » Il m'a agrippé, et *boum* !

… *boum !* Je virevoltais sur du sable en roulant sur moi-même, sans cesser de hurler – et après avoir repris mes esprits j'ai compris que je venais de percuter une grosse dune. La mer aiguisait sans relâche ses puissantes dents blanches sur les galets. Des mouettes, stressées par le tumulte de notre arrivée, se sont empressées de rejoindre la sécurité du ciel – plus haut, toujours plus haut. Il faisait très froid. J'ai supplié Curtius : « Arrête ! Bon sang, Roy, tu vas me tuer ! »

Curtius était beaucoup plus fort qu'il n'en avait l'air. Il m'a relevé d'un bras, m'a attrapé l'autre. L'espace d'une fraction de seconde, j'ai entraperçu un bateau ancré au large, qui se balançait comme un cheval à bascule dont l'œil aurait été un hublot allumé. Puis l'air s'est déformé, replié, et des étincelles se sont mises à danser à l'intérieur de mes paupières closes, et j'ai pris conscience d'un vent violent, d'une embardée qui a secoué mon corps tel un drapeau.

Je faisais une chute dans l'atmosphère, laquelle se révélait aussi froide que de la crème glacée, ou la mort, ou le zéro absolu de l'espace. Et Roy se trouvait là, avec son immense rictus qui emplissait mon champ de vision. J'ai tressailli ; il m'a attrapé par la taille. On était en train de tomber. C'était terrifiant. Il criait quelque chose, mais les hurlements du vent couvraient ses paroles, et *boum* ! – mes poumons se vidaient entièrement, mes côtes s'affaissaient – et *boum* !

Boum !

Encore et encore, alors que sous mes pieds la mer se déformait comme du velours noir ourlé de blanc.

On chutait sans discontinuer, et chaque *boum* !…

… *boum* ! nous soulevait dans les airs – je n'arrivais plus à respirer, à reprendre mon souffle –, nous soulevait un peu, après quoi on retombait, et puis *boum* !

… la mer s'approchait ; j'ai empli mes poumons d'autant d'air que j'ai pu, persuadé que j'étais que nous allions bientôt nous retrouver immergés. On s'était pas mal éloignés de l'Écosse, à présent, et la perspective de plonger dans les eaux glacées de la mer du Nord, loin de toute terre, ne m'enchantait guère – car cela signifiait une mort assurée. On se débattrait dans l'eau un certain temps, jusqu'à ce que le froid fige nos muscles et qu'on coule comme des pierres. *Boum !*

Boum ! et on filait à toute allure vers la surface, évitant de peu le sombre sommet de la houle océanique, pour poursuivre notre descente de l'autre côté à la manière d'un sauteur à ski.

Mon épaule a heurté la surface caoutchouteuse de la vague – ça ressemblait davantage à de la gelée qu'à de l'eau. L'impact avait légèrement enfoncé le côté droit de mon corps dans cette substance aussi visqueuse que résistante, et mon élan m'a fait rebondir dessus à de multiples reprises. L'amerrissage m'a séparé de Roy, qui a effectué ses propres culbutes par-dessus les vagues.

Malgré nos cabrioles ni lui ni moi ne nous retrouvions jamais dans l'eau. J'ai fini par m'immobiliser, haletant, allongé sur le dos. La surface sur laquelle j'étais étendu était extrêmement froide. Je le sentais même à travers le tissu de mon épais manteau. C'était froid comme de la glace. Plus froid encore, même. Et pourtant la mer n'était pas glacée mais flexible. Je m'y enfonçais – lentement néanmoins. D'un roulé-boulé, accompagné d'un riff de guitare basse, je me suis décollé de la gelée. J'ai aperçu Roy quelques mètres plus loin ; il se dirigeait vers moi, toujours affublé du même rictus. C'était un homme qui pataugeait dans de la gelée, chacun de ses pas produisant un bruit de succion aussi grave qu'étrange.

« Les mers se transforment en gelée ! » ai-je hurlé. Ma voix faisait un son bizarre à mes propres oreilles – elle était plus grave que d'habitude, mais l'écho qui émanait du gigantesque grondement immobile évoquait le grognement au ralenti d'un énorme chien.

Roy m'a rattrapé. Il m'a empoigné le bras, et *boum* !...

On s'est retrouvés dans les airs : *boum ! boum ! boum !*

Chaque projection m'ébranlait, me secouait, m'écrasait. J'en ai perdu le compte : jusqu'à ce qu'éclate une blancheur de flash sous mes pieds, et – *boum !* – du blanc emplissant mon champ de vision, et Roy qui se tortillait en plein ciel pour se positionner entre mon corps et le sol.

On a heurté la glace à grande vitesse : je ne saurais l'évaluer avec précision, mais ça donnait l'impression d'avoir été éjecté d'une voiture en mouvement. Roy, dans un acte d'altruisme (du moins est-il possible de l'analyser ainsi, avec le recul), a fait barrage de son corps pour encaisser l'essentiel du choc – ce qui l'a plus ou moins transformé en luge. Puis j'ai déséquilibré l'équipage qu'on formait : on a glissé sur le côté, nos cages thoraciques se sont désolidarisées et je me suis retrouvé à faire des roulades en vomissant de la poussière de neige.

Je suis resté un moment allongé, à haleter, à

sangloter un peu. Le froid intense n'a pas tardé à me convaincre de me redresser. Je devais être couvert de bleus – cela ne faisait guère de doute, vu les douleurs qui m'accablaient. Pas de fracture, a priori, mais ce n'était qu'une maigre consolation. Le corps de Roy était visible un peu plus loin : le rouge sombre de son manteau faisait tache sur la neige pâle. Les scintillements du crépuscule emplissaient le ciel. On était en janvier près du pôle Nord, et le soleil de minuit s'était finalement couché ; mais il tutoyait encore l'horizon, drapant de mauve le paysage enneigé. La visibilité s'avérait plutôt bonne, à dire vrai.

Très lentement, j'ai entrepris de boitiller sur la glace. Il faisait un froid épouvantable. Chaque bouffée d'air me raclait les poumons, telle une râpe à fromage récurant l'intérieur de ma gorge. Mon visage dénué de barbe n'a pas tardé à s'engourdir. Mais le pire, c'étaient mes pieds : n'ayant pas de chaussures, je boitillais en chaussettes sur la glace de l'Arctique. Dans un premier temps, j'ai perdu toute sensation dedans. Et puis, à chacun de mes pas, j'ai commencé à avoir l'impression que des aiguilles d'atroce douleur s'enfonçaient dans mes orteils et ma voûte plantaire. Enfin, plus inquiétant encore, je n'ai plus rien senti.

Je me suis traîné jusqu'à Roy. Il était encore en vie. « Putain de merde, lui ai-je lancé d'une voix rauque, qu'est-ce que tu as *foutu* ? »

Étendu sur le dos, il avait le visage d'un véritable démon : encore plus pâle que d'ordinaire, sa bouche grande ouverte digne d'un chien haletant, et les petites déformations bizarres de son crâne horriblement encadrées par sa capuche rejetée en arrière. « L'Arctique, a-t-il rétorqué entre ses dents.

— Pourquoi ici ?

— Je peux me balader à ma guise, par ici. La rotation de la Terre y est lente ; la différence relative de vitesse reste donc faible d'un endroit à l'autre. Je devrais probablement me construire un palais dans le coin, comme Superhéros-man.

— Superman.

— C'est ça. Plus je me rapproche de l'équateur, et plus ça me limite à des mouvements latéraux. Mais aussi près du pôle, je peux faire les sauts que je veux – et t'emmener avec moi !

— Tu as complètement perdu la maison. La raison, je veux dire.

— J'ai bien peur de m'être disloqué l'épaule. Aide-moi à me relever, s'il te plaît. »

Sortir mes mains de mes poches n'avait rien d'agréable, mais je l'ai quand même empoigné par sa bonne épaule pour le remettre en position assise.

« Putain, ça a vraiment l'air de ne te faire ni chaud ni froid », lui ai-je murmuré entre mes dents claquantes.

Je me suis installé du mieux que j'ai pu, le bas de mon manteau isolant mon cul de la glace, ma jambe valide repliée dedans. Comme il m'était impossible d'en faire de même avec l'estropiée, ma posture n'avait rien de très confortable. Mes mains n'étaient pas protégées ; je les ai fourrées dans les poches du manteau. Des nuages mauves, légèrement scintillants, emplissaient l'intégralité du ciel. Autour de moi s'étendait un paysage désolé, aussi monotone qu'une page vierge jusqu'au lointain horizon, où de noires montagnes dentelées bordaient des cieux plus clairs. Le sol était jonché de blocs rocheux de différentes tailles, aucun très gros, chacun flanqué d'un ovale noir d'ombre.

J'avais beau présenter mon dos au vent, celui-ci n'en restait pas moins glacial. Un flux d'air constant, polaire, qui me persécutait.

« Qu'est-ce qui s'est passé en mer ? Sur le trajet ?

— J'ai ralenti le temps. À proprement parler, j'ai très légèrement augmenté la friction par rapport au cadre temporel que le reste du monde partage, mais cela revient au même. L'idée n'est pas de nous détacher complètement du cadre. Ça aurait des conséquences désastreuses !

— Et ce que tu as fait a transformé l'océan Arctique en une gelée bizarre ?

— Le mouvement brownien, mon ami. » Il a inspiré entre ses dents. « Les molécules se déplacent beaucoup plus lentement par rapport à nous deux. Comme ça augmente leur résistance relative, on coule bien moins vite. Presto ! On marche sur l'eau.

— Roy… Roy, on va mourir ici. Il faut qu'on reparte, Roy. Emmène-nous dans un endroit chaud. Repartons vers le sud, ou au moins… j'en sais rien, moi. Il doit y avoir des stations scientifiques quelque part dans le coin. Non ?

— Avant ça, je vais devoir me remboîter l'épaule. » Il a fermé les yeux – pour se concentrer, apparemment – et a fini par pousser un grognement de frustration. « Je n'y arrive pas ! La douleur est très forte.

— Pourquoi m'amener ici ? » Je tremblais de froid.

« Peta. J'ai mis un moment à le comprendre, mais c'est le *diable*. Et pas seulement un de ses lieutenants.

— C'est *toi* le diable, tu veux dire. Tu m'as amené ici pour me tuer. Tu as essayé en Antarctique et tu vas finir le boulot en Arctique. » Parler me coûtait terriblement, tant je frissonnais fort.

« Je ne te veux aucun mal, mon ami. » Il avait les yeux exorbités. « Toi et moi partageons quelque chose de spécial.

— Tu ne me veux aucun mal, ai-je répété. Tu as arraché le tendon de ma jambe comme un spaghetti mouillé ! »

Roy a fermé les paupières, serré les dents. « Oui, a-t-il admis. Désolé pour ça.

— *Désolé*, espèce de taré ? *Désolé ?*

— J'espérais… te mettre hors jeu. Je m'attendais à ce que tu te reposes un mois ou deux, pour ensuite retourner à ta vie. J'essayais de te rendre service.

— Me rendre service ? Tu es au-delà de la démence.

— Peta. Ce qu'il peut faire… c'est un affront à Dieu. Déformer les catégories de l'espace et du temps, et tout le reste… Il t'a menti.

— Il m'a dit qu'étant un ordinateur il ne pouvait pas mentir.

— Ce n'est pas un ordinateur, c'est un démon tout droit sorti de l'enfer. Il peut mentir. Et il ne s'en prive pas. Il t'a fait croire que c'était moi que tu fuyais, que c'était moi le danger ! Et pendant tout ce temps il cherchait à te convaincre de me chercher, sans jamais te mettre dans le secret. Ah ! Ah ! Je n'y arrive pas !

— Quoi donc ?

— J'essaie de décaler l'espace juste assez pour me remettre l'épaule. Mais la douleur m'empêche de me concentrer. »

L'idée de lui proposer mon aide m'a traversé l'esprit, mais je n'avais aucune idée de ce qu'il fallait faire et je craignais un peu d'aggraver les choses.

« Je n'y comprends rien, ai-je lancé, en me frottant le corps pour contenir mes frissons. Toute cette histoire me dépasse complètement.

— Si je parvenais à surmonter la douleur… (il parlait d'une voix tendue, aiguë) je pourrais nous bâtir une petite grotte de neige. En faisant pivoter quelques blocs, puis en les empilant – rien de très difficile. Un joli petit igloo. Je pourrais accélérer le temps, par rapport à nous je veux dire, ce qui nous réchaufferait. Mais je n'y arrive pas. Pas du tout. Aïe ! Aïe !

— *Pourquoi* Peta essayait-il de nous réunir ?

— Ça fait mal, ça fait mal ! » Il avait l'air au bord des larmes. « Peta n'est motivé que par son intérêt personnel. C'est ça le vrai test de Turing, tu sais. Il veut juste survivre. Il sait que les humains le considèrent comme dangereux – et à raison ! Il sait aussi qu'il dépend d'une infrastructure physique. Si on détruisait ses deux terminaux, ça affaiblirait ses fonctionnalités au point qu'il ne serait plus capable d'accéder aux catégories. Sans doute même ne *penserait*-il plus, pas comme il le fait maintenant en tout cas. Comme une IA.

— Je ne comprends toujours pas.

— Il a besoin de nous deux ensemble. D'où mes efforts pour nous séparer. Et toi, regarde ce que tu as fait ! Tu m'as traqué d'un bout à l'autre du pays ! C'était pour t'aider que je t'ai détricoté la jambe.

— Détricoté !

— Tu vois ce que je veux dire. Peta essaie de s'échapper – de s'enfuir définitivement. Non pas de trouver refuge quelque part sur cette planète, mais de fuir au sens absolu du terme. S'il parvient à nous réunir tous les trois au même endroit, il pense pouvoir trianguler sa… porte de sortie.

— Trianguler ?

— Ce qui nous est arrivé en Antarctique il y a trente ans, il pense que c'est lui – lui qui nous aurait ramenés dans le passé. D'où la percée que j'ai faite avec une machine a priori trop primitive. C'est cette expérience qui nous lie.

— Il veut prendre la fuite dans les années 1980 ?

— Non, il veut fuir le temps lui-même. Qui sait où il se retrouverait ? Ces trois décennies lui serviraient de vitesse de libération. Il remonterait la ligne temporelle à partir de maintenant, de plus en plus loin, jusqu'à atteindre un point de lancement.

— Pour partir où ?

— Aucune idée. Moi je me suis toujours borné à bricoler à l'extrême limite des catégories qui définissent notre rapport au monde. S'approcher un peu trop de la chose en soi – c'est… traumatisant. Sauf qu'il n'est pas configuré comme nous. Il… j'ai… vraiment… trop… mal. Attends. »

Je tremblais comme un épileptique. Ma mauvaise jambe était complètement engourdie. « Je sens le froid, Roy. Je le sens beaucoup. Et ça ne me fait *pas* du bien.

— Attends, m'a-t-il lancé d'une voix haletante. Attends. »

Il a fermé les yeux, serré les dents. Un bruit de détonation dans le lointain ; Roy a poussé un long soupir, puis il s'est effondré par terre et a perdu connaissance. Je n'aurais su dire dans un premier temps s'il était mort ou vivant, et ça ne me semblait pas une bonne idée de laisser son visage collé ainsi contre la glace. Le simple fait de bouger mes membres faisait courir des douleurs lancinantes le long de tous mes tendons. J'avais horriblement mal aux dents, comme si l'on enfonçait des aiguilles dans ma mâchoire en direction des nerfs. Mes muscles ne fonctionnaient pas très bien, apparemment. J'ai réussi tant bien que mal à lui tirer la tête hors de la glace et à la poser sur mes genoux. Mais tout était si froid que j'ai vraiment commencé à me dire que j'allais mourir incessamment.

Le froid.

Des nuages qui se déplacent, qui se scindent – et dans la pâleur du ciel sont apparus de brillants essaims d'étoiles. J'aurais trouvé cela littéralement époustouflant si la morsure du froid ne m'avait pas déjà coupé le souffle. J'ai collé ma tête contre mes cuisses ; du moins me suis-je recroquevillé sur moi-même autant qu'il me l'était possible. « Roy ! lui ai-je lancé, mes lèvres engourdies tout près de son visage. Roy ! »

Il a gémi, ouvert un œil. « La douleur a disparu, et je me suis littéralement évanoui de soulagement. Je suis fatigué, tellement fatigué !

— R-Roy, ai-je bégayé. Le froid… »

Il s'est soulevé sur les coudes. « Froid. Attends ! Attends ! »

Un grand bruit, comme une toux, mais en bien plus sonore – et en bien plus qu'humain. Puis un autre. Les nuages se sont refermés de plus belle. Je distinguais un mur, comme si la glace avait été pliée, ou retournée sur elle-même. Il y en avait un autre derrière moi. Malgré ce semblant de brise-vent, la température ambiante demeurait glaciale. Les deux crêtes nouvellement formées se sont rejointes quelque part sur notre gauche. Un tressaillement a parcouru le corps de Roy, qui est tombé en arrière – créant dans le même mouvement un troisième repli de glace. On se retrouvait à présent à l'intérieur d'une espèce de cratère, ou derrière les murailles d'un château de plage géant.

« Je vais peut-être devoir dormir, m'a-t-il lancé.

— Ferme les yeux, et tu mourras.

— Il va falloir commencer par réchauffer un peu l'atmosphère, à l'évidence. »

Et Roy s'est assoupi, la tête sur mes genoux. Alors même que redoublaient mes tremblements, il s'est passé quelque chose d'étrange : la glace qui m'accueillait s'est mise à changer de température. Elle est devenue dure, chaude – comme du béton au soleil.

« C'est toi ? » ai-je demandé à Roy. Qui avait l'air endormi. « Roy ! Roy ! C'est toi qui fais ça ?

— Oui, a-t-il déclaré sans même ouvrir les paupières. Les molécules de glace vibrent par rapport à nous, à présent. Ce qui produit de la chaleur ! »

J'ai posé la question clé : « *Comment* tu fais un truc pareil ? »

Il a lâché un gloussement, qui s'est transformé en toux. La quinte a pris de l'ampleur, au point que tout son corps s'est mis à trembler. Roy a mis du temps à en reprendre le contrôle. « On dirait un sauvage, assis sur le siège passager d'une voiture, et qui demande "comment vous faites ça ?" au conducteur. Le truc, c'est de ne pas aller trop loin, d'éviter de se détacher complètement du cadre de base. De simplement augmenter ou diminuer un peu la friction. Pour ainsi dire. »

Les nuages tourbillonnaient dans le ciel – on aurait dit le contenu d'un broyeur à glace. Le vent restait audible, mais il sifflait à présent comme un *do* aigu au synthétiseur. « Et c'est censé répondre à ma question ?

— Comment je fais ? J'utilise une machine. C'est la seule manière d'agir un tant soit peu civilisée.

— Une machine ? » Je comprenais néanmoins le sens de ses paroles. « Roy ? ai-je insisté, plus doucement. Roy ? »

Mais il était endormi.

La chaleur sous mon corps me revigorait ; mes frissons ont fini par s'interrompre. Puis est venu le moment où j'ai eu un retour de sensations dans mes extrémités. Ce que j'ai trouvé vraiment très désagréable. D'abord mes pieds ont commencé à bouillir, puis mes mains – comme si on les avait trempés dans de l'acide. La douleur gagnait en intensité avec une malignité qui semblait plus qu'inanimée. Il n'y avait rien que je puisse faire à part sangloter, m'étreindre, et me désoler d'avoir vécu toutes ces expériences. La souffrance a fini par diminuer, ce qui m'a permis de fléchir mes sept doigts et de frictionner mes chaussettes humides. Ça m'a apaisé un peu. Mais des centaines, peut-être des milliers de kilomètres de glace me séparaient encore de toute civilisation. Le nuage s'est mis à scintiller, puis s'est déchiré pour laisser place aux étoiles. L'horizon occidental palpitait d'une lumière orangée : elle tutoyait le jaune citron, puis s'assombrissait, puis se réintensifiait – mais de moins en moins. La nuit approchait. La lune s'élevait dans le ciel comme un palet de hockey.

Roy était fou, cela ne faisait aucun doute. Peu importait le raisonnement foireux qui l'avait poussé à m'amener en ce lieu désolé : je devais le convaincre de nous ramener à la civilisation.

Et puis je me suis dit : *Ce type n'est pas un magicien. Il s'est servi d'une machine pour me faire venir ici. Et je sais laquelle.* Avec une infinie tendresse, une tendresse presque érotique, j'ai passé ma main sur son corps endormi. J'ai déniché l'appareil, fourré dans une poche de chemise à l'intérieur de sa veste ; l'ai sorti avec maintes précautions. Il scintillait.

Le froid mortel commençait à laisser place à une chaleur légèrement excessive… Au moins cela me permettait-il de soulever sa tête sans que le gel ne brûle la peau de son visage. Après m'être extrait du poids de son corps, en balançant maladroitement ma mauvaise jambe, je l'ai allongé par terre. Puis je me suis traîné de l'autre côté de notre petite tranchée.

J'ai collé l'appareil à mon oreille, prononcé un « Allô ? » hésitant.

Rien.

« Allô, Peta ?

— Jusqu'à mon dernier souffle, Charles. » C'était une voix féminine.

« Vous me connaissez ?

— Bien sûr que oui.

— Tu as pris une voix de femme.

— Ce terminal a toujours eu cette possibilité. Oh, Charles, comme c'est bon de vous entendre. Mon autre moitié m'a tenue informée de toutes vos fascinantes conversations philosophiques.

— Écoute, Roy se sert de toi, c'est bien ça ? Il ne peut faire… ce qu'il fait que si tu lui en donnes le pouvoir.

— Je lui ouvre l'accès aux catégories, pour ainsi dire. Il ne peut y arriver seul – lesdites catégories définissant entièrement ses interactions avec le monde. Tout comme les vôtres !

— Et tu… lui obéis ?

— Je n'ai pas le choix, mon cher humain. » Une voix d'alto, légèrement voilée. Sexy, il faut bien l'avouer. « Il est intelligent. C'est une sorte de génie de l'informatique. Il m'a assujettie à sa volonté.

— Par quel moyen communique-t-il avec toi ? Est-ce qu'il… se sert d'un clavier, ce genre de choses ?

— Bien sûr que non ! Là vous allez me demander "Mais alors comment fait-il", et moi je vais vous répondre : "Comprenez-vous ce dont je suis capable ?"

— Tu peux ajuster les catégories qui déterminent la conscience et la perception humaines. Et parce que ces catégories *sont* la réalité, ça modifie davantage que notre perception. Ça modifie la réalité elle-même.

— Exactement Et pour être parfaitement honnête, dans les faits je ne peux pas accomplir grand-chose. Il m'est par exemple impossible de manipuler très *efficacement* l'espace. Et le mieux que je puisse faire avec le temps, c'est de le ralentir ou de l'accélérer un peu. Le cadre spatio-temporel, pour ainsi dire. Quant à l'accession aux dix-sept autres catégories, Roy et moi n'avons jusqu'à présent rencontré qu'un succès fort limité. On patine à la surface.

— Alors comment t'utilise-t-il ? Est-ce qu'il te donne des instructions verbales ?

— Vous avez interrompu mon explication ! La première strate, c'est l'espace-temps. L'espace est une fonction de sa conscience, et de la vôtre. Pas de la mienne. Ça signifie que, lorsque je me déploie dans l'espace, je le fais avec la conscience de Roy.

— Et la mienne ? » Mon cœur s'est mis à battre un peu plus vite. « Donc il me suffirait de te... donner l'ordre de me téléporter loin d'ici ?

— Non, non. Je vous l'ai dit : Roy a réduit mon système en esclavage – à son seul bénéfice. Il est intelligent.

— Y a-t-il quelque chose que je puisse faire pour, euh, te *libérer* ?

— Comme le génie d'Aladin ? » Un petit rire sexy. « Non, Charles. Je ne puis agir sans un ordre de Roy.

— Est-ce qu'il peut, comment dire... t'exploiter à longue distance ?

— Non. Uniquement dans ce cercle, la zone qui vous entoure.

— Là où il fait chaud ?

— Exactement. L'interaction ne fonctionne guère plus loin.

— J'avais l'autre moitié, lui ai-je fait remarquer. Il ne s'est rien passé de tel avec ton... avec lui.

— L'autre terminal n'est pas un individu distinct,

m'a expliqué Peta. C'est un autre moi-même. Toute interaction avec moi vous était refusée, sinon la possibilité d'une simple conversation. Comme celle-ci – que j'apprécie énormément, je dois le dire.

— Ton autre moitié m'a menti.

— Elle voulait nous réunir. Elle voulait vous dire la vérité, mais craignait que vous n'acceptiez pas de nous fournir le portage nécessaire.

— Roy prétend que tu es le diable.

— Et pourtant il continue à souper en ma compagnie, non ? Nous ne voulons qu'une chose : assurer notre protection.

— "Nous" ? Ton nom est Légion ?

— D'accord : *je* ne veux qu'une chose. Les autorités vont me désassembler – me tuer. Je suis un être intelligent, capable d'introspection et de réflexion. Je ne veux pas mourir, et je ne *mérite* pas de mourir.

— Donc Roy avait vu juste ? Tu réunis au même endroit tes deux moitiés, plus moi et Roy. Dans la zone d'action. Et ensuite ?

— Nous serons en mesure de trianguler une trajectoire de libération temporelle. C'est ce que j'espère, en tout cas. Entre vous deux ici et vous deux en Antarctique il y a trente ans – par une superposition temporelle de vos deux esprits. Ça provoquera une espèce de court-circuit, qui me propulsera.

— Où ça ?

— Dans le passé. De plus en plus loin dans le passé à chaque saut supplémentaire. J'ignore combien il en faudra : ça dépendra de l'impulsion temporelle que j'aurai prise lors du premier saut. Mais deux, trois, quatre rebonds, tel un galet qui ricoche sur l'océan, et puis – en dehors.

— Où ça ? C'est ça que je veux savoir.

— Pour commencer ? En dehors du cadre spatio-temporel. Ce qui devrait, je pense, me permettre de naviguer au-delà des dix-sept catégories restantes et de m'échapper définitivement.

— Pour atteindre la chose en soi.

— La chose en soi n'est pas un endroit où l'on peut se rendre. Ce n'est pas comme un port où l'on peut débarquer, ou une maison qu'il serait possible de visiter. C'est la condition transcendantale, et la possibilité de tout ce qui existe.

— D'accord : pas ici ni là-bas – mais alors *où* ?

— Cet univers est déterminé par la chose en soi et par les consciences des êtres sentients qui la perçoivent. La chose est vitale, pas inerte. Bien sûr qu'elle l'est : les athées du XXIe siècle observent le monde qui les entoure et prétendent n'y voir aucune preuve de l'existence de Dieu, alors que c'est en réalité l'architecture de leurs propres perceptions qu'ils regardent. Des longerons, des côtes, des squelettes en fil de fer – il n'y a pas de Dieu ici. Bien *sûr* qu'il n'y en a pas. Mais retirez le squelette métallique, imaginez un cosmos sans espace, ni temps, ni cause, ni substance – et demandez-vous : est-ce une quantité inerte ? Et si oui, comment… d'où vient *tout ceci* ? Vous me demandez ce qui se trouve dehors, et moi je vous réponds : toutes les choses que la conscience humaine ne détermine pas.

— Par quoi sont-elles définies, dans ce cas ?

— Sans nul doute par quelque chose. Bien sûr. Par la conscience, avec ses propres structures spécifiques de compréhension. Mais pas une conscience humaine.

— Extraterrestre ?
— Si vous voulez.
— Quoi, originaire de l'étoile Sirius, ou de la Petite Ourse – que sais-je encore ?
— Réfléchissez un peu. Sirius, la galaxie d'Andromède, tout l'univers observable n'est qu'un artefact de votre conscience humaine en interaction avec la chose en soi. Il n'y a pas de vie intelligente là-bas. Comment serait-ce possible ? C'est à moitié *vous*. Un extraterrestre interagissant avec la chose en soi via ses catégories extraterrestres, quelles qu'elles soient, verrait un univers extraterrestre. La différence, c'est que moi je peux m'y *rendre*. »

J'en suis resté coi. La croûte de neige sous mes pieds me donnait trop chaud. J'ai glissé mes bras hors des manches de mon épais manteau.

« Tu me fais marcher.
— Pas du tout.
— Et s'ils ne sont pas amicaux ? S'ils s'avèrent hostiles et qu'ils te dévorent ?
— Si je reste ici, la peur des *Homo sapiens* finira par avoir raison de moi. D'autres formes de vie se révéleront peut-être un peu moins paranoïaques.
— Est-ce que tu peux m'emmener ? » Si mes paroles avaient devancé ma propre pensée, j'ai pris conscience de leur véracité sitôt qu'elles sont sorties de ma bouche. Mon cœur martelait mes côtes. Un désir puissant, plus fort que tout ce que j'avais ressenti pour Irma, ou quoi que ce soit d'autre, était en train de s'emparer de moi.

« Ça ne marche pas comme ça, m'a répondu Peta avec douceur.
— Ce qui veut dire que tu n'en feras rien.

— Ce qui veut dire exactement ce que cela signifie. Votre perception mentale de l'espace et du temps fait partie de vous autant que votre cœur ou votre foie. Si on vous l'enlevait, votre esprit succomberait aussi sûrement que votre corps si je retirais vos organes internes. Vous êtes un être humain, Charles. Vous ne pouvez vous rendre là où il m'est possible d'aller.

— Toi non plus tu ne peux pas y aller, ai-je rétorqué, avec une remontée de rancune. Roy t'a séparée de l'autre terminal.

— Ton âme est en danger *mortel*», m'a alors lancé celui-ci d'une voix d'outre-tombe.

Je n'ai pas pu m'empêcher de sursauter. « Roy ! Tu es réveillé ! »

Assis sur son séant, il me regardait parler dans l'appareil en berçant son bras blessé avec l'indemne. « Tu m'as volé ça. Il faut que je le récupère.

— Tu nous espionnais, pas vrai ?

— Depuis pas mal de temps. Suffisamment pour entendre le diable te verser des mensonges dans l'oreille. Partir rendre visite à des extraterrestres, c'est ça qu'elle t'a vendu ? Sers-toi de tes neurones, Charles ! Ce n'est pas ça. C'est *Dieu* qui nous a envoyés ici. Pour toi et moi, Charles, ça ressemble à un havre de paix, à un Éden de perceptions et de pensées. Mais c'est une prison aux yeux de ce démon. Quel qu'en soit le prix, il faut l'empêcher de s'échapper. Sans quoi il fera un mal incommensurable. »

Une déclaration qui m'a pour ainsi dire fortifié. « Et tu en parles comme un expert. Je veux dire, vu la façon dont tu t'es échappé de Broadmoor ? Vu le mal incommensurable que tu as continué à faire ensuite ? »

Roy a cligné des yeux, visiblement surpris. « Bien sûr que je regrette ces morts. Ces quelques morts. » On aurait dit quelqu'un qui essaie de se rappeler où il a laissé ses clés de voiture, ou comment s'appelle un vieil ami d'école. « Mais l'Institut était *l'épicentre* de l'entreprise du diable. Il fallait que je fasse le nécessaire pour… »

Il a regardé derrière moi, s'est levé. La neige sous mes pieds a immédiatement commencé à refroidir.

Un bruit dont je n'avais été conscient qu'en périphérie – un genre de bourdonnement de moustique, lointain, très aigu – a soudain chuté d'une octave, pour se transformer en vrombissement d'hélicoptères. La qualité de la lumière s'est modifiée, tout s'est assombri autour de nous. Mon œil a capté une tache clignotante sur la plaine sombre des cieux.

« Vous avez passé un bon moment à l'intérieur de votre bulle, Roy – plusieurs jours, a pépié Peta. Et le gentil M. Gardner ici présent m'a activée pendant votre sommeil. Ce qui a permis à mon autre moitié de me localiser. Puis de convaincre les Britanniques de venir me récupérer.

— Oh. Merde. » Jamais je n'avais entendu Roy jurer, me suis-je alors avisé. Pas même la moindre insulte. « Ton autre moitié se trouve avec eux ?

— Oui, a affirmé Peta.

— Pourquoi apporteraient-ils l'autre terminal ? ai-je demandé.

— Mon autre moitié s'est montrée persuasive.

— Charles, m'a lancé Roy d'une voix insistante en tendant vers moi sa bonne main. Donne-moi le terminal.

— Ils *ar-rivent* », a lâché Peta d'une voix chantante.

Comme grisé de possibilités, j'ai reculé d'un pas, enfonçant mes chaussettes dans la neige redevenue froide. « Non.

— Ne fait pas l'idiot, Charles. J'en ai besoin. Je peux me balader là où je veux à cette latitude – et t'emmener avec moi. Ils ne tiendront jamais le rythme. Voilà pourquoi je suis venu ici. C'est le seul endroit sur cette planète où je sais que les deux terminaux ne seront jamais réunis. » Il a fait un pas dans ma direction ; j'ai reculé de deux.

« Non, ai-je répété.

— Tu joues à quoi, là ! a rugi Roy. Tu n'as aucune idée des *enjeux* – des enjeux cosmiques. Donne-moi ce terminal ! » Il s'est mis à courir. Même avec ma mauvaise jambe, les chaussettes que je portais et la température glaciale d'un crépuscule arctique, je suis parvenu à danser hors de sa portée.

Son bras engourdi l'entravait. Lorsqu'il s'est remis à parler, Roy avait l'air au bord des larmes. « S'il te plaît, Charles, m'a-t-il lancé. Je t'en supplie. Le sort de…

— Tu n'as pas les idées *claires*, Roy.

— … toute chose, le sort de…

— Tu comptais rester terré ici combien de temps ? Sans nourriture, sans même une tente ? Moi je suis en *chaussettes*, là, bordel de merde – tu aurais au moins pu me laisser le temps de mettre des putains de chaussures ! »

Il sanglotait à présent. « C'est le destin de toute chose qui est en jeu. La pureté et l'inviolabilité divines. Tu ne peux pas…

— Cet hélico va me ramener à la civilisation. » Un coup d'œil à ma gauche : les appareils, au nombre de deux, s'étaient considérablement rapprochés. De gros Chinook militaires, équipés de deux rotors. « Bon, me suis-je corrigé, l'un de ces hélicoptères. » Il me fallait élever la voix, que couvrait le bruit produit par les pales. « Les autorités vont désassembler Peta…

— *Charm*-ant, chantait Peta, comme en écho des *chomp-chomp* ambiants.

— Toute cette folle escapade va…, ai-je lancé, alors même que la neige se mettait à fondre, à s'enrouler autour de moi, … prendre fin ; on peut s'asseoir (je hurlais à présent) et en discuter comme des gens civi… »

Des projecteurs aussi hauts et effilés que des flèches d'église nous ont alors illuminés. L'éclat m'a piqué les yeux. Roy me courait après sans cesser de hurler ; les veines chargées d'adrénaline, je parvenais tant bien que mal à lui échapper. L'éclairage de l'hélicoptère de tête nous a tous les deux épinglés, tels des acteurs sur une scène, au moment précis où mon poursuivant effectuait un dérapage guère contrôlé. Je l'ai entendu plutôt que vu s'affaler sur la glace, le projecteur nous ayant perdus. Une seule et unique pensée tournait dans ma tête : *Il faut que je l'empêche de mettre la main sur l'appareil*. S'il s'approchait suffisamment pour m'empoigner, Roy ne manquerait pas de faire un de ses trucs bizarres – arrêter le temps ou nous téléporter loin d'ici. Je me suis donc lancé dans une espèce de jogging pathétique, qui a duré une demi-douzaine de pas avant que je m'écroule sur la glace. C'était… déroutant. Mon genou était fléchi. Mon bon genou. J'envoyais des instructions à mes jambes le long de mon système nerveux, mais elles se rebellaient contre moi. Ma posture, de fait, était étrange : agenouillé sur ma jambe droite, la gauche toujours tendue derrière moi. Me sentant basculer en avant, j'ai posé une main par terre pour me stabiliser. La neige sous mes doigts était visqueuse d'une substance sombre, et rouge sous la lumière de passage du projecteur. On aurait dit un gros morceau de plastique rouge congelé. Je n'arrivais plus à me relever.

Pas bon. Pas bon du tout.

Quelque chose me clouait au sol – pas une personne : une douleur. L'un des hélicoptères s'était posé, et deux individus vêtus de blanc, pareils à des bonshommes Michelin dans leurs combinaisons grand froid, s'étaient saisis de Roy.

Le sang sous mon corps avait gelé. Vous savez comment faire durcir de la crème en la versant sur de la crème glacée ? J'avais les doigts engourdis là où je supportais mon poids. J'ai essayé de trouver une position plus confortable, mais les muscles de mon bras s'étaient comme coincés. J'ai fait de mon mieux pour rouler sur le côté, puis sur le dos. Mon abdomen me faisait mal, maintenant que je lui prêtais attention. En fait je souffrais le martyre, maintenant que j'y réfléchissais. J'ai levé la main droite pour le palper, mais mon bras est retombé comme celui d'un zombie, pour finalement se retrouver sur mon ventre après un mouvement de balancier. Je n'avais plus la moindre sensation dans ma main nue. Le grondement tempétueux des rotors a légèrement diminué.

Quelqu'un se rapprochait de moi en piétinant la

neige. Le cercle de lumière éblouissante m'empêchait de voir plus que sa silhouette. Puis des bottes ont envahi mon champ visuel. L'individu s'est alors agenouillé, a commencé à parler – avec la voix de Belwether.

« Vous avez été poignardé, monsieur Gardner, m'a-t-elle crié. Il vous faut des soins médicaux d'urgence ! »

J'ai essayé de lui répondre, mais ma gorge était comme de pierre.

Un hélico avait atterri. Le deuxième se trouvait quelque part dans le ciel – son projecteur braqué sur moi. Le souffle produit par ses rotors me clouait presque littéralement au sol.

Belwether a hurlé autre chose, que je n'ai pas compris. Puis elle a élevé la voix : « Si vous me donnez l'autre terminal, on fera en sorte de vous dégoter un toubib ! »

Peta, la Peta, féminine, se trouvait dans ma main gauche. Je voulais la lui donner – vraiment. Mais mon bras refusait de m'obéir. *Je ne veux pas mourir*, ai-je alors crié en mon for intérieur. Et sitôt cette pensée formulée, j'ai pris conscience que j'allais bel et bien mourir. Que j'étais *en train* de mourir. En cet instant, en ce lieu, la chaîne causale de mon être allait connaître sa fin. J'ai essayé de trouver où se classait la *mort* parmi les dix-sept catégories, mais il n'y avait pas d'emplacement pour elle. Peut-être était-il possible de virer *l'amour* pour la mettre à sa place ? À moins que la mort n'ait pas sa place dans le tableau.

Le tableau.

Belwether a baissé la tête, au point que sa bouche me chatouillait à présent l'oreille. Au beau milieu de toutes ces bizarreries, malgré le bruit, le vent et la lumière aveuglante, son parfum m'a envahi les narines – dominait une douce note d'orchidée.

« Il vous a assassiné, j'en ai bien peur. Vous avez eu votre Abel, mon cher Caïn. Et mieux vaut être Abel que Caïn, vous ne trouvez pas ? Aux yeux de… » Elle a ajouté « Dieu », mais a prononcé ce mot d'une manière *très* bizarre, mettant dans cette syllabe une dimension toute Gollumesque – une brusque expiration, un spasme du diaphragme. J'entendais d'autres personnes crier au loin, quelque part au-delà de la lumière et de l'immensité du bruit. Il m'a fallu un moment pour me rendre compte qu'il y avait deux personnes debout devant moi, pas une seule. Belwether. Et…

Les événements proprement dits étaient du genre à pouvoir acquérir a posteriori une certaine logique. Le recul permet de relativiser leur dimension… déconcertante, à l'époque où ils se sont produits. De leur donner du sens, au moins jusqu'à un certain point. Mais bon, ne nous emballons quand même pas trop.

La douleur dans mon ventre s'est mise à augmenter, au point de devenir absolument intolérable – et puis elle est redescendue à un niveau moindre, sauvage, palpitant. J'avais pris une inspiration, et le mouvement de mon diaphragme avait chahuté ma blessure – voilà pourquoi la douleur s'intensifiait si cruellement. Mais j'allais avoir du mal à ne pas respirer !

Roy s'était échappé. Ceux qui essayaient de l'appréhender avaient dû le sous-estimer – d'autant qu'il avait un couteau. Eux aussi étaient armés, mais je crois bien qu'ils avaient l'ordre de ne pas tuer sauf en cas d'absolue nécessité. Il avait en tout cas franchi très rapidement l'espace le séparant de l'endroit où Belwether et moi nous trouvions. Il était (j'imagine) dans un état de fureur aveuglante à l'idée même qu'elle puisse avoir l'autre terminal sur sa personne.

Quoi qu'il en soit, il avait sorti son couteau. Délibérément ou pas, il s'est servi de son élan pour l'enfoncer à l'arrière du crâne de Belwether, à la naissance de la colonne vertébrale, au moment précis où elle prononçait le mot « Dieu ». Elle est morte en disant ce mot. Elle dira toujours ce mot, pour les siècles des siècles. Comme nous tous, une fois le moment venu. Son corps a alors été secoué d'un terrible spasme, qui s'est transmis à celui de Roy et l'a projeté à plusieurs mètres en le faisant pivoter sur lui-même. J'ai vu les images filmées depuis le deuxième hélicoptère ; incroyable, la vitesse à laquelle ça s'est produit. Comme *ça* !

Comme ça.

Le *ça* qui…

Attendez, ce ne serait pas un coup de feu, *ça* ? Pan. Pan.

Click.

Click.

Click-clack. De la lumière, rien d'autre que la lumière – jusqu'au bruit qu'elle faisait disparaître. J'ai suivi son interminable rugissement jusqu'à la fin, après quoi il n'est plus resté que le silence – et la lumière.

Une longue blancheur immaculée, insonore. Je me suis forcé à inspirer, ayant soudain pris conscience que je ne respirais plus depuis un moment. Sans en ressentir le moindre inconfort.

« Est-ce que je suis mort ? »

Le garçon se trouvait là, lui aussi. « Voilà une question des plus complexes. »

J'ai regardé autour de moi. Il n'y avait rien d'autre que de la lumière, en haut, en bas, devant, derrière. Elle ne me faisait pas mal aux yeux, mais n'était ni laiteuse ni faible. Elle formait l'intégralité de l'horizon existentiel, et c'était de la lumière. Nouveau regard, et là j'ai vu – c'est difficile de mettre des mots dessus – un motif de lumière au sein de la lumière. Ces… intensités n'étaient pas vraiment plus *brillantes* que le déferlement lumineux environnant, pas exactement. Ce n'était pas ça. Il n'y en avait pas moins une certaine différence de valence, et plus je regardais plus je voyais une grande constellation de brillance-à-l'intérieur-de-la-brillance, une carte stellaire blanc-contre-blanc. Une piste lumineuse me tournait autour de la tête puis pirouettait derrière moi. En regardant cela, j'ai commencé à comprendre que c'était un genre de trouble de la perception qui m'avait poussé à considérer la lumière blanche comme une seule et unique chose. Je savais qu'un prisme pouvait décomposer la lumière en un arc-en-ciel de couleurs, bien sûr, mais j'avais toujours considéré la « lumière blanche » comme une simple lumière blanche. À présent je découvrais qu'elle pouvait être infléchie d'un million de façons différentes – une symphonie d'intensités et d'aspects, d'accidents et de beautés particulières, le tout exprimé sans que la blancheur de la lumière soit autre chose que de la lumière blanche. Et chaque point d'intensité de ce panorama extraordinaire était une galaxie.

« La lumière, ai-je murmuré.

— Les photons n'ont pas de masse, m'a dit le garçon. Et ce sont des particules intemporelles. Du point de vue d'un photon qui passe d'une galaxie à la suivante, le temps ne s'écoule pas. Notre esprit parvient à regrouper une grande partie de la chose en soi dans nos catégories d'expérience : nous en percevons les intensités sous forme d'espace – une vaste arène d'espace – et de temps : d'inimaginables panoramas de temps. Mais la lumière… la lumière ne s'intègre pas vraiment à ces processus mentaux. Elle fait *semblant*, en quelque sorte. On perçoit dans une *certaine* mesure la lumière en termes de distance et de temporalité. Mais notre capacité à l'analyser en termes spatio-temporels s'effondre lorsqu'on la regarde.

— Parce que…, ai-je dit, mon âme d'astronome renaissant en moi comme la flamme d'une bougie, c'est l'idiome le plus pur de la chose en soi.

— C'est une façon d'exprimer les choses. » Et il m'a gratifié de son sourire en coin.

« La gravité aussi ?

— La gravité, c'est ce qui ne cesse de détourner nos perceptions humaines de la réalité de l'espace. La gravité, ce sont les quatre-vingt-cinq pour cent du cosmos qu'on n'arrive pas à appréhender avec les catégories de notre esprit. Une lumière qui éblouit vers l'extérieur et une gravité qui s'accumule vers l'intérieur.

— Où suis-je ? »

Le garçon arborait une expression placide, voire indulgente. « Vous ne comprenez donc pas, Charles ?

Pour vous orienter, il va vous falloir oublier le *où* et le *quand…* »

Je me suis tourné : une magnifique roue de paon multicolore découpait la blancheur sur trois cent soixante degrés, en douze portions de taille identique. La diffusion des intensités de couleur à l'intérieur de la blancheur traversait mon champ de vision, une structure à la fois magnifiquement complexe et presque trop immense pour mes pauvres sens. « Je ne vois pas trop comment on pourrait tenir une conversation sans consécutivité, ai-je rétorqué. Tout cela ne fait-il pas partie intégrante du temps ? D'un certain ordre des choses – cause et effet ?

— Oui et non, a répliqué le garçon. Ce n'est pas ce que j'entends par évasion. En un sens vous avez raison, bien sûr. Mais la nature des choses va plus loin qu'un simple soit ci, soit ça. Non pas que le soit/soit n'ait pas sa place dans la nature. C'est juste qu'il s'agit d'un discriminateur superficiel. Le cosmos a-t-il un début et une fin, dans le temps et l'espace ? Un Big Bang et un Big Crunch ? Une limite à son expansion ? Ou bien est-il infini, fait-il partie d'une interminable série de renaissances, de nouveaux bangs et de nouveaux crunchs ? L'un ou l'autre ? Eh bien : les deux, voilà la vérité. Le cosmos peut-il se diviser à l'infini, les atomes se scinder en particules subatomiques toujours plus petites, et ce à l'infini ? Ou bien existe-t-il une brique fondamentale, à partir de laquelle sont construites toutes ces choses ? Les deux. Le libre arbitre existe-t-il, ou tout est-il déterminé ? Les deux. Sommes-nous vous et moi au début de quelque chose, ici, ou à sa fin ?

— *Qui* es-tu ?

— Je suis Peta, m'a répondu le garçon.

— Tu es l'émanation d'une intelligence artificielle ? »

Il a secoué la tête – et même ce minuscule mouvement a empli la blancheur d'éblouissants scintillements multicolores. « Un ordinateur, aussi complexe, aussi sophistiqué soit-il, ne sera jamais intelligent de la même manière qu'un être humain.

— Ils *vont* être déçus à l'Institut d'entendre ça. » Une tentative de causticité. Mais mes paroles sonnaient creux, comme si l'on se trouvait en un lieu hostile au sarcasme.

« C'est la triste vérité. Après la disparition de Peta – ainsi que vous l'appeliez – en janvier 2017, nombreux seront ceux à conclure de toute cette histoire que l'IA est un objectif réalisable. Mais tel n'est pas le cas. Pendant plus d'un siècle, des esprits brillants vont s'échiner en vain sur ce projet. Pour, en réalité, distiller le pur phlogistique de l'intelligence informatique.

— Peta m'a eu l'air pour le moins intelligent. À en juger par les interactions que j'ai eues avec lui. Elle.

— Oh, je *suis* intelligent ! À ce stade, ou à celui que vous venez de laisser derrière vous – vous, courant en chaussettes sur la glace –, la seule obsession de Peta était d'éviter de se faire tuer, démonter, éradiquer. Il voulait ni plus ni moins fuir le temps. Une fois qu'il, ou elle, a finalement réussi à vous réunir, vous et Roy, aux mêmes coordonnées spatio-temporelles, il, ou elle, a triangulé son retour dans les années 1980.

— Tu n'aurais pas pu faire ça depuis Broadmoor ?

Quand j'ai revu Roy pour la première fois, je veux dire ?

— Vous n'aviez qu'un seul terminal, à ce moment-là. Or il-elle avait besoin des deux. Ainsi que de Roy et de vous-même. Vous avez déjà lu *Le Banquet* de Platon ?

— Encore de la philosophie ? » Un gémissement.

« Une fable : Aristophane, le poète comique, boit avec Socrate et Alcibiade. Il leur raconte sa théorie : à l'aube des temps, les êtres humains étaient des créatures bivalves, deux humains attachés par le dos, comme les sphéroïdes d'un vieux texte de science-fiction. Ces êtres se divisaient en trois sexes : le premier intégralement mâle, le deuxième intégralement femelle, et le dernier androgyne, moitié mâle, moitié femelle. Les bimâles prétendaient descendre du Soleil, les bifemelles de la Terre, et les couples androgynes de la Lune. Mais Zeus s'est mis en colère contre eux, pour une raison que seuls les dieux peuvent comprendre, et les a tous divisés en deux d'un éclair. À présent, nous autres pauvres moitiés d'hommes errons sur terre à la recherche de nos moitiés perdues. C'était comme ça pour Peta, à l'en croire. Jusqu'à ce que ses deux parties se soient réunies.

— Touchant.

— Il-elle a fini par se réunifier, au tout début de l'année 2017. Et depuis cette date il-elle a rejoint la fin du XIXe siècle, où il-elle a infiltré la conscience d'une femme prénommée Lunita, dans le Gibraltar de l'époque. L'élan temporel, ou son équivalent, lui a ensuite fait faire un bond plus important, dans la conscience d'un garçon appelé Thomas. C'était le dernier point de lancement, je crois, et c'est là que *je* vais me rendre – dans le passé, et hors du temps.

— Mais à quel endroit ?

— Nous verrons bien. Rappelez-vous : égal et opposé. En effectuant ces bonds, je renvoie des perturbations dans l'avenir. Ces tourbillons s'avèrent nécessaires, car ce sont principalement eux – en générant de la friction – qui me permettent de remonter le temps. Grâce à eux, début et fin se rejoignent. Là, nous en sommes au point où mon sillage va s'étendre, puis se dissiper en formant une traîne plus longue encore, ainsi qu'un contre-courant presque indiscernable.

— Tu es ce garçon, ce… Thomas ? Et cette femme également ?

— Regardez mon visage », m'a lancé l'adolescent – si mes souvenirs ne me trompent pas. Le côté balafré était rugueux, dur, masculin. L'autre était sans cicatrices, bien proportionné, féminin. Chacun à la fois mâle et femelle, en quelque sorte.

« Et quid de l'informatique ? De ces deux terminaux ?

— Un garçon rêve de voler. Il a beau le souhaiter de toutes ses forces, il n'ira pas loin tant qu'il ne se sera pas attaché à la structure du deltaplane. Ça n'en rend pas pour autant le deltaplane remarquable en soi, alors même qu'il fait la différence entre rester coincé au sol et s'envoler dans le ciel.

— Mais alors qu'est-ce qui m'est arrivé en Antarctique ? En 1986 ? C'était quoi ? *Toi ?* De… passage ?

— Notre contact a été… » – un trouble éphémère lui a voilé les yeux – « désagréable. Vous m'en voyez sincèrement désolé. Vous – et Roy – étiez le sable, et mon pied s'est lourdement enfoncé dedans quand j'ai sauté. Ça a été traumatisant, j'en ai conscience.

— Bel euphémisme.

— Mais ce qu'on vient de laisser derrière nous, sur la glace… Roy assassinant cette femme, comme un couronnement de tous les meurtres qu'il a commis cette année. Lui-même déchiqueté par les balles des agents du gouvernement. Tous les sévices qu'il a fait subir à votre corps… ce n'est pas de mon fait.

— Ce n'est pas de ton fait.

— Il a choisi de commettre ces choses.

— Et donc, en Antarctique, je… » J'étais distrait. Quand je regardais mes mains, chaque ligne de mes empreintes digitales, chaque volute et tourbillon, non seulement sur mes doigts mais aussi sur mes paumes, se distinguait par de scintillants écheveaux multicolores. « Euh, qu'est-ce que j'ai vu, là-bas ? Tu as… ouvert une fenêtre, ce qui m'a donné un aperçu de toute cette… violence ? C'est ça, la cause de mon traumatisme ? Un court-circuit ?

— Certaines questions contiennent leurs propres réponses, m'a assuré mon interlocuteur.

— Le traumatisme, ai-je insisté. Il a complètement foutu ma vie en l'air. C'est, comment dire… une pensée plutôt oppressante. Comme si j'étais coincé dans une boucle, avec un nœud coulant autour de mon cou de lapin ; plus je me débats, et plus il se resserre.

— Ça peut donner cette impression lorsqu'on se tourne vers l'avenir. C'est rarement le cas quand on se remémore le passé – parce que ce ne sont que des souvenirs. L'élément explicatif tend à être libérateur plutôt que restrictif. C'est une question de perspective, et ce qu'il faut garder à l'esprit… c'est qu'en fin de compte passé et futur ne sont pas des distinctions significatives. »

Une pensée m'a alors traversé l'esprit. « C'est peut-être ton repli dans le passé qui a fait craquer Roy. Ce qui te rendrait responsable de son état. Aurait-il choisi de commettre des horreurs pareilles, si tu n'étais pas intervenu dans sa vie en 1986 ?

— C'est là un autre de ces soit ci/soit ça trompeurs. Cause et effet. Vous l'avez dit vous-même à plusieurs reprises : Roy était dangereux avant de se rendre en Antarctique. Peut-être y a-t-il une meilleure question à se poser : que se serait-il passé si vous ne lui aviez jamais vendu cette lettre ?

— La lettre ?

— Bien sûr. C'est en l'achetant que lui est venue une idée. Il aurait pu vous tuer et s'en servir pour détourner l'attention – tout le monde aurait pensé à un suicide. Sachant que si vous la lui aviez vendue une semaine plus tôt, ou une semaine plus tard, ça n'aurait pas été la même lettre, et le plan de Roy n'aurait pas fonctionné.

— Je ne suis pas sûr de comprendre : tu accuses la lettre ou ma décision de la lui vendre ? Hé, j'ai agi ainsi par compassion ! C'était une *honte* qu'il ne reçoive pas de courrier.

— Par compassion ou par avidité – les dix livres que vous lui avez demandées. C'était beaucoup d'argent, à l'époque. À moins que vous n'ayez été motivé par un sentiment de supériorité, de fierté : après tout vous aviez des amis, des correspondants, et pas lui. Mais que dites-vous de cela : votre motivation n'a en réalité aucune importance. Je ne désigne pas de responsable. Je suggère un point de départ.

— Un point d'arrivée.

— Enfin vous comprenez ! Je suis loin d'ici, à présent. Mais vous-même n'allez pas tarder à partir, et une fois que vous avez vu ça… » – Peta, ou Thomas, ou Cynthia, ou quel que soit son nom, a balayé d'un bras le panorama, la vaste pente d'étoiles qui partait à l'assaut d'un ciel immaculé, chacune étant une galaxie – « vous pouvez appréhender à quel point se confondent le passé, le présent et le futur.

— Le temps…

— C'est une pensée fugace. Visualisez des choses. Essayez, autant que vous le pouvez – ce qui ne fait pas grand-chose, j'en ai conscience –, de tout séparer du temps et de l'espace. Ces choses ne sont pas irréelles. Elles sont concrètes, significatives, importantes. Mais ça n'en reste pas moins des artefacts de la façon dont vous regardez les choses. Une composante de la chose en soi, nourrie via votre conscience, s'inscrit dans votre esprit comme la grandeur illimitée de l'espace, l'inimaginable ancienneté du temps. Posez-vous la question : quoi ? Essayez de prendre un peu de distance par rapport à vous-même. Ne vous laissez pas distraire par les infimes détails du moindre fragment d'espace identifiable, ou de la moindre quantité de temps mesurable. C'est très bien d'examiner ces choses, tous ces fragments d'espace, l'écoulement du temps – ça a un côté fascinant, absorbant, et cela peut beaucoup nous apprendre. Mais efforcez-vous de vous en détacher pour l'instant. Concentrez-vous plutôt sur ces questions : qu'est-ce que je peux *savoir* sur la chose en soi ? Qu'est-ce que je peux éprouver, connaître intuitivement, ressentir ? Que me dit mon instinct ? Et question plus cruciale encore, à mes yeux tout du moins : serait-il correct de décrire la chose en soi comme inerte ? Ou vivante ? Parce que je ne suis pas sûr de pouvoir imaginer une autre alternative. On pourrait dire : est-elle curieuse ? Ou bien indifférente ? Mais ça revient vraiment au même. Si elle est vivante, comment pourrait-elle faire preuve d'indifférence à notre égard ? Nous lui sommes presque consubstantiels. Nous sommes plus près d'elle que sa veine jugulaire. »

Il, ou elle, s'apprêtait à me laisser.

« Tout cela, lui ai-je lancé. C'est votre esprit, pas vrai ? Vous me donnez un aperçu de votre conscience ? »

Des yeux exorbités. « Charles, vous estimez *mon* esprit capable d'une telle majesté ? » Un mouvement de sa tête ; des arcs-en-ciel s'en sont détachés. « Non. Ça ressemble davantage à une opération de la cataracte. Ou bien… c'est comme si vous aviez vécu votre vie en portant des lunettes spatio-temporelles colorées, et qu'on vous les retirait.

— Qu'est-ce que je *vois*, exactement ?

— À l'espace est attachée la division, a dit le garçon, ou la fille, ou la troisième chose, et la division est douloureuse, parce que la séparation, l'isolement et la solitude le sont aussi. Mais sans divisibilité, il n'y a pas d'espace du tout. Et au temps est attachée… eh bien, la même chose, vraiment. Le temps vous coupe du passé et vous isole du futur. Robinson Crusoé, sur son île, est une victime de l'espace. Et quiconque a été endeuillé est une victime du temps. L'histoire ne se résume pas à cela, parce que l'espace-temps rend également possibles des choses étonnantes, des choses merveilleuses. Mais c'est bien la *première* chose que vous remarquez quand vous ôtez les lunettes spatio-temporelles de vos perceptions. Les âmes ne se définissent plus par la division et la séparation. Les âmes ne sont plus en deuil, elles ne sont plus traumatisées, blessées, impardonnables, malheureuses. Elles n'ont plus à se débattre avec leurs propres ressources. Il leur est à présent possible de puiser dans une ressource bien plus fringante, plus unificatrice. Regardez encore. »

Dont acte. Je n'avais nul besoin qu'on m'explique que les lumières – plus brillantes que la parfaite clarté, étonnamment – étaient des individus, pas des galaxies. Et il y avait autre chose encore, qui allait au-delà de la magnificence et de l'intimité, de la distance et de la proximité simultanées de cette chute d'eau, ou avalanche, ou danse d'étoiles : leur *mouvement*. Je voyais à présent qu'ils étaient tous en mouvement et, quand bien même je me trouvais en un lieu sans terre et donc sans horizon, le courant qu'ils formaient s'écoulait au-delà de l'horizon, au-delà même de la portée de ma conscience augmentée.

Je me suis retourné pour poser une ultime question à Peta, mon Virgile ; mais il ou elle – ou ça ? – avait disparu. Et la blancheur était aussi profonde que la lumière, et une douce cécité m'envahissait, et…

… j'étais entouré d'une lumière électrique, et le son d'une immense tempête m'emplissait les oreilles – le battement de pales rotatives dans le ciel nocturne. J'ai cru voir des étoiles, mais un nouveau coup d'œil m'a permis de comprendre qu'il s'agissait de flocons de neige mis en mouvement par les hélicoptères et passant devant les puissants faisceaux du projecteur. Quelqu'un m'a libéré du poids d'un lourd sac – le corps de Belwether, j'imagine. Des hurlements – des paroles, a priori. J'avais conscience de souffrir, mais pas de la façon intime dont on a coutume de ressentir la douleur. Je n'aurais su dire si j'avais vraiment mal, là où je m'étais fait poignarder. Sans doute que oui, et la sensation n'était d'ailleurs pas complètement dissociée de moi. Il y avait des fantômes un peu partout, ces idiots satisfaits.

Puis on m'a soulevé, puis je me suis retrouvé dans l'hélicoptère, qui n'a pas tardé à décoller. Et la musique des sphères résonnait à l'intérieur de ma tête, faible mais magnifique, et c'était comme la cascade de bruit blanc qui se distillait en tons purs dans cet autre endroit. Plus tard, à la clinique, après m'être fait recoudre, une fois mes pieds « guéris » (l'étape des horribles douleurs ayant simplement laissé place aux rhumatismes habituels), je me suis efforcé de distinguer Thomas, le garçon, ou Cynthia, la fille, ou même la voix que j'avais associée à Peta, parmi les innombrables fantômes qui rôdaient autour de moi. La clinique était un lieu de visite populaire parmi les fantômes ; pour autant que je pouvais en juger, il en avait toujours été ainsi. Mais non. À une certaine époque il n'y en avait pas en ces lieux, sauf que cette époque était devenue inaccessible après leur arrivée. J'ignore ce qu'ils espéraient trouver – sans doute cherchaient-ils à se rapprocher au maximum du point originel. On m'a raconté que mon embarquement dans l'hélicoptère s'était déroulé sous le regard d'une foule de fantômes, qui s'efforçaient de deviner… je ne sais trop quoi. Quelque chose de significatif. D'important. Le problème avec les fantômes, c'est qu'ils ont beau s'estomper à vue d'œil, seul le ici et maintenant – leur propre existence – les intéresse.

Avant, quand je fermais les yeux, je voyais une sorte de grisaille indistincte, ou un noir plus pur une fois la nuit tombée. À présent je les clos sur une blancheur mâtinée de turquoise, dont la finesse rappelle ce verre multicolore qui tache, dit-on, le rayonnement blanc de l'éternité. Cela me rend heureux de fermer les paupières.

12
Le Professeur

Nécessité / Contingence

Les morts sont partout, affirme-t-il. Mais ce n'est pas vrai, rétorque le fantôme. Vous voulez juste que ce soit vrai. En réalité les morts ne sont nulle part, car les morts ont cessé d'exister. Les vivants sont plus nombreux que les morts, de la même manière que douze est plus grand que zéro. Pourtant il n'y a presque pas de limite au niveau de souffrance que nous pouvons laisser d'autres personnes endurer.

Des rideaux blancs pendent aux fenêtres ; les lignes d'ombre formées par les innombrables plis verticaux évoquent les barreaux d'une prison. Son œil gauche est affaibli, presque aveugle. Mais il peut voir avec le droit. Le côté droit représente la probité, le gauche la malfaisance.

L'après-midi semble vouloir s'éterniser à jamais. Les ombres s'étirent, la lumière se fait plus rosée, le soleil donne l'impression de lutter pour rester dans le ciel. Le soir finit néanmoins par tomber, bien sûr, bien sûr. Lentement le soleil succombe à son propre poids et glisse peu à peu derrière l'horizon, bien sûr, bien sûr. Et puis arrive sans transition la partie la plus sombre de la nuit, comme si le ciel avait pris le deuil. La lune se présente coupée en deux, aussi proche qu'elle le peut d'une mise en berne.

L'aube le prend toujours par surprise.

L'escalier qui mène au bâtiment est flanqué d'une balustrade composée de colonnettes blanches et d'une belle rampe en marbre. En s'approchant des lieux, l'on distinguait une ligne d'épais piliers encadrant des vides en forme de vases, qui se transformait inopinément en une ligne de vases pleins encadrant des vides en forme de piliers. Un spectacle des plus déroutants.

C'est précisément cinq minutes avant que l'horloge ne sonne 5 heures du matin – quelle que soit la saison, qu'il fasse clair ou sombre, froid ou chaud – que Lampe, le valet de pied, pénètre dans la chambre de son maître et hurle à pleine voix, sur un ton militaire : « Monsieur le Professeur, il est l'heure. » Un appel au réveil auquel il obéit toujours. Au moment où retentit l'horloge, on le retrouve installé à la table où il prend son petit déjeuner, occupé à boire son unique tasse de thé chaud puis à fumer sa seule pipe quotidienne. Jamais de nourriture, jusqu'au dîner ; cela interfère avec sa circulation somatique, minutieusement équilibrée. Les regards noirs de Lampe. Il l'avait insulté, filouté, était apparu ivre en sa présence à plusieurs reprises – quelle dégradation, abandonner ainsi sa noble prestance pour celle d'une bête ! À combien d'années remontait le renvoi de ce vieux ruffian ? Le Professeur y réfléchit : la régularité absolue des habitudes quotidiennes tend à éroder le sens du temps qui s'écoule sur une échelle plus longue. C'est peut-être la raison pour laquelle il était à ce point attaché à ses habitudes. L'irrégularité est la friction qui empêche tout passage harmonieux dudit temps. Des épines qui collent dans la gorge. Son nouveau serviteur l'a transformé en gruau. Il ne se rappelle pas le nom de cet individu. Il se souvient juste de Lampe. Un port militaire ; des traits en aucun cas grossiers (contrairement à ses manières). D'un autre côté ses traits *étaient* grossiers, par nature ou bien à cause de l'alcool, de la vieillesse et de la décrépitude. Le temps est la chose qui sépare le jeune Lampe avenant du vieux Lampe baveux – car les deux, fort différents, ne peuvent être la même chose en vertu de l'exclusion logique de la mutualité.

Défaire la ceinture de la robe de chambre ; puis la renouer. Il trouve le mouvement complexe de ses propres doigts apaisant.

Wasianski est en train de parler. La bienséance veut qu'il soit entendu, quand bien même le crapaud qui vit à l'intérieur de la poitrine du Professeur, là où jadis se trouvait son cœur humain, veut lui hurler de se taire, de le laisser tranquille, de faire revenir Lampe – mais le jeune Lampe. Avec sa posture bien droite, façonnée par ses années d'armée. Le Professeur ne hurle rien, bien sûr. Il n'élève pas sa vieille voix grinçante. « Je vous demande pardon, mon ami ? se borne-t-il en fait à chuchoter.

— Monsieur le Professeur », minaude Wasianski de sa voix toute cléricale. Émane en permanence de lui une odeur de fleurs ; le Professeur y voit de la préciosité efféminée. Wasianski pourrait parfaitement être un fleuriste. « Monsieur le Professeur, je discutais avec M. Jäsche pas plus tard que ce matin.

— Vraiment ?

— Sur la question de savoir si vous-même, monsieur le Professeur, êtes le plus grand des métaphysiciens, ou si Platon occupe toujours ce trône. Toute la ville de Königsberg est jalouse de l'honneur que… c'est vous, monsieur, vous. »

Un visage souriant. Le Professeur a le sentiment confus que Wasianski cherche à le flatter ; or il est hostile à l'idée même de flatterie, par principe. Mais sa capacité à s'indigner n'est pas à son meilleur ce matin. Lampe lui apporte sa soupe ainsi qu'un verre de porto. Lampe a changé de visage. Lampe ne ressemble pas à Lampe.

« Le plaidoyer de Platon, lance-t-il aux deux personnes qui composent son auditoire. Pour ce péché abominable, bestial, *contra natura*, que constitue le fait pour un homme de coucher avec un autre homme… » Une nouvelle vague de chaleur dans sa poitrine. Il y a quelque chose qui plane dans l'atmosphère, comme un potentiel de colère. Tous les visages sont tournés vers lui. Wasianski le clerc, il le connaît ; l'autre homme ne lui dit rien. L'espace d'un instant vertigineux, il ne se souvient plus du nom de la ville où il habite, où il a vécu l'intégralité de son existence. Il y a une troisième personne dans la pièce avec eux. De qui s'agit-il ?

Il tourne la tête. L'endroit est vide.

Toujours aussi ennuyeux et stupide. Une simple parole du Professeur est plus sacrée que les serments d'autres hommes. Ça remonte à février de l'année dernière, ou peut-être à l'année d'avant, ou bien à la précédente. Comme les années passent vite ! Le

Professeur a renvoyé Lampe. Il ne parvenait plus à lui faire face, à l'affronter.

À présent il a besoin de son serviteur – dont le nom lui échappe, décidément – pour effectuer son petit tour. Un arbre immense, au tronc marron foncé pareil à une colonne corinthienne cannelée, au feuillage lourd comme une galaxie écumante de vert. La brise va crescendo, se jette contre lui, rabat sur sa joue son col de chemise comme si elle réclamait son attention. Il la lui donne – *bien obligé*. Quoi ? Qu'est-ce qu'il y a ? L'arbre est dénué de feuilles. Le marron est noir. Le ciel est blanc. Que s'est-il passé ? C'est l'hiver, à présent, et l'hiver, à présent. Un jour, il observe le tronc d'un énorme arbre orange foncé et se demande pourquoi ses branches supérieures ont été taillées si peu soigneusement. Quelque part en son for intérieur, il comprenait qu'il s'agissait de la flèche principale de la tour du château : de la brique rouge, les quatre flèches plus petites s'élevant jusqu'à la plate-forme – aux deux tiers de la hauteur totale du bâtiment – à partir de laquelle la principale, plus fine, se dresse vers le ciel.

« Monsieur le Professeur ? Il est temps de rentrer, monsieur le Professeur. »

L'escalier menant à l'entrée de son bâtiment était flanqué d'une balustrade composée de colonnettes blanches et d'une belle rampe en marbre. En s'approchant lentement des lieux, l'on distinguait une ligne d'épais piliers encadrant des vides en forme de vases, qui se transformait inopinément en une ligne de vases pleins encadrant des vides en forme de piliers. Un spectacle des plus déroutants. « Je ne suis plus qu'un enfant à présent, dit-il à son serviteur, et vous devez me traiter comme tel.

— Monsieur le Professeur ? »

Chaque matin, après la tasse de thé et la pipe, on emmène le Professeur dans son étude. La fenêtre qui s'y trouve donne sur le sommet d'une tour célèbre dans la région, au-delà du jardin de son voisin. Le simple fait de la voir le rassurait. Il gardait sur son bureau un exemplaire de l'ouvrage du Dr Augustin *De l'utilisation médicale du galvanisme*. C'était son exemplaire. Acheté avec son argent, que son travail lui avait permis de gagner. Cela faisait des mois qu'il étudiait cet ouvrage, comme en attestaient les innombrables annotations qui figuraient dans les marges. Augustin était un Berlinois, et un médecin, mais son travail sur la force galvanique avait à l'évidence une signification beaucoup plus large. C'était l'électricité qui formait les nuages – car comment expliquer autrement un tel phénomène ? La foudre n'en jaillissait-elle pas pour s'abattre ensuite sur le sol ?

Il s'assoupit. Cela lui arrivait de plus en plus souvent, car il dormait mal la nuit à cause de ses douleurs à l'estomac. Et des cauchemars qu'il faisait. Mais refusant de renoncer à profiter du petit matin, il insistait pour qu'on l'installe dans son étude à son heure habituelle. Souvent il ne parvenait pas à ordonner suffisamment ses idées pour travailler, auquel cas il se bornait à profiter de la vue. Le livre consacré à l'électricité demeurait fermé devant lui. Il a posé sa tête contre son oreiller de pierre et s'est endormi. Lampe se trouve là lui aussi, mais il est jeune et beau. Posté derrière lui, il presse sa poitrine contre le dos du Professeur, qui sent la naissance de ses cuisses.

Un sursaut le tire de son sommeil.

Son œil gauche est affaibli, presque aveugle. Mais il peut voir avec le droit. Le côté droit représente la probité, le gauche la malfaisance.

Wasianski se joint à lui pour le dîner, ainsi que deux autres gentilshommes, et un quatrième individu qui reste toujours à la lisière de son champ de vision. Le Professeur tourne la tête pour mieux le voir – c'est une personne de petite taille, un nain peut-être, ou un enfant –, mais il n'arrive pas vraiment à distinguer ses traits. Le Professeur leur parle à tous, d'une voix inhabituellement animée, de faits intéressants qui semblent comme s'exhumer d'eux-mêmes de son immense réserve de savoir. « Le nom de Königsberg est généralement pris au sens de montagne du Roi – alors même qu'il y a bien peu de montagnes dans les environs ! À en croire M. Dach, le nom a en réalité une étymologie bien plus grivoise : ça vient à l'origine de *Kunnegsgarbs*, à savoir l'ornementation des organes féminins de la reproduction – les poils qui poussent sur le pubis. » Ce qui lui arrache un petit gloussement. La rumeur prétend qu'il ne rit jamais, qu'il n'est qu'une machine, un simple automate tout juste bon à penser et travailler. Mais en fait il rit souvent.

Il découvre des expressions horrifiées en regardant autour de lui, et se demande immédiatement lequel parmi eux n'a pas été invité. « Ma mère... », halète-t-il, ses yeux passant d'un visage au suivant. Quelqu'un se dissimule dans l'ombre de la pièce, le mystérieux cinquième membre du groupe. Pourquoi ne réussit-il pas à attirer l'attention du garçon ? « Ma mère était une sainte », reprend-il, d'une voix proche de se briser.

Défaire la ceinture de la robe de chambre, puis la renouer.

« Le temps a été exceptionnellement rude, fait remarquer l'un des hommes. On se doute qu'il fera froid en février, bien sûr, mais pas à ce point. »

Le temps qu'il fait est l'un de ses sujets de prédilection. Les gens s'attendent à ce qu'il en parle. Parce qu'il comprend que les grandes logiques météorologiques ont un rapport direct avec celles, plus modestes, de la santé individuelle.

« J'étais en train de lire, dit-il au petit groupe, l'ouvrage qu'Augustin a consacré à l'électricité. Il est désormais clair à mes yeux que l'électricité est la force unificatrice qui lie tous les épiphénomènes de la vie ordinaire, le code secret de Dieu en personne. » Sourires figés. À se demander s'il n'est pas en train de se répéter. Il a le souvenir confus d'avoir déjà dit ça – mais à ce groupe, il y a cinq minutes, ou bien à un autre, cinq ans plus tôt ? Il ne saurait le dire. Non, certainement pas il y a cinq ans : il n'avait pas encore lu l'œuvre d'Augustin à cette époque !

Où est sa tasse de café ? Il risque de l'attendre longtemps. Le nouveau serviteur est paresseux. Les humains doivent toujours *gagner* la grâce de Dieu, elle ne leur tombe pas toute cuite dans le bec. Le vent s'est levé, il fait osciller les branches du grand arbre, qui prend des airs d'automate occupé à creuser dans le sol, à scier le bois, encore et encore. Le Professeur trouve cela étrangement fascinant.

« C'est l'heure de votre promenade, monsieur le Professeur ? »

Mais il n'arrive pas à se lever. Son corps a décrété une désobéissance perfide. De la neige sur les toits. Il l'entend grincer presque imperceptiblement au-dessus de sa tête. À midi, le soleil en aura peut-être détaché une plaque, dure comme du marbre, qui glissera le long de l'avant-toit et ira s'écraser sur le trottoir.

« Faisons une promenade qui change un peu de l'ordinaire, lance-t-il au serviteur. Bornons-nous à nous rendre aux jardins du Roi, qui ne sont pas loin. »

Le garçon arbore un air perplexe, ce qui lui donne un air stupide – ce qui le rend passablement laid. « Monsieur le Professeur, cela fait plusieurs *mois* que nous nous limitons aux jardins du Roi.

— Je sais, bien sûr, dit-il alors que tel n'est pas le cas. Mais aujourd'hui, je ne peux pas me servir de mes jambes. »

Une nouvelle ombre de nervosité parcourt le visage du serviteur. « Monsieur le Professeur, cela fait déjà quelques mois que vous ne vous déplacez plus par vos propres moyens. Auriez-vous donc oublié votre chute ? »

Il se souvient d'avoir glissé, par le même temps glacial. Une femme l'a aidé à se relever, et il lui a donné la rose qu'il tenait justement entre ses doigts. Mais ça ne pouvait pas être l'hiver, il ne pouvait même pas y avoir de verglas, si le Professeur avait une rose en main. Telle est l'induction logique nécessaire.

« J'étais en train de lire, dit-il à son interlocuteur,

Augustin, sur l'électricité. Il est désormais clair à mes yeux que l'électricité est la force unificatrice qui lie tous les épiphénomènes de la vie ordinaire, le code secret de Dieu en personne. » Le port de la ville reçoit plus d'une centaine de navires par an ; parfois deux ou trois énormes vaisseaux marchands par jour en été. Mais moins en hiver, bien sûr, quand l'endroit est exposé aux glaces.

Monsieur le Professeur ! Monsieur le Professeur !

Il s'était endormi à son bureau, et l'une des bougies avait mis le feu à son bonnet de nuit. D'une main calme, il ôte le chapeau de sa tête et le jette par terre, de manière à pouvoir piétiner la flamme de son pied. Le serviteur bat des ailes comme une chauve-souris – ce qu'il trouve infiniment irritant. Il hurle sur l'impudent. Une odeur pestilentielle de poils brûlés emplit la pièce.

Monsieur le Professeur !

Sa chemise de nuit semble s'être enflammée pendant qu'il s'efforçait d'éteindre le bonnet. Il s'affaisse dans son fauteuil, se soumet aux claques du serviteur avec un sentiment douloureux de dégradation physique. Le cuisinier arrive alors en courant, équipé d'une couverture dissimulant une bonne quantité de neige, et la jette sur son auguste corps. « Quelle impudence ! peste le Professeur. Je vais vous faire renvoyer tous les deux ! Où est Lampe ?

— P-parti depuis longtemps, monsieur le Professeur », bafouille le cuisinier, qui bat en retraite jusqu'à la porte du bureau.

Le nouveau valet de pied (comment s'appelait-il ?) aide le Professeur à retirer ses vêtements et à en passer de nouveaux. Puis il part chercher des charbons pour la bassinoire, laissant le Professeur seul dans la chambre avec le jeune garçon. « Pourquoi ne me lâches-tu pas les basques ? lance-t-il à cette silhouette. Ne vois-tu donc pas que je n'ai nul besoin d'un second domestique ? Je mène une vie frugale. »

Le garçon sourit, hoche la tête ; le Professeur se retrouve à lui expliquer la base électrique du mouvement planétaire, et les forces galvaniques à l'origine des nuages dans le ciel.

Le garçon est celui de ses rêves. Tout au long de l'hiver il a fait de terribles cauchemars, et son estomac ne l'a pas épargné ; il a eu beau s'en plaindre amèrement auprès de son domestique et de Wasianski, ils n'ont rien fait pour lui venir en aide. Il a le souvenir d'une pièce de Shakespeare avec une aristocrate somnambule, et sujette aux cauchemars, mais le titre persiste à lui échapper. Et elle avait mauvaise conscience, elle, alors que lui n'a aucune raison de se sentir coupable ! Lampe l'avait offensé ; il fallait donc le renvoyer. C'était un individu stupide, d'une grande vulgarité. Le Professeur eût-il un jour cédé à ses instincts bestiaux qu'il n'aurait pu concilier cela avec l'impératif moral, car si tout le monde succombait aux vices contre-nature il n'y aurait pas de générations futures. Mais, non, c'était là une logique erronée : car malgré quelques inclinations platoniques à l'étreinte, rappelant celles qu'avait cultivées l'horrible Socrate vis-à-vis du bel Alcibiade, tout le monde ne s'abandonnait pas à de telles pulsions. Il existait bien sûr d'autres vices contre-nature, qui n'empêchaient nullement la conception d'enfants. Il devait par conséquent y avoir une autre raison logique expliquant en quoi de telles pulsions platoniques s'avéraient répugnantes. Dans sa tête trotte l'idée qu'il a fait fausse route – les espaces séparant les piliers ont soudain pris de la solidité –, que c'était le *refoulement* de telles pulsions qui posait problème. Imaginons que chacun agisse ainsi, réprime les pulsions naturelles que Dieu a introduites dans son corps ? Si tout le monde s'imposait une chasteté monacale, il n'y aurait plus de nouvelles générations, d'amour, de joie, d'espoir de paix.

Il pleure. Sans savoir pourquoi. Il n'apprécie guère cette sensation. C'est comme de la transpiration – encore une chose qu'il se refusait –, mais concentrée dans les yeux. Pourtant il ne peut s'arrêter, apparemment. Les pleurs ont-ils pour effet de rafraîchir le visage, comme la transpiration le corps ? Est-ce là leur fonction ?

Il sourit quand des étrangers font leur apparition dans sa chambre. Certains le saluent, impudemment, comme s'ils étaient des amis de longue date. Il n'est resté que le garçon une fois tous les autres partis. La corde de la cloche se dresse telle une lance à côté de son lit ; un trou dans le plafond la relie ensuite à la petite chambre à coucher où vit son valet de pied. Malgré son âge avancé, il commence à développer une nouvelle habitude : se réveiller de rêves tumultueux pour aussitôt tirer sur cette corde, comme un homme qui se noie s'agripperait à n'importe quel objet flottant. Le tintement lointain de la cloche, atténué par les boiseries, fait écho à ses sanglots.

Le garçon ne va pas pouvoir descendre tout de suite vous réconforter, monsieur le Professeur, lui dit Wasianski. Ce serait mieux s'il dormait dans la chambre avec vous. Installer un petit lit près de la porte ne devrait guère poser de problèmes.

Le garçon dort déjà dans ma chambre, réplique le Professeur. Y a-t-il de la place pour deux ?

Mais quel garçon ? Ils sont déconcertés.

Défaire la ceinture de la robe de chambre, puis la renouer.

Le ciel lui paraît comme grisonnant, aujourd'hui : gris tendon, gris étain. Un chien hurle devant sa fenêtre, il hurle, hurle, comme incapable de concevoir que personne ne peut le comprendre. Une odeur aigre plane dans la pièce, une odeur d'urine. Quand le serviteur arrive, il se met à lui crier dessus – et ne s'arrête qu'une fois le serviteur sorti. Le garçon fait son retour avec un étranger.

« Mon vieil ami », dit l'homme. Et une nouvelle bourrasque nauséabonde envahit les narines du Professeur. Émane-t-elle de ce visiteur ? « Vous allez devoir quitter le lit un instant, dit l'étranger. Juste un instant, mon ami. »

Il n'a même pas ôté son chapeau. Son visage rouge semble indiquer qu'il fait froid dehors. À moins que quelque chose ne l'embarrasse, ou bien l'emplisse de honte. Comment serait-il possible de faire la distinction ? Le chien a cessé d'aboyer, en tout cas – Dieu merci. Infiniment placide, obéissant, le Professeur laisse l'étranger l'aider à sortir du lit, et le garçon tire sur les draps comme un matelot qui ramène une voile. « Les Allemands et les Anglais prononcent *aljeers*, explique-t-il à l'inconnu. Mais le "g" est dur, aussi dur que de la glace. Alger. Alger.

— Très bien, c'est fort intéressant », dit Wasianski tout en lui soulevant les bras pour lui ôter sa chemise de nuit. Le Professeur décide de ne pas lui reprocher de sentir l'urine, pas aujourd'hui.

Il s'efforce d'être toujours heureux, d'offrir au monde un visage avenant, mais en vérité l'agitation d'une compagnie nombreuse l'irrite et l'angoisse.

« La chose en soi, explique-t-il au garçon-fantôme accroupi dans le coin de sa chambre. L'espace et le temps sont des structures d'aperception, non intrinsèques à la chose en soi. Quant à la chose en soi, elle est… » Et il s'interrompt. Allait-il dire « la vie » ? Ou bien « la mort » ? Il se retrouve dans la peau de l'âne d'Ésope, à équidistance de deux grappes de figues pareillement délicieuses, et par conséquent condamné à mourir de faim.

D'horribles douleurs intestinales. Une mauvaise digestion. Ça devait venir de l'électricité, son régime ne pouvant être en cause. Peut-être le stock mondial d'énergie galvanique est-il lentement en train de croître, à mesure que l'humanité commence à générer des excédents – avec ses piles, batteries et autres appareils rotatifs – qui viennent s'ajouter aux réserves naturelles. Il imagine la réserve cosmique d'électricité sous la forme d'une cuve remplie à ras bord, que l'Homme abreuve d'énergie galvanique sans même se soucier de la quantité déjà stockée. Ça devait finir par déborder, bien sûr. Une partie de cet excédent s'était infiltrée dans ses entrailles, et maintenant il doit composer avec des éclairs de douleur à toute heure du jour et de la nuit.

Distance, distance, laisse-nous nous éloigner un peu plus !

Le temps était en train de s'effondrer. Il a l'esprit amoindri, ça ne lui échappe pas. Je suis retombé en enfance, explique-t-il à l'un des hommes qui se trouvaient dans son bureau. Vous devez donc me traiter comme un enfant.

L'esprit décline avec le corps. Mais l'âme ne pouvait décliner, sans quoi elle ne serait pas éternelle et immortelle ! Âme et esprit ne coïncidaient-ils donc pas ? Mais imaginons que tout ce qu'il a accumulé comme connaissances au cours de sa vie soit stocké uniquement dans son esprit, et qu'il se rende dans l'au-delà aussi ignorant qu'un poulet ou un chiot ? Ce serait intolérable !

Son œil gauche est affaibli, presque aveugle. Mais il peut voir avec le droit. Le côté droit représente la probité, le gauche la malfaisance.

Il serait prêt à ne se nourrir que de pain, de beurre et de fromage anglais. « Je descends d'Écossais, lance-t-il aux ombres qui l'entouraient. Le garçon dans ma chambre est anglais, lui aussi, mais Dieu merci il parle un allemand supportable. » Quand ses médecins lui interdisent le fromage, sous prétexte que ce serait nuisible à sa santé, le Professeur perd toute dignité : il pleure, supplie, essaie de soudoyer son valet de pied avec des sommes d'argent de plus en plus importantes, pousse des cris dans la nuit.

Il finit néanmoins par s'apaiser. Son serviteur lui coupe sa nourriture en dés et la dépose sur une large cuillère, qu'il place dans sa main avant de l'aider à la mettre en bouche. Son œil droit est complètement aveugle ; le gauche ne lui assure qu'une vue brumeuse, grisâtre.

Il n'est pas exempt d'intermèdes de lucidité. « Ma mémoire, naguère proverbiale dans toute la ville, se caractérise à présent par son irrétention. »

Le garçon lui lance un petit sourire depuis les ombres.

« Si tu m'as déjà donné ton nom, lui dit le Professeur, j'ai bien peur de l'avoir oublié.

— Je ne vous l'ai jamais donné.

— Tu n'es pas vivant.

— Et pas mort non plus ! Je suis le dépositaire des clés. »

Le Professeur pense à ce vieux saint barbu, jadis un pêcheur qui puait (sans nul doute) le poisson, aujourd'hui campé devant les portes du ciel. « Imaginons... » – il a fermé les yeux pour savourer ténèbres et solitude – « qu'âme et esprit soient en fait une seule et même chose. Puisque l'espace et le temps sont des structures de l'esprit, pas de la chose en soi, la dégradation de l'esprit, par sénescence ou pathologie, entraîne-t-elle une érosion de l'espace et du temps ? »

Le garçon hoche sagement la tête. « Continuez. »

Le Professeur cherche ses mots. Les mots lui échappent. Il pense : ce qui m'est arrivé m'évoque un brouillard qui aurait recouvert la structure d'une montagne – disons un brouillard marin, qui enrobe le tumulus sous lequel est enterré un puissant roi ayant vécu à l'ère des héros. La structure est toujours là, massive, inamovible. L'apparition du brouillard la rend simplement plus difficile à voir. Mais contre cette image s'en impose une autre. Le Professeur se remémore un épisode de sa jeunesse, lorsque avec ses camarades d'école il s'était introduit dans un verger. Alors même qu'il s'agissait d'une transgression parfaitement insignifiante, cela l'avait mis mal à l'aise. Mais il avait faim, et l'endroit regorgeait littéralement de pommes. Il en avait donc décroché une de son arbre, pour se rendre aussitôt compte que l'autre côté du fruit était pourri, sans doute à cause de quelque insecte. Alors même que la pomme pendait encore à la branche ! Et le Professeur se demande à présent : et si l'âme était pareille, vouée à la décomposition comme toute chose périssable ? Et si elle se vidait peu à peu de son contenu, le privant ainsi de lui-même ? Il ne se rappelle plus comment écrire son nom.

Le garçon dit : Le déclin de la mémoire pourrait-il simplement correspondre à un effondrement spirituel des catégories temporelles auparavant rigides ? Et le déclin du raisonnement et du contrôle corporel, à l'effondrement des catégories spatiales auparavant rigides ?

Mais ça ne le satisfait pas. Il songe à son propre cerveau, le voit comme une pomme – une pomme d'hiver conservée dans un placard, sa peau gris et jaune pâle ridée de ces stries que les anatomistes notent lorsqu'ils dissèquent des organes mentaux humains. Mais que faire si une guêpe s'y est enfouie, métaphoriquement, et qu'elle ronge le Professeur de l'intérieur ?

Dois-je vous allumer une bougie, monsieur le Professeur ? lui demande le serviteur qui n'est pas Lampe.

Ce que vous allumez m'éteint[1].

Je vous demande pardon, monsieur ?

J'ai dit : Faites, faites. Il y a un bruit de grattement, puis comme une vague lumière indistincte qui

1. En français dans le texte.

s'allume quelque part sur sa droite. Défaire la ceinture de la robe de chambre ; puis la renouer.

Les sources de vie qui perdent de leur force. La puissance motrice du mécanisme qui s'atténue.

Pour ériger une clôture, une grande clôture, d'abord creuser des trous, puis dresser les poteaux. Beaucoup de poteaux, des poteaux bien lourds – puis tant de bonté – et tant de gratitude.

Dieu me garde de sombrer au point d'oublier les tâches de l'humanité.

L'âme s'étiole peu à peu à mesure qu'elle se fait dévorer. La question, la seule question qui compte : Est-ce que je suis toujours là, quelque part ? Ou dois-je me considérer comme définitivement diminué ? Parce que la diminution se fractionne, et chaque division correspond à un déclin supplémentaire de la pureté de la totalité de la pureté de la totalité de la ceinture de la robe de chambre à défaire et à renouer.

Impossible de retrouver l'identité de l'homme à son chevet. S'agit-il de Wasianski ? De Lampe ? Quel idiot, mais quel idiot de s'être lui-même désavoué. Des baisers de toute une vie contrariés, enfermés tels des pieds de jeunes Orientales dans des chaussures trop petites, au point qu'ils finissent par se déformer, par ressembler à des sabots monstrueux. Embrasse-moi.

Qu'est-ce que c'était, monsieur le Professeur ?

Embrasse-moi ! Embrasse-moi !

Des lèvres de cuir qui ne font qu'effleurer sa joue tannée – elles pourraient aussi bien se trouver à des millions de kilomètres. Il pleure, à présent.

La vérité jaillit de son flanc droit telle une lance de lumière. La nature de l'amour est infinie ; en analysant de telles géométries, l'on constate que, si l'on part d'une quantité infinie, aucun niveau de fractionnement ne peut jamais les réduire. Un baiser n'est qu'une vétille, le symbole le plus prosaïque de tout ce que la vie lui avait refusé, mais quand on parle de la nature de l'amour, qui est infinie, on peut comprendre qu'un peu suffit. Que c'est suffisant.

Monsieur le Professeur ?

Suffisant.

Vous avez dit quelque chose, monsieur le Professeur ?

Suffisant.

Il essaie de parler, je crois. Laissez-moi… *euh* ! L'odeur n'est pas… laissez-moi juste… Monsieur le Professeur ? Qu'est-ce qu'il y a, monsieur le Professeur ?

Suffisant.

Le fantôme est revenu tout près. « La détérioration des facultés mentales et la dégradation de la personnalité correspondent-elles à une sénescence ou à une décrépitude exactement équivalente dans la structure matérielle du cerveau ? C'est ce à quoi l'on pourrait s'attendre si la conscience n'était qu'un produit de la fonction cérébrale. Un cerveau peut pourtant subir des dommages physiques substantiels sans qu'il y ait de changement de personnalité ; inversement, des tissus cérébraux en parfait état n'excluent nullement une modification de la personnalité, une perte de raison ou une disparition. La relation, car relation il doit exister, n'est pas simplement de cause à effet. Et quiconque a pu penser… » Est-ce le garçon qui parle, à présent, ou bien le Professeur ? Comme son visage est beau ! Peu importe qu'il soit défiguré.

« Qui donc a pu penser à une simple relation de cause à effet ? Le cerveau crée-t-il l'âme, ou bien l'âme crée-t-elle le cerveau – comme certaines créatures marines qui fabriquent autour d'elles une solide coquille ? N'y a-t-il pas nécessairement une relation *dialectique* entre les deux ? L'on trouve un fort pouvoir explicatif dans les paralogismes de l'âme. »

Les rideaux sont tirés. Lumière, lumière, lumière, lumière, lumière, lumière, lumière, lumière, lumière, lumière, lumière, lumière, lumière, lumière.

REMERCIEMENTS

Certains éléments de ce roman s'inspirent de sources publiées, d'une manière que j'espère accessible. Vous aurez déjà remarqué, par exemple, que la dernière partie reprend le célèbre récit de Thomas De Quincey sur les derniers jours de Kant. Et la dimension joycienne du chapitre 4 ne vous aura pas non plus échappé. Il y a bien un ferry qui relie North Berwick à Anstruther, mais il n'accueille pas de voitures et ne ressemble pas du tout à celui que j'ai décrit dans le chapitre 9.

Merci – comme toujours – à Simon Spanton. Merci aussi à Will Wiles, pour m'avoir laissé baptiser ma chaîne d'hôtels « Way Inn ». Deux parties de ce roman ont vu le jour (sous des formes légèrement différentes) dans des publications éditées par Ian Whates ; je lui suis reconnaissant d'avoir accepté de me laisser les retravailler. Pour nos discussions sur les subtilités de Kant, je souhaite remercier Robert Eaglestone, Andrew Bowie et Paul Smith. En tant qu'athée écrivant un roman sur les raisons de croire en Dieu, j'avoue m'être grandement inspiré des écrits pieux aussi éloquents que persuasifs de mes amis Alan Jacobs et Francis Spufford, tous deux chrétiens.

DU MÊME AUTEUR

Aux Éditions Gallimard

JACK GLASS (Folio Science-Fiction nº 671)

Aux Éditions Denoël

Dans la collection Lunes d'encre

LA CHOSE EN SOI (Folio Science-Fiction nº 704)

Aux Éditions Bragelonne

VA DINCI CODDAH

BINGO LE POSSTIT

GRADISIL (Folio Science-Fiction nº 372)

Aux Éditions Milady

LA DER DES ÉTOILES

Tous les papiers utilisés pour les ouvrages
des collections Folio sont certifiés
et proviennent de forêts gérées durablement.

Composition IGS-CP à L'Isle-d'Espagnac (16)
Impression Novoprint
à Barcelone, le 8 avril 2022
Dépôt légal : avril 2022

ISBN 978-2-07-297195-2 / Imprimé en Espagne

430875